Peter Kurzeck · Bis er kommt

PETER KURZECK

BIS ER KOMMT

ROMANFRAGMENT

Aus dem Nachlaß herausgegeben von
Rudi Deuble und Alexander Losse

Stroemfeld/Roter Stern

Bibliografische Information Der Deutschen Nationalbibliothek
Die Deutsche Nationalbibliothek verzeichnet diese Publikation
in der Deutschen Nationalbibliografie; detaillierte bibliografische
Daten sind im Internet über http://dnb.ddb.de abrufbar.

ISBN: 978-3-86600-090-2

1. Auflage 2015
Copyright © 2015 Stroemfeld Verlag
Frankfurt am Main und Basel
All Rights Reserved. Alle Rechte vorbehalten.

Texterfassung: Rudi Deuble, Alexander Losse
Korrektur: Rudi Deuble, Alexander Losse, Anna-Sophie Vollmer
Satz: Alexander Losse
Umschlagzeichnung: Michel Leiner

Druck: TZ Verlag & Print GmbH

Gedruckt auf säurefreiem alterungsbeständigem Papier
entsprechend ISO 9706
Printed in the Federal Republic of Germany

Bitte fordern Sie unsere kostenlose Programminformation an:
Stroemfeld Verlag
D-60322 Frankfurt am Main, Holzhausenstraße 4
CH-4054 Basel, Altkircherstrasse 17
e-mail: info@stroemfeld.de   www.stroemfeld.com

Das nachgelassene Manuskript

1

Nachts aufwachen! Jäh ein Schreck! Wo bin ich? Und wer? Wer gewesen? In Panik. Herz klopft. Mein wildes Herz. Im Dunkeln. Vorerst ohne Namen noch und doch ist dir, als ob dich jemand gerufen hätte. Und dann muß man sich auf den Weg machen. Leise die Tür. Ist nur angelehnt. Komm! Also nicht eingesperrt jedenfalls. Kein Gefangener. Nicht schon dein halbes Leben lebendig begraben. Erst noch wie blind in der Finsternis. Und dann aus Nacht und Traum ein geräumiges Halbdunkel um dich her. Mit Schatten, die nach und nach deutlicher und werden dann schließlich zu Gegenständen. Wachen auf und haben ihren Platz und erkennen dich. Dann Wasser! Schnell! Drei Sorten! Viel Wasser trinken! Lebendig das Wasser! Nicht Quellen. Drei große Wasserflaschen, die du selbst dir zurechtgestellt hast. Wann? Muß gestern, muß in einem vorigen Leben oder davor noch, sagst du dir (Wer bin ich?). Und suchst dich und suchst immer weiter nach dem, der du warst oder sein solltest. In der dritten Person. Jede Nacht wieder oder immer die gleiche Nacht? Bin das immer noch ich? Noch mehr Wasser! Nur keine Panik, sagst du dir wie in Panik. Viel Wasser! Gleich nochmal! Von allen drei Sorten. Schmeckt jede anders. Und atmen, tief atmen. Immer weiter atmen. Viel Wasser, keine Panik und nicht aus dem Fenster – immer wieder nicht aus dem Fenster springen! Licht. Eine Stehlampe mit einem roten Schirm. Und gleich auch wirst du wieder wissen, wer du gewesen bist oder sein wolltest. Nur höchstens dein Name fällt dir nicht ein. Aber vielleicht kann man ihn irgendwo nachlesen oder erfragen. Wird dir mit Geduld buchstabiert. Du kriegst ihn schriftlich auf einem Zettel. Auf den Zettel auch noch einen Stempel drauf. Zittert das Haus? Zittert das Haus?

Die Lampe, eine Ecke von einem Teppich, ein Sessel. Immer noch ein Bildausschnitt und jetzt passen manche schon aneinander. Zum Sitzen der Sessel, sagst du dir. Als ob es dein erster Tag hier auf Erden. Aber manches erkennst du schon wieder. Nicht zu atmen vergessen! Angst nicht, sagst du dir. Mit Umsicht. Nur keine Angst! Und auch nicht die Angst vor der Angst! Nur ruhig! Ein Säufer, der aufgehört hat. Und dann muß man alles neu lernen. Immer nachts, das hast du als Kind schon gewußt, nachts ist man allein auf der Welt. Sollst du noch ein paar Lampen an, damit die Nacht dir ein bißchen mehr Platz macht? Das Licht, rote Vorhänge an den Fenstern, Teppichmuster, Bücherregale und gelbe Wände. Ein Gelb wie von einem Schloß. Amtshausgelb. Kaisergelb. Eine alte Fassadenfarbe aus einem untergegangenen Land. Ein Land wie in einer Schneekugel. Ein Land das vom ukrainischen Galizien bis zur Adria und an die osmanische Grenze gereicht hat. Von Wien nach Krakau und von Drohobycz nach Triest, nach Prag, nach Karlsbad und Tachau, nach Budapest und auch nach Feldkirch und nach Innsbruck und Sarajewo. Hohe Berge, die Donau, das Meer. Ein Land, in dem viele Sprachen gesprochen wurden. In dem es Dome gab und Marienkapellen für fleißige fromme Analphabeten, Moscheen, Minarette und griechisch-russische Kirchen und Klöster und Tempel und Synagogen. Die Alpen, den Böhmerwald, die Beskiden, die Tatra und die Karpaten. Meran, Bozen, Trient. Die Kronländer. Schulen, Anstalten, Kasernen, Mauern, Spione, Spitzel, eine gewaltige Zahl geheimer Staatsspitzel mit Pensionsanspruch, Prügel, Hierarchien, die Krone und eine ganze Reihe von nachgeordneten Kronen und Nebenkronen. Wie für eine Hydra. Mehr Kronen als Köpfe. Kardinalshüte, Bischofshüte, Zylinderhüte für Herrschaften und Zylinderhüte für Herrschaftskutscher. Herrschaften, Exzellenzen, Samthüte, Filzhüte, Admirals-, Kapitäns-, Offiziersmützen. Schnee, Schneestürme, Schlittenfahrten. Tschapkas aus Pelz und Tschapkas mit Pelzbesatz. Herrschaftliche und solche für Bauern, Knechte und Fuhrleute. Vogelscheuchen. Zigeuner- und Musikanten- und Bettlerhüte. Landstreichermützen, Soldatenmützen, Helme, Turbane, Fes- und Zopfmützen. Keine Perücken mehr, aber alle Arten von Kopfbedeckungen, Rangabzeichen, Titeln und Bärten, Orden und Uniformen. Jeder Hut hat jederzeit jeden höheren Hut deutlich zu grüßen. Offiziere, die Polizei, die Geheimpolizei, den Klerus, Gefängnisse, Hinrichtungen, die Provinz, Walzermusik, Operettengefühle, die Oper, Wiener Lieder, Galgenberge und örtliche Würdenträger. Lakaien, die Obrigkeit, Zigeunerkönige, Wahrsager, Wunderheiler, Bettelmadonnen, Kalenderheilige, Kreuzwege, Brücken, Heiligenkalender, Ikonen, den Weihrauch, die Jahreszeiten. Aussaat, Ernte, die Zeit und das Land. Ein weites Land. Es hätte ein Frieden sein können. Hatten Split und Dubrovnik, hatten Dalmatien und die Bukowina. Slowenien, den Karst. Hatten Hafenkommandanten, hatten Fischerei- und Handels- und Kriegshäfen. Hatten die Adria und das Licht auf dem Wasser bis vor Venedig, hatten Balaton, Wörther- und Neusiedlersee. Die Obrigkeit, viele Obrigkeiten. Und Dienstboten, ganze Völker von Dienstboten. Slawische Dienstbotenvölker, die wissen, was sich gehört – oder kriegen es beigebracht. Eingebleut. Zu ihrem Besten. Fleißig, fromm und gehorsam. Und jeden Tag Prügel. Und die Töchter der armen Leute. Behend und flink und gehorsam. Lernen schnell. Von Natur aus gelehrig. Vergnügen muß auch sein. Die Obrigkeit. Gott. Gottes Segen. Und einen allgegenwärtigen Kaiser. Ein Kaiser von Gottes Gnaden. Aus Stein. Auf einem hohen Sockel. Zu Pferd. Und eingerahmt in jeder Schulstube, in jedem Amtszimmer und Gerichtssaal und auf allen Münzen und Briefmarken. Sonne und Mond. Spuk, Hexerei, Aberglauben, Pharisäertum, Bigotterie. Wind, Regen, Schneeberge, Sonne, Mond und Sterne und hohe alte Tannen, die den Mond kennen und im Wind singen. Und Steppe, Wald, Schluchten, Sonnenuntergänge, die Ferne und Lagerfeuer für die Zigeuner. Marktplätze, Handelsstraßen, Wildnis, den Himmel, viele Himmel und Wege, die rasch wieder zuwachsen. Vagantenwege.

Und jetzt siehst du die Doppelseite aus dem alten Weltatlas vor dir, von dem du weißt, daß er dort im Regal steht. Ganz unten. Das Fach mit den Bildbänden. Ein Weltatlas aus dem Jahr 1913, den mein Freund Wolfram mir geschenkt hat. Auch zwei oder drei von unsren vielen Teppichen sind von ihm. Alte Teppiche, die jetzt im Lampenschein schimmern wie auf einem alten Bild. Wie aus Seide und Gold. Mein Freund Wolfram aus Gießen. Gleich siehst du ihn vor dir. Gleich auch die uralte Karawanenstraße. Muß vor dir aufflackern. Auch nur für einen einzelnen Augenblick. Seit wir eine Wohnung haben, Sibylle und ich, bringt Wolfram uns Sachen, die er nicht mehr braucht. Fragt aber vorher. Schon ganz brüchig der alte Atlas. Man schlägt ihn auf und braucht schon den halben Tisch dafür. Erst noch sieht man die Landkarte mit ihren Namen und Zeichen. Und dann weithin das ganze Land. Schon vergilbt. Und rot und golden die Dämmerung, in der es versinkt. Nur noch Glut, Funkenregen, Asche.

Das Gelb an den Wänden. Kaisergelb. Eine alte Fassadenfarbe, die das Licht einfängt. Und nach und nach ausbleicht im Licht. Als ob immer die Sonne scheint oder als könnte sie jetzt bald durchkommen. Und gleich bleibt die Zeit stehen. Man wird wieder ein Kind und die Welt eine Kinderwelt. Jedes Ding an seinem Platz. Und was du siehst gut und richtig. Und die Häuser fangen zu lächeln an. Wenn man aus Böhmen ist und dort allzu früh weg mußte, daß einem keine Zeit blieb, alles zuletzt noch einmal lang genug anzusehen. Gleich alles weg. Ohne Abschied. Weg für immer. Verloren. Gleich nur noch Landstraßen, Regen, ein leeres Feld. Flüchtlingslager, Baracken, nasses Stroh, Lehmboden, Viehwaggons, Güterzüge, Ruinen und wieder Landstraßen, Lager, Baracken, tote Soldaten und tote Soldatenpferde und in den Viehwaggons sterben alte Leute und Kinder. Und bei den Lebenden ist in solchen Zeiten kein Platz für die Toten. Und die Toten wissen das auch, aber wollen es manchmal nicht einsehen. Aus Böhmen. Man kommt nicht zurück, aber weil man weiß, wie die Häuser einem zuletzt noch nachgesehen haben, solang sie konnten, deshalb muß man in jedem weiteren Leben nach diesem Kaisergelb suchen. Eine Sonnenfarbe. Und nach dem böhmischen Himmelblau und einem alten Abendrosa mit Gold. Und nach all den anderen Heimwehfarben. Als ob man schon sein ganzes Leben lang auf dem Weg nach Böhmen ist. Immer auf den Horizont zu und dabei den ganzen Weg zurückdenken, damit man sich nicht aus den Augen verliert. Von weither und fremd, überall fremd. Aus Böhmen und ohne Haus.

Jetzt siehst du dich schon aus der Nähe. Im Juni vierzig geworden. Es kommt dir eine Ewigkeit her vor. Und doch auch wie eben erst. Alles gestern. Daß du hier mit Frau und Kind als Familie oder beinahe wie eine Familie. Jordanstraße 36. Dachgeschoß. Mietvertrag. Eigene Möbel. Eine Wohnung mit Teppichen, Möbeln und Zeit. Seit neun Jahren die gleiche Frau und das Kind ist vier. Jetzt kommen die Namen zu dir zurück. Sibylle und Carina. Auch dein eigener wird dir gleich wieder einfallen (wollen hoffen, daß du ihn dann erkennst! Ob du der auch weiterhin sein willst?). Sind am Tag vor meinem Geburtstag in den Süden getrampt, Sibylle, Carina und ich. Nach Frankreich. An die Ardèche zu Jürgen und Pascale. Erst zu ihnen und dann weiter ans Meer. Den ganzen Weg auf kleinen Straßen. Der Sommer fing eben erst an. Dann kommt man zurück und ein langer Frankfurter Stadtsommer. Hat schon gewartet. Und geht im Kreis. Dreht sich. Ein Karussell. Kein Geld. Vor der Reise meine Arbeit verloren, eine unersetzliche Halbtagsstelle in einem Antiquariat. Deshalb mußten wir ja ans Meer. Und unterwegs gleich am ersten Tag mit dem ersten Kapitel von meinem dritten Buch angefangen. Auf der Straße. In Kneipen. An Tankstellen. In fremden Autos. Und zwischen Blumen und Heckenrosen am Straßenrand. Im Gehen und Stehen. Im Gespräch mit Fremden, immer anderen Fremden und mit Sibylle und Carina. Bald sind die Kirschen reif. Überall Mohnblumen, süßer Klee, Glockenblumen und Kornblumen. Auf kleine Zettel und Zigarettenschachteln die ersten Wörter. Jeder Zettel ist anders. Daß uns nur ja nichts verloren geht. Nicht ein einziger Augenblick. Juni, der Abend vor meinem Geburtstag und wir fahren im Abendlicht die Vogesen entlang.

Ein Buch über das Dorf meiner Kindheit. Staufenberg im Kreis Gießen. Von meinem dritten bis zu meinem vierunddreißigsten Jahr dort gelebt. Ein Dorf, in dem die Menschen mit Fremden nicht reden konnten. Ich und das Dorf, dachte ich. Dann: Das Dorf und ich. Und merkte beim Schreiben erst, daß es die Menschen aus dem Dorf sind, auf die es mir ankommt im Buch. Die sich vordrängen und in meinem Kopf und im Buch ganz von allein zu sprechen anfangen. Die Einwohner also. Kleinbauern, Handwerker, Gießereiarbeiter. Jeder mit seiner eigenen Stimme. Jeder in seinem eigenen lebenslangen Selbstgespräch. Muß der Familie und muß seinem Herrgott, der wie immer nicht zuhört (kann nicht zuhören!), muß der Obrigkeit und dem Nachbarn, dem Vieh und den unbelehrbaren Toten, den Toten, die alles besser wissen, immer wieder sein Leben erklären. Jeden einzelnen Tag. Im Hof, im Stall, unterm Vordach und im Obstgarten hinter der Scheune. Schon jahrelang Winter. Im Haus, auf dem Dachboden, im Kartoffelkeller, im Rübenkeller und mit zwei roten Zugochsen auf dem Acker beim Pflügen, dann ist wieder März. Statt der roten Zugochsen doch eher nur zwei magere oberhessische Kuhbauernkühe, schwarzweiß gefleckt, die von dem langen dumpfen Stallwinter noch ein bißchen unsicher auf den Beinen. Muß man ihnen zureden und mit Rippenstößen sie auf den Weg bringen. Sowieso wie immer mit der Feldarbeit und den dazugehörigen Jahreszeiten zu spät dran. Erst Hagel, Schnee, Schneeregen, dann naßkalt der Wind. Am Himmel ein Krähenschwarm. Mit denen redet er auch. Dann weiter mit Gott, mit der eigenen Frau (mit der am liebsten, wenn sie nicht da ist!). Mit wem noch? Mit einem toten Kumpel. Im Krieg gefallen. Der Willem. Jahrzehnte schon tot. Aber muß in Gedanken und bei Nacht immer weiter mit ihm. Jede Nacht in den Krieg zurück. An die Front und dann wieder auf dem Rückzug. Wann wir schreiten Seit an Seit! Dann mit dem Vorarbeiter, Schichtführer, Meester im Eisenwerk. Lauter Vorgesetzte und Chefs jeden Tag. Die Kontorleute und die Herren Inschenöhre und die noch Höheren kennt er nur von weitem. Sie kennen ihn nicht. Also weiter. Der Zeit hinterdrein und hinter sich selbst her. Schwere Werkschuhe mit Stahlkappen. Zur Schicht im Fabrikschritt und dabei darauf achten, daß man im Gehen nicht zu sehr herumfuchtelt mit seinen Händen und Gedanken. Wie Windmühlenflügel. Schwere sperrige Wörter. Besonders wenn man nach Lollar zu und zum Eisenwerk über die Schanz geht. Da ist der Himmel so groß und so hoch. Morgen Frühschicht. Gespräche mit sich und mit Gott. Im Winter einen Nachmittag im dämmrigen Holzschuppen. Lang in der Stille. Wie in einer Kirche aus Brettern und Lattenholz und der Wind geht hindurch. Eine Kirche für ihn allein. Mit oder ohne Gott. Gott ist die Stille. Gott schweigt. Sitzt in der dämmrigen Zugluft und friert. Eine Andacht im Schuppen und danach dann am Hoftor. Am Tor stehen und husten und rauchen. Und drei Jahre später wieder am Tor und wie durchgeknickt in der Mitte. Eine Staublunge. Nächstens Frührentner, falls er es noch erlebt. In Gummistiefeln und mit seinem alten Hut. Gekränkt. Beleidigt. Tödlich verletzt und untröstlich. Wenn er jetzt zu rauchen aufhört, tut ihm das auch nix mehr nutzen. Am Hoftor darf man sich nix anmerken lassen. Nur innerlich ein Gemurmel also. Und dann? Wo noch? In der Kirchberger Sonntagskirche? Da eher nicht. In die Kirche gehen hier bei uns nur meistens Frauen und Kinder. Meistens alte Frauen, die mit zittrigen Stimmen den Tod herbeisingen, aber sterben noch lang nicht. Witwen und Betschwestern. Und die Konfirmanden natürlich. Und der Herr Pfarrer. Und aus Odenhausen ein Odenhausener Schullehrer, der sonntags in der Kirche die Kirchenorgel spielt und wird auch schon alt. Nach dem kommt keiner mehr. Und wir hier sind auch die Letzten von unsrer Art. Und bald schon vergessen. Es heißt, wir sind ausgestorben. Uns hat keiner gekannt. Seit es das Eisenwerk und die Schamottfabrik gibt, kommt von den Männern kaum je einer in die Kirche. Weil sie sonntags zu müd sind und die Sonntage hier bei uns, besonders im Winter, die Sonntage sind zu kurz. Immerfort Selbstgespräche und dabei wie im eigenen Kopf drin. Als ob er in seinem eigenen Kopf als Gefangener sitzt. Eingesperrt. Da ist es eng. Muß man sich ducken und Obacht, daß man sich nach oben nicht stößt. Hat nicht genug Platz und muß immer weiter reden und sich rechtfertigen. Wie vor Gericht. Wer er ist und wie es dazu gekommen, warum er überhaupt auf der Welt ist. Und wie er meint, vielleicht doch zu Recht auf der Welt – oder wo soll er mit sich hin? Und ich? Von Kind auf gedacht, sie gehen mich nix an. Und erst jetzt beim Schreiben gemerkt, daß sie es sind, von denen ich leben gelernt habe. Jetzt schreibst du das Buch, weil sie außer dir keiner kennt. Als ob ich es bin, der sie träumt. Seither jeden Tag weiter mit dem Manuskript. Und jetzt ist Herbst und das Buch wird noch lang nicht fertig.

Im Juli mich arbeitslos gemeldet. Arbeitsuchend. Seither alle zwei Wochen zweihundertzwanzig Mark vom Arbeitsamt. Werden überwiesen. Mit vierzehn zu arbeiten angefangen und jetzt zum erstenmal arbeitslos. Der geht stempeln, hieß es früher. Der geht ja immer noch stempeln. Jetzt geht der schon die ganze Zeit stempeln. Du denkst, sie werden dir gleich mit ein paar schlechtbezahlten Handlangerstellen kommen oder dich jeden zweiten Tag auf ihr Amt bestellen, um dir ins Gewissen zu reden und damit du bei ihnen warten und Demut lernst und wie man als Staatsbürger und Leistungsempfänger immer wieder seinen eigenen Namen buchstabiert, Zu- und Vornamen und (als Fangfrage) ob dein Geburtsdatum noch genauso wie gestern? Pünktlichkeit jederzeit. Und dazu als Arbeitsloser alle Tage das richtige Gesicht. Buchhändler oder Aushilfsbuchhändler, halbtags? Also derzeit vorerst zur Zeit bis auf weiteres nicht. Leider nichts! Auch demnächst und danach soweit absehbar eher kaum. Leider, ja leider! Aber wir haben ja Ihre Unterlagen und wenn, also falls, dann hören Sie von uns. Dann melden wir uns. Seither alle zwei Wochen pünktlich das Geld aufs Konto und ich halte mich zur Verfügung. Wie gestern. Auch weiterhin. Jederzeit. Hätten das doch lieber in der dritten Person. Als Erzählung. Als Protokoll. Mehr Abstand. Distanz. Eine Nummer beim Arbeitsamt und seither auf Abruf. Staatsbürger. Arbeitslos. Immer das passende Arbeitslosengesicht und eilfertig zusammenzucken, jedesmal wenn das Telefon klingelt oder wenn man denkt, jetzt ist so ein Moment – es könnte gleich klingeln!

Gleich von vornherein zu Sibylle gesagt: Wir schaffen es schon! Schon vor der Reise und unterwegs (hätten sonst gar nicht fahren können!) und beim Zurückkommen und seither jeden Tag wieder. Schon alles ganz genau ausgerechnet, sagte ich. Ich kann es dir vorrechnen! Zu dem Geld vom Arbeitsamt, wenn es kommt, noch den Rest von meinem Junigehalt und außerdem Urlaubsgeld. Sogar anteilig Weihnachtsgeld zahlen sie noch. Überstunden aus dem Mai und von Anfang Juni und die Abfindung. Nie hätte ich gedacht, daß man eine Abfindung bekommt, weil die Firma verkauft worden ist und eine Zweigstelle zugemacht wird. Jedenfalls nicht, daß mir das passiert, aber alles schwarz auf weiß. Die Abfindung. Dann noch das Honorar für die Lesung an der Uni in Gießen im Mai. Zweihundert Mark. Entweder schon überwiesen das Geld oder kommt demnächst. Sie hätten mir auch noch Reisekosten bezahlt, ich hab nur vergessen, sie zu verlangen, sagte ich. Lauter höfliche Germanisten. Und im November vielleicht noch eine

Anschlußlesung, weil bei der ersten ein Buchhändler dabei war und hat mich lesen gehört und jetzt muß er mich nochmal hören. Will auch zweihundert bezahlen. Vielleicht dann im Herbst noch ein paar Lesungen. Wenigstens eine oder zwei, für die es dann auch Geld gibt. Und, sagte ich, wenn man das alles zusammenzählt und durch sechs teilt (selbst erstaunt, daß die Rechnung aufgeht!), dann haben wir die nächsten Monate genausoviel Geld, als ob ich noch die Stelle hätte. Mindestens bis in den Dezember hinein, sagte ich. Also bis zum Jahresende. Den Rest des Jahres. Und als ich das sagte, da fing der Sommer gerade erst an. Und, sagte ich, entweder hat das Arbeitsamt bis dahin längst eine Arbeit für mich oder ich such mir selbst etwas. Spätestens wenn der Sommer vorbei ist. Aber bis dahin, sagte ich, kann uns gar nichts passieren! Und wenn man nicht das ganze Jahr arbeitet, kriegt man im nächsten Jahr auch noch Lohnsteuer zurück. Das kann ich dir nächstens noch ganz genau ausrechnen. Sibylle barfuß aus dem Zimmer. Klar, ruft sie vom Flur aus, wo sie nach Schuhen sucht, nach Sandalen. Und ruft aus der Küche. Aus Küche, Bad, Schlafzimmer und immer wieder vom Flur aus. Und kommt zwischendurch wieder rein, zieht sich um, zieht sich zweimal um, hat die Haare gebürstet, sucht Schlüssel, Geldbeutel, Einkaufszettel und Post. Und ruft und spricht mit heller Stimme durch die ganze Wohnung zu mir, als ob sie jedes Wort singt. Nochmal raus und gleich wieder rein. Alle Türen offen. In der Wohnung ein stilles vertrautes Nachmittagslicht. Junilicht. Drei Tage vor der Reise. Wir wollen Carina im Kinderladen abholen und mit ihr auf die große Wiese im Grüneburgpark. Klar, ruft Sibylle, wir schaffen es schon! Ich kann mir doch auch aus dem Verlag manchmal Arbeit mit heimnehmen. Und ab und zu vielleicht für den Pflasterstrand setzen. Den Umbruch auch. Sie haben sogar schon gefragt. Und im Sommer mit dem Fahrrad zur Arbeit. Sogar gern. Und brauch dann keine Monatskarte, die auch immer teurer wird. Und können auch beim Einkaufen ein bißchen mehr sparen. Lieber nicht, sagte ich. Sowieso mit allem zusammen hätten wir dann ja beinah mehr Geld, als wenn ich jeden Tag in den Laden muß. Da fing der Sommer gerade erst an und man konnte denken, diesmal vielleicht bleibt er doch!

Nach der Reise das erste Kapitel fertig. So gut wie fertig. Soll wie ein Lied! Muß noch ein paarmal abgeschrieben werden, damit dann jeder Ton stimmt. Sobald das erste Kapitel fertig ist, kommt mir vor, daß ich es ohne dieses erste Kapitel nicht mehr lang ausgehalten hätte auf der Welt. Noch nicht das Dorf in diesem Kapitel, sondern wie man dort hinkommt. Durch die Jahrhunderte. In dieser und jener Gestalt. Im Schlaf noch. Und aus dem Jenseits. Immer wieder gekommen. Ein Traum. Im Fieber. Hungrig auch. Die meiste Zeit auf der Flucht. Ein beschwerlicher Landfahrertraum. Das erste Kapitel und dann kannst du nicht aufhören. Gleich weiter mit dem Manuskript! Schon die nächsten Wörter und sehen, wie sie daherkommen und sich zusammenfinden. Und wie aus den Wörtern dann Sätze werden und die Sätze zu Bildern. Und der Klang dazu. Eine Melodie. Ein Buch, wie es noch keins gibt. Also jeden Tag weiter. Sonst immer morgens aus dem Haus. Von Kind auf. Immer in Eile. Fremde Angelegenheiten. Erst Schule, dann Arbeit. Hauptsache Arbeit. Dein ganzes Leben lang morgens zur Arbeit. Wie verurteilt. Man geht, wie immer zu spät dran, also ein schlechtes Gewissen. Jede Uhr starrt dich vorwurfsvoll an. Und der Tag gebückt und wie blind. Schon im voraus verloren. Ein Tag wie aus dem Automat. Beeil dich! Morgens zur Arbeit und abends müd heim. Ein Enterbter. Die halbe Zeit im Dunkeln und nicht bei sich selbst. Nicht ganz bei sich. Seit ich fünf war, hat meine Zeit mir nicht mehr gehört. Und jetzt? Espresso, Milchkaffee, meine Notizzettel, der Tag vor dem Fenster und um mich Sibylle und Carina. Morgens mit Carina in den Kinderladen. Sie hinbringen und dann schnell heim und unterwegs im Kopf schon zu schreiben anfangen. Immer morgens und bis in den Mittag hinein. Und immer abends fängst du nochmal an. Als ob die Zeit meine eigene Zeit. Jetzt nicht an das Arbeitsamt denken! Du schreibst und das ganze Dorf fängt in deinem Kopf zu reden an. Mit vielen Stimmen. Nur weiter! Schreib schneller! Manchmal beim Schreiben muß man den Atem anhalten. Jeden Tag schreiben und sehen, wie es weitergeht mit dem Buch und mit uns und dem Leben. Immer noch einen Tag. Und jetzt ist Herbst.

Seit neun Jahren mit Sibylle. Vor sechs Jahren mit ihr nach Frankfurt gekommen. Vor fünf Jahren mit ihr in diese Wohnung. Vor viereinhalb Jahren zu trinken aufgehört. Carina vor vier Jahren hier in der Wohnung geboren. Am 24. September 1979. Und in der gleichen Woche mein erstes Buch als fertiges Buch vom Verlag bekommen. Seit wir hier wohnen, ist die Wohnung um uns her immer enger und kleiner geworden. Vor einem Jahr mein zweites Buch, aber wie es scheint, hat keiner gemerkt, was für ein Buch das ist. Dann schreibt man das nächste – soll dann umso besser! Und seit ich damit anfing, muß ich in Gedanken unentwegt auf das Dorf zu. Zu Fuß. Ein Wanderer. Nach Staufenberg geht es bergauf. Heimwege. Schon als Kind so gegangen. Erst nach Staufenberg und dann auf den Böhmerwald zu. So gehst du dein Leben lang heim.

Der Sommer. Daß der Sommer. Daß also auch dieser Sommer, sagst du dir. Spät. Eine Herbstnacht. Zigaretten. Immer eine an der anderen anzünden. Kettenraucher. In einem von den großen grauen Sesseln sitzt du. Sind vier. Billig gekauft vor viereinhalb Jahren. Die meisten Sachen hier in der Wohnung entweder gerade rechtzeitig geschenkt bekommen. Oder aus einem der vielen Frankfurter Secondhandmöbelbunker. Und doch kommst du dir reich vor. So große bequeme Sessel. Aus Samt und hellgrau wie einmal im März das Licht in Paris. Ein vergangener Märztag, der einem lang im Gedächtnis bleibt. So ähnliche müssen im Elysée-Palast stehen, sagte ich zu Sibylle. Für Staatsbesuche. Oder sind vielleicht sogar von dort. Halbe und ganze Tage kann man in diesen Sesseln zubringen. Man kann darin wohnen. Sogar zu zweit. Landkarten betrachten und fremde Länder in Merian-Heften und große Kunstbildbände aus der Stadtbibliothek. Und die Zeit bleibt nicht stehen. Auch wenn es einem manchmal eine Weile so vorkommen kann. Kuscheln, knutschen. Liebesstellungen. Auch neue. Zum Ausprobieren. Oder man stellt zwei Sessel zusammen (sie kennen sich!) und sieht, worauf man noch alles kommt. Für Carina gibt es diese Sessel und uns Eltern schon immer. Die Sessel sind mit oder ohne uns für sie gut zum Herumklettern. Standfest. Auch wenn er leer ist, kippt so ein Sessel nicht. Schiebt man alle zusammen, wird für Carina eine Stadt daraus oder ein Gebirge. Aus feinem hellgrauen Samt. Also besser keinen Honig draufschmieren. Alle drei in so einem Sessel und dazu ein langer Abend und ein großer Stoß Bilderbücher. Es ist warm und die Heizung summt (als müßte man zuhören, wie die Zeit vergeht). Viele Bilderbücher aus der Bibliothek, aber dann müssen wir Carina den ganzen Abend lang immer wieder einunddasselbe Bilderbuch vorlesen. Von einem glücklichen Eichhörnchen. Von ihm selbst erzählt. Bis sie es auswendig kann und dann das ganze Buch tagelang laut vor sich hinspricht. Mit Aufsagestimme. Unaufhaltsam. Als ob man bei der Erfindung des Plattenspielers dabei ist. Sie sagt es beim Essen, beim Zähneputzen, beim Einkaufen. Im Kaufhof, am Obststand, im Bilka an der Kasse und auf dem Heimweg. Auf jedem Heimweg. Sogar ganz zuletzt noch auf unserer Treppe, die je müder man ist umso steiler wird. Sie sagt es morgens im Bäckerladen und nachmittags in der Straßenbahn Nr. 18. Immer von Anfang bis zum Ende. Kommt ihr etwas dazwischen, fängt sie von vorn an. So geht auswendig! Und wenn sie ab jetzt alles auswendig lernt?

Zwei Sessel mit und zwei ohne Armlehnen. Und deshalb kann man sie gut zu einer Liege zusammenstellen. Bequem. Wie weich sie sind. Samt und so ein besonderes lichtes Grau. Wie für Staatsgäste. Ein Grau beinah wie die Luft, wenn der Tag grau, aber hell ist. Morgenluft. Daß Grau eine so lebhafte schöne Farbe sein kann. In Gedanken gehst du durch Paris. Schon lang. Vielleicht schon seit Jahren. Du bist jeden Tag wieder im Elysée-Palast eingeladen, aber gehst natürlich nie hin, sondern hast deine eigenen Wege. Vom Morgen an auf den Abend zu. Und suchst dir Tag für Tag neue dazu. Die Sessel, Teppiche und eine Stehlampe mit einem roten Seidenschirm. Könnte auch aus Paris. Aus dem 8. Arrondissement. Oder aus Wien. Aus der Hofburg. Aus dem Hotel Sacher. Ein Erkerfenster am Nachmittag. Aus der Bergstraße 19 im 9. Bezirk. Aus dem privaten Salon von Herrn Hwg. Prof. Dr. Sigmund Freud. So mild ist das Licht. Wie für einen langen Frieden. Und auf einmal so still überall. Eine Schneekugelstille. Dunkelrote Vorhänge an den Fenstern und die gelbe Farbe, aber auch Bücherregale an allen Wänden. Werden immer mehr. Für ein ordentliches Leben längst schon zu viele Bücher. Die Regale, meine drei Arbeitstische. Und unser Spiel-, Eß- und Studiertisch. Und auf dem Tisch aufgeschlagen das große Rembrandt-Buch aus der Bibliothek. Für Carina ist das auch ein Bilderbuch. Nur eben extragroß und man muß sich selbst vorsagen, was auf den Bildern geschieht und wer das ist, der da drauf ist. Und was vorher war. (Sohn Titus, lesend. Jetzt liest er. Ein Schulkind. Schon groß. War vorher Schlittschuhlaufen. Kennt alle Buchstaben! Nachher ißt er Apfelkuchen und trinkt Kakao dazu. Nein, nicht Kakao, den gab es damals noch nicht, sagte ich. Milch mit Honig. Und wann wird das sein, daß Carina mir zum erstenmal etwas nicht glaubt und ob ich das dann auch gleich merke?) Müßten das Buch kaufen. Hätten es längst kaufen sollen. Aber weil es so teuer ist, lassen wir es in der Bibliothek nur immer wieder verlängern. Sie kennen uns schon. Der

Tisch, Rembrandt, zwei Tassen. Nachmittagstassen. Sibylles Schreibzeug, der Lichttisch, der dem Verlag gehört. Meine drei Arbeitstische, das Manuskript und die schlafende Schreibmaschine. Matratzen und Kissen. Carinas Strümpfe. Strumpfhosen, Pullover, Spielzeug. Noch ein paar dicke Wollstrümpfe, die schon länger Bereitschaftsdienst haben, weil es auf den Winter zugeht. Von Carinas Spielzeug weißt du, es leuchtet, solang sie da ist. Und jetzt läßt sein Leuchten nach. Nacht und Herbst und schon spät, das hört man der Stille an.

Angst nicht! Keine Panik! Allein in der Nacht. Du hast das alles um dich her sorgsam aufgestellt. Jedes Ding an seinem Platz. Du spürst eure Tage und die Wohnung wie in dir drin. Ohne hinzusehen. Schreibmaschine und Manuskript. Notizbücher, Schreibhefte, Gedanken und Zettel. Die Bücher. Mein Manuskriptschränkchen, voll mit Geschichten für Bücher, die noch nicht an der Reihe sind. Der alte Weltatlas. Schon siebzig und mit welcher Anstrengung der verschlissene Einband ihn noch zusammenhält. Buntstifte, Bibliotheksbücher. Bauernhoftiere aus Holz und stehen und starren und können nicht einschlafen. Sibylles Terminkalender, ein angefangener Brief, die letzte Gasrechnung, Drucksachen vom Verlag, ihre Handtasche, eins von Carinas Täschchen (sie hat drei). Verlassene Würfel (was sagen die Würfel?), ein buntes Halstuch, eine Glaskugel, mit der man vielleicht zaubern kann, aber wir wissen nicht, wie es geht. Die Nacht, Zeit und Stille. Sibylle und Carina in ihrem Schlaf und du kannst ihre ruhigen Atemzüge jetzt durch die Wand hindurch spüren. Und sitzt hier und mußt ihren Schlaf bewachen. Eine Herbstnacht. Also auch diesmal den Panikanfall überstanden. Wie einen Bombenangriff, der immer wieder kommt und den man jedesmal überlebt. Aber das weiß man immer erst hinterher. Vor viereinhalb Jahren zu trinken aufgehört und immer noch jede Nacht mindestens einen. Meistens danach dann geht es auf vier.

Nicht aus dem Fenster gesprungen (wieder nicht, aber wenn, dann käme dafür am ehesten noch unser Giebelfenster in Betracht!). Nicht schreiend aus dem Haus gerannt, als ob du in Flammen stehst. Mit erhobenen Armen – in alle Richtungen gleichzeitig. Und hinter dir splittert das Glas und brechen die Mauern auf. Dann beim nächstenmal. Du springst aus dem Fenster (wie immer nimmst du das Giebelfenster!) und kommst unten heil an. Gleich aus dem Sprung heraus schnell die Straße entlang in die richtige Richtung. Mitten auf der Straße und Schal, Mantel und Schuhe kommen dir eilig nach. Keuchend. Dein Schatten auch. Schlüssel mit. Nur die Handschuhe bleiben im Flur auf dem feuerwehrroten Schuhschränkchen, weil keiner sie geweckt hat. Oder aus dem Fenster und gleich über die Dächer hin. Flügel? Vielleicht sind sie unsichtbar. Ruhig am Himmel entlang. Mit ausgebreiteten Armen. Späte Nacht. Im Flug auf den Stadtrand zu. Unten die leere Kreuzung Adalbert-/Schloßstraße mit den autistischen Verkehrsampeln. Und gleich daneben das 13. Polizeirevier mit vier schlafenden Streifenwagen. Lang nach Mitternacht. Der Mond in den Wolken. Einen Sterngucker siehst du. Und an einem Dachfenster ein Kind im Schlafanzug. Winkt. Hoch oben am Nachthimmel dein Flug. Über die Stadt hin. Mühelos. Schon weißt du nicht mehr, ob es das erste Mal ist oder ob du immer schon nachts so wie jetzt deinen Weg am Himmel entlang dir suchst. Lang auf den Horizont zu. Und dann sitzt du wieder hier. Am Leben. Auch weiterhin. Man muß, das lernst du im Augenblick höchster Gefahr, man muß spielen mit der Angst, sonst bringt die Angst einen um. Muß man immer neu lernen. Und dann morgen früh Carina den Nachtflug erzählen. Fortan vielleicht jeden Morgen. Fortsetzungen. Einmal die Rheinebene hinunter. Im Gleitflug. Flußaufwärts. Bis zu den Vogesen, wo es in den Süden geht. Da muß man aufsteigen wie ein Adler und hat einen weiten Blick. Einmal zu den Vogesen und einmal hinüber zum Alpenrand. Einmal über den Taunus hin. Niedrig und hoch. Den Taunus kennt sie von unsren Wochenenden. Dann den nächtlichen Rhein entlang. Still der Fluß. Alles still. Rechts und links Weinberge, alte Burgen und Städte, die schlafen. Ein Zauberschlaf. Jahrhunderte schon liegt hier alles im Schlaf. Gleich auch ist dir, daß du eine Ewigkeit schon so fliegst. Hoch in der Luft. Weithin die Nacht um dich her und die Zeit steht still. Sind im Sommer, sind an Sibylles Geburtstag mit einem weißen Schiff auf dem Rhein preiswert von Frankfurt nach Assmannshausen gefahren. Wir sprechen noch oft davon. Carina am meisten. Und jetzt aus der Luft. Anlegestellen. Die Ufer. Nacht. Wie ruhig der Rhein fließt. Die Loreley, die Moselmündung, die Lahn. Das Drachengebirge, das Siebengebirge. Und dann geht es schon bald auf das Meer zu. Hast du nicht schon immer gewußt, daß du fliegen kannst? Wenn kein Schiff kommt, manchmal dicht übers Wasser hin und sehen, ob du ein Spiegelbild hast. Danach suchen. Oft auch Drachen begegnet in diesen Drachenflugnächten. Selbst ja vor langer Zeit lang ein Drachen gewesen. Grün und mit goldenen Augen. Tausend Jahre lang. Und sie ist dein Kind und weiß das, weiß es schon lang. Jeden Morgen ihr weiter von diesen Flügen und bald vielleicht darf sie zum erstenmal mit. Fliegt jetzt ja im Traum oft schon ganze Nächte hindurch. Und so sitzt du wie eben gelandet. Vom Nachtflug zurück. Einmal ein Drachen gewesen. Und sitzt hier mit deiner Vergangenheit. Noch den Schmerz vom jähen zwanghaften Aufwachen in allen Gelenken und Gliedern. Zittert das Haus? Und das Herz. Wie dein Herz klopft – ein Draht, von einem zum andern Ende der Nacht. Aufs äußerste angespannt. Eine Stahlsaite. Und mitten durch dich hindurch. Als ob sie gleich reißt. Und schneidet mit jedem Ton dir tiefer ins Herz. Und wird die ganze Nacht weiter so. Und dazu klingt und zittert die Welt. Herzgesang. Müdigkeit. Viel bleibt nicht mehr von der Nacht, aber den Angriff hast du überstanden. Jede Nacht einen. Schon die Hand nach der Tür ausgestreckt, da fällt dir der Telefonanruf ein. Mein Freund Jürgen. Der vergangene Abend.

2

Sind abends heim, Sibylle, Carina und ich. Mit vielen Taschen und Tüten vom Einkaufen heim. Noch an einem Obststand stehenbleiben. Sechs oder acht Äpfel. Jeden einzeln aussuchen. Hat jeder Apfel sein eigenes Lächeln. Und weil sie so schön sind, haben wir am Ende dann zwölf. Ein Frankfurter Türke aus Izmir, aber hat gute kleine Bauernäpfel aus Rheinhessen und der Pfalz. Über die Leipziger Straße. Wird jetzt jeden Tag eher dunkel. Ein Gedränge vor Ladenschluß. Und die Taschen und Tüten mit jedem Schritt schwerer. Müd heim am Abend. Aber dann auf einmal ein kleiner Wind. Kommt uns entgegen. Kommt auf uns zugerannt, als ob er uns kennt. Noch jung, will spielen. Springt hierhin und dorthin. Rennt in die Seitenstraßen, kehrt um und begleitet uns. Du atmest, du spürst den Wind im Gesicht. Auf einmal hellwach. Überwach. Der Wind rührt dich an und gleich wird alles lebendig. Die Herbstluft, kühl, aber noch nicht wirklich kalt. Auf dem Heimweg die frühe Dunkelheit. Noch ungewohnt. Das Licht in den Läden. Und auf dem Gehsteig die vielen Menschen. Eine Ladentür auf und zu. Ein Glöckchen bimmelt. Einer ruft. Einer rennt über die Straße. Kinder mit einem Hund, Kinder mit hellen Stimmen, Kinder, die in eine dunkle Seitenstraße einbiegen. Müssen da mit dem Wind, müssen auf ihr Leben zu und vielen Abenteuern entgegenrennen. Alles neu. Wie zum erstenmal. Eben noch hast du kaum gewußt, als wer und warum du hier gehst und ob dich das überhaupt etwas angeht. Und jetzt bist du ganz nah bei dir selbst und weißt dich allen Menschen verbunden, die mit dir zugleich auf der Welt sind. Als ob du jeden einzelnen kennst und ihnen wenigstens nächstens noch allen begegnen wirst. Und auch die Toten sind dir nah und vertraut. Sind nicht wirklich tot, sondern immer noch bei uns. Alle Toten. Wie Verwandte. Macht das allein nur der Wind? Über die Leipziger Straße mit ihren Lichtern und Menschen und Ladeneingängen.

Und dann durch ein paar Seitenstraßen. An der Bibliothek vorbei. Sind am Aufräumen und grüßen uns durch die Scheibe und machen bald zu. Und wir noch über den Kurfürstenplatz. Der Brunnen rauscht. Blätter wehen vorbei. Und auf dem Boden das trockene Laub fängt zu rascheln an. So ein Wind, da hat man gleich sein ganzes Leben im Gedächtnis. Wie direkt aus der Kindheit, so ein Wind ist das heute Abend. Wie du als Kind am Dorfrand beim Poul stehst, so heißt dort ein Teich, den es nicht mehr gibt. Das Wasser. In der Finsternis ein paar Lichter. Ein Hund bellt. Die Stimmen sind Stimmen aus dem Jahr 1950 und der Wind läßt im Wasser die Lichter zittern. Und sie glühen und funkeln, als sei dort mitten im Teich ein Schatz versunken. Vor uns auf dem Gehsteig eine städtische Amsel im Dunkeln und grüßt. Und natürlich muß ich Carina zeigen, wie man mit dem Wind spricht, damit uns der Wind auch in Zukunft erkennt. Nur von weitem eine Straßenbahnhaltestelle in der Schloßstraße. Eine hellerleuchtete Straßenbahn. Hat eben angehalten und jetzt steigen ein paar Leute aus. So weit weg. Man möchte sie rufen. Dort in der Ferne. Als ob man sich selbst gehen sieht. Autos hupen. Eine Straßenbahn klingelt. Und dann gehen wir an den dunklen Abbruchhäusern und Ruinen der Adalbertstraße vorbei. In Frankfurt am Main in Bockenheim. Ein Herbstabend. Wind. Du hast die Jahre zusammengezählt, bist vierzig und wie es scheint seßhaft. Mit einer Neigung zu Selbstgesprächen. Und gehst hier mit Frau und Kind heim.

Sind auf der Treppe, da klingelt schon unser Telefon. Aus dem Dachgeschoß, ruft und ruft. Und natürlich erreicht man es nicht. Wer kann das gewesen sein? Noch ganz außer Atem, wie soll man sich da gedulden? Und endlich nach einer Stunde klingelt es wieder. Mein Freund Jürgen. Aus Frankreich, aus Barjac. Hat heute schon mehrfach, hat es ein paarmal probiert. Auch am Nachmittag schon. Pascale, sagt er, sie geht. Hatten Streit. Nicht schlimm. Den gleichen Streit wie gestern und vorgestern und die Wochen davor. Nicht einmal Streit, sagt er. Bloß die Sorgen. Sie sind vor einem Jahr in die Provence, um dort ein Restaurant aufzumachen. Billig das Erdgeschoß in einem leeren Haus gemietet. Ein Haus, das Jahrzehnte leer stand. Eine Kleinstadt im Süden. Im Département Gard. Nicht weit von der Ardèche. Hatten kaum Geld. Haben den Winter über das Gerümpel ausgeräumt und den Raum renoviert. Müssen alles selbst machen. Mitten im Ort das Restaurant. In der engen alten Rue Saint Michel. Dazu eine Wohnung am Ortsrand. Nicht teuer. Ostern das Restaurant aufgemacht. Ostern ist in Barjac ein großer Trödel- und Antiquitätenmarkt. Nie vorher ein Geschäft gehabt. Er kocht und sie hilft ihm dabei und bedient. Ein Restaurant mit drei Tischen. Von Anfang an nicht genug Geld und beim Restaurant keine Terrasse, kein Hof, nicht einmal Platz für ein paar Stühle und Tische vor der Tür und eine bunte Markise. Aber wollten immer schon in den Süden. Und vielleicht klappt es doch. Kommen im ersten Sommer gerade so durch. Von der Hand in den Mund. Aber es gefällt ihnen. Hatten auch vorher meistens kaum Geld. Pascale, die als Studentin nach Deutschland kam, erst Studentin, dann Sprachlehrerin. Und mein Freund Jürgen, der sein halbes Leben auf der Flucht war, aber von unterwegs und aus dem Knast mir die besten Briefe schrieb. Jahrelang. Ganze Bücher als Briefe in Fortsetzungen alle paar Tage mit der Post. Und manchmal auch ein Gedicht. Über Mittag noch Gäste, sagt er. Die letzten. Drei Belgier. Zwei Männer und eine Frau. Oktober. Touristen. Immer noch ein paar auf der Durchreise. Meistens Ausländer, die nochmal ans Meer wollen. Und nach Avignon und auf den Mont Ventoux. Aber eigentlich ist die Saison vorbei. Wir sind den Sommer über so durchgekommen, sagt er. Weißt du ja. Für das erste Jahr auch nicht schlecht. Vor dem Essen schon ihre Vorwürfe, sagt er. Vormittags aufgemacht. Dann sind die Gäste weg und wir fangen mit dem Streit von vorn an. Ich kann nicht mehr! sagt sie. Dann hat sie geweint und ist weg. Und als ich in die

Wohnung kam, war sie beim Packen und hat mir schon nicht mehr geantwortet. Du hättest sie trösten müssen, sagte ich. Ich dachte, sie beruhigt sich eher, wenn ich nichts sage, sagt er. Das war einfach zu viel für sie in den letzten Wochen. Ein bißchen Geld haben wir noch, aber auch haufenweise Zeug zu bezahlen. Rechnungen. Alles auf ihren Namen. Sie macht sich Sorgen wie eine Geschäftsfrau, sagt er. Wie ihre Mutter in Marcigny. Ihre Mutter hat in Marcigny zwei Häuser, einen Kurzwarenladen, einen Mann, der ihr immer recht gibt und keine Schulden. Pascale ist die jüngste, die Lieblingstochter. Hier, sagt er, brauchen wir nicht viel. Die Miete auch billig. Wenn nur die Lage ein bißchen besser wäre. Jetzt spricht er selbst schon wie ein Geschäftsmann. Aber dann ist er doch wieder mein alter Landstraßenfreund und Dichterbruder. Könnten im November nach Deutschland, sagt er. Ende November. Und ich wüßte schon, wie ich in ein-zwei Wochen genug Geld auftreibe, damit es uns bis zum Frühling reicht. Ab Ostern läuft hier alles von selbst. Und wahrscheinlich jedes Jahr besser. Sie ist nicht weg, sagte ich. Oder wenn, dann kommt sie wieder. Geh jetzt und sprich mit ihr! Du hättest sie gleich trösten sollen!

Dann vom Wetter. Daß noch kürzlich Mistral war. Da leuchtet die Welt. Und jetzt kommt der Wind vom Meer. Von der Biskaya. Feucht die Luft. Die Wolken ziehen tief. Das war heute Nachmittag und auch in der Dämmerung noch. Dann regnet es in der Nacht in Burgund und am Alpenrand. Und morgen vielleicht in Deutschland. Gleich siehst du von dort die Wolken wie riesige Luftschiffe. Grau. Frachtpapiere und Adressenaufkleber dran, auf denen mit großen Buchstaben Karlsruhe, Frankfurt, Bremen, Hamburg, Berlin steht. Und kleingedruckt die Wasseranalysen und Niederschlagsmengen. Es ist dunkel, die Wolken ziehen und zwischen den Wolken manchmal ein paar trübe Sterne, die nur kurz blinzeln und dann gleich weiter schlafen. Vom Wetter also und was Pascale anhatte. Grün, sagt er und wundert sich nicht, daß ich frage. Einen grünen Pullover und einen kurzen dunklen Wollrock. Und die Haare zusammen. Und was sie zuletzt noch gesagt und wie sie geweint hat. Und ich kann alles vor mir sehen. Nicht nur den vergangenen Tag mit den Wolken und Pascale, wie sie weinend aus dem Restaurant kommt und eilig im Wind die Straße entlang. Der Wind zerrt an ihr und dann fängt sie an zu rennen. Und wie es dann dunkel wird. Auch die Belgier im Restaurant und den Mistral von gestern und vorgestern und den Tagen davor. So telefonieren wir. Und dann geht er in die Wohnung. Die Wohnung am Ortsrand und mir ist, ich könnte ihm nachsehen, wie er da geht. In der Dunkelheit. Mein Freund Jürgen. Vorher ein kleiner Regen vielleicht. Öfter schon seit dem Nachmittag. Nur kurz ein Geniesel und der Wind nimmt es mit. Und danach sind die Straßen naß und die Steine und Mauern glänzen vor Nässe. Er geht. Sogar nach dem Auflegen seh ich ihn noch in der Ferne. Und muß es Sibylle und Carina erzählen. Vielleicht ist Pascale doch nicht weg. Vielleicht ist sie schon zurück. Die Pascale, sagt Carina mit großen Augen. Und steht auf dem Teppich und denkt.

Dazwischen unser Abendessen (oder war das vorher schon?) und nach dem Essen Kaffee für mich. Erst Espresso, dann Milchkaffee. Und dann ruft er wieder an. War in der Wohnung. Sie ist weg. Sie ist wirklich weg. Sie kommt zurück, sagte ich. Aber wo kann sie hinsein? Du hättest sie gleich trösten müssen! Ihr längst schon sagen, wir schaffen es schon! Und beizeiten zu sparen anfangen. In Kürze. Demnächst. Also bald. Und ihr alles vorrechnen, sagte ich. Aber er kann nicht rechnen. Sparen auch nicht. Er kann schon die Wörter nicht hören. Aber wo kann Pascale hinsein. Wo ist sie jetzt? Es gibt ein paar Autobusse. Einen nach Pont-Saint-Esprit. Und einmal am Tag sogar einen nach Avignon. Aber nicht abends. Ihr eigener alter VW-Bus steht oben beim Haus und springt schon länger nicht an. Schon vorige Woche nicht. Ann-Marie und Françoise sind nicht da. Ihre einzigen Freunde dort seit einem Jahr. Wenn sie da wären, könnte man hoffen, daß Pascale bei ihnen in der Küche sitzt. Es riecht nach Ofenwärme, Rotwein, Pfeffer und Hasenbraten. Erst weint sie noch und läßt sich dann von Ann-Marie abknutschen und verwöhnen. Und dann kommt Jürgen dazu und es gibt ein riesiges Abendessen mit Kindern und einer großen Torte und Feigen und Sahneeis. Daß sie auch gerade jetzt so lang weg sein müssen, sagt er. Verreist. Sie kommt zurück, sagte ich. Sogar schon einen Plan, sagt er. Im Winter nach Deutschland. Und wie wir dann genug Geld auftreiben. Ein paar Wochen in Frankfurt in einer WG. Entweder vorher den alten VW-Bus nochmal in Ordnung bringen oder ein anderes billiges Auto. Auch zum Einkaufen für das Restaurant. Ohne Auto kommt man hier nicht zurecht.

Ob sie in Saint-Ambroix ist? Die nächste Kleinstadt. Knapp zwanzig Kilometer. In Saint-Ambroix gibt es einen Bahnhof. Vielleicht ist sie mit einem Taxi hin. Unterwegs noch die Dämmerung. Wie mit Flügeln die Dämmerung an ihr vorbei. Der Taxifahrer fährt schnell und spricht von Automarken und Grundstückspreisen, weil er denkt, daß sie von Boxen und Fußball sowieso keine Ahnung hat. Und jetzt sitzt Pascale in einem billigen bunten Hotelzimmer nicht weit vom Bahnhof. Hat hintereinander fünf Tassen bitteren schwarzen Kaffee getrunken. Gleich als sie ankam. Im Stehen. Und sich vor einem großen Cognac geschüttelt, als sollte sie Gift trinken. Zimmer vier. Sitzt im Spiegel in Unterwäsche auf der geblümten Hotelbettdecke. Weint und friert und raucht seit zwei Stunden. Einen Zug hört man fahren. So langsam, das muß ein Güterzug sein. Eine Nebenstrecke von Paris in den Süden, aber niemand fährt den ganzen Weg auf so einer Nebenstrecke. Die Leute fahren immer nur bis zur nächsten und übernächsten Haltestelle und da steigen dann wieder andere ein. Und vielleicht ist der letzte

Zug für heute schon weg. Im Hotel längst alles zu. Kein Mensch da. Wenn sie telefonieren will, muß sie ihr Kleingeld zählen, sich nochmal anziehen, nicht den Schlüssel vergessen und auf nassen leeren Nachtstraßen eine vertrauenswürdige Telefonzelle suchen, die auch wirklich funktioniert. Oder ist sie nach Avignon? In Avignon gibt es Nachtzüge. Aber wo will sie hin? Wenn sie zu ihren Eltern will, muß sie viermal umsteigen und schafft die Strecke heut nicht mehr. Und außerdem haben ihre Eltern ihr gleich gesagt, daß dieser Ausländer für sie der falsche Mann ist. Sie hat Freunde in Paris und eine Freundin in Lyon. Elaine, eine beste Freundin, die sie auch im Auto abholen würde, ihr entgegenfahren oder am Bahnhof warten und die ganze Nacht wachbleiben. So immer weiter am Telefon, Jürgen und ich. Vielleicht ist das auch schon sein dritter oder vierter Anruf. Es wird immer später. Und dann geht er wieder in die Wohnung. Ruf aber nochmal an, sagte ich, weil ich denke, vielleicht ist sie zurück oder war gar nicht wirklich weg. Und dann versöhnen sie sich, aber in der Wohnung ist kein Telefon. Und dann muß ich die ganze Nacht hier sitzen und mir alles immer weiter ausdenken. Er geht und wir bringen endlich Carina ins Bett. Erst Sibylle, dann ich, dann Sibylle und ich. Aber im letzten Moment vor dem Einschlafen will Carina nochmal heiße Milch. Heiße Milch mit Honig, die dann natürlich zu heiß ist. Erst viel zu heiß und dann immer noch zu heiß. Noch mehr Honig. Und dann in kleinsten Schlückchen die heiße Milch. Und dann muß Carina nochmal mit ihren Stofftieren sprechen. Dachs, Eisbär, Esel, Zebra, Giraffe, Eichhörnchen usw., damit sie auch alle nochmal trinken und sich der Reihe nach beruhigen und auch endlich einschlafen können. Und dann wird Carina ganz schwer, schlafschwer und warm und müde. Wird wieder ganz klein in ihrem heutigen blaugrünen Schlafanzug. Und die Augen fallen ihr zu. Wird erst schlafschwer, dann traumflügelleicht. Und ganz zuletzt sagt sie noch: Aber die Pascale!

Dann mit Sibylle und weil es für heute mit dem Schreiben nicht mehr viel wird, habe ich angefangen, Notizen zu übertragen. Manche kann man kaum lesen. Oder wenn man sie lesen kann, weiß man nicht mehr den Zusammenhang. Auch so viele. Über Wochen und Monate im Gehen oder sonstwie zwischendurch und auf jede Art Zufallszettel. Kassenbons, Zigarettenschachteln, ein Zeitungsrand, alte Briefumschläge. Alles Staufenberg-Notizen. Und müssen jetzt in einen dicken amerikanischen Spiralblock. Beim Übertragen sie noch besser ausarbeiten. Im Flur über der Wohnungstür auf einer Art Zwischendecke noch ein ganzer Karton voll, den man gar nicht erst aufmachen darf. Nichtmal drandenken! Schon ohne diese Notizen wird das Buch immer dicker. Also wird es doch ein Tausendseitenbuch, sagt Sibylle, die im Sommer als erste das erste Kapitel las und dann zu mir sagte: Eigentlich schreibst du deine ersten Kapitel, um die Leser abzuschrecken! Jetzt geht mir auf, daß ich allein für das Übertragen der Notizen tage- und wochenlang brauchen werde, muß aber doch mit dem Buch weiter! Morgens schreibst du und abends trägst du Notizen ein, sagt Sibylle. Solang es eben dauert.

Dann wieder Jürgen. War oben beim Haus, aber nicht in der Wohnung drin. Konnte nicht! Im Flur Licht, sonst alles dunkel, sagt er. Sie ist weg! Er hat sich aus dem Auto Decken und einen Schlafsack geholt. Schon vom Mittag an ein Kaminfeuer im Restaurant. Eichenholz aus den Cevennen. Muß zwischendurch manchmal nachlegen. Regnet es? fragte ich. Hat geregnet, sagt er. Vielleicht sogar mehrmals, aber immer nur ein paar Tropfen. Zuviel Wind. Sieht man Sterne? Nur ab und zu und immer nur kurz, sagt er. Die Wolken ziehen tief. Er spricht und dazwischen trinkt er. Wein aus der Flasche. Hat schon am Mittag angefangen. Und raucht dazu ununterbrochen. Seit ich aufgehört habe zu trinken, trinkt er als sei er ich wie ich früher war. Manchmal lange Pausen beim Sprechen. Als ob er horcht, ob sie kommt. Und dann muß ich auch horchen. Sogar den Atem anhalten. Vielleicht hat sie anzurufen versucht, als er weg war. Mir ist, als müßte ich nur lang genug in meinem Gedächtnis suchen, damit in der Ferne ein alleingelassenes Telefon zu klingeln anfängt und immer weiter verloren anklingelt gegen Raum und Zeit. Den ganzen Abend schon kann ich ihn beim Telefonieren vor mir sehen. Aber auch den Ort, Barjac, wo wir im Juni gewesen sind. Und dazu die ganze Gegend. Von der Ardèche bis ans Meer. Die Camargue, die Côte Bleue und weithin das Delta und die leuchtende alte Provence und Marseille und das Meer und die Inseln im Abend. Einmal kommt man zum erstenmal hin und weiß gleich, daß man immer wieder hinkommen wird. Mir mit dem Schlafsack ein Bett am Kamin, sagt er. Würde gern draußen schlafen, aber es ist feucht und kalt. Nochmal nach den Sternen sehen, sagt er und unsere ganze Landstreichervergangenheit fällt mir ein.

Noch gar nicht lang, sagt er (und vielleicht ist das auch schon wieder sein nächster Anruf), da sind wir im Wald gewesen. Erst vorige Woche oder die Woche davor. In den Bergen. Nur drei Tage. Die Cevennen. Lang bergauf mit dem ächzenden alten VW-Bus, sagt er. Und uns einen Platz suchen auf ungefähr tausend Meter. Im Licht, in der Mittagshitze. Hinter Saint-Jean-du-Gard. Da wird es einsam. Blaubeerwälder. Man müßte im Sommer hin. Im Wald im Freien geschlafen. Mußten für die Nacht immer in die Täler hinunter. Gekocht auch im Wald. Drei Tage und am vierten zurück. Pilze mit heim, Eßkastanien und Nüsse. Selbst gesammelt und zuletzt noch bei zwei alten Männern welche dazu gekauft. Am Straßenrand. Dort kommt nur alle paar Stunden ein Auto. Und sie sitzen unter einem Baum, als ob sie schon lang auf uns warten. Hundertjährige. Der eine wie aus Tibet. Alte Landstraßen. In den Tälern noch Sommer, sagt er. Von allen Seiten der Wald und in jede Richtung. Riesige Wälder und Adler am Himmel und in den Tälern kleine entlegene Dörfer. Manche fast unbewohnt. Ausgestorben. Verlassen. Nur Steinmauern noch. Und man sieht, da war einmal ein Garten. Wir sind auf der Rückfahrt noch in Alès in die Markthalle. Mittags noch Sommer, sagt er. Sogar dort auf den Bergen noch. Jeder Tag wie ein Gedicht von Villon, sagt er und trinkt. Zurück, damit wir das Restaurant vor dem Saisonende nochmal aufmachen können. Und sagten uns auf der Rückfahrt, wir schaffen es schon. Und ruft dann gleich nochmal an und muß lang weiter vom Wald und der Sonne erzählen. Und von Pascale, die jetzt weg ist. Wollten bald auch ans Meer, sagt er. Vor dem Winter nochmal. Und nach Marseille. Hätten immer ein bißchen Geld extra zurückgelegt, sagt er (der nie Geld zurücklegen konnte). Von den Tageseinnahmen abgezweigt. Als ob man sich selbst bestiehlt. Hier im Süden, sagt er. Man kann überall hin und es kostet fast nix. So telefonieren wir und die Zeit bleibt nicht stehen. Bis morgen dann. Morgen kommt sie zurück, sagte ich. Dann fährt auch das Auto wieder. Und im November kommt ihr nach Frankfurt. Vielleicht schneit es dann schon in Deutschland. Ruf auf jeden Fall morgen früh an.

Wie immer im Stehen telefoniert und dabei einen weiten Blick. Dann wieder mit Sibylle am Tisch und mit meinen Notizzetteln weiter. Vorher zwischendurch immer schon was er sagt als Nacherzählung für sie. Und jetzt müssen wir immer weiter von Pascale und von Jürgen und unsrem Besuch in Barjac sprechen. Vom vorigen Sommer, als wir bei ihnen waren. Und dem Sommer davor, als wir mit ihnen an der Côte Bleue und in der Camargue gewesen sind. Und da war es ja auch, daß sie auf der Rückfahrt Barjac fanden. Den Ort und ein Haus voll Gerümpel in einer engen Straße. Ein Haus, das Jahrzehnte leer stand. Und sie sind auf der Rückfahrt und wollen nicht heim. Sie sehen das leere Haus und denken sich eine Zukunft dafür aus. Schon spät. Wie all die Jahre in Staufenberg sitzen wir jetzt mit dem vergangenen Tag und unsren Gedanken, Sorgen und Zetteln hier, Sibylle und ich. Jeder mit seiner Arbeit. Bleiben lang wach und sprechen vom Süden, von uns und der Zeit. Und von Staufenberg. Damals auch immer nachts geschrieben und morgens zur Arbeit. Keine Zeit und nie genug Schlaf. Und doch war es mir da noch egal, wie spät es nachts wird. Und dann sitzt man da und merkt, die Platte ist abgelaufen. Schon länger? Vielleicht eine ganze Weile schon? Gleich Mitternacht. Und kann sein, daß die Zeit eine Weile still stand. Schon wieder Oktober, sagen wir jetzt zueinander, weil auch Oktober war, als wir uns zum erstenmal sahen. Wie still es nachts in Staufenberg war, sagte ich. Sogar damals noch. Und muß weiter an meinen Freund Jürgen denken, wie er sich seinen Schlafsack beim Kaminfeuer zurechtlegt und dann vor der Tür nochmal nach den Sternen sieht. Schon spät, feucht die Luft. Vorher ein kleiner Regen und die Wolken ziehen landeinwärts. War zuletzt ziemlich blau, sagte ich zu Sibylle. Heute die Belgier beim Mittagessen mit Lammkoteletts und grünen Bohnen. Aber was haben wir vorhin zu Abend gegessen? Im Lampenlicht hier am Tisch? Bei ihnen ein trüber Tag im Süden. Die Saison vorbei. Ein paar letzte Gäste auf der Durchreise. Nach Spanien und an die Côte d'Azur. Herbstgäste. Belgier. Zwei Männer und eine Frau. Woher weiß er, daß sie Belgier waren? Und wo sind sie jetzt? Ich kann sie vor mir sehen, wie in einem Film. Aber man kennt nur ein paar einzelne Szenen und weiß nicht, worauf es hinausläuft. Als ob man im Kino geschlafen hätte. Und Pascale mit nichts als einer Flasche Volvic, halb voll, und Zigaretten, vier Schachteln, zwei Sorten. Sie hat in letzter Zeit ein paarmal die Marke gewechselt und jetzt sind alle falsch. Und ein Papiertütchen mit einem trockenen halben Croissant. Wie von einem alleingelassenen Kind mit Halsschmerzen und Hausarrest, so ein Tütchen. Und im voraus bezahlt ein Zimmer in einem leeren traurigen Bahnhofshotel, das man aus vielen anderen alten französischen Filmen kennt. Vielleicht ruft sie ihn in der Nacht noch an. Was Carina wohl träumt? Machmal ruft sie und spricht im Schlaf.

Einen Zug hört man fahren und dann eine S-Bahn vom Westbahnhof. Immer noch seh ich Barjac und die Provence und dazu das ganze nächtliche Land von hier bis dorthin. Und dann noch klein in der Ferne den Nachtzug nach Ventimiglia, der in Besançon gehalten hat und jetzt auf Lyon zufährt. Kann es einem nicht immer noch wie ein Wunder vorkommen, daß jede Nacht ein Zug in den Süden fährt. Auch jetzt im Herbst. Daß es den Süden gibt, auch wenn wir nicht dort sind. Schon spät, sagte ich zu Sibylle. Und wird immer später. Schon den ganzen Abend mit meinen Notizzetteln hier bei ihr, statt dort in der Ecke an einem von meinen drei Arbeitstischen. Müßte längst schon viel weiter mit der Arbeit, sagte ich. Kann nur hoffen, daß es morgen früh mit dem Schreiben gut weitergeht. Daß es überhaupt weitergeht. Morgens schreibst du und abends trägst du die Notizzettel ein, sagt Sibylle, als sei damit alles für immer geregelt. Wird wochenlang dauern, sagte ich. Muß sie dann noch über Nacht wegräumen. Morgens dürfen sie nicht herumliegen. Müssen bei Tag unsichtbar. Wenigstens aus dem Weg. Wir könnten sonst hier am Tisch ja auch nie mehr essen. So viele Zettel! Und wenn sie dann alle eingetragen sind, wollen sie auch mit ins Buch rein. Genau wie die anderen in den Kisten auf dem Zwischenboden. Schon jetzt die Notizzettel um mich her wie ein Gemurmel von allen Seiten. Allgegenwärtig. Ein Gemurmel, das außer mir wie es scheint keiner hört. Das wird nie anders mit dir, sagt Sibylle manchmal zu mir und eigentlich müßte ich sie dann fragen, was sie damit meint. Aber dann kommt sie und umarmt und küßt mich. Küßt mich immer weiter, bis es zum Fragen zu spät ist.

Sie geht ins Bad und kommt gleich zurück. Kein Mond heute? Mitternacht längst vorbei. Sind die Leute aus den Kneipen schon heim? Schon spät und wird immer später. Sibylle läßt Badewasser für uns einlaufen und fängt an sich auszuziehen. Den ganzen Abend schon in einer dunkelblauen Wollstrumpfhose und zieht jetzt den Pullover aus. Nur ein dünnes Hemdchen. Die Notizzettel, sagte ich. Wie leicht und wie schmal du bist. Wie eine Tänzerin, die immer nur auf Zehenspitzen sich bewegt oder den Boden die meiste Zeit gar nicht berührt. Im Flur auf dem Zwischenbrett über der Tür die anderen Notizzettel. Alle aus der Zeit, bevor ich mit dem Buch anfing. Alles Staufenberg-Notizen, aber wir müssen sie wegpacken, damit sie mir nicht unentwegt in das Buch hineinreden. Besonders am Anfang nicht. Auch kein Platz. Und damit sie mir nicht dauernd vor Augen. Deshalb die Kisten und Kartons und das Zwischenbrett für sie. Besser nicht daran denken. Aber wir gehen ja alle drei jeden Tag mehrmals unter diesem Brett durch. Immer rein und raus. Und die hier, sagte ich, jetzt räumen wir den Tisch ab und morgen müssen sie vorsortiert werden, bevor ich dann nach und nach alle eintrage. Aber warum hast du sie? fragt Sibylle. Kommen von selbst, sagte ich. Nur die Wörter, die Einfälle. Die Zettel dazu muß ich mir zusammensuchen. Ich muß sie aufbewahren, aber sie gehören nicht mir. Sogar wenn ich wollte, dürfte ich sie nicht wegschmeißen. Aber wann nimmst du sie? Vielleicht nie, sagte ich. Aber muß sie trotzdem alle aufschreiben und immer wieder ansehen und bedenken und korrigieren und jetzt in den großen Spiralblock übertragen. Schon um sie loszuwerden. Wird im Kopf immer mehr. Meistens im Gehen. Kommen nachgelaufen oder rennen mir schon entgegen. Rufen und winken. Bilder und Wörter und ganze Sätze. Warten an jeder Ecke und vor allen Kneipen und Ladentüren. Gehören der Menschheit. Wissen, daß ich für sie zuständig. Man darf nichts veruntreuen. Jeder Mensch, den man sieht, wie der Anfang einer Geschichte. Fenster auch. Sogar Haustüren, Schränke und Schubladen. Alles hastig aufschreiben und später kann man manche Wörter nicht lesen. Oder kann sie lesen und weiß am Ende nicht mehr, warum da Hoflampe, Staublunge, Schüttrinne steht. So unverständlich wie ein fremdes Gebiß oder eine unbekannte Hand in der Nachttischschublade. Eine Frauenhand mit einem dünnen silbernen Fingerring. War das ein Verlobungsring? Wörter wie vom Mond. Und wenn ich es dann nicht doch noch kapiere, bleibt mir für immer ein Knoten im Kopf. Auch Nackenschmerzen. Wird alles immer schlimmer. Du siehst ja auch, wie die Wohnung um uns her immer enger wird. Morgen früh, sagte ich, mit dem Buch weiter. Alle Morgen schnell weiter und dabei den Atem anhalten. Und immer abends die Zettel. Erst noch sie vorsortieren und in Umschläge. Gut, daß du darauf gekommen bist, sagte ich zu Sibylle. Jetzt die Zettel dort auf das Schränkchen, sagte ich. Unser Vierzigmarkgelegenheitsschränkchen, das du immer Sideboard nennst. Die Briefumschläge billig beim Bilka. 100 Stück. Sonderpreis. Noch aus dem letzten Winter. Und der Spiralblock ist aus Amerika.

Gleich soweit, sagte ich und die Zettel fangen zu zittern an. Müssen zittern, weil Sibylle wieder die Tür aufläßt. Schon wieder die Platte abgelaufen oder ist das noch die Stille von vorher? Das Wasser rauscht und gleich ist die Wanne voll. Sibylle kommt und zieht ihre Strumpfhose aus. Hellblaue Unterwäsche. Himmelblau. Und muß dann gleich zu mir kommen, damit ich sie anfassen kann. Gleich soweit, sagte ich und die Heizung summt. Weißt du noch, wie die Leute nachts aus den Kneipen heimgingen? Paare und Gruppen von Paaren. Und reden und lachen. Alle Türen offen. Manche den ganzen Abend von Kneipe zu Kneipe. Und dann auf dem Heimweg. Beim Abschied. An jeder Straßenecke. Vor den Haustüren. Und bei den geparkten Autos. Hemdsärmel. Sommerkleider. Umarmungen. Küsse auch. Und müssen noch eine Weile beisammenstehen. Damit die Zeit vielleicht doch noch ein Einsehen. Passanten vorbei. Stammgäste. Fremde. Nur von der Straße herauf ihre Stimmen. Und doch, als ob man sie schon eh und je kennt. Manchmal Musik und dann fährt ein Auto an und nimmt die Musik mit. Sommerabendstimmen. Jedem Ton hört man den Sommer an. Weißt du die Stimmen und Abende noch? Lang in die Nacht hinein und ein großer gelber Frankfurter Mond. Und Auguststerne. Und wenn es Gartenkneipen sind, auch noch bunte Lämpchen in den Bäumen. Biergärten in Bockenheim. Apfelweinkneipen in Bornheim und Sachsenhausen. Traditionskneipen. Griechen in Rödelheim. Seckbacher Italiener. In einem Frankfurter Vorort eine beliebte Gartenkneipe mit Tankstelle und Kfz.-Werkstatt. Garagendienst. Mietstellplätze, Reifen-Service, Ersatzteile. Alle Automarken. Die Hecken sind echt, aber der Fliederduft den ganzen Sommer ist von einem preiswerten Klospray. Immer abwechselnd Flieder und Lavendel. Ein langer Sommer. Gestern noch? Und in einem anderen Frankfurter Vorort eine Gartenkneipe bei einem Baustoffgroßhandel und einer hohen Backsteinmauer mit farbenfroher Plakatwerbung. Gemütlich. In den Gartenkneipen im Sommer ist den echten Frankfurtern beim Trinken jede Musik recht! Und dann geht es auf Mitternacht zu und diese Gartenkneipen und Vororte fangen sacht zu schaukeln an, als ob sie an langen Stricken vom Mond herab hängen. Einer findet wieder seine Schlüssel nicht. Haus oder Auto? Beides. Ein Betrunkener, der schon den ganzen Sommer seine eigene Haustür nicht findet. Viele Menschen überall. Und sie lassen sich Zeit. Den ganzen Sommer lang. Lassen sich Zeit und lassen es spät werden. Klar, sagt sie. Unterm Fenster. Gehen heim. Das war doch gerade erst. Das ist es ja, sagte ich. Und jetzt nicht mehr. Wenn man sie überhaupt noch hört, dann hört man ihren Schritten und Stimmen an, daß der Sommer vorbei ist. Gleich soweit, sagte ich und konnte spüren, wie die Zeit an mir zieht. Und dann rauscht wieder das Wasser und Sibylle zieht nochmal ihren Pullover an und sagt, wenn du solang nicht kommst, muß ich dauern heißes Wasser nachlaufen lassen. Gleich, sagte ich. Weißt du noch unser Wochenende in

Eschersheim? Als sie abfuhren, fragt sie. Nein, davor, sagte ich. Als ich so müde war, daß mir das Wort erschöpft nicht mehr einfiel. Als ich gleich bei der Ankunft dort ins Bett gehen wollte. Als Gast. Zu Besuch auf der Welt. Und euch nur vorher noch diesen einen einzigen Moment erzählen. Wenn man an einem Wintersonntag am Ende der Kindheit in Lollar vorm Kino steht. Schneematsch und Tauwetter. Mit zwölf oder dreizehn. Den ganzen Weg übers Feld zu Fuß gekommen. Siebzich Fennich Eintritt. Sperrsitz. Loge. Parkett. Und dann steht man da und wartet, daß gleich die Sonntagnachmittagsvorstellung anfängt. Ihr vorletztes Wochenende, sagte ich. Noch bevor sie zu packen anfingen für Barjac. Carina schläft. Ist den ganzen Abend nicht ein einziges Mal aufgewacht. Schläft am besten, wenn sie uns in der Wohnung hört. Wieder die Musik abgelaufen. Diesmal hab ich noch die letzten Töne im Ohr. Janis Joplin oder war das vor einem Jahr? Sibylle kommt herein. Pullover, nackte Beine und dicke Wollsocken. Beinah wie kleine weiche Stiefelchen. Komm, sagte ich. Komm her! Und sie kommt gleich aber bleibt nicht. Kommt und geht wieder. Gleich noch ein paarmal rein und raus. Und dann ist noch einmal Zeit vergangen. Das Wasser rauscht. Sibylle steht nackt in der Tür und sagt: Schon dreimal heißes Wasser nachlaufen lassen. Weißt du, wie spät es ist? Und du gehst hier wie ein Gespenst zwischen den Wänden herum und sprichst mit dir selbst und sagst dir die nächsten Bücher vor! Jetzt komm ich, sagte ich. Mitten im Zimmer. Barfuß. Mein Hemd hat sie mir vorher schon aufgeknöpft. Hab ich nicht nach dem Mond gesehen oder ist heute keiner? Mußte nur eben nochmal an meinen Schwager denken, sagte ich. Du kennst ihn ja auch.

3

Unser Abend. Dann nochmal aufgewacht. Meine pünktliche nächtliche Panik. Und jetzt bei der Tür. Die Hand schon am Lichtschalter. Endlich schlafen. Aber gleich wieder aufgeschreckt. Wach. In Unruhe. Als ob du flackerst und brennst. Gleich mit großen Schritten im Zimmer herum. Hierhin und dorthin (unser großes Zimmer) und dabei in die Ferne denken. Schläft er jetzt? Und Pascale? Schläft auch? Schon zurück? Sitzt im Zug. Seit zweieinhalb Stunden. Ein Mitternachtszug nach Lyon. Und seit knapp zwei Stunden weiß sie, das ist die falsche Richtung für sie. Sie ist erschöpft, zittert und will zurück, aber der Zug kehrt nicht um. Oder hat sie ihn aus Avignon angerufen und er ist auf dem Weg zu ihr. Mit dem alten VW-Bus, der nach ein paar lauten Fehlzündungen wie durch ein Wunder anspringt. Er fährt. Eine Herbstnacht. Angetrunken und müde fährt er. Vergißt zu schalten. Beide Seitenfenster offen, damit er nicht einschläft. Die Musik. Spät in der Nacht Miles Davis und Memphis Slim. Eine enge Straße, die durch die Berge geht. Lang kein Ort. Viele Kurven und nicht ein einziges Licht. Rechts und links Felsen. Einmal eine alte gewölbte Steinbrücke. Laut der alte VW-Bus. Und von den Felsen der Widerhall, als ob da noch einer fährt. Hinter ihm oder käme in der nächsten Kurve entgegen. Ohne Licht. Ein Geisterauto. Er sieht auch Segelschiffe. Dann zuckt er jedesmal und erschrickt. Ist allein. Als ob er schon ewig so fährt. Die meiste Zeit im falschen Gang. Fährt vielleicht selbst nur als Geist hier. Lang nach Mitternacht. Und die Fehlzündungen wie Gewehrschüsse. Er fährt und muß immer wieder hochschrecken. An ihm vorbei die Segelschiffe oder durch ihn hindurch. Wolken. Kein Mond. Serpentinen. Er hupt und sein Echo kommt um die Felsen herum auf ihn zu. Das bist du auch. Manchmal ein kleiner Regen an ihm vorbei. Und dann ist die Straße naß und er hört sich hupen und muß noch langsamer fahren. Aber warum soll er nicht auch drei oder vier oder sechs Stunden bis Avignon brauchen, wenn er weiß, daß sie dort auf ihn wartet.

Dann werden sie den ganzen Tag in Avignon bleiben. Zur Versöhnung. Und weil die Saison vorbei ist. Wenn sie noch ein bißchen Geld haben, vielleicht gleich mehrere Tage. Kunst, Kino, Schallplatten, Buchläden, Mode, Parfüm, Cafés, Spiegel, das Licht, die Gesichter, Straßenmusik, ein Oktoberkonzert in der Oper. Und sogar außerhalb der Saison noch zehn oder zwölf kleine Theater. Und was es noch alles gibt, was es in Barjac nicht gibt. Ganz Avignon ist jeden Tag ein Theater bei dem alle mitspielen. Auch das Publikum und die Touristen. Und wenn sie schon in Avignon sind, werden sie vielleicht auch noch nach Arles fahren. Weil Arles für ihn der erste Ort im Süden war. Dort fing sein Süden an. Er war von Paris aus getrampt und die ganze Nacht durchgefahren. Vor achtzehn Jahren. Einer von den langen Sommern der Sechziger Jahre, der erste. Und diese Sommer werden ein paar Jahre lang von Jahr zu Jahr länger und besser. Erst ist er zum erstenmal in Paris. Und dann kommt er in Arles an wie Van Gogh. Am hellen Morgen. Und wie der Süden riecht. Er kommt sich auch vor wie Van Gogh. Bettelt, zeichnet, schreibt mir Briefe und ganze Serien geklauter Postkarten. Und geht zu Fuß nach Saintes-Maries. Noch bevor er Marseille kennenlernt. Er lebt auf der Sandbank, bei Mistral im Dorf und in den Dünen. Zigeunerfeste, Straßenmusik. Die ersten Hippies, aber hießen noch lang nicht so. Er ist vierundzwanzig. Noch nie, nie vorher hat er sich so frei unter fremden Menschen bewegt. Manche von weither. Alle verschieden. Jeder anders. Fischer, Obstpflücker, Wanderarbeiter für die Weinernte, Touristen, Strichjungen, Filmleute, ein Regisseur, eine Geigenspielerin, Tramper, Schwule, reiche Ausländer. Manche kommen drei Tage ins Delta und bleiben für immer. Er lernt einen Tänzer kennen, der ihm seine Freundin anbietet. Und Platz in seinem Ferienhaus in Grau-du-Roi, in dem schon Cocteau und Hemingway gewohnt haben. Und kriegt von einer englischen Malerin ein Seidentuch und einen Strohhut geschenkt, einen echten Panamahut. Und sieht dann auch aus wie Van Gogh in einem Van-Gogh-Film. Wird ihr Geld für die Versöhnung reichen? Andernfalls treibt er aus Deutschland Geld auf. In zwei Stunden. Postlagernd telegrafisch. Und dann fahren sie, weil Oktober ist und sie den ganzen Sommer mit der Arbeit im Restaurant zugebracht haben, nochmal ans Meer. Wäre es ein Film, würden sie beim Essen wieder den Belgiern begegnen. An der Côte Bleue gibt es stille Buchten mit klarem Wasser und einem kleinen Sandstrand zwischen den Felsen. Da kann man im Oktober noch baden. Die Morgen sind blau. Und dann wird es noch einmal heiß. Und wenn der Nachmittag anfängt, wird alles zu Gold. Und dann verspricht er ihr einen echten Van Gogh und einen echten Cézanne. Nicht gleich, aber bald! Demnächst! Hoch und heilig! Und obwohl sie weiß, daß nicht einmal Geld für die Miete da ist und sie beide nie kriegen wird, auch nicht einen von beiden, glaubt sie ihm doch. Und küßt ihn. Will ihm gern jederzeit alles glauben. Und dann müssen sie am Meer barfuß Champagner trinken. Auch wenn dort der Rosé und der Rotwein viel besser sind. Champagner und die Sonne geht unter. Technicolor. Ein Happy End also. Und man kann nur hoffen, daß er trotzdem nicht vergißt, bei uns anzurufen, damit wir Bescheid wissen. Ein Happy End und das Leben geht weiter.

Schläft er jetzt bei seinem Kaminfeuer? Oder fährt immer noch mit dem alten VW-Bus im Halbschlaf betrunken im zwoten Gang an den Felsen der Nacht entlang. Und Pascale sitzt im Hotel auf dem Bett. Müde, schmal, angespannt. Und muß ihm entgegenwarten. Horchen auch, falls kein Nachtportier da ist. Damit sie ihm gleich aufmachen kann, wenn er kommt. Und ich? Vier Uhr. Schon vier vorbei und kein Schlaf! Was wird mit mir? Daß ich aus einem Land komme, das es nicht mehr gibt, sagte ich in Gedanken zu Sibylle, die nebenan schläft. Und hab es ihr gestern und heute Mittag vielleicht in Wirklichkeit auch schon gesagt. Und muß es ihr morgen früh nochmal. Womöglich noch öfter. Vielleicht seit Jahren schon, sagte ich mir, sagst du es jeden Tag wieder zu ihr. In der Wirklichkeit und in Gedanken. Und weiter: Wie kann das sein, daß man abends ruhig ins Bett geht und nachts in Panik aufwacht? In Lebensgefahr! Du, sagt sie dann meistens in meinem Gedächtnis. Nur dir geht es so! Nachts aufwachen, wie man geboren wird. Ohne Namen, ungefragt, unter keinem Stern und mit einem Schrei. Den Schrei vielleicht auch bloß geträumt. Nacht für Nacht. Und beim Aufwachen immer die gleiche Zeit. Vielleicht deine Geburtsstunde, die du nicht kennst. Und nach der du jetzt keinen mehr fragen kannst. Und womöglich die Stunde des Todes. Hast du nicht vor ein paar Jahren noch gedacht, daß du nie stirbst? Jetzt mit den Notizen vom Abend vorher oder gleich am Manuskript weiter? Müdigkeit. Augen brennen. Neun Zigaretten in achtundzwanzig Minuten. Du warst schon auf dem Weg ins Bett, schon dreimal. Und fängst jetzt nochmal von vorn an, dich zu beruhigen. Noch schnell eine letzte Zigarette. Und dann die allerletzte. Rembrandt aufgeschlagen auf dem Tisch. Sohn Titus, lesend. Wenn Carina aufgewacht wäre, würdest du mit ihr heiße Milch trinken. Allein trinkst du kalte Milch. Hastig. Im Stehen (eine Stehküche – fördert Erregungszustände!) und ißt Brot dazu. Trockenes Brot. Salz drauf. Möglichst hart das Brot und mit einer dicken Rinde. Wie als Kind, wenn du nachts nicht schlafen konntest. Viel Milch. In Gedanken mit Carina sprechen und dabei schon an morgen früh denken. Wie spät wird es sein? In der Stille nochmal von Fenster zu Fenster und sehen, ob draußen noch alles an seinem Platz? Ob die Welt noch da? Und auch überwiegend vollständig? Wird es nicht endlich hell? Warum hast du Angst zu schlafen? (Das leugnet er aber!) Der Mond? Ist er jetzt übers Dach gekommen? Nimmt ab und da geht er jede Nacht später auf.

Licht aus! Gleich die Nacht. Alles schwarz. Aber im letzten, im allerletzten Moment siehst du noch einmal die Teppichmuster aufleuchten, das Kaisergelb an den Wänden, die Bücherrücken in allen Farben und rot die Vorhänge und den Lampenschirm. Wie buntes Glas, wie Kirchenfenster und Sonnenuntergänge. Muß alles leuchten und vergehen – und dann in der Finsternis noch ein paarmal auf der Innenseite deiner Lider aufflackern. Wie Sternbilder in einem Kaleidoskop. Und du bist wieder vier und der Krieg ist vorbei und du mußt erst noch lernen, wie man ein Auge zukneift (immer das rechte!) und mit dem anderen in das Rohr hineinschaut und dabei fast zu atmen vergißt vor Begeisterung: so leuchten die Farben! Bevor um dich her jeder Gegenstand in der Nacht versinkt. Und dann erst riechst du die Äpfel. Wie früher. Wie vor dreißig Jahren in Oberhessen auf dem Land. Wenn man an einem Herbstabend in ein altes Haus kommt. Im Oberdorf an der Stadtmauer oder das letzte Haus an der Straße nach Odenhausen. Oder nach Mainzlar zum Schindgraben hin. Als Kind. Du hast vielleicht etwas fragen oder abholen oder ausrichten sollen. Ein Winkeleisen ausleihen. Nicht für dich. Für einen Nachbarn oder sogar im Auftrag des Gemeindedieners. Amtlich. Eine ausgeliehene Heckenschere in einwandfreiem Zustand zurückbringen. Zum Schuster, zum Sattler Otto. Meistens schickt man die Kinder. Bei einem Klempner eine Wärmflasche zum Löten abgeben. Aus Zink oder Kupfer. Und ob du gleich darauf warten kannst. Die Wärmflasche ist für dem Kern Otto seine Schwiegermutter, die es im Kreuz hat. Immer im Herbst. Du willst dir als Kind auf eigene Faust ein Buch ausleihen. Das einzige Buch in diesem alten versunkenen Oberdorfhaus. Vielleicht sogar das einzige Buch in dem ganzen engen Burgmauergäßchen. Den Guten Kamerad aus dem Jahr 1911. Du kommst deine Freunde Klaus und Karin bei ihrer Großmutter besuchen. Oder für den Nachbar vom Nachbarn fragen, wann der Ernst-Ludwich mit seiner fahrbaren Kreissäge demnächst sowieso in der Obergasse zu tun hat. Er soll aber nicht extra kommen. Dafür ist das Holz zu wenig und die Anfahrt zu teuer. Du stehst in einem fremden Flur bei der Haustür oder auf der Vortreppe. Erst auf der Vortreppe und dann in der Küche. Die Turmuhr schlägt. An so einem Herbstabend brennt nur in der Küche ein Feuer. Sonst ist es kühl im Haus. Und vom Keller bis auf den Dachboden, in jedem Regal, auf allen Treppen und Treppenabsätzen Äpfel. Sogar auf den Kleiderschränken und Buffets, wo sonst die Sonntagskuchen abgestellt werden. Zum Auskühlen und damit sie dem Zugriff der Kinder zuverlässig entzogen sind. Zuverlässig und dauerhaft. Und jetzt im Herbst: überall Äpfel. Und bevor du gehst, kriegst du höchstwahrscheinlich so einen Apfel geschenkt. Erst einen, dann eine ganze Handvoll. Zwei Hände voll. Nimm! Und rennst mit den Äpfeln im Dunkeln schnell heim. Graswege, holprige Gäßchen. Ein Hund bellt. Drei Hunde antworten. Eine riesige leere Dorfnacht, die von den Feldern hereinkommt. Und jetzt stehst du hier und mußt dich erinnern. Einmal warst du ein Kind. Schon im Gehen jetzt das Licht aus und wie die Äpfel riechen! Du hättest in deinem Leben viel öfter einen Apfel essen sollen. Man ißt einen Apfel und merkt sich wie er schmeckt und den Tag und den Augenblick. Wieder Oktober. Die Äpfel riechst du und weißt die Nacht ums Haus. Noch kein Frost, aber doch eine Herbstnacht schon. Auch hier in der Stadt kann man es spüren. Leise die Tür. Dann die ruhigen Atemzüge von Sibylle und Carina. Und noch im Einschlafen – ganz zuletzt – wirst du denken, daß du nicht einschlafen kannst. Vielleicht nie mehr.

Eingeschlafen und gleich wieder aufgewacht (Wer bin ich? Und warum hier?). Und dann lang im Halbschlaf und versucht, mich tragen zu lassen von den ruhigen Atemzügen von Sibylle und Carina. Selbst auch ruhig atmen. Ich-atme-ich-atme. Immer ruhiger. Ein-aus, ein-aus. Atmen und sich nicht ablenken lassen. Vor allem nicht von mir selbst. Nur immer weiter so. Ruhen, mit Anstrengung ruhen. Und auf mein Herz horchen. Wie auf einen Draht, der mit jedem Ton weit in die Ferne klingt. Und nur ja nicht anfangen, die eigenen Atemzüge zu zählen, sonst mußt du immer weiter zählen. Auch bei Tag. Jederzeit. Atemlos. Atmen und zählen und atmen. Ein-aus. Und dabei immer weiter zählen. Soll man mitschreiben? Schneller atmen, damit mehr zusammenkommt? Ein kleiner Vorsprung. Sich steigern? Und rückwirkend? Von vorher die? Die für die es zu spät ist? Längst ausgehaucht – wer zählt die für uns? Man fängt an und kann nicht mehr aufhören. So liegst du und zuckst. Also keinesfalls zählen. Auch nicht probeweise. Deutlich atmen. Und für eine Weile dann ist dir wirklich, als ob du ruhig dahintreibst. Waagrecht. Die Füße voran. Mit oder ohne Bett. Auf einem Floß. Auf dem Rücken. Mit der Zeit, mit Zeit und Stille einen breiten Strom hinab. Beinah schon, als ob das der Schlaf ist, der dich trägt. Auf den Morgen zu. Und sobald du das denkst, fängt alles zu schlingern an und du bist wie ein Vogel, der aufflattern muß, weil er seinen Halt verliert und dann nicht weiß wohin. Dort auf den Sims? Geduckt? Als Vogel? Sich ankrallen und die Luft anhalten? Ein Sims, so schmal, daß du immer wieder mit den Flügeln zucken mußt, um dich im Gleichgewicht zu halten. Und alle paar Augenblicke von neuem aufflattern. Aber hast du denn Flügel? Als Vogel, als Mensch, als Geist? Ein Gespenst? Und die anderen auch? Menschenvögel? Menschenvogelgespenster? Überall sitzen sie. Auf jedem Sims. Auf allen Fensterbänken, Dächern, Dachrinnen, Mäuerchen, Gittern und Vorsprüngen. Im Morgengrauen. Erst jetzt siehst du, wie viele es sind. Und die besseren Plätze schon lang dicht besetzt. Sind vielleicht Verstorbene? Müssen hier sitzen. Können sonst nirgends hin. Alleingelassen. Frierende Seelen. Vergessen. Abgenutzt. Müde Seelen, an die lang schon keiner mehr denkt. Sollen hier bei den Simsen vorerst. Sollen abwarten. Eine Versammlung. Sich ruhig verhalten. Erschöpft keinen Halt finden und immer wieder aufflattern – und jedesmal sind wir nicht sicher, ob uns das Fliegen gelingt. Vor Tag in Erwartung der Morgendämmerung. Lang so auf den Simsen. Die Häuser zittern. Manche wie Felsen, Vorgebirge, ein Riff. Wachsen in die Höhe. Und neigen sich immer weiter vor. Als ob sie aus der Erde herauswachsen. Und werden gleich überkippen. Sooft du dir nach dem Aufflattern wieder einen Platz suchst, ist es ein noch schlechterer Platz. Immer schmäler die Simse. Vielleicht auch nur aufgemalt, eingebildet – und sind doch der einzige Halt, den wir haben. Sich festhalten, zittern. Kein Grund und Boden in Sicht. Die Mauern steigen so aus dem Dunst herauf. Wenn der Tag kommt, wenn die Müdigkeit uns übermannt und die Fassaden durchsichtig werden, was wird dann mit uns? Schüsse. Schüsse und ein Trompetensignal. Wir hätten die Erde nicht aufgeben sollen!

Wie aufgebahrt in diesem ersten Frühlicht und den Tag herbeiwarten. S-Bahnen. Morgenvögel. Die erste Straßenbahn (die Neunzehn aus Ginnheim, man hört es am Klang). Und dann mußt du wohl doch nochmal eingeschlafen sein. Beim Aufwachen Sibylle und Carina mit ihren Morgenstimmen und im Zimmer der helle Tag. Du hast tief geschlafen, sagt Sibylle. Vorher die ganze Nacht wach, sagte ich. Ging der Vorhang gut auf? An dem großen schrägen Deckenfenster in unserem Schlafzimmer. Eigentlich müßte man Jalousie sagen oder wenigstens Markise. Aus Bast und mit einer Art Zugleine. Sie geht, sagt Sibylle. Genau wie du sagst. Man darf nur nicht denken, daß sie diesmal jetzt vielleicht nicht geht. Schon riecht die ganze Wohnung nach Espresso und Milchkaffee. Grau, aber hell der Tag. Wolken ziehen. Also gerettet, sagt man sich, diesmal noch einmal gerettet. Und muß an die Bienen denken. Jetzt im Herbst. Morgens. Liegt eine auf dem Gehsteig, auf einem Mäuerchen, auf der Fensterbank. Starr. Wie tot. Aber dann kommt der Tag in Gang. Vielleicht kommt die Sonne durch. Und sie regen sich. Kommen zu sich. Immer noch ganz benommen. Daß nur ja keiner auf sie drauftritt mit Menschenschuhen und seinem ganzen Gewicht. Daß sie nicht überfahren werden. Aber fangen zu krabbeln an. Langsam noch. Als ob sie über jeden Schritt nachdenken müßten. Nehmen sich Zeit. Regen die Flügel. Sitzen ein Weilchen noch in der Sonne, wenn die Sonne scheint. Eine Biene im Herbst. Sie besinnt sich. Sie betet (Bienen beten jeden Tag mehrmals!). Noch eine kleine Pause, damit sie sich alles merkt. Und fliegt dann, fliegt erst ein Stück auf den Himmel zu. Und danach lang von Blume zu Blume. Gerettet. Aber wie lang noch jetzt im Oktober hier in der Stadt? Auch wenn man die ganze Nacht geraucht hat, morgens die Zigaretten sind immer die besten. Fast noch der gleiche Geschmack wie vor Jahrzehnten die allerersten. Beim Frühstück also und dazu hin- und hergehen. In der ganzen Wohnung herum. Und von Fenster zu Fenster. Und Sibylle und mir und Carina erzählen, wie alles umgehend gut wird für Jürgen und Pascale. Für uns auch. Für uns sowieso. Als erstes kommt sie zurück, sie ist vielleicht schon. Hat ihn noch in der Nacht angerufen. Aus Saint-Ambroix, aus Avignon, aus Lyon. Wahrscheinlich aus Avignon, sagte ich und sehe ihn wieder nachts mit seinem Echo an den Felsen entlang fahren. Dann kommen sie im November, sagte ich. Brauchen nur gerade soviel Geld, daß sie den Winter über rumkommen. Das treibt er in Frankfurt mühelos auf. Vielleicht bleiben sie hier bis Weihnachten. Kann für uns auch gleich ein bißchen Geld mitbesorgen. Der VW-Bus fährt von allein wieder oder Jean Françoise hilft ihn reparieren. Und dann hält er ewig. Andernfalls ein anderes billiges Auto. Einen großen alten Ford oder Opel, wie die, die wir immer für unsere Reisen hatten. Vielleicht einen goldenen Citroën DS 21, dem die Hydraulik fast Flügel verleiht. Oder einen Peugeot Kombi. Von hier Zeug mit, sagte ich, Werkzeug und Küchengeräte. Und ab Ostern läuft alles wieder. Läuft wie von selbst. Sogar besser als dieses Jahr. Sind schon eingeführt. Sind bekannt und kennen sich aus. Ab Karfreitag jeden Tag Bareinnahmen, sagte ich. Dann müssen sie immer das Geld zählen. Jeden Tag. Täglich. Zu zweit müssen sie mit Sorgfalt immer wieder ihr Geld zählen. Die Tageseinnahmen. Bis es ihnen am Ende vielleicht sogar beinah peinlich. Dauernd das Geld. Und auch noch soviel. Und daß man es richtig ernst nehmen muß. Unternehmer. Und wir, sagte ich, fahren im Februar zu ihnen. Sogar noch Geld gespart. Und dazu mit ein bißchen Glück noch das Geld von ihm. Ich kann es euch vorrechnen, sagte ich und Carina nickt wie ein Schulkind. Vielleicht auch noch einen Vorschuß, sagte ich. Lesungen. In der Vorweihnachtszeit kann ich beim Montanus an der Hauptwache aushelfen oder sogar hier in der Filiale in der Leipziger Straße. Erst das Weihnachtsgeschäft und dann hilft man bei der Inventur und kriegt jedesmal gleich das Geld. Bargeld. Und wie weit ich dann mit dem Buch schon bin. Wie dann im Manuskript schon alles drinsteht, sagte ich. Als ob ich es nicht selbst schreibe, sondern dann erst alles auf einmal zu Gesicht kriege. Ein Buch, wie es noch keins gibt. Und bevor wir abfahren einen Vorschuß. Wir kommen im Februar hin und dann blühen die Mandelbäume.

4

Daß du beim Frühstück immer herumgehen mußt, sagt Sibylle zu mir, und auch nichts ißt. Carina macht es schon genauso. Ich aber ja, sagt Carina. Nämlich Müsli. Und hantiert mit Milchtopf und Honigglas ohne zu tropfen. Der Honig aus Barjac hat uns bis zum Ende des Sommers gereicht. Jetzt müssen wir ihn wieder beim Schade kaufen. Noch früh. Nach Milchkaffee riecht es. Die ganze Wohnung riecht schon nach Milchkaffee. Und wie gut beim Frühstück die Gauloises dazu passen. Gauloises ohne Filter. Seit ein paar Tagen, vielleicht auch seit Wochen schon, seh ich mich jeden Morgen in Paris herumwandern. In Gedanken. Immer andere Wege. Und weil ich auf seinen Anruf warte, hätte ich das heute fast vergessen. Nur eilig am Gare de l'Est vorbei oder vielleicht eben aus dem Bahnhof. Gerade erst angekommen. Ganze Reihen von Cafés, Kneipen und billigen Hotels. Noch früh. Beinah wie an dem Sommermorgen, als ich die ganze Nacht durchgefahren war und zum erstenmal hier. Mit achtzehn. Paris. Du kommst an und erkennst es sofort. Jetzt gleich durch ein Gedränge von Straßenhändlern, Bettlern, Pariser Autobussen und Reisenden vor zum Boulevard Magenta, wo er den Boulevard Strasbourg kreuzt (muß das später auf meinem alten Stadtplan noch nachsehen!) und da ist eine Markthalle in der Nähe. Jürgen wird sich schon melden, sagt Sibylle, weil sie merkt, daß ich darauf warte. Oktober. Der Morgen nach seinen Anrufen. Acht Uhr vorbei. Wieder im Radio die Nachrichten verpaßt. Sibylle in Strumpfhosen. Schmal. Die Haare hochgesteckt. Eine Tänzerin. Kaut noch und sucht schon die Sachen für den Verlag zusammen. Ich kann Carina doch auch, sagt sie, mit in den Kinderladen nehmen. Sie sagt es seit dem Sommer fast jeden Morgen zu mir. Nein, sagte ich, ich freu mich schon auf den Weg. Carina beim Anziehen. Und spricht dabei mit den Stofftieren und mit ihren Schuhen. Als ob sie ihnen predigt (sich bei ihnen im Predigen übt). Seit sie sich allein anziehen kann, darf man ihr dabei nicht reinreden. Ein Herbstmorgen. Straßen und Dächer naß und die Schornsteine dampfen. Carina noch mit der Vorbereitung ihres Kinderladentages beschäftigt (es gibt Stofftiere, die wollen nicht einsehen, daß sie nicht jeden Tag mitkönnen!). Auf dem Schränkchen (Sideboard) in Briefumschlägen die Notizzettel von gestern Abend. Und warten darauf, daß wieder Abend wird. Sie berühren, erst mit Blicken und dann mit den Händen. Damit sie an Ort und Stelle bleiben. Damit sie sich gedulden. Damit es sie nach Möglichkeit auch weiterhin gibt.

Auf Carina warten und in Gedanken in der Markthalle herum. Beim Boulevard Magenta. Wie heißt nur das Viertel? Fischhändler, die Stände mit Eis bedeckt. Doraden, Seezungen, Thunfisch. Austern, Krebse, Langusten. Wie das Eis im Lampenlicht schimmert. Metzger und Feinkostläden. Traiteure. Grobe und feine Pasteten. Gänseleber, Trüffeln und Pilze aus dem Périgord. Coppa aus Korsika. Wildschweinsalami von der Ardèche, Bayonne- und Burgunderschinken. Jede Art Würste. Gerupfte Wachteln in Reih und Glied. Perlhühner, Bressehühner, Wildkaninchen. Spezialitäten aus allen Provinzen. Das ganze alte Frankreich mit seinem Wein und den Käsesorten und Namen. Aus der Bretagne frische Butter in großen Blöcken. Honig aus den Pyrenäen. Milch und Sahne aus Meaux und der Île-de-France. Süße Birnen aus der Drôme und Äpfel aus der Normandie. Kartoffeln, Lauch, Zwiebeln und Möhren von der Loire und aus der Auvergne. Nüsse und Eßkastanien aus Grenoble. Knoblauch, Paprika, Tomaten, Zucchini, Kürbisse, Melonen und Auberginen aus der Provence. Das ganze Land ausgebreitet. Dann muß man Oliven probieren. Ein Bäcker mit einem großen geflochtenen Weidenregal für das Baguette und die vielen Brotsorten. Und dazu die täglichen Korn-, Mehl- und Brotpreise mit Kreide auf einer Tafel. Wie zu der Zeit, als es deshalb noch Revolutionen gab und echte

Königinnen und Könige dafür geköpft wurden. Und was für eine schöne Tochter der Bäcker hat. Und wie flink und geschickt sie den ganzen Tag ist. Daneben ein Konditorehepaar mit Nougat- und Himbeertörtchen. Erst kürzlich Silberhochzeit gehabt. Und jetzt kommt demnächst ihre Goldene. Dann wollen sie vielleicht zwei Tage zumachen. Die Markthändler in ihren Markthändlerkitteln und verstehen sich auf ihr Geschäft. Frühaufsteher. Stehen mit ihrem Geschäft und den zugehörigen eigenen Lebensgeschichten jeden Tag hier am Stand. Muß einer dem andern immer wieder mit Wechselgeld und gutem Rat aushelfen. Auch manchmal leihweise Plastiktüten. Die Plastiktüten günstig im Großhandel. Unmengen Plastiktüten alle Tage. Kein leichtes Leben die Händler. Aber lachen gern, rufen sich Scherzworte zu. Manche spielen den ganzen Tag, daß sie Markthändler sind. Besucht einer den andern am Stand. Frische Croissants und vier Tassen Kaffee auf einem Tablett. Und Grüße von daheim. Lassen auch die Frau Gemahlin grüßen (früher hat sie am Stand mitgearbeitet, jetzt nur noch samstags!). Lesen zu zweit und zu dritt eine Zeitung. Sehen sich und die anderen altwerden. Die Zeit vergeht und sie merken es kaum. Ein paar Scheiben Wurst zum Aperitif und ein kleines Glas Wein zwischendurch. Eine Marktkneipe und noch eine ganze Reihe von Kneipen in der Umgebung. Und fangen schon an zu kochen. Mittagessen für Stammgäste. Beizeiten und nicht zu teuer. Schon um halb elf riecht es von allen Seiten nach Knoblauch, Majoran, Zwiebeln, Zwiebelsuppe und Bœuf Bourguignon. Und manchmal nach Sauerkraut, Andouillette, Couscous und Fisch. Aber manche Händler können von ihrem Stand nicht weg. Bringen sich ihr Essen von daheim mit. Zum Warmmachen. Es gibt Stände, da muß die Kundschaft die meiste Zeit lang anstehen. Besonders bei einem Schlachter, der einen guten Ruf hat bei allen Hausfrauen hier im Viertel. Fast wie ein Heiliger wird er mit seinem Beil und den zwei großen geschickten Händen von ihnen verehrt. Der Bäcker fängt morgens als erster an und ist am frühen Nachmittag fertig. Der Gewürzhändler hat oft zwei Stunden nicht einen einzigen Kunden. Sie gehen mit ihren Nasen und Fleischtüten bei ihm am Stand vorbei und atmen gratis seine Gewürze ein. Jedes Aroma. Sooft einer den Gang entlangkommt, blickt der Gewürzhändler auf und hofft, daß gerade dieser Mensch jetzt eine größere Menge Lorbeerblätter braucht, Muskatnuß, Nelken, Vanille, Süßholz. Zimtstangen und Pfeffer, fünf Sorten Pfeffer, gemahlen und ungemahlen. Und auch die Pfeffermühlen dazu, die hat er auch auf Lager (wenn sie nicht ausreichen, kann er morgen noch welche mitbringen!). Kümmel, gemahlenen Kümmel, Kreuzkümmel, Sternanis. Und natürlich Safran, wundergelb, echten Safran. Um diese Gewürze sind in all den Jahrhunderten immer wieder Kriege geführt worden. Aber jetzt, wenn ein Kunde bei ihm einmal zwanzig Gramm Oregano kauft, dann reicht diesem Kunden das womöglich für Jahre (vier Jahre). Und muß auch, der Gewürzhändler, jedem lang nachsehen, der nichts gekauft hat. Falls ihm (da geht er hin) im letzten Moment doch noch einfiele, daß er ja dringend Senfkörner braucht. Für Fisch und um Gurken einzulegen. Auch für Suppen und Salat. Und Kapern hat er auch. Dann ein Schnellschuster mit zwei Barhockern für die wartende Kundschaft. Muß auch sein. Wer dran ist, ist froh, daß er jetzt endlich dran ist. Und steht wie ein Storch und wartet auf einem Bein.

Ein Schuster also, der den ganzen Tag hämmert und singt. Dann einer mit Bürsten und Besen. An den denkt der Gewürzhändler, um sich zu trösten, wenn ihm die Kundschaft ausbleibt (wenn die Kundschaft nichts kauft). Und damit er nicht neidisch wird auf die Metzger mit ihren klingenden Kassen. Der mit den Bürsten und Besen hat sicher noch weniger Kundschaft. Aber seinerseits auch kein guter Geschäftsmann. Nicht smart, nicht clever genug. Könnte doch auch Körbe anbieten. Und Seife und Putzmittel zu seinen Bürsten und Besen. Rasierpinsel, Seifenschalen, Badeschwämme und Topfuntersetzer aus Bast. Das gehört doch zusammen. Und Fußabstreifer, Putzlappen und Staubtücher. Und auch jederzeit ein bißchen fröhlicher an seinen Stand. Gute Laune gehört zum Geschäft. Der, denkt der Gewürzhändler, wenn er selbst aus den Sorgen nicht rauskommt, der mit seinen Besen und Bürsten ist ja direkt depressiv. Und gleich macht er seinerseits ein extra munteres Verkaufsgesicht. Nicht auch sich die Hände reiben und ab und zu ein bißchen in sich hineinkichern? Weil singen tut ja schon der Schuster an seinem Stand. Nur wenn die Kundschaft ausbleibt, wenn keiner stehenbleibt bei ihm, oft stundenlang nicht, wenn sie alle schweigend vorbeigehen und ihm kommt vor, daß sie sogar einen Bogen machen um seinen Stand – und er steht da und altert mit seinen Gewürzen, da nutzt auch die beste Laune nix. Und beim Abwiegen von Gewürzen, die schon gemahlen sind, fein gemahlen, braucht man eine ruhige Hand. Nicht zukken, nicht lachen, nicht fluchen, nicht niesen! Kein Schreck, kein Luftzug, sich nicht aufregen, keine heftigen Bewegungen! Nicht durch die Nase schnauben! Schon wenn man auch nur laut spricht, gleich kleine farbige Wölkchen – je nachdem: Paprika, Muskatnuß, Curry, fünf Sorten Pfeffer. Und das wölkt sich dann so, hat seinen Preis und schwebt auf seine Kosten unersetzlich davon. Ins Weltall. Bei Zugluft direkt ein Verlustgeschäft. Wie soll man da, selbst als fröhlicher Mensch, nicht die Laune verlieren? Gewürze, die blau sind, die gibt es nicht. Immerhin, sagt er sich dann, der mit den Bürsten hat jeden Abend noch weniger in der Kasse. Aber ganz sicher kann man das nicht wissen. Und außerdem: hat vielleicht in der Lotterie gewonnen. Hat ein paar Mietshäuser geerbt und eine reiche Frau geheiratet. Geld wie Heu. Und hier in der Markthalle weiß das kein Mensch. Dann Blumenstände. Riechen gut. Drei Blumenstände nebeneinander und der Steinfußboden mit Wasser gesprenkelt. Blumenstände mit Blumenmädchen. Eine in einem dunkelgrünen Kittel mußt du lang ansehen. Und sie sagt nichts und sagt nichts. Und du wirst sie dir für immer merken müssen. Am besten jeden Tag wieder kommen. Ein algerisches Pariser Blumenmädchen aus dem 10. Arrondissement. Rosen, ein Rosenstock, Töpfe mit Eisenkraut, Basilikum, Rosmarin, ein Zitronenbäumchen. Und immer im Frühling Tulpen, Narzissen und Anemonen. Viele Jahre, Jahrzehnte. Sie lächelt, jeden Tag lächelt sie. Du siehst sie an. Du kommst jeden Tag. Du mußt immer wieder kommen. Und nie zueinander auch nur ein einziges Wort. Sie nicht und du auch nicht. Und das bleibt so. Nur nichts daran ändern wollen! Mimosen im Januar und im Sommer Orangenblüten, die sind wie sie übers Meer gekommen. Entrepôt heißt das Arrondissement. Jetzt brauchst du noch einen Namen für sie.

Frauen mit riesigen Einkaufstaschen und lebenslanger Erfahrung. Manche mit fahrbaren Handkarren, die von Stand zu Stand voller werden und dick und rund. Restaurantköche mit Kochhosen und Kochmützen und gewaltigen Körben und Kopfsalatkisten. Und mit einem Lehrjungen, der ihnen tragen hilft. Mach die Augen auf! Spaziergänger. Herren mit Hüten und Aktentaschen. Man fragt sich, warum sie um diese Zeit nicht längst im Büro sind. Zwei Polizisten in Uniform (schön wäre, wenn sie die ganze Schicht auf Streife verträumt Hand in Hand gingen!). Eine Frau in Morgenrock und Pantoffeln. Lockenwickler, Zigarre und Zeitung. Hintereinander vier große Tassen Kaffee und dann nur zum Probieren ein kleines Glas Rotwein im Stehen an der Theke und noch ein winziges Glas Eau de Vie. Erst je eins jeden Tag (wie die Zeit vergeht) und später jede Stunde eins. Bißchen heiser. Laut und deutlich die Welt kommentieren und den heutigen Tag. Eine Fuhrmannsstimme. Als Dame. Beinah eine Feldwebelstimme. Und hat immer recht. Von vornherein. Wohnt gleich um die Ecke. In einer Parterrewohnung. Concierge oder Hausbesitzerin. Schon zwanzig Jahre Witwe und kennt sich aus. Hat ein Baguette gekauft und jeder macht ihr höflich Platz. Ein Chauffeur mit Chauffeursmütze. Der Morgenandrang ist schon vorbei und der Mittagsandrang steht vorerst noch größtenteils aus. Die besseren Weinhändlerkunden kommen erst nachmittags. In Gedanken mußt du gleich ein paar Marktstände malen. Die Markthändler auch. Öl auf Holz. Lebensgröße. Wie Altarbilder oder Sargdeckel. Und für jeden einen Spruch. Jetzt ist der Konditor eingeschlafen. Im Sitzen. Auf seinem weißen Konditorstuhl. Und seine Frau sitzt neben ihm und hat es noch nicht gemerkt. Sein Leben lang früh auf und fleißig. Unermüdlich. Und auch schon nicht mehr der Jüngste. Wollen hoffen, er wacht nochmal auf.

Und dann hast du dir Weintrauben gekauft. Blaue. Vom Mont Ventoux. Aus der Gegend um Carpentras. Nur gerade soviele wie auf eine Hand passen. Kühl, noch beschlagen die Trauben. Muskattrauben. Gleich auch zwischen den Marktständen das alte steinerne Waschbecken von deinem ersten Morgen in Paris wiedergefunden. Beinah wie ein Brunnen so schön, ein kleines Bassin. Die Trauben waschen. Mehr nur proforma, um zu sehen, wie sie dann glänzen. Wie auf einem Bild von Murillo. In deiner Kindheit auf dem Land hat kein Mensch Obst gewaschen. Wenn das Waschbecken ein paar Schritte näher zum Ausgang hin wäre, könnten auch die Vögel im Viertel zum Trinken hinkommen. Sogar Baden. Tropfnaß die Trauben auf deiner Hand. Du kommst aus der Markthalle (die Stimmen nimmst du im Kopf mit!) und weißt noch nicht gleich, sollst du zur Innenstadt hin? Da geht es bergab. Viele Straßen. Halb Afrika. Menschen aus allen Ländern. Oder zum Montmartre hinauf und dir dafür den ganzen Tag Zeit nehmen. Oktober. Paris. Ein Herbstmorgen. Grau, aber hell der Tag. Und vielleicht kommt nachher bald die Sonne durch. Das Laub der Kastanien schon braun. Jetzt fallen die Blätter ab. Aber an den Platanen die sind noch grün. Grün, aber trocken. Werden immer leichter. Weil es ein langer heißer Stadtsommer war. Rascheln bei jedem Luftzug. Im Gehen die Trauben. Saftig und süß. Immer eine nach der andern essen. Und dir dann welche nachkaufen. Wieder ein anderer Markt in einem anderen Viertel. Es ist immer Paris. Hat die Halle ein Glasdach gehabt? Glas oder Milchglas mit grünem Gußeisen. Belle Epoque oder kurz danach, als man dachte, die Belle Epoque hört gar nicht mehr auf. Städtische Markthalle. Werktags ab sechs.

Vielzulang in der Markthalle und dazu noch all die Gegenden und Dinge im Kopf, die du nicht kennst in Frankreich. Namen, Städte und Flüße, den Wein auf den Hängen, Kornfelder und die alten Landstraßen. Und erst recht die Menschen. Ein ganzes Land. Und dann steht Carina vor mir. Schon mit Mütze und Anorak. Ihre Taschen gepackt. Eine bunte geknüpfte Umhängetasche von Jürgen und Pascale. Schuhbändelschleifen selbst gebunden. Alles ganz allein. Carina ist vier. Vor zwei Wochen vier geworden. Jeden Morgen muß ich auf sie warten. Aber später wird sie vielleicht denken, daß sie ihre halbe Kindheit auf mich gewartet hat. Morgens auf mich und nachmittags mit mir zusammen auf Sibylle, die immer erst lang ihre Handtasche sucht. Und dann in der Handtasche die Sachen, die eigentlich drin sein müßten. Am längsten sucht sie immer wieder den Schlüsselbund. Also komm, sagen wir zueinander, mein Kind und ich. Nur noch meine Schuhe, die alte Wildlederjacke, Zigaretten und Notizzettel. Komm! Und ich zuletzt noch ganz unnötig zu Sibylle: Falls er anruft, sag ihm, ich bin gleich zurück! Und auf der Treppe dann, daß ich noch zu ihr sagen wollte: Wie kann das sein, daß man abends ruhig ins Bett geht und wacht nach zwei Stunden in Panik auf? Dann vor der Haustür, mein Kind und ich. Noch früh, noch von der Nacht her Straße und Gehsteig naß. Kühl und feucht ist die Luft. Und wie es von allen Seiten nach Herbst riecht. Wieder Oktober. Eine Straßenbahn hört man. Autos hupen. Die Tür fällt hinter uns zu. Carina muß an meiner Hand zerren und sagt: Wollen da entlang, Peta! Wollen sehen, ob wir noch die Schulkinder sehen! Meint die Schulanfänger, die Erstkläßler, die wir nach den Sommerferien an ihrem ersten Schultag morgens mit ihren Müttern zur Einschulung gehen sahen. Riesenschultüten und feierliche Gesichter. Wie aus dem Fotoalbum. Zum Glück kein Regen. Neue Schulranzen, Schulmützen, Schuljacken. Alles bunt und neu und ein bißchen zu groß. Mußten lang stehen und ihnen zusehen und nachsehen. Carina stumm vor Ergriffenheit an diesem ersten Tag. Und müssen seither immer extra früh aus dem Haus, damit wir sie jeden Tag gehen sehen. Komm, sagt Carina. Komm! Gegenwart. Daß jetzt jetzt ist!

Immer morgens mit Carina in den Kinderladen. Uns Zeit lassen unterwegs. Umwege. Gedanken. Jeden Tag wieder die Erstkläßler (Schulkinder sagt Carina voller Bewunderung). An der Warte die Straßenbahnen und wollen, daß man sich beeilt. Ein Karlsbader Hörnchen im Café Bauer oder eine Apfeltasche aus der Bäckerei Geishecker, wo es nach frischem Brot riecht und manchmal nach Käsekuchen, der noch warm ist. Erzähl, sagt Carina. Auf dem Campus ein blondes Mädchen mit Fahrrad und winkt. Haben wir sie nicht schon öfter gesehen? Vielleicht winkt sie uns jedesmal? Sieht jemand anders ähnlich und verwechselt uns deshalb. Hat uns schon öfter verwechselt und kommt uns dann auch bekannt vor. Und wo bleibt unser heutiger Morgenbriefträger? In der Jordanstraße eine alleinstehende vornehme Frau mit einem älteren Dackel. Sie braucht fast nichts, aber will beim Einkaufen alle Tage die erste sein. Unbedingt. Und in der Corneliusstraße eine bessere Witwe mit Pudel. Die Witwe schon länger vom Leben enttäuscht. Der Pudel auch. Weitgehend. Weitestgehend. Und zu Recht. Die beiden Frauen könnten gut Schwestern sein oder Cousinen, aber kennt eine die andre nicht. Immerhin wohnt es sich in der Corneliusstraße doch standesgemäßer. Erzähl, sagt Carina zu mir. Erzähl, wie du einmal ein Kind warst und dein Hund ist zu dir gekommen! Erzähl das Dorf weiter! Erzähl alle Tiere im Dorf! Meistens Geschichten, die lang vorher schon anfingen. Gestern oder letzten Sommer vor einem Jahr. In Fortsetzungen. Ganze Serien. Muß man immer weiter und beim Erzählen darauf achten, daß man nicht überfahren wird (aber auch nicht sich ablenken lassen, nur weil ein Auto hupt, statt zu bremsen!). Erzählen und dabei in Gedanken wieder das Dorf aufbauen um mich her. Immer weiter. Du weißt, du wirst nie ganz fertig damit. Mit vielen Stimmen das Dorf. Erzählen, das Dorf im Kopf und dabei sehen, was der Weg uns bringt. Was er heute für uns bereithält. Daß jetzt jetzt ist! Und immer wieder ein neuer Tag. Auf dem Campus. Der Brunnen rauscht. Drei Mädchen lachen. Studentinnen. Alle in Jeans und eine schon Stiefel. Tropfen sprühen. Und die Fontäne biegt sich im Wind. Disteln und Löwenzahn in der Mertonstraße am Uni-Hauptgebäude. Neben dem Eingang. Sollen nicht, aber sind trotzdem da. Blühen und blühen. Schon seit der Sommer anfing. Der Weg jeden Tag und was die Steine sagen. Sandstein, gelbe Ziegel, Beton, Asphalt, Teer, das Straßenpflaster. Alle Sorten Frankfurter Steine. Das ganze Gemäuer den Weg entlang. Einmal ein Autobus, der den Weg nicht weiß. Ganz neu. Ein Autobus von weither. Einmal ein alter offener Lieferwagen. Rostig und lang nicht geputzt. Und zwei angetrunkene Männer mit einer Leiter, Brettern und Farbkübeln. Apfelwein. Flaschenbier. Wollen abladen, aber hier ist der falsche Platz. Seit Tagen schon unterwegs, den ganzen Herbst schon. Und finden die Baustelle nicht. Haben vier abgefahrene Reifen, haben den überfälligen Ölwechsel vergessen, müssen die Bremsen einstellen und sind noch lang nicht am Ziel. Kommen nicht an. Und am nächsten oder übernächsten Tag nur ein paar Schritte weiter eine große Pfütze voll Himmel. Da muß man doch stehenbleiben. Erst nur die Pfütze und Wolken ziehen hindurch. Dann auch sehen, wie der Wind drüber hinstreicht. Müssen lang stehen und uns in den Anblick versenken, mein Kind und ich. Als ob man im Himmel ertrinkt. In der Schwindstraße Vorgärten, alte Haustüren, die Morgenstille und alteingesessene Katzen, denen das alles eh und je schon gehört. Und immer eine Schar Vögel. Eifrige Spatzen. Sind viele und kennen sich aus. Haben überall viel zu tun. Im Rinnstein, in den Hecken, auf den Vortreppen und auf dem Gehsteig. Ob es immer die gleichen sind? Und ob sie uns kennen? Klar, sagt Carina. Wir sie ja auch! Und bei uns, wenn wir kommen, fliegen sie erst im allerletzten Moment weg! Wollen immer noch woanderswo hin. Und sie hören ja auch, was wir sagen! Und nicken dann auch. Picken schnell etwas auf und nicken ein paarmal. Nur was sie uns im Wegfliegen zuletzt schnell noch zurufen, das, sagt Carina, verstehen wir jedesmal nicht! Bis jetzt nicht! Du nicht und ich auch nicht, sagt sie dann noch. Da sind die Vögel schon länger weg. Sind nur in unsren Köpfen jetzt noch.

5

Jeden Tag mit Carina in den Kinderladen. Und nur keine Eile. Langsam der Weg. Schritt für Schritt. Kennt uns und läßt sich Zeit. Im Kinderladen nur gerade solang, bis Carina ihren Anorak ausgezogen hat und du dir den Tag als Bild. Jeden Tag einzeln. Helle Morgenbilder. Erst eins und dann viele. Illegal ein Kinderladen in einem besetzten Haus. Mitten in Frankfurt. Im Frankfurter Westend. Herrschaftliche Villa mit Garten. Die Hausbesetzerszene. Anarchisten, Brandstifter, Bombenleger und unser Kinderladen. Hohe Bäume im Garten. Schaukeln. Ein Teich und die Luft riecht nach Ferienmorgen und Gras. Rosen, Flieder, Schneebeeren, Seerosen, die Kinder. Kinderstimmen und Vögel. Aus dem ganzen Westend kommen die Vögel hierher. Und Sommertage, ein ganzer Reigen von Sommertagen hier unter den Bäumen. Für die Kinder vollzählig alle Sommer, seit sie auf der Welt sind und zurückdenken können. Und das will alles zu einem angemessen ortsüblichen Preis die Deutsche Bank kaufen und einfrieren für einen ewigen Winter. Jetzt kommen die Kinder zu dir gerannt. Der Marcel mit einem kleinen weißen Rennauto. Mir die Jacke ausziehen, sagt die Milena, aber der Reißverschluß ist kaputt. Die Meike sagt, wir fahren auf eine Insel. Und abends kaufen wir immer mit unserem neuen Auto unsere Lieblingsessen am Flughafen ein, meine Mama, meine Schwester und ich. Unser Hund Susi gehört seit gestern mir ganz allein, sagt die Meike. Der David? Der David ist noch nicht da. Der David kommt immer zuletzt. Und jetzt ruft der Domi. Ruft laut Carina! So laut er nur kann. Hat schon auf sie gewartet. Hat Muscheln in der Hand und ein Schneckenhäuschen. Die wollte er gestern schon mitbringen. Ruft und zeigt sie ihr von weitem. Und sie gleich auf ihn zu. Jetzt mußt du nur noch warten, ob sie dir aus der Ferne nochmal eilig winkt. Dann die Einzelheiten einsammeln. Vollzählig. Immer wieder kommen und doch jeden Morgen einzeln im Gedächtnis. Das nimmst du alles mit.

Dann mein Heimweg. Beeil dich! Schon beim Frühstück den Text von gestern. Vor dem Frühstück schon. Zu den ersten bitteren Morgenzigaretten und heißem schwarzen Espresso. Lesen und korrigieren den Text. Immer auf nüchternen Magen. Und dazu schon die nächsten zwei halben Sätze im Kopf. Schnell heim jetzt. Meistens die Bockenheimer Landstraße entlang. Bißchen Wind. Autos hupen. Eine lange Allee. Seit Wochen schon jeden Tag mit Carina auf all unsren Heimwegen Kastanien aufgesammelt. Und jetzt fallen die Blätter ab. Alles braun und wie es von allen Seiten nach Herbst riecht. Wie es raschelt, das Laub. Umso schneller mußt du hier im Wind gehen. Gegen den Wind. Und jeden Tag weiter anschreiben gegen die Zeit. Sind die ersten Sätze noch da? Pfützen, eine Verkehrsampel. Im Buch auch die meiste Zeit Herbst. Schreib weiter! Schreib schneller! Dann an der Warte. Grau der Tag. Wolken. Die Straßen feucht. Straßenbahnen, Uhren, ein Taxistand. Kioske, Kneipen, Zeitungsverkäufer, Studenten. Radfahrer auf dem Gehsteig. Eilige Fußgänger. Eine Straßenbahn klingelt. Vergiß nicht, die Bettler zu grüßen! Sind jeden Tag hier. Eher Penner als Bettler. Meistens drei oder vier. Immer für mindestens einen von ihnen zwei Zigaretten. Immer der, der am nächsten steht. Und sein Kumpel winkt mir von weitem: daß das schon in Ordnung geht. Wird ehrlich geteilt. Trotzdem diesmal auch für ihn zwei. Noch extra dazu. Zusätzlich. Obwohl das auf die Dauer weit über meine Verhältnisse. Das Wetter, sagt der erste, damit wir auch weiterhin im Gespräch bleiben. Vielzufrüh kalt geworden. Wenn einer da kein Geld hat, der is jetz arm dran. Das stimmt. Schon seit Carinas Geburtstag keine Sonne mehr. Also à Conto noch fuffzich Fennich für ihn. Vorauszahlung. Und mir sagen, daß ich die dann nächstens bei ihm noch gut habe. Eine Zukunft also, ein kleines Stück Zukunft. Und er hebt es für mich auf.

Noch da die nächsten zwei Sätze in meinem Kopf. Sogar noch einer dazu. Und werden auch immer besser. Wenn das Schreiben gut läuft, sobald ich richtig drin bin und es jeden Tag weiter geht, will ich gern immer wieder ein bißchen von dem was ich habe wegschenken. Wenn es sein muß auch ziemlich viel. Notfalls alles. Also zu dem Geld und den vier Gauloises noch zwei Gitanes für ihn. Ja, das sind die schwarzen, sagt er dann jedesmal. Manche Tage auf dem Heimweg schnell noch was einkaufen. Nur im Vorbeigehen. Und dadurch Zeit sparen. Brot und Milch. Das Brot beim Geishecker. Die Milch beim Kaiser. Ein kleiner Umweg. Dafür gleich für zwei Tage im voraus die Milch. Milch aus Pappkartons. Städtische Milch. Muß man auf das Haltbarkeitsdatum achten. Und weil wieder Herbst ist vielleicht ein paar Äpfel? Die besten Äpfel gibt es ganz hinten auf der Leipziger Straße. Also gleich auch noch zum Metzger Waibel und dafür morgen nicht hin. Einen Weg gespart. Erst einen dann zwei Wege. Aber sich nur ja nicht verzetteln! Sich nicht ablenken lassen! Beim Peikert, Haushaltswaren, Gartengeräte und Spielzeug, nach einem Dichtungsring fragen, den Sibylle vor einem Jahr bestellt hat. Muß man regelmäßig reklamieren! Auch wenn es vorerst noch nicht ganz eilig ist! Und weil ich vom Dorf bin, eine Weile herumstehen und die glänzenden neuen Gießkannen betrachten. Daß er jetzt im Herbst noch so viele neue Gießkannen in seinem Laden hat. Beim Hako Kinderschuhe, falls Carina doch noch neue Stiefel braucht, wenn der Winter lang wird und sie aus den alten herauswächst. Aus dem Kaufhof ein bißchen Käse (vier Sorten und danach dann zu sparen anfangen!). Und beim d'Orio (Italienische Lebensmittel, Feinkost, Spezialitäten, Eigenimport) ein paar Oliven, Parmesan, Peperoni, Salami, Coppa, Pancetta und alles vorher probieren. Kauen und nicken. Und immer weiter sparen. Und einen Espresso im Stehen. Der ist beim d'Orio gratis. Schon die ersten Panettone gekommen, aber er muß sie noch auspacken. Ein oder zwei lange stille Ladenvormittage lang. Jedes Jahr wieder. Als ob es immer die gleichen und auch immer wieder der gleiche Tag. Auspacken und Preise drauf. Summt Vivaldi, aber muß sich beim Auspacken dauernd bücken. Später kommt seine Frau und bringt ihm Kartoffelgnocci mit Pesto. Zum Warmmachen. Eine kleine Portion. Sie meint, er soll abnehmen, aber bringt es selbst auch nicht fertig. Panettone aus Mailand, aus Venedig, Florenz, Rom, Neapel. Drei Größen. Bunte Pappschachteln. Ein Herbsttag. Mein Heimweg. Die Fortsetzung meines Heimwegs. Ich hätte längst schon zurück sein wollen. Beim Montanus die Taschenbuch-Neuerscheinungen ansehen und ein paar Zeilen von einem Mandelstam-Gedicht lesen und gleich für immer behalten. In einem winzigen türkischen Schmuckladen, den es erst seit ein paar Tagen gibt, ein dünnes silbernes Halskettchen für Sibylle. Wenigstens in Gedanken. Und falls wir im Herbst unverhofft zu Geld kommen, in diesem oder dem nächsten Herbst, Winter, Vorfrühling, dann kaufst du es auch in Wirklichkeit. Sogar in den Schaufenstern sieht man, was für ein trüber Tag heute ist und all deine Sorgen fallen dir ein. Dann im Eiscafé Cortina einen Blick in die heutige Zeitung. Damit man nicht auch dafür noch Geld ausgeben muß. Und müßte sie dann auch noch eigenhändig wegschmeißen. Drei Tageszeitungen und beeil dich! Sollst du nicht doch wieder eine Armbanduhr? Wenigstens demnächst? Schon der vierte Espresso, aber die Magenschmerzen sind vom Zeitungslesen. An der Theke die beiden Kellner sprechen von den Sommern in Bergamo. Schon den ganzen Herbst. Italiener. Wie für ein Theaterstück. Die Glastür beschlagen. Vor der Tür Frankfurter Herbstgestalten vorbei. Statisten. Vielleicht immer wieder die gleichen. Und du sitzt hier und zählst und zählst. Gut, daß das Cortina den Winter über nicht zumacht. Und deshalb noch einen Cappuccino. Damit es sich für sie lohnt, damit sie auch in künftigen Wintern auflassen. Mit vier Plastiktüten sitzt du da und bist müde. Zur Unzeit müde. Eine große Vormittagsmüdigkeit. Als ob du gleich einschläfst. Mit all den fremden Stimmen im Kopf. Du wolltest nur schnell ein bißchen Zeit sparen und jetzt ist es zwanzig nach elf. Auch zuviel Geld ausgegeben. Immerhin ein paar Vorräte. Und vielleicht nehmen sie dich vor Weihnachten beim Montanus als Vorweihnachtsaushilfe. Zahlen schlecht, aber jedenfalls jederzeit besser als nix. Und dann merkst du, du mußt auch noch in die Zweigstelle der Stadtbibliothek in der Seestraße. Und noch ein paar Gedichte lesen. Schon für den kommenden Winter. Gute. Auf Vorrat. Und dann zum Hessenplatz, weil das unsre erste Adresse in Frankfurt war. Alte dunkle Stadthäuser. Du weißt nicht, ob sie dich kennen. Dort unterm Dach ein Zimmer in einer Wohngemeinschaft. Nur vorübergehend. Bloß die nächsten paar Wochen, so dachten wir. Und dann nach Staufenberg zurück. Das war vor sechs Jahren im Herbst. Unser Fenster von damals und hohe Bäume davor. Kastanien. Und jetzt mußt du auch dort noch hin. Die nächsten Sätze im Kopf. Und wenigstens kannst du dir aus den Plastiktüten ein paar Kassenbons zusammensuchen und dir schnell Notizen darauf. Gut aufheben. Wie Kastanien, die auf Schritt und Tritt aus den Bäumen fallen. Immer mehr Sätze fallen dir ein.

Das war gestern. Heute beeilst du dich. Mit großen Schritten die Bockenheimer Landstraße entlang und Blätter wehen vorbei. An der Warte einer Taube ausweichen und wie immer die Bettler grüßen. Sollen auch in Zukunft nicht aufhören, mich zu kennen (der arme Arbeitslose mit dem Kind). Nur dem, der mir am nächsten steht, dem Bettler vom Dienst, zwei Gauloises. Auch für die Kollegen mit. Das machen sie unter sich aus. Sehen auch ein, daß ich ihnen nicht jedesmal Geld geben kann. Sitzen im Hintergrund, sitzen mit ihren Morgenbierflaschen am Rand des Tages, sitzen ganz unten am Bildrand und winken. Eine Straßenbahn klingelt. Es gibt städtische Tauben, die einem auf dem Gehsteig (wenn man als Mensch kommt), nicht aus dem Weg gehen wollen. Halten sich nicht an das Abkommen. Passanten. Fahrgäste. Noch eine Straßenbahn. Schnell weiter! Als ob mich jemand gerufen hätte. Jeden Tag dreimal an der Warte vorbei. Und dabei jedesmal an unsre ersten Wochen in Frankfurt denken. Und an alle Bücher, die ich noch schreiben muß. Und jetzt sind es die Straßenbahnen von damals, die du klingeln und fahren und bremsen hörst. Und von damals die Stimmen. Sogar unsre eigenen noch. Als ob man sich im Nebenzimmer die ganze Zeit reden hört. Und du bleibst stehen und mußt dich danach dann noch mehr beeilen. Von allen Seiten sehen die Uhren dich an. Keine Einkäufe. Nur höchstens ein Brot beim Geishecker. Die Verkäuferin ist aus Bergen oder Enkheim. Sie spricht gern mit Carina und winkt uns oft durch die Scheibe. Deshalb müßten wir das Brot eigentlich immer schon auf dem Hinweg kaufen, aber dann müßte ich es jedesmal in den Kinderladen und zurück tragen. Sobald man etwas trägt, wird man gleich wie blind. Wo ham Se das Kind hin? sagt sie. Und gleich kommt man sich wie ein Unmensch vor. Der schafft sein Kind weg und sperrt es vielleicht auch noch ein. Kauft dem Kind jeden Tag keine Apfeltaschen. Und läßt auch nicht zu, daß mit dem Kind jemand spricht und dem Kind welche schenkt. Immerhin weiß die Verkäuferin, daß ich vom Dorf bin und Bücher schreibe. Und sie ist sich so gut wie sicher, daß ich in meinem Leben nochmal ein ganzes Jahr lang Stadtschreiber von Bergen werde. Ein Jahr ohne Sorgen! Gestern in meiner Müdigkeit vielleicht meinen Schatten im Cortina zurückgelassen. Sitzt und schläft. Oder selbst dort eingeschlafen und hier nur als Schatten jetzt? Ein Schatten, der sich beeilt!

Brot und Milch? Milch auf Vorrat? Gleich für mehrere Tage? Hier um die Ecke beim Kaiser. Aber dann muß man doch auf die Leipziger Straße, um im Kaufhof, beim Schade, beim Plus, beim Penny, beim HL und im Bilka auch noch das Haltbarkeitsdatum nachzusehen. Und dann die, die am längsten hält. Und davon einen noch größeren Vorrat für noch mehr Tage im voraus. Autos hupen. Eine Straßenbahn klingelt. Ladentürglöckchen bimmeln. Eine Turmuhr schlägt. Sind die heutigen ersten Sätze noch da? Inzwischen noch besser geworden? Und ein paar neue dazu? Muß man achtsam vor sich her balancieren Wort für Wort – und sehen, daß nur ja nichts verlorengeht. Schnell heim! Du kommst um die Ecke und siehst, daß das Haus noch steht. Du erkennst es auch gleich. Steht da und verzieht keine Miene. Es verschwindet auch nicht, wenn man darauf zugeht. Nicht einmal, wenn man die Hand ausstreckt nach der Tür. Heimkommen. Die Post noch nicht da. Kommt neuerdings jeden Tag später. Am Fuß der Treppe. Wenn jetzt das Telefon klingelt, erreichst du es wieder nicht. Zwischen dem zweiten und dritten Stock ein Treppenabsatz mit einer ständigen Konferenz besorgt schweigender Topfpflanzen. Von hier an kannst du es schaffen.

6

Heimkommen. Sibylle schon weg. Auch kein Zettel von ihr. Dem Telefon sieht man nicht an, ob jemand angerufen hat. Heimkommen und gleich anfangen. Vorher schon, schon auf der Treppe die Jacke aufknöpfen und meine Taschen ausleeren. Dann die ersten Sätze. Musik an. Die Schreibmaschine. Eine große elektrische Olivetti. Vor viereinhalb Jahren vom Vorschuß für mein erstes Buch. Und immer noch neu für mich. Man schaltet sie an und sie summt und vibriert vor Lust. Duckt sich zum Sprung. Und kann es kaum abwarten. Schreib schneller! Beeil dich! Erst noch der Weg. Nochmal durch mich hindurch der Weg. Und dann fällt das alles von mir ab. Schreib weiter! Das Dorf um mich her. Den ganzen Morgen schon in Gedanken alles aufgestellt und in Gang gebracht. Viele Stimmen im Kopf. Und dazu Bob Dylan mit Sibylles kleinem roten Plattenspieler, den man manchmal anschubsen muß. Aber dann weiß er wieder, wie es geht und macht zuverlässig allein weiter. Zigaretten. Espresso. Eine Zigarette an der der andern anzünden und immer noch einen Espresso. Und das Espressokännchen jedesmal gleich wieder aufsetzen. Es glüht schon. Eigentlich braucht man mindestens zwei Kännchen, um beim Schreiben möglichst schnell einen Espresso nach dem andern trinken zu können. Und mir zwischendurch in der Küche manchmal sagen, daß ich nachher demnächst dann gleich spülen will oder war das gestern?

Selbstgespräche! Und wie die Leute aus dem Dorf (die im Buch) sich und mich fortwährend weiter in ihre Angelegenheiten. Sorgen. Die Not. Ein Gespinst. Man verstrickt sich darin. Manchmal ins Schreiben hinein jäh das Telefon und man versteht gar nicht, was für ein Alarm? Feinde? Ein Angriff? Aber diesmal weiß ich gleich, daß es das Telefon und daß er es ist. Mein Freund Jürgen. Jetzt bist du da, sagt er. Vorher im

Kinderladen, sagte ich. Hast du es schon ein paarmal probiert? War Sibylle noch da? Ist Pascale zurück? Nein, sagt er. Ich war oben in der Wohnung und mußte in der Tür stehenbleiben, so verlassen sieht alles aus. Kommt vielleicht nachher, sagte ich. Ist schon unterwegs. Wenn sie in Avignon war oder in Lyon oder Saint Ambroix (und hätte der Vollständigkeit halber auch noch Nîmes und Alès dazusagen müssen), dann kann sie noch nicht zurück sein. Vielleicht ruft sie dann gleich an. Also bald. Vielleicht bleibt sie ein paar Tage bei Elaine und dann holst du sie ab. Erst gleich eingeschlafen, sagt er, letzte Nacht in meinem Schlafsack am Kamin. Auch ziemlich blau. Aber dann jede Stunde wach und ich muß vor der Tür jedesmal nach den Wolken und Sternen sehen. Ob sie noch da sind? Ob sich das alles auch richtig bewegt? Als ob man sein ganzes Leben lang dafür zuständig, sagt er. Ist man doch auch, sagte ich. Und seh vom Telefon aus die Wolken am Fenster. Und wie sie vorbeiziehen. Ohne Ende. Immer weiter vorbei. Frankfurter Herbstwolken. Rheinmainwolken. Und die Zeit bleibt nicht stehen.

Kopfschmerzen, sagt er. Vom Suff, sagte ich. Trink einen Schnaps. Nimm Rum. Trink ein großes Glas und dann noch eins und dann noch ein halbes. Oder gleich aus der Flasche. Und danach kannst du frühstücken (weil er ein Mensch ist, der jeden Tag frühstückt). Schon stundenlang Tee, sagt er. Tee mit Honig. Zwei Liter mindestens. Vielleicht, sagt er, fang ich zu kochen an, das ist auch ein Frieden, und mach dann nochmal auf. Auch wenn keiner mehr kommt. Klar, sagte ich. Immer noch ein vorletzter letzter Tag. Solang du aufmachst, ist die Saison nicht vorbei. Vielleicht kommen nochmal die Belgier von gestern oder wieder andere Belgier. Mach die Tür auf, dann siehst du den Himmel und die ganze Straße riecht nach Kaninchenbraten in Rotwein. Mit Lauch oder Fenchel. Blaukraut, sagt er, also Rotkraut. Hier machen sie auch Zwiebelkonfitüre. Nimm alles, was du hast, sagte ich. Alles was da ist. Und laß dir beim Kochen Zeit. Und unbedingt sorgfältig abschmecken. Und dazwischen trinkst du immer wieder einen Schluck. Habt ihr nicht auch Portwein und Sherry da? Und kannst natürlich als Wirt auch öfter ein Weilchen mit offenen Augen vor der offenen Tür stehen, solang nix anbrennt. Wie ist jetzt das Wetter? Wie vorher, sagt er. Nein, heller geworden. Nicht mehr so niedrig und schwer die Wolken. Ab und zu noch ein kleiner Regen. Nur kurz. Und zieht auch schon ab. Klart auf, sagt er. Wie einer auf einem Schiff. Dann kannst du über Mittag die Tür auflassen, sagte ich. Ruf an, wenn die Sonne zurückkommt und Pascale wieder da ist. Und merke dann, daß er nicht auflegen kann. Noch nicht gleich.

Du hörst Dylan, sagt er. New Morning, sagte ich. Erkennst du es? Immer morgens beim Schreiben. Schon wochenlang. Morgens Bob Dylan und spät in der Nacht Janis Joplin. Und dazwischen am Anfang des Abends ein paarmal Crosby, Stills, Nash and Young. Und wenn ich müde bin, nicht ganz bei mir vor Müdigkeit, wenn es nicht so leicht weitergeht, aber man kann auch nicht aufhören, am Ende nur noch Hard Rain. Tag und Nacht. Und jetzt ist Time passes slowly zuende und Went to see the Gypsy fängt an. Eigentlich deine Platte, sagte ich. Weißt du noch den Herbst, als wir sie in Staufenberg immer wieder gehört haben? Zwölf Jahre seither. Vorher im Mai nach Griechenland. Unsre große Reise mit dem riesigen alten Opel Admiral. Verbeult und rostig, aber golden. Mit Luxusausstattung und fast so groß wie ein Cadillac. Und für die Musik ein tragbares Uher-Tonbandgerät. Erstklassig. Fabrikneu. Höchstwahrscheinlich geklaut. Er hat es aus Berlin mitgebracht als ob es ihm schon lang gehört. Rechtmäßig. Eigentum. Und dazu selbst aufgenommen die besten Bänder. Und sind bis nach Istanbul gekommen. Und kommen zurück. Kein Geld. Der Sommer schon fast vorbei. Wie nicht gewesen. Ein verregneter deutscher Sommer. Als ob man sich nachträglich nur aus der Ferne sieht. Hier sitzt du in einem Eiscaféspiegel. Dort gehst du mit fünf Büchern und zwei Flaschen billigem Wein durch eine aufgeräumte gefällige Fußgängerzone. Man kommt aus dem Süden zurück. Und wie lang dann der Herbst ist in Staufenberg. Ein großer gelber Oktobermond in den Bäumen. Bis es zu schneien anfängt. Und wir haben nur noch uns und das alte Auto und sind auf der Flucht, als ob wir schon unser Leben lang auf der Flucht sind. Von vorher nichts übrig. Edelgard, du und ich, sagte ich. Besino mit. Ihr Kind. Besino war drei. Schneit es noch? Immer tiefer in den Winter hinein. Auf der Flucht und dann muß man jeden Tag wie den letzten. Immer nochmal. Immer noch ein Tag. Mit müden abgefahrenen Reifen. Die Bremsen abgenutzt. Es schneit und alle Straßen fangen zu schlingern an. Auf die Nacht zu. Und zuletzt ist dein ganzes Leben dir wieder wie ein einziger langer Tag. Als ob das schon immer so, als ob man sich und die Welt nie anders gekannt hätte. Sind auf der Flucht und ich bin in Edelgard verliebt und kann ein paar Jahre lang nicht aufhören, sie anzusehen, sagte ich nach zwölf Jahren zu ihm. Wachtabletten. Immer noch ein letzter Tag und die behältst du alle für immer. Hotels und wie man alle Tage das Geld dafür auftreibt. Und nur keinesfalls auf der Flucht erschossen werden. Amtlich. Von Amts wegen. Vorgestern noch Personalchef. Suff und Straßen und du stehst im Fahndungsbuch, sagte ich. Und sogar da haben wir noch einen guten Plattenspieler mit. Mit vier Boxen. In einem Koffer, der wie ein höherer Aktenkoffer aussieht, sagte ich. Weißt du noch? Und jetzt ein Kratzer auf der Platte. Schon seit Jahren der Kratzer. Unverwechselbar. Und dann fängt wie immer Winterlude an.

Auf dem Flohmarkt, sagte ich. Samstamorgen der Flohmarkt am Main. Und merkte gleich, daß ich nicht widerstehen kann. Immer noch Stapel und Stapel von diesen alten Platten. Dylan, die Beatles, die Rolling Stones. Joan Baez, Janis Joplin, Melanie, Joni Mitchell, Judy Collins und Julie Driscoll. Uriah Heep, Donovan, Jimi Hendrix, die Doors, Richie Heaven, Pink Floyd, Blood, Sweat and Tears, Emerson, Lake and Palmer. Du gehst über den Flohmarkt, siehst die Stapel und immer mehr Namen fallen dir ein. Otis Redding, Bob Marley, Leonard Cohen, Van Morrison, Don McLean. Dazu noch die ganzen Jazz- und Country- und Bluesplatten. Manche in großen Pappkartons. Sogar Holzkisten. Sortiert? Vorsortiert. Alphabetisch. Aber guck lieber selbst durch, sagt der Händler. Jeder nimmt welche raus und tut sie dann falsch zurück. Alle zwanzig Meter einer mit alten Platten. Manche nur mit einem einzigen ärmlichen Stapel. Unterm Arm ein paar Platten und noch ein paar zwischen den Füßen. So stehen sie stundenlang. Wie große Vögel, die einer hypnotisiert hat. Hypnotisiert oder angenagelt. Haben kein Geld, alte Stoffschuhe, keine warme Jacke. Wie obdachlos, schon länger obdachlos, stehen sie da. Aber haben einmal Musik gehabt, eine Höhle, eine eigene Höhle, einen Ofen, ein Feuer im Ofen, Wärme, ein lebendiges Feuer. Wenigstens ein kleines elektrisches Heizöfchen mit zwei roten glühenden Röhren. Und eine große Matratze als Bett. Waren vielleicht verliebt. Muß schon lang her. Stehen und frieren. Stumm. Heiser. Nasse Füße. Erkältet. Die Flügel geknickt. Keine Flügel. Und zahlen hoffentlich wenigstens nicht auch noch Standgebühren. Andre mit großer Ausrüstung. Ein Sechsmetertapeziertisch. Regale, Schränkchen, Scheinwerfer, Plattenständer. Alte Bandfotos und Konzertplakate. Auch Secondhandplattenspieler, Radios, Cassettenrecorder. Alles geprüft. Aber wenn was nicht funktioniert: er steht jeden Samstag hier. Er gibt dir auch einen Zettel mit seiner Anschrift und Telefonnummer. Manchmal sechs Leute an einem Stand. Jeder für alles zuständig. Einer mit Autobatterie, Trafo und Drahtspulen. Selbst erfunden. Einwandfrei. Und er spielt unter freiem Himmel Angie und Street Fighting Man. Ein Klang, als ob man auf der Bühne danebensteht. Als ob sie in deinem Wohnzimmer spielen, sagt er. In den Bäumen die Vögel. Stundenlang spielt er Samstagmorgen auf dem Flohmarkt die Rolling Stones mit seiner Autobatterie und dem dünnen zittrigen Draht. Überhaupt die Händler. Was sind das für Händler? Flohmarktleute. Freaks, Hippies, Exhippies. Hippypärchen, Indienfahrer, Studenten. Studenten, die früher bei Opel in Rüsselsheim am Band gearbeitet haben, um endlich zusammen mit der Arbeiterklasse die Revolution anfangen zu können. Fünf nach zwölf. Lang genug gewartet. (Das war vor zehn oder fünfzehn Jahren!) Adornoschüler als Taxifahrer, aber die letzten Jahre steht man nur stundenlang am Taxistand rum und verdient nix. Keine Kohle mehr. Einer hat früher Platten aufgelegt. Überall. Jeden Abend. Die ganze Rheinmainindependentszene aus dem Pflasterstrand. Das macht er immer noch. Aber kann nicht mehr davon leben. Inzwischen vier Kinder. Aber auch ohne die Kinder käme er nicht mehr auf sein Geld. Hausbesetzer. Leute aus Wohngemeinschaften. Immer der, der als letzter von einer WG übrigbleibt und die Reste erbt. Wer noch?

Frankfurter Lehrer, die samstags frei haben und montags nur anderthalb Stunden. Kunsthistoriker und Ethnologen, die nie eine Stelle kriegen. Und wissen das auch im voraus. Und machen deshalb gar nicht erst einen Abschluß. Manche, die seit Jahren schon auf alle Flohmärkte fahren. Auch nach Amsterdam, nach Paris und nach Straßburg. Hausbesetzer, Anarchisten, Kommunarden. Die Überlebenden von Landkommunen, die vor zehn Jahren ein bißchen Geld geerbt haben und billig einen Bauernhof im Zonenrandgebiet gekauft. Die ihr eigenes Gemüse ziehen und ihr eigenes Brot backen und ihre Dächer und Autos selbst reparieren. Und das Geld abschaffen wollten, aber dann doch ein paar praktische Tiefkühltruhen gekauft haben (Zwölfpersonenhaushalt). Und zwei fabrikneue VW-Busse mit Einbauküche, Campingausstattung und Sonderrabatt. Vorführwagen. Winterpreise. Und jetzt haben sie noch einmal Geld geerbt und sind in den Odenwald oder Taunus gezogen. Weil sie sich untereinander verkracht haben. Karma und Steuergeschichten. Und damit das Geld gut angelegt ist und die Kinder nicht so entlegen aufwachsen. Und natürlich auch die Kultur und das Einkaufen und insgesamt eine bessere Anbindung. Nachbarschaft. Und ein paar Frankfurter Immobilien aus Familienbesitz, die wollen verwaltet sein. Leute, die man vor zehn, fünfzehn Jahren schon einmal im Storyville oder jeden Abend im Schrottkopp gesehen hat, als der Schrottkopp noch Narrenschiff hieß. Leute, die man vom Trampen kennt, schon in den Sechziger Jahren in Paris getroffen hat und im Wind auf der Autobahnauffahrt Gießen-Nord. Und davor noch als Hippies auf der exterritoralen Sandbank vor Saintes-Maries-de-la-Mer. Oder im nächsten Jahr dann auf Kreta oder in Istanbul auf dem Weg nach Goa. Und dann von Goa nach Poona. Eine Frau mit Strickkleid und klirrenden Armreifen, die du nie gesehen hast, sagt zu dir: Wir kennen uns doch! Schöne rote Haare, aber leckt sich die Lippen, als ob sie mich fressen will. Ein Inder mit Ravi Shankar-Platten und einer großen Auswahl an Duftöl und Räucherstäbchen. Spricht elf Sprachen und arbeitet als Koch jeden Tag sechzehn Stunden in einer Imbißkneipe im Bahnhofsviertel. Einer, der wie ein einsamer Andenindianer aussieht und kein Wort Deutsch spricht. Englisch auch nur die wichtigsten Zahlen. Und auch die so, daß man zur Sicherheit noch die Finger dazunimmt. Spanisch? Auch nicht. Kein Wort, aber hat ein Stirnband und schwere goldene Ohrringe. Und alles von den Beatles und Procol Harum. Und sogar Eve of Destruction als Single. Manche, die die Woche über Lasttaxi fahren. Transporte, Umzüge, Haushaltsauflösungen. Und samstags einen Stand auf dem Flohmarkt. Einer mit Rastalocken und einem runden Mützchen, der außer Platten auch bunte Tücher und T-Shirts und selbstgemachten Schmuck verkauft. Zwei große Kokosnüsse und vier Paar neue Turnschuhe hat er auch anzubieten. Singles, Langspielplatten und Doppel-LPs. Also Alben. Der ganze Flohmarkt voll. Kartons, Kisten, Plattenstapel. Raritäten, sagt einer. Bei je fünf ist die sechste umsonst. Am liebsten alle selbst behalten, sagt einer. Aber sowieso die meisten doppelt und dreifach. Und außerdem alles auch noch auf Cassetten. Die hör ich beim Autofahren. Und Schulden. Muß dringend Geld. Zu dritt, sagt er, mit einer Disco Pleite gemacht. Und schon das zweite Mal. Immer mehr Platten auf dem Flohmarkt. Von Samstag zu Samstag. Das geht ein paar Jahre schon so. Und die Preise? Verschieden. Meistens nicht teuer. Flohmarktpreise. Nicht zu teuer. Manche gehen gleich noch ein bißchen runter. Oder runden am Ende ab. Je mehr man kauft, umso billiger wird es. Manche haben für jede Platte einzeln einen Preis ganz genau ausgetüftelt. Auf den Pfennig. Und wieviel sie davon vielleicht noch nachlassen können. Einzelpreise. Preisstufen mit und ohne Rabatt. Und verschiedenfarbige Klebeschildchen. Oder alles ein Preis. Egal, sagt einer. Scheißgeld. Gib mir, was du hast. Einer hat zu den Platten auch noch Gitarren. Günstig. Aus Spanien. Neu. Und ein paar gebrauchte. Neuwertig. Von Leuten, die schon immer Gitarre lernen wollten und vielleicht doch noch ein Star werden. Jahre, Jahrzehnte. Ein Superstar. Wie Elvis. Aber jetzt mit den Enkeln im Haus kommen sie erst recht nicht dazu. Vorerst nicht. Und bei all dem Spielzeug, den Rollschuhen, Rollern und Kinderfahrrädern ist die Gitarre doch jeden Tag ein bißchen mehr im Weg. Also zum Sonderpreis. Supergünstig.

Dann ist die Platte abgelaufen und er merkt es zuerst. Nochmal! If not for you. Gleich die ersten Töne. Mit nichts zu verwechseln. Müßte Plattenspieler geben, die man so einstellen kann, daß sie das gleiche Lied immer wieder spielen. Flohmarktsamstage, sagte ich. Und die Jahreszeit? Meistens Herbst. Weil wir in unsrem ersten Herbst in Frankfurt oft auf dem Flohmarkt waren, Sibylle und ich. Weil der Flohmarkt umsonst ist. Und man ist fremd, hat kein Geld. Manchmal eine Aushilfsarbeit für vier Stunden. Weite Wege jeden Tag. Und diese alten Schuhe sind deine einzigen Schuhe. Der Winter vor der Tür. Und dann geht man Samstagmorgen über den Flohmarkt, sieht alles und trifft Menschen von überallher. Man geht unter Bäumen am Main entlang. Möwen. Die Schiffe rufen. Du spürst, wie der Fluß an dir zieht. Viel Himmel. Die Stadt und die Zeit und die vielen Gesichter. Vielleicht auch deshalb die meiste Zeit Herbst, sagte ich, weil die Sommer in Deutschland so kurz sind. Kaum da und bevor man aufblickt, auch schon wieder gegangen. Beinah wie nicht gewesen. Man merkt sie erst, wenn sie vorbei sind. Wieder ein Jahr. Die Platten, sagte ich. Allein schon die Hüllen und wie man sie nach Jahren wiedererkennt. Natürlich muß man nachsehen, ob in den Hüllen auch die richtigen Platten drin sind. Nicht wie bei dir, sagte ich, weil er seine oft falsch einsortiert. Und ob sie halbwegs in Ordnung. Ein paar Kratzer gehören dazu. Man gewöhnt sich daran. Und dann kommt einem vor, daß genau an dieser Stelle genau so ein Kratzer sein muß. Ist dann keiner da, dann fehlt er einem direkt. Wohngemeinschaften, die Musik und der Untergrund. Die alten Geschichten. Und dann sind viele Jahre vergangen und man geht über den Flohmarkt und kann froh sein, daß man noch lebt.

Flohmarktsamstage. Am besten, es ist noch früh und ein klares Licht. Weiter von Stand zu Stand und du hast die alten Lieder im Kopf und findest immer noch mehr. Ein ganzes Zeitalter. Immer neue Plattenstapel und daß du nur ja keine Platte übersiehst. Meistens muß man sich bücken. Längst Rückenschmerzen und steife Knie. Und inzwischen ist Winter. Erst noch grau und feucht ein Stadtwintertag und Krähen in den Bäumen. Und dann Frost. Schnee und Sonne und Kinderstimmen. Und hell jeder Ton und klingt weit in die Ferne. Lebendig der Fluß und wie das Licht auf dem Wasser spielt. Und noch ein paar Schritte weiter, sagte ich (man muß sich hinreißen lassen!), da geht es schon auf den Frühling zu. Schneereste. Tauwetter. In den Bäumen die Vögel. Und überall Kinder mit Vogelstimmenpfeifchen, die es da vorn an einem Stand für fünfundsiebzich Fennich gibt. Bald schon die ersten Knospen. So hell ist der Tag. Und jetzt (in Gedanken) hast du die meisten Platten schon zusammen. Du hast mehr gefunden, als du gesucht hast. Du siehst dich am Main entlang über den Flohmarkt gehen. Wahrscheinlich Sibylle und Carina mit, sagte ich. Du gehst und du weißt nicht, ob dieser Tag schon gewesen ist oder erst noch kommt. Oder öfter der gleiche Tag? Einmal mußt du mitten im Gedränge stehenbleiben und den Himmel suchen. Und da hast du Wildgänse fliegen sehen. Hoch über der Stadt am Fluß. Wildgänse oder Kraniche? Außer dir hat sie keiner gesehen.

Und beim Heimtragen immer wieder die Ausgaben zusammenrechnen. Das Geld, das man nicht mehr hat. Viele Samstage lang. Während die Plattenstapel immer schwerer werden. Erst nur von Samstag zu Samstag. Und dann bei jedem Schritt. Beim Heimtragen grübelst du. Schwerfällig. Unbeholfen. Erst noch darüber, bei welchen Händlern und Platten und Preisen du hättest versuchen können, noch ein bißchen abzuhandeln. Vielleicht. Und wieviel? Und warum du es nicht gemacht hast? Nichtmal versucht. Und dann sagst du dir (immer noch auf dem Heimweg, eine Jahreszeit nach der andern), daß du eigentlich von Rechts wegen ruhig auch ein bißchen mehr noch hättest bezahlen können. Nicht nur nichts abhandeln, sondern über den Preis hinaus. Freiwillig. Kleine Summen. Warum soll man auf dem Flohmarkt dem Schicksal nicht auch seine Dankbarkeit zeigen, indem man dem einen und anderen Händler hier und da ab und zu ein bißchen mehr gibt. Genau die Platten, die du gesucht hast. Und ein paar unerwartete Glücksfälle noch dazu. So schön abgegriffen die Plattenhüllen. So echt. Der Wind kommt den Fluß herauf. Und hell die Luft. Das bleibt dir. Das nimmst du alles mit heim. Und die Kratzer stören dich nicht. Im Gegenteil. Wie für dich gemacht die Kratzer. Jeder an seinem Platz. Erst in Gedanken immer noch einmal stehenbleiben, dann weiter mit großen Schritten. Und was sollst du nach der Musik jetzt als nächstes retten?

In Wirklichkeit, sagte ich zu ihm am Telefon, hätten gar nicht das Geld dafür. Nichtmal für ab und zu eine. Und auch keinen Platz in der Wohnung. Obwohl ich mir seit Jahren ein paar Zimmer und Erker und Flure dazudenke. Und das hilft auch. Wären sonst schon erstickt alle drei. Es hilft wirklich. Aber nicht bei allem. Nicht immer. Nicht jederzeit. Hätten nicht das Geld, nicht den Platz und schon gar nicht die Zeit, sagte ich. Weil mir außer diesem flüchtigen Heute, das immer schon anfängt zu gehen, nur höchstens dieser eine einzige nächste Tag bleibt. Und der nicht sicher. Und dann vielleicht, aber das weiß man im voraus nicht, noch einer und noch ein paar letzte Tage. Und die auch nur auf Widerruf. Und dafür, so kurz ist die Zeit, dafür reichen auch diese fünf alten Platten, die ich seit Jahren beim Schreiben jeden Tag höre. Meistens ohne Schlaf. Tag und Nacht. Und um uns her die Wohnung mit jedem Tag enger. Vor viereinhalb Jahren zu trinken aufgehört. Kaffee, Zigaretten, Gespenster. Dann hält man den Atem an und muß sehen, daß man immer noch einen Absatz schafft. Jeder als ob es der letzte sein müßte. Und jeder Tag ist der letzte Tag. Manchmal denk ich mir zu den ausgedachten Nebenzimmern noch einen Hof, einen Garten und einen Turm aus. Sogar für jeden von uns einen Turm. Und einen Extraturm für Gäste. Ein paar Gästetürme. Dir auch einen, sagte ich, dir und Pascale. Und am Ende noch einen weiten Strand mit Zeit und Himmel und Ewigkeit. Man kauft die Platten, damit man die Zeit zurückkriegt, sagte ich. *Wenn* man sie kaufen würde, meine ich. Bist du noch da? Die Zeit, in der man sie einmal gehört hat. Einmal und immer wieder. So oft, daß jetzt ein paar Töne schon reichen und die Zeit ist komplett wieder da. Auferstanden. Und dann auch für *die* Zeit, die man braucht, damit man sie wieder hört. Dafür kauft man sie auch. Eine Gegenwart also. Und genug Platz. Damit man auf der Welt bleiben kann. Eine Gegenwart in der Zukunft. Damit man sie hört und hört und die Zeit aufschreiben kann, aus der sie sind. Und wie man sie nach Jahren wieder bekommt. Wie man geht und sie sich zusammensucht, das schreibt man dann auch auf. Aber erst später. Und dazu dann auch noch diese Gegenwart in der Zukunft. Für die man sie wieder gekauft hat. Die dann auch längst vergangen ist. Oder läßt auf sich warten. Kommt morgen. Kommt nie. Als ob man mit den Platten Stück für Stück sein Leben zurückkauft. Manche doppelt. Aber dann quält dich, du könntest etwas vergessen haben. Eine Platte, ein Lied, ein paar einzelne Töne. Und sind weg und sind unersetzlich. Genau wie der zugehörige Teil deines Lebens. Vielleicht nur ein einziger Augenblick. Und jetzt suchst du nicht mehr nach Platten. Jetzt suchst du den einen verlorenen Augenblick. Und du kommst nicht darauf, was für ein Augenblick das sein könnte. Das ist am schlimmsten, sagte ich. Wenn etwas fehlt und man weiß nicht, was es ist, was da fehlt. Und fehlt immer deutlicher. Fehlt dringend. Ein paarmal in meinem Leben kam mir vor, daß ich Zeit hätte. Aber es hat nie lang gedauert. Das Arbeitsamt, sagte ich. Die Behörden. Meldeämter, Schulen, Gefängnisse. Schicksalsverwaltungszentralen. Je länger man neben dem Schreiben diese Handlangerstellen hat, umso schäbiger werden sie. Wenn wir zu Geld kommen, sagte ich. Bist du noch da? Früher hat er manchmal monatelang vom Plattenklauen gelebt. Neue Platten. Sie geklaut und an Diskotheken und Musikkneipen und Läden verkauft. Auch auf Bestellung geklaut. Und dabei sogar noch in guten Hotels gelebt. Mein Freund Jürgen als Meisterdieb. Ein wunderbarer Spielfilm, den es leider nicht gibt. Man muß ihn sich selbst ausdenken. Wird bei jedem Abspielen besser. Jetzt machst du die Kneipentür auf, sagte ich. Also bei dir im Restaurant. Du als Wirt. Trink einen Schnaps und viel Wasser!

Und dann noch einen Schnaps und dann fängst du zu kochen an! Der Regen ist abgezogen, sagt er. Wird schon immer heller zwischen den Wolken, die sich beeilen. Vielleicht noch ein paar Gäste zum Mittagessen, sagte ich. Dann vergiß nicht, hinterher zu kassieren. Und wenn Pascale kommt, rufst du gleich bei uns an. Dann aufgelegt beide. Im Stehen telefoniert. Vielleicht eine ganze Stunde lang. Erst noch die Provence und ihn und die Frankfurter Flohmarktsamstage in der Ferne gesehen und dann wieder die Wolken bei mir am Fenster. Wieder die Platte abgelaufen. Wahrscheinlich schon länger. Man hört es der Stille an. Sonst immer wenn das Telefon klingelt, gleich die Musik abschalten und passend ein Staatsbürgergesicht. Weil es ja jedesmal das Arbeitsamt sein könnte. Oder im Auftrag des Arbeitsamtes eine andere noch bedrohlichere Behörde.

7

Und dann? Langsam die Wolken. Als ob sie eine Weile gewartet hätten. Und sich jetzt wieder auf den Weg machen. Und ich gleich weiter. Beim Schreiben ist immer jetzt. Aber wenn dann wieder das Telefon klingelt, weiß man nicht, ob noch der gleiche Tag ist. Diesmal Sibylle. Vom Verlag aus. Nachher in den Kinderladen, sagt sie. Kommst du auch? Oder willst du dich ausruhen? Ausruhen nicht, sagte ich. Ausruhen später erst (dann am Nachmittag oder in zwanzig Jahren). Auf die Leipziger Straße, sagt sie. Und in den Secondhandkinderkleiderladen neben der Bibliothek. Können uns dort treffen. Lieber an der Warte, sagte ich, und alle drei die Leipziger Straße entlang. Wie spät ist es jetzt? Also um zwei an der Warte. Besser um zehn nach zwei, sagte ich schnell, weil ich dachte, die zehn Minuten könnten mich vielleicht am Ende noch retten. Zehn Minuten zusätzlich! Zehn nach zwei vor dem Zeitungsladen. Seid pünktlich, sagte ich, weil Sibylle denkt, daß ich öfter zu spät komme und das vielleicht schon mit einkalkuliert.

Dann gleich die Musik wieder an. Es hätte wie immer das Arbeitsamt gewesen sein können. Den Satz zuende, gleich noch einen anfangen und die Uhr suchen. Sibylles Elektrowecker mit Schnur. Die einzige Uhr in der Wohnung. Manchmal auf Sibylles Nachtschränkchen. Steht und starrt eckig. Oft lang mit dem Gesicht zur Wand. Oder ein bißchen weiter weg. Auf der Truhe, die von Sibylles Großmutter ist. Schwarz wie Ebenholz in einem Märchen ist diese Truhe. Der Wecker manchmal auch hinter der Truhe auf dem Fußboden. Dann ist er beleidigt. Ganz staubig. Verkriecht sich. Spinnweben. Die Zeit spinnt ihn ein. Schreib weiter! Er surrt leise. Vorwurfsvoll. Als ob er viel Mühe hat mit der Last der Zeit und seinem Pflichtbewußtsein. Und daß ihm das keiner dankt. Bläst sich auf. Surrt und vibriert. Strengt sich an. Schwitzt. Rast wie ein krankes

Herz. Surrt immer lauter. Wird gleich zu hüpfen anfangen an seiner Schnur. Warm ist er immer, aber wird zwischendurch manchmal heiß. Fieber? Er glüht. Riecht es nicht auch schon angesengt? Bevor er vielleicht gleich anfängt zu schmelzen wie die Uhren bei Dalí. Wenn einmal das Haus abbrennt, erst das Haus, dann die ganze Straße auf unserer Seite, dann wird in der Zeitung stehen, Brandursache vermutlich ein schadhaftes Elektrogerät in einer unordentlichen Dachwohnung im Haus Nr. 36, von dem dann nur noch die Grundmauern übrig. Sibylle stellt diesen Wecker immer nach Radiozeit. Und ich stelle ihn jedesmal ein bißchen vor. Meistens nur ein paar Minuten. Aber oft mehrmals täglich. Sooft es mir einfällt. Besser ist besser.

Den nächsten Milchkaffee und dazu laut die Sätze von vorher. Und dann schnell die nächsten. Und mir sagen, daß ich jetzt dann bald aufhören muß. Demnächst. Aber noch nicht gleich. Dazwischen immer wieder die Platte abgelaufen. Wie schnell alles geht. Und schon immer schneller. Schreib weiter! Beim Schreiben in der Wohnung herum. Wie auf einem leeren Schiff. Klart es auf? Fängt der Boden nicht auch schon zu schwanken an? Selbstgespräche. Stöhnen. Gestikulieren. Weil es beim Schreiben hilft. Sogar wenn man nicht daran glaubt. Gegen Mittag wird es still im Haus. In der ganzen Straße. Vielleicht ist außer mir nirgends jemand daheim. Gleich spürst du unter dir das Schweigen und die Abgründe von drei Stockwerken und einem tiefen Keller. Schon meinen Aufbruch vorbereiten. Das ganze Zeug mir zurechtlegen. Einkaufstaschen, Zigaretten, Notizzettel, Kugelschreiber, Gedanken und Schlüssel. Die Jacke? Meine alte Wildlederjacke. Hängt im Flur, wo sie hingehört. Aber damit hat man natürlich nicht gerechnet. Hat Sibylle den Schirm? Soll ich den Buggy mitnehmen? Ob die Zeit für noch einen Milchkaffee reicht? Beim Schreiben muß man rechtzeitig mit dem Aufhören anfangen. Jetzt noch schnell spülen? Die Heizung zurück. Hast du sie eben zurückgestellt oder war sie die ganze Zeit gar nicht an? Nochmal von Fenster zu Fenster. Sind die Dächer trocken? Eben noch kaum erst halb eins und jetzt schon gleich zwei. Wie soll man pünktlich sein, wenn man nicht weiß, ob die Uhr richtig geht?

Dann an der Warte. Fünf eilige Straßen treffen hier immerfort aufeinander. Und vier Straßenbahnlinien mit Haltestellen. Alles stockt hier und drängt sich. Und man steht in der Mitte auf einer schwankenden schlingernden Verkehrsinsel. Steht und sagt sich die Namen vor. Sibylle und Carina. Stehen und warten. Man muß ihnen entgegensehen. Sie herbeiwarten. Ein Taxistand. Autos hupen. Von allen Seiten klingeln die Straßenbahnen. Studenten vom Campus zur Unibibliothek und von der Unibibliothek auf die Leipziger Straße. Und von der Leipziger Straße zum Dr. Flotte, so heißt eine Eckkneipe. Und zurück auf den Campus. Die schönsten Studentinnen. Meine täglichen Bettler und Morgensäufer jetzt nicht zu sehen. Vorher am unteren Bildrand und jetzt aus dem Bild hinausspaziert. Stehen vor einem beliebten Frankfurter Bier- und Schnapsbüdchen in der Kiesstraße. Ein Büdchen mit Vordach und Säulen. Oder sitzen beim Senckenberg-Museum mit Bildzeitungen von heute, die die normalen Leute jetzt um die Zeit schon längst weggeschmissen haben. Jeder Penner seine eigene Bildzeitung. Und dazu einen gemeinsamen Imbiß mit Weltanschauung und Flaschenbier. Und eine Rundschau von gestern ist auch noch da. Zigaretten drehen. Alle Bierflaschen noch mehr als halbvoll. Sitzen und reden vom Rödelheimer Inselchen und von dem Kiosk auf dem Rödelheimer Inselchen. Und wie gut sie sich dortherum überall auskennen. Und wie oft sie schon dort waren. Und was sie dort alles schon erlebt haben, Herrgott. Und daß sie nächstens bald wieder einmal dorthin wollen. Außer dem Zeitungsladen immer morgens auch noch zwei-drei Zeitungsverkäufer an der Warte. Ausländer. Asylanten mit bunten Plastikjacken. Schon früh um sechs. Bei jedem Wetter. Und wo sind sie jetzt?

Grau der Tag. Wolken ziehen. An der Haltestelle eine Uhr, die wahrscheinlich vorgeht.

Stehen und warten. Von allen Seiten die Fußgänger. Lauter Fremde und man muß sich beim Warten jeden von ihnen für immer merken. Gerade weil er es nicht ist. Und Sibylle und Carina? Man steht und wartet und sieht ihrem Kommen entgegen. Kann den Blick nicht wenden. Muß sich vorbeugen. Immer noch einen Schritt in die Richtung, aus der sie kommen. Und müßten längst da sein. Obacht auf Autos und Straßenbahnen. Lebensgefahr! Es zieht dich! Du mußt die Luft anhalten und dich dagegen stemmen. Als ob du die ganze Bockenheimer Landstraße, eine breite Allee, sechs Fahrspuren, mit dem vielen Verkehr, mit Taxistand, Ampeln, Häusern und Gehsteigen auf dich zu ziehen mußt. Wie ein Förderband. Mit aller Kraft ziehen, damit sie jetzt endlich kommen. Wenigstens dort in der Ferne auftauchen. *Müssen* ja kommen, sagt man sich. Aber wenn nicht? Wenn du sie nie mehr siehst? Den Gehsteigtauben ist es egal. Sind grau und tun ihre Pflicht und fressen. Mit kleinen Schritten zwischen den fremden Schuhen die Tauben. Du stehst und wartest. Und weil sie nicht da sind, Sibylle und Carina, mußt du schon immer dringlicher mit ihnen sprechen. Oder du kommst hin, fast noch zu früh dran. Und schon von weitem siehst du, sie sind längst da. Weil ich erst noch zu früh war nämlich. Weil ich meistens zu früh bin oder jedenfalls sonst immer pünktlich. Weil ich dachte, ich könnte mir Zeit lassen. Deshalb jetzt ein bißchen zu spät dran. Ausnahmsweise. Die Uhr hier geht falsch. Und ein paar Häuser weiter in der Adalbertstraße eine andere Uhr. Rund und weiß wie ein toter Mond, ein Ersatzmond. Über einer Ladentür. Eine Uhr, die schon jahrelang steht.

Und seh uns dann alle drei auf der Leipziger Straße. Auf den Nachmittag zu. Ohne Eile. Als Carina noch klein war, kaum erst zwei, hat sie sich ein Spiel ausgedacht. Das Spiel geht so: Sie geht vor uns her. Allein. Ist schon groß. Und höchstwahrscheinlich auch jemand anders, der seinen Namen für sich behält. Namen, Herkunft und Stand. Wir müssen hinter ihr gehen und haben sie nicht zu kennen. Keinesfalls rufen! Nicht ansprechen! Sie geht. Muß dazu mindestens ein Schulkindgesicht machen oder sogar ein Erwachsenengesicht. Von hinten sieht man das nicht so genau. Mit Anstrengung dieses Gesicht. Muß die ganze Zeit aufrechterhalten werden. Immer weiter. Aber weil sie dabei unentwegt nach allen Seiten guckt und staunt und will alles sehen, verrutscht das Gesicht manchmal. Stattdessen Neugier, Entzücken, Verwunderung. Mit Mühe dann wieder neu das Gesicht. Ernst. Noch ernster. Erst recht ernst und groß. Ohne Lächeln (ohne Lächeln geht ziemlich schwer!). Manche Passanten bleiben stehen. Müssen ihr nachsehen und wissen nicht, daß wir dazugehören. Extra für die Leipziger Straße das Spiel. Und geht auch nur hier. Die Zeil ist zu groß dafür. Die Kaiserstraße zu fremd und zu laut. Die Berger Straße zu lang und Carina kennt sie nicht gut genug. Und auf wieder anderen Straßen fehlen die Schaufenster, Ladentüren und Fußgänger. Oder haben es eilig. Autos rasen vorbei und die Gehsteige sind zu schmal. Gern würde ich bei diesem Spiel Carinas Gesicht sehen. Bleibt sie stehen, müssen wir auch stehenbleiben. Hinter ihr. Und so, als ob sie nichts davon weiß. Abstand. Manchmal steht sie lang vor einer Mauer, einem Plakat, einem Schaufenster oder Baumstamm. Geheimnisse. Ganz früher hat sie sich oft noch hinter einer Ecke oder in einem Hauseingang deutlich sichtbar versteckt. Dann muß man mit ahnungslosem Gesicht vorbeigehen. Sibylle und ich. Saumselig. Zwei pflichtvergessene Schutzengel. Vielleicht bedeutet das Spiel, daß man auch beim Verlorengehen nicht verlorengeht. Nur ich weiß noch, daß dieses Spiel höchstwahrscheinlich bei unserem ersten Schuhkauf für Carina entstand. Hier auf der Straße. Beim Hako an der Ecke hinter dem Kaufhof. Sibylle hat schon vorher allein alle Schuhe angesehen. Zwecks Vorauswahl. Jetzt mit Carina. Mit Sorgfalt probieren. Mit den Probierschuhen im Laden feierlich hin und her. Zwei kinderliebe Verkäuferinnen eifrig dabei. Ich auch mit. Vier weitere Verkäuferinnen halten sich im Hintergrund lächelnd in Bereitschaft. Haben auch Kinder, aber die sind schon groß. Die Schuhe müssen weich, müssen aus gutem Leder, müssen ein *bißchen* zu groß, aber nicht *zu* groß sein. Zum Reinwachsen, aber natürlich auch schon für die jetzige Gegenwart. Gute Verarbeitung. Dunkelblaue Schuhe mit weißen Ösen und weißen Schuhbändeln. Die besten. Mindestens so teuer wie gute Erwachsenenschuhe. Die also! Ein guter Kauf! Und Carina behält sie gleich an. Die Schuhe lächeln. Alle Verkäuferinnen lächeln. Zwei mit Tränen, weil sie einmal jung waren und jetzt ihre Kinder schon groß sind. Schon lang groß. Weil alles vergeht. Carina lächelt zu den Schuhen und Verkäuferinnen zurück. Kann nicht anders. Muß immer weiter lächeln. Und geht mit den neuen Schuhen (zwei sind es, zwei!) vor dem Laden andächtig auf dem breiten Gehsteig. Unter freiem Himmel. Das war vor zweieinhalb Jahren. Schuhe kann sie noch nicht sagen, bei ihr heißen Schuhe Adi. Und gleich, nur ein paar Schritte noch, dann wird mir auch der Name der Kinderschuhfirma einfallen. Vielleicht fing mit diesen ersten neuen Schuhen das Leipziger-Straßen-Spiel für Carina an. Heute spielt sie es nicht. Und beim nächstenmal ist sie vielleicht schon zu groß für das Spiel.

Ich seh uns und den heutigen Nachmittag auf der Leipziger Straße. Bei manchen Straßen heißt es auf und nicht in. Und seh dazu noch die Leipziger Straße aus der Zeit, als wir hier ankamen. Frankfurt am Main. Sechs Jahre seither. Am 31. August 1977 abends müd angekommen mit einem vollbeladenen alten Auto. Wie auf der Flucht. Viel zu spät dran. Mein Freund Jürgen hat uns für ein paar Wochen ein Zimmer in einer Wohngemeinschaft besorgt (alle Wohngemeinschaften sind linke Wohngemeinschaften). Spontis. Autonome. Die Sympathisantenszene. Wir kommen spät an und können erst am nächsten Tag einziehen. Sind nach Frankfurt gekommen, Sibylle und ich, für mein erstes Buch. Um es hier zu veröffentlichen. Damit endlich ein Buch daraus wird. Ich mußte es vorher immer wieder neu schreiben. Und fange jetzt gleich am ersten Tag mit der ersten Seite der Reinschrift der allerletzten Fassung an. Vor dem Fenster das Mittagslicht, Kinderstimmen, September und die Kastanien vom Hessenplatz. Mindestens fünf Seiten pro Tag, sagte ich mir. Besser sechs oder acht! Also jeden Tag schreiben! Und wir gehen ein paar kostbare erste Tage in diesem Spätsommerparadieslicht in Frankfurt herum, Sibylle und ich. Die meiste Zeit Hand in Hand. Trotzdem sechs Seiten Reinschrift jeden Tag. So ein Licht, daß man manchmal den Atem anhalten muß, nur damit es eine Weile noch bleibt. Immer noch ein Tag. Und dann findet Sibylle eine schlechtbezahlte Aushilfsarbeit bei einem Zeitschriftenverlag in der Innenstadt. Und ich gehe jeden Morgen in aller Frühe mit ihr durch die Leipziger Straße zur Straßenbahnhaltestelle und allein zurück. Im Kopf einen Kalender, den Herbst und die nächsten sieben Seiten. Werktage. Immer noch früh. Mein Geld zählen und einen Schnaps auf dem Heimweg. Im Stehen. Weinbrand. Korn oder Zarenwodka aus der hessischen Rhön. Oder ein winziges Fläschen billigen Rum für den Kaffee. Und beeil dich! Also damals. Noch neu hier. Fremd, überall fremd. Und hatte gerade erst damit angefangen, die Leipziger Straße auswendig zu lernen. Bald Winter. Kaum genug Geld für die ersten paar Wochen. Und dann? Danach? Immer vor dem Zeitungsladen mußte ich denken, daß man eigentlich unbedingt einen ganzen Monat lang die tägliche Bildzeitungsschlagzeile aufschreiben müßte. Vielleicht wird ein Gedicht daraus. Aber ich will nicht jeden Tag eine Zeitung kaufen und auch nicht immer wieder vor dem Laden herumstehen. Und außerdem hätte ich gleich an unserem ersten Tag damit anfangen müssen. Jetzt wünsche ich mir, ich hätte die

Namen der Läden und Kneipen und Ladeninhaber aus der Leipziger Straße oder von ganz Bockenheim aufgeschrieben. Damals in unsrem ersten Jahr. Und seither jedes Jahr wieder. Besser noch kleine Zeichnungen. Jahrelang jeden Tag geht man daran vorbei. Und dann ist wieder etwas weg und man muß stehenbleiben, zählt die Jahre nach und weiß kaum noch, was da gewesen ist. Und wo man selbst war. Wo ist die Zeit hin? Wer bin ich?

Gehen und sind vor drei Tagen, sind gestern erst hier, sind oft so gegangen. Und werden einmal hier gehen wie jetzt. Ein bißchen müd alle drei und Carina sagt zu mir erzähl! Dann will ich ihr von einem Kind erzählen. Ein Mädchen. Schon nicht mehr ganz klein. Beinah schon fast wie ein Schulkind, werde ich zu ihr sagen und sehen, ob sie nickt. Und daß dieses Mädchen nicht mit ihren Freunden, den Tieren, in einem buntstiftgelben Haus mit ziegelrotem Dach wohnt. Ein Haus mit dampfenden Schornsteinen und grasgrünen Fensterläden. Ein Haus zu dem ein großer Garten gehört. Rote und gelbe und grüne Äpfel an den Bäumen. Am höchsten Baum eine Schaukel. Bunte Vögel. Und unter den Bäumen friedliche Tiere. Tiere, die miteinander sprechen. So ein Haus nicht. Leider nicht. Später vielleicht, sagte ich. Ist noch bei seinen Eltern, sagte ich. Ein städtisches Mietshaus. Sie wohnen ganz oben. Das Mädchen geht in einen Kinderladen (sie nickt!). Und wenn es nicht im Kinderladen ist, dann spielt es mit seinen Eltern jeden Tag den ganzen Tag Vater, Mutter und Kind. Jetzt auch. Jetzt und immer. Und sie gehen zusammen. Nachtmittag. Eine Straße mit Läden. Haben ein paar Sachen schon eingekauft. Die Läden werde ich aufzählen und was sie anhaben alle drei. Welche Taschen und Tüten mit. Und wovon sie sprechen. Das Wetter auch. Wie der Tag ist. Und wer ihnen jetzt entgegenkommt. Und ihr und uns immer weiter so einen Nachmittag und die Straße erzählen.

Und dann muß man sich für immer die Ecke merken, an der sie daraufkommt, daß wir es sind. Und gehen ja wirklich hier. Und natürlich ist dieser Tag dann der heutige Tag und die Straße ist die Leipziger Straße.

Am Anfang der Leipziger Straße zwei Mimosenbäumchen. Klein. Schüchtern. Städtisch? Stehen auf dem Gehsteig und frieren. Fragt man sie, wer sie sind und wie sie da hinkommen, werden sie gleich ganz verlegen. Wollen einen Knicks machen. Aber trauen sich nicht oder wissen nicht, wie es geht. Und ob sie das dürfen? Ob sie überhaupt irgendwas dürfen? Wie einmal vor langer Zeit in meiner Kindheit zwei Mädchen, die fremd sind, stehen sie da. Zu Besuch? Wem gehörst du? fragt man auf dem Land Kinder, die man nicht kennt. Zwei dünne Mädchen. Blaß. Vornehm? Apart heißt das dann. Sind apart. In den Dörfern gilt es als vornehm, wenn Mädchen blaß sind und frieren. Hübsche Dinger, aber brauchen eine feste Hand, heißt es dann. Öfter was hintendrauf! Wie zwei fremde Mädchen in zu kurzen vorjährigen Sonntagskleidern stehen die Bäumchen da und genieren sich. Oft bestraft sie der Wind. Fragt man einen Frankfurter nach diesen Bäumchen, dann kennt er sie nicht. Auch wenn er aus Bockenheim ist. Wundert sich, glaubt es nicht. Und selbst vergißt man auch immer wieder, nach ihnen zu sehen. Sibylle hat als Kind an der Côte d'Azure alle Tage nicht um sich und um ihre Kindheit und um jeden einzelnen Tag ihres Kinderlebens geweint, sondern um die Mimosen auf der Promenade. Weil sie so zart sind und scheu. Und fangen zu zittern an, wenn man sie berührt oder vielleicht auch nur ansieht. Und blühen schon im Januar. Dann spricht sie sooft sie vorbeikommt mit ihnen. Und ist zehn und nickt ihnen heimlich zu. Und denkt aus der Ferne an sie. Hält zu ihnen. Und steht ergriffen vor allen Trauerweiden. Mit Tränen, die keiner sehen soll. Tränen, weil sie als Bäume so einen schönen traurigen Namen haben. Auf deutsch und erst recht auf französisch. Zwei Mimosenbäumchen oder doch bloß ein einziges? Erst zwei und jetzt eins nur noch übrig?

Und Jürgen? Hat gekocht? Fängt eben zu essen an. Erst Salat, dann Kaninchen mit Rotwein. Er will essen und muß immer noch etwas holen. Als Gast und als Wirt. Eine Doppelrolle. Hat immer betont, daß er nicht vor dem Essen raucht. Keinesfalls. Meistens überhaupt erst am späten Nachmittag anfängt. Oft tagelang gar nicht. Und Alkohol nicht vor Einbruch der Dämmerung, aber ab und zu eine Ausnahme. Und jetzt? Raucht nicht nur vor dem Essen, auch sogar beim Essen kann er nicht damit aufhören. In jeder Hand eine Zigarette. Und eine verbrennt am Tischrand oder im Aschenbecher. Schon beim Kochen erst Rosé und dann Rotwein. Für sich allein ein Gedeck. Wie für einen einzelnen einsamen fremden Gast, der sich schwer einschätzen läßt. Er raucht. Das Essen ist warmgestellt. Soll er eine Kerze anzünden für sich allein? Mit sich selbst reden? Mehrstimmig mit sich selbst? Er sitzt und zittert. Der Salat fängt zu welken an. Mein Freund Jürgen allein. Jedesmal wenn er anfangen will, fällt ihm noch was ein, was auf dem Tisch und in seinem Kopf noch fehlt. Er atmet. Eine Uhr tickt. Er spürt den Herzschlag der Welt. Jetzt müßte sie kommen. Die Tür offen. Vögel vor der Tür. Kurz vorher ein kleiner Regen. Und dann wird der Tag immer heller.

Auf der Leipziger. Die Straße kommt uns entgegen. Ein trüber Tag. Und manchmal sieht man sich in einem Ladeneingang oder Schaufenster gehen. Manchmal nur Carina. Manchmal wir alle drei. Schon für die Zukunft ein Bild. Zur Erinnerung. Manchmal eine Tür, eine Glastür und schwingt mit dem Spiegelbild hin und her. Dann hört man die Stille und muß sich festhalten. Der Tag auch in den Schaufenstern. Grau der Tag. Beinah wie ein Zeitungsfoto. Und die Wolken ziehen durch das Glas.

Solang sie ziehen, sagte ich zu Sibylle und Carina, geht es ja noch. Und wüßte gern, ob ich nicht immer noch im Cortina als Geist sitze? Von gestern, vom Sommer her noch. Als Gespenst, als Taggespenst. Aus dem Leben verbannt. Ein Geist, der immerfort Zeitung liest. Durchsichtig, aber nicht unsichtbar. Nur wer Bescheid weiß, sieht solche Geister. Und ob die Kellner im Cortina wie auf einer Bühne immer weiter von ihrem früheren Leben und den Sommern in Verona und Bergamo sprechen? Noch das gleiche Stück? Man müßte viel öfter ins Cortina, damit sie auch diesmal den Winter über nicht zumachen. Damit sich das Hierbleiben für sie lohnt. Die Straße sieht man und den heutigen Tag. Und dazu noch, nicht ganz so deutlich, die Straße von früher. Nicht eben noch eine Straßenbahn vorbei? Und jetzt sind es schon Jahrzehnte, seit hier auf der Leipziger keine mehr fährt. Nur die Schienen noch zwischen dem Pflaster. Und ein paar Schritte weiter ist mit den Schienen auch das Pflaster schon weg. Nur noch Teer. Passanten. Fußgänger. Ein Lieferwagen wird ausgeladen. Langsam die Autos vorbei.

Ich seh uns auf der Leipziger Straße, aber in Wirklichkeit stehe ich noch mitten im Lärm und Verkehr an der Warte. Müßte mir ununterbrochen Notizen machen. Nicht was da ist aufschreiben, sondern das Gedränge in meinem Kopf. Und mir wünschen, ich könnte (um vier Ecken herum und durch viele Mauern) von hier aus bis zum Kinderladen sehen. Sogar in den Kinderladen hinein oder wenigstens bis zum Eingang. So ein grauer Tag. Lang bevor Sibylle und Carina in der Ferne auftauchen, fange ich schon mit ihnen zu sprechen an. Aber wenn man es ganz genau nimmt, bin ich noch in der Wohnung. Noch dabei, mit dem Schreiben ein Ende zu finden. Fast die Schuhe vergessen! Meistens merkt man es dann auf der Treppe. Die ganze Zeit kurz vor zwei. Also einstweilen stehengeblieben die Zeit. Sibylles Elektrowecker mit leisem Surren. Vielleicht beleidigt. Ob er für das Surren zusätzlich noch extra viel Strom braucht? Mich losreißen! Mit aller Kraft! Drei- oder viermal muß ich mich losreißen! Jeder Gegenstand in der Wohnung wartet jetzt nur noch darauf, daß ich endlich gehe. Keine Post. Gestern auch schon nicht. Man weiß nicht, was das bedeuten soll. Endlich seh ich mich aus dem Haus kommen. Mit vierzig. In der Mitte seines Lebens, heißt das in Festschriften und Todesanzeigen. Kein festes Arbeitsverhältnis. Beeilt er sich? Er kommt aus dem Haus. Die Tür fällt hinter ihm zu. Still wie ein Hof ist die Straße. Zwischen dem Pflaster wächst Gras. Und auf dem Dach gegenüber ein Taubengemurmel. Wie gestern. Wie vor einem Jahr. Oktober. Wie spät? Auf die Kreuzung zu. Große Schritte. Er hat keinen Schirm mit. Und sucht mit dem Blick den Himmel.

8

Heimkommen spät am Nachmittag. Ganz ungewohnt. Sonst meistens abends erst oder schon eher, mittags schon und dann nochmal weg. Bald essen, sagt Sibylle, wie ein Mensch, der immer alles plant und vorausdenkt. Bald essen und haben dann einen langen Abend daheim und es wird trotzdem nicht gleich so spät.
Und dann sitzen wir beim Essen. Auberginen, Zucchini, Paprika. Unser großes Zimmer. Die Stehlampe an und draußen ist es noch hell.
Das Gemüse in Öl und dazu eine kleine Kartoffel für jeden. Ich die kleinste, sagt Carina. Nein, lieber die gelbste. Und natürlich ist die kleinste dann auch die gelbste. Bei uns im Kinderladen, sagt Carina, da haben wir jetzt sowas neues, damit sich jedes Kind sein eigenes Essen selbst umändern kann, wie es will. Andersbunt, sagt sie. Lebensmittelfarben, sagt Sibylle. Von einem Kindergeburtstag. Ich weiß nicht, wer sie mitgebracht hat. Grasgrün der Kartoffelbrei. Grießbrei rot. Lila Bockwürstchen, gelbe Hähnchen, Nudeln in allen Farben, Regenbogennudeln und blaues Gemüse. Und? fragte ich. Schmeckt es anders? Eigentlich nicht, sagt Sibylle. Nur wenn man beim Kauen dauernd drauf hinguckt, sagt Carina. Das Lampenlicht. Es ist warm im Zimmer. Dicke Teppiche und überall Bücher. Und so still. Als ob wir hier in einer Schneekugel sitzen. Eine kleine, eine ganz kleine Familie, die am Nachmittag schon zu Abend ißt und draußen ist es noch hell. Aber dann gleich die ersten und immer mehr Leute aus der Nachbarschaft, mit ihren Autos von der Arbeit heim. Feierabend. Zum Glück gut durchgekommen. Noch vor den Staus. Früh dran. Und jetzt einen Parkplatz suchen. Einen guten. Möglichst dicht bei der eigenen Haustür. Einen ruhigen. Dreimal hin und her und am Ende der Straße jedesmal umständlich drehen, weil da alle drehen, die keinen Parkplatz finden, weil die Straße da zur Sackgasse wird.

Verkehrsberuhigung. Keine Durchfahrt. Dann die Nebenstraßen rauf und runter. Der Reihe nach. Mehrfach. Immer wieder anhalten. Standgas. Vollgas im ersten. Bremsen und dann den Rückwärtsgang. Nicht so nah an der Kreuzung, damit einem keiner reinfährt, während man zwei Häuser weiter ein paar Stockwerke höher erst vier Stunden ahnungslos beim Fernseher sitzt und dann als Arbeitnehmer pflichtbewußt schläft. Einfahrt Tag und Nacht freihalten! Nicht auf den Zebrastreifen. Auch nicht so auffällig direkt vor einen Kneipeneingang. Wer weiß, was den Betrunkenen einfällt, wenn sie nach Mitternacht aus den Kneipen kommen. Je später man dran ist, umso länger muß man herumfahren und suchen. Manche gehen nachts nochmal aus dem Haus und sehen, ob sie jetzt nicht noch einen besseren Parkplatz finden. Oder haben einen guten und fahren deshalb am nächsten Morgen besser mit der Straßenbahn zur Arbeit, um ihn zu behalten. Lieber weit weg und legal oder näher und dafür im Parkverbot? Und deshalb morgen in aller Frühe schon aus dem Haus? Beim Suchen immer weiter die Wege ums eigene Haus herum, immer weitere Kreise. Sie hupen. Eine Haustür fällt zu. Und von allen Seiten knallen die Autotüren. Man könnte Autotüren auch so bauen, daß man sie leise zumacht, sagte ich. Ja, aber dann hätten sie nicht soviel Freude an ihren Autos, sagt Sibylle. Immer noch kommen sie heim und schon auch die Dämmerung. Und die ganze Straße entlang jetzt Licht in den Fenstern. Und dann wird draußen alles blau. Und da endlich merke ich, daß ich nochmal raus muß.

Nur ein paar Schritte, sagte ich. Bald zurück. Wenn du nicht umzukehren vergißt, sagt Sibylle. Nein, sollst nicht, sagt Carina. Sollst bleiben und mir ganz bunt einen Luftballonverkäufer malen, Peta! Nachher, sagte ich. Wenn ich heimkomme. Und zu Sibylle: Sogar wenn ich dann noch zwei Stunden mit den Notizen weitermache, ist es am Ende immer noch früh. Erst recht im Vergleich zu gestern. Und dann vor dem Haus.

Allein und die Tür fällt hinter mir zu. Und natürlich wollte ich vorher schon, wollte viel eher, wollte in den Abend hinein. Im letzten Licht, in der Dämmerung. Wenigstens ganz zuletzt als alles blau wurde. Kirchenglasfensterblau. Längst dunkel jetzt. Kühl und feucht, aber noch nicht wirklich kalt. Durch die Seestraße und mir im Gehen ausrechnen, daß ich ab jetzt fast ein halbes Jahr so im Dunkeln gehe, wenn ich nach dem Abendessen nochmal raus will. Meistens eher noch später dran. Und wird bis Weihnachten jeden Tag früher dunkel. Nachtwolken. Kein Mond. Große Schritte. Statt in die Landgrafenstraße einzubiegen, immer weiter die Seestraße entlang. Auch vergessen, vor den Antiquariatsschaufenstern stehenzubleiben. Schon vorbei. In einer Hofeinfahrt ein Lieferwagen mit Ladefläche und Plane. Hoflampe an. Das Treppenhauslicht und auch Licht in den Kellerfenstern. Zwei Männer, die Haustür offen. Sogar Kinderstimmen. Nach Herbst und nach Keller riecht es. Beinah wie auf dem Dorf, sagst du dir, wo sie auch immer dem Tag hinterdrein mit jeder Arbeit kein Ende finden. Beeil dich! An der nächsten Ecke in die Rohmerstraße. Das Postamt längst zu. Kurz vor sechs jeden Tag immer noch nochmal zahlreiche letzte Kunden. Firmenautos, Postfachkunden. Männer in grauen Kitteln mit Sackkarren und Paketen. Der Lagerarbeiter der Kaffeerösterei. Manchmal Sibylle, Carina und ich. Geschäftskunden. Ein großes gelbes Postauto am Seiteneingang. Passanten. Eine Frau mit zwei Kindern. Ein einsamer Mensch mit einem wichtigen Brief. Daß der Brief wichtig ist, sieht man daran, wie er ihn trägt und dabei nicht einmal merkt, wie er auf der Treppe stolpert. Manchmal geht so ein wichtiger Brief amtlich verloren und findet sich erst nach Jahrzehnten wieder. Also doch nicht verloren. Oder soll man ihn lieber nicht abschicken? Da steht er mit Brief und Leben. Im Trenchcoat. Baskenmütze und Schal. Was für ein wichtiger Brief mag das sein? Das Postamt. Vor dem Eingang eine hohe Freitreppe. Vielleicht gibt es in ganz Deutschland kein zweites Postamt mit einer so hohen Treppe davor. Aber jetzt ist das Postamt längst zu. Alles dunkel. Weit und breit kein Mensch. Das Postamt und daneben ein kleiner Platz mit zwei Telefonzellen und hohen Bäumen. Laternen. Der Wind. Ein kleiner Spielplatz. Quadratisch mit hohem Zaun. Ein Spielplatz auf dem die Kinder oft weinen. Eine Litfaßsäule. Ein Durchgang. Eine Querstraße, jetzt wird die Straße eng. Ein Chinarestaurant mit bunten Lampions, ein Schuhgeschäft und die Warenannahme vom Kaufhof. Und dann kommt man auf die Leipziger Straße.

So einen Luftballonverkäufer, sagte ich in Gedanken zu Carina. Als sei ich schon zurück und sie hat den Schlafanzug an. Hat auf mich gewartet und ist kein bißchen müde. Da braucht man alle Buntstifte. Vorher anspitzen, aber nicht zu spitz, sonst brechen sie gleich wieder ab. Muß man sich vorher ausdenken, ob er einem Samstagmorgen auf einem Frankfurter Straßenfest entgegenkommt, ein Maifest oder im Sommer an einem Sonntagnachmittag auf der Mainpromenade. Oder auf dem Weihnachtsmarkt. Dann hat er Weihnachtsmarktluftballons und muß sich warm anziehen. Drei Jacken übereinander. Schal, Stiefel, eine Mütze mit Ohrenklappen. Aber nur einem Handschuh, damit ihm im Gedränge nicht dauernd das Wechselgeld hinfällt. Und wenn er sich bückt, fliegen ihm gleich auf eigene Kosten drei teure Ballons weg. Wieviele Unkosten ihn das gleich kostet! Auf dem Weihnachtsmarkt wird es immer schon am Nachmittag dunkel. Nach gebrannten Mandeln riecht es, nach Glühwein, Spießbraten, Würstchen und Magenbrot. Karussellmusik. Weihnachtslieder und Engelschöre. Manchmal hat einer soviele Lufballons, daß er mit ihnen in den Himmel fliegt oder kann sich noch eben an einem Denkmal oder an dem Gerechtigkeitsbrunnen vor dem Römer festhalten. Oder ganz oben an der Kirchturmspitze der Nikolaikirche. Da müssen ihm dann die Turmbläser herunterhelfen. Aber erst wenn sie mit dem Spielen zuende sind. Goldene Trompeten. Sollst mir das alles aufmalen, sagt sie in meiner Vorstellung. Auch das Weihnachtsmarktkarussell mit meinem einen schönsten Lieblingspferd.

Nach Ladenschluß. Alles zu. Längst leer die Leipziger Straße. Nur der Wind und ab und zu ein einzelnes Auto durch. Und in der Ferne ein Liebespaar auf dem Heimweg. Wäre ich durch die Landgrafenstraße und die vordere Leipziger, dann hätte ich vielleicht im Cortina noch einen Milchkaffee getrunken. Die letzte halbe Stunde, bevor sie zumachen. Zeitungen. Nur eine handvoll Gäste, die man alle schon einmal gesehen hat. Schon öfter. Die Frau an der Theke stellt den Kuchen weg, räumt die Spülmaschine aus und wischt die Glasscheiben ab. Sie ist aus Treviso. Der Eisverkaufsschalter schon seit Ende September zu, weil es früh kalt wurde in diesem Jahr. Die Kellner fangen an aufzuräumen. Einer zieht seine Kellnerjacke aus. Hat die Taschen ausgeleert und legt die Jacke zusammen. Wird sie zum Waschen mit heimnehmen. Ein Gast bestellt geistesgegenwärtig noch einen großen Cappuccino. Ein Lehrer. Sitzt halbe und ganze Nachmittage im Cortina. Sogar Klassenarbeiten korrigiert er hier. Im Hintergrund schon ein paar Lampen aus. Üben die Kellner immer noch ihren Bergamotext ein? Gerade in dieser letzten halben Stunde spürt man die Zeit überdeutlich. Wie lang und wie kurz sie ist. Und daß sie vergeht. Eine halbe Stunde und dann vielleicht wie aufgespart noch ein paar einzelne wenige Minuten. Von gestern, vom vorigen Sommer, vom Jahr davor. Sind noch da. Waren übrig. Dehnen sich. Sind kostbar. Sind wie Herzschläge. Muß man mitzählen. Sind wie Atemzüge und Blutstropfen. Die auch, diese paar Minuten die kann man noch mit dazu nehmen. Und wenn man sich dann als Vorletzter auf den Weg macht, guten Abend, gute Nacht, bona sera und sie machen zu. Dann weiß man, daß jetzt in der ganzen Stadt kein Café mehr auf ist. Nur Kneipen, Bars, Restaurants, Discotheken, das Bahnhofsviertel. Aber kein Ort, wo man unter Menschen mit sich allein sein kann und sogar lesen in der Öffentlichkeit. Gute Nacht, morgen wieder!

Beim Kaufhof unterm Vordach im Schatten ein paar Säufer mit Flachmännern. Weinbrand und Korn. Sogar Halbliterflaschen. Ein Glücksfall, man weiß nicht, wo sie den Stoff diesmal herhaben. Sonst um diese Zeit meistens mit Flaschenbier vor dem Büdchen in der Falkstraße. Und jetzt hier im Dunkeln und man hört ihre Stimmen und weiß nicht, von was sie reden. Gegenüber eine Straße, die Weingarten heißt. Sanft bergauf. Besonders mittags ein schönes Licht. Und jetzt siehst du dich da im Sommer gehen. Erst im Sommer und dann auch im Schnee und die Sonne scheint. Frost, Schnee, Tauwetter, Frühling und dann der nächste Sommer. Immer wieder gehst du da. Das kommt erst noch, das muß in der Zukunft sein. Seitenstraßen. Eine Turmuhr schlägt. Die Markuskirche? In der engen Straße der Kirchturm, als sei er eben beim Läuten ein paar Schritte vorgetreten. Hat sich zwischen die Häuser gedrängt. Die Straße heißt Markgrafenstraße.

Gelb ein Mietshaus mit weißem Stuck. Untendrin eine Reinigung. Und sooft man im Dunkeln vorbeikommt, hell ein Zwitschern. Ein Vogel? Singt nachts? Singt aus Angst? Singt furchtlos im Dunkeln? Gefangen? Gefangen und munter? Ein Zimmervogel? In einem Erker beim Fenster? Oder ein Garten hinterm Haus? Ein Garten mit einem Frankfurter Apfelbaum? Immer der gleiche Vogel? Und warum nicht auch tagsüber? Immer wieder gehst du vorbei, viele Abende und dann ein paar Jahre lang denkst du, eine Grille. Im Keller vielleicht? Sogar die Kellerfenster mit Stuckgirlanden. Im Keller oder in einem großen Blumenkasten (das gleiche Erkerfenster in dem all die Jahre der Vogel sang). Fleißig. Eine leidenschaftliche Nachtgrille und muß immer weiter machen. Oder doch eher elektrisch? Ein eiliger Ventilator, eine billige Belüftungsanlage, ein schlafloser Elektromotor in seinem gemütlichen Heizungskeller. Immer das gleiche verträumte Zirpen und Quietschen. Entweder nur nachts an oder weil es bei Tag hier zu laut ist, hört man es erst nach Ladenschluß. Ein Defekt? Wird abbrennen? Explodiert? Aber an manchen Frühlingsabenden wenn du heimgehst und die Luft ist so leicht, dann ist es wieder der zuversichtliche Vogel in dem blühenden Apfelbaum und im Sommer nachts ein schläfriger Heugeruch, Laubschatten und die gleiche unverdrossene Grille, die schon immer da war. Bis vor ein paar Jahren noch Trümmergrundstücke auf der Leipziger Straße. Sogar jetzt noch Häuser mit Bombenschäden. Nur das Erdgeschoß stehengeblieben und ein Kriegsdach drüber. Daneben zwei Nachkriegshäuser und dann noch ein altes, nur halb wieder aufgebaut. Beim Fisch-Bader wird noch geputzt. Bei der Sparkasse haben sie vergessen, den tragbaren Fahrradständer über Nacht reinzunehmen. Wollen hoffen, er ist morgen früh noch da. Eine alte Apotheke. Feinkostläden von 1882. Familienbetriebe. Gleich drei nebeneinander. Und in jedem drei Generationen gleichzeitig mit ihrem Fleiß vom Morgen bis in die Nacht hinein. Jeden Tag wieder. Letztes Jahr eine Hundertjahrfeier, aber der Umsatz ist länger schon rückläufig. Dann ein kleines Modegeschäft, in dem sie noch dekorieren. Mann und Frau und sind jetzt gleich fertig. Nur immer noch nochmal raus und sehen, wie es von außen aussieht. Die Wirkung. Mehr schräg und ein bißchen nach links? Moderner? Und müssen dann noch die Preisschilder. Soll man 100% Cashmere schreiben oder reine Kaschmirwolle? Mit vierzehn, verloren in meinem letzten Schuljahr und wie es scheint, kein Platz für mich auf der Welt, da dachte ich, vielleicht wäre es eine Lösung, wenn ich Dekorateur werden könnte. Mit Glück eine Ausbildung. Wenigstens beinah auch Künstler jeden Tag und dazu ein bescheidenes festes Einkommen. Und nachts sowieso Malen und Schreiben auf eigene Rechnung. Aber keiner wollte mich als künftigen Dekorateur. Nicht Kaufhaus noch Fachgeschäft in Gießen an der Lahn.

Frau mit Hund. Schon alt. Schon zweiundzwanzig Jahre Witwe. Ihr Mann ist ein Jahr nach der Silberhochzeit gestorben. Der Hund ein Zwergpudel. Auch nicht mehr der Jüngste. Muß oft stehenbleiben. Mirko heißt er. Steht und zittert. Jetzt sieht sie mich auf dem Gehsteig kommen und muß sehen, ob ich kein Räuber bin. Räuber oder Mörder? Lust- oder Raubmörder? Beides in einem. Erst die Lust, dann das Geld. Ihr Sohn ist achtundvierzig. Ein Einzelkind. Mit dem war es auch nicht leicht. Immerhin Diplomingenieur. Hat Frau und zwei Kinder. Schon Jahrzehnte in Westberlin. Seine Kinder sieht sie nur alle paar Jahre. Sind doch ihre Enkel und kennen sie kaum. Seit dem Jahr nach der Währungsreform wohnt sie direkt an der Leipziger Straße. Seit sie allein ist, nur noch eine Zweizimmerwohnung, aber noch im gleichen Haus wie all die Zeit vorher. Immer mehr finstere Gestalten. Sie geht nicht gern abends im Dunkeln, aber im Herbst und im Winter geht es nicht anders. Der Hund muß nochmal raus. Zu früh hat da keinen Zweck. Er hat sowieso einen nervösen Magen. Magen, Herz, Kreislauf. Auch die Gelenke. Schafft es abends manchmal kaum noch die Treppen rauf. Da ist sie im Vergleich noch rüstig. Sogar wenn er wollte, verteidigen kann er sie beim besten Willen nicht. Jetzt muß ich als fremder Schatten an ihr vorbei und dabei deutlich sichtbar einen friedlichen Eindruck von weitem schon. Aber wenn man dann grüßt, erschrecken beide. Sie und der Hund.
Nochmal das Liebespaar in der Ferne. Finden nicht heim.
Vor dem Bilka der Eingang zu. Wo tagsüber die Ständer mit Sonderangeboten stehen und die Ramschkisten und Wühltische, jetzt nur der leere Gehsteig. Samstagmorgen trifft man da immer Leute, die man kennt. Und dann kommen noch mehr dazu, die man auch kennt. Und Leute, die diese Leute ken-

nen, meistens Paare. Man kennt sie vom Sehen. Die meisten schon vorher beim Kaufhof in der Lebensmittelabteilung getroffen und beim Montanus und im Cortina. Leute aus Wohngemeinschaften. Leute von früher. Leute von der Uni, Leute vom Kinderladen und von den anderen Kinderläden. Aus dem Grüneburgpark, von den Spielplätzen, aus der Zweigstelle der Stadtbibliothek, aus dem Secondhandkinderkleiderladen und weil man sich hier in Bockenheim sowieso immer wieder sieht. Im Sommer die Frankfurter Straßenfeste. Aber der Sommer ist immer gerade vorbei oder will sich nicht zeigen. Meistens ein Trödelsamstag im März, im Oktober. Der Himmel bedeckt. Sieht nach Regen aus. Wenn man wüßte, daß es nicht regnet, könnte man auf den Flohmarkt und dann noch ein Stück den Main entlang. Aber wenn man sich samstags beim Einkaufen auf der Leipziger trifft, ist es für den Flohmarkt schon zu spät. Ein Trödelsamstag. Man spart und spart und dann hat man doch wieder zuviel Geld ausgegeben. Sieht nach nix als Regen aus. Seit wir ein Kind haben, Sibylle und ich, kennen wir viele Leute mit Kindern.

Noch ein Stück weiter fünf junge Türken, männlich. Und ein BMW. Der BMW schräg auf dem Gehsteig. Damit man ihn besser sieht. Dunkelgrün mit viel Chrom und wie er glitzert im Lampenlicht. Sportreifen, Silberfelgen. Alle fünf Freizeitkleidung. Cool, modisch, chic. Samthosen, Glanzstoffjeans. Hemden mit hohen Kragen. Goldkettchen. Cowboystiefel, Lackslipper, Markenturnschuhe. Und das alles nur um jetzt hier am Abend auf der leeren Straße zu stehen. Alle fünf rauchen. Wie auf Plakaten oder man müßte wissen, was für ein Film das ist. Bei dem BMW die Fahrertür offen und Basarmusik. Istanbulrock. Aber nicht laut. Nicht zu laut. Wollen keinen Ärger. Nicht auf deutsch und schon gar nicht mit den vielen Landsleuten, die hierherum wohnen. Auch türkische Ladenbesitzer. Hier auf dem letzten Stück der Leipziger Straße werden

die Ladenmieten schon billiger. Nicht zu laut also und nicht allzu breit dastehen. Kommt abends öfter auch ein Streifenwagen hier durch. Vier Mann Besatzung alle zwei Stunden. Gerade weil es eine ruhige Gegend ist, fahren sie hier gern Streife. Die Musik. Das Auto. Wenn man ihre Namen wüßte. Alle fünf schon als Kinder hierher. Frankfurter Türken, die sich auskennen. Jeden Tag Arbeit. Meistens Schwerarbeit, Dreckarbeit. Müllabfuhr. Frankfurter Verkehrsbetriebe. Auf dem Bau oder Anstreicher. Kellner. Eine Lehre als Installateur. Messer Griesheim. Die Farbwerke Höchst. Schichtarbeit. Taxi fahren. Aber jetzt haben sie frei und riechen nach Duschgel, Deospray und Rasierwasser und glänzen wie auf einem Plakat. Kinohelden. Und ununterbrochen rauchen. Lässig. Stehen alle fünf lässig beim Auto. Und doch sieht man gleich, wer der Besitzer ist. Neu? Erst seit heute? Gebraucht neu! Neuwertig! Bestzustand! Sonderausstattung! Zahlreiche Extras! Als Türken kaufen sie eher gebrauchte BMWs und große Mercedes, als einen neuen kleinen Opel, einen Golf oder Polo. Haben frei. Freizeit. Zigaretten. Stehen hier und müssen gefährlich aussehen. Stehen und warten. Herbst. Oktober. Ein Herbstabend. Noch früh. Ob sie wissen, worauf sie warten? Bis sie dann einsteigen. Alle fünf oder nur zwei von ihnen, zwei oder drei? Nur der Fahrer? Ein sportlicher BMW, fast neu. Und wohin?
Lieber wäre ich gestern kurz vor Ladenschluß durch die Leipziger Straße. Mit all den Lichtern und Menschen noch. Beinah wie ein Aufbruch. Ein festlicher Augenblick. Und jetzt mußt du dich erinnern. Auch nicht der gleiche Wind. Jetzt eher feucht und unfreundlich. Kommt schwerfällig daher und bleibt stehen. Keucht, nimmt noch einen Anlauf der Wind und gerät manchmal ins Torkeln. Und daß das erst gestern war. Ein Vorabend. Heimgegangen und mein Freund Jürgen ruft aus Barjac an.
Du gehst und manchmal ein Schatten von dir – bleibt irgendwo stehen. Einer zurück in das Antiquariat, um dort im Lampen-

licht zwischen den Regalen und Büchertischen die ganze Nacht zu lesen und bedächtig in großen alten Atlanten und Bildbänden zu blättern. Und dir die Bücher zurechtlegen, die du nicht länger entbehren kannst. Unter gar keinen Umständen. Neben einem großen und einem kleinen Globus, die man beide auch unbedingt kaufen müßte. Und eine Messinglampe mit einem grünen Glasschirm. Immer andere Schatten. Der erste ist gleich vor unsrer Haustür stehengeblieben und wartet, bis ich zurückkomme. Damit in der Zwischenzeit nichts passiert. Damit das Haus nicht in meiner Abwesenheit abbrennt oder spurlos verschwindet. Einer durch die Landgrafenstraße, die ich verpaßt habe. Einer die Seestraße weiter und hinüber zum Kurfürstenplatz, weil wir da auch oft gehen. Einer die ganze Leipziger Straße bis an den Anfang zurück und nach den beiden Mimosenbäumchen sehen, weil ich das immer wieder vergesse. Ob sie frieren? Ob sie überhaupt noch da sind? Werden immer wieder vom Wind gequält. Und eigentlich müßte man ab und zu ein bißchen mit ihnen reden. Ein Schatten ins Cortina und muß dort die Zeit anhalten. Da sitzt noch ein gestriger Schatten und ist für die gesamte Weltpolitik in den Zeitungen zuständig. Und beide zusammen müssen für die Kellner die Sommer von Bergamo vollzählig nochmal herbeidenken. Ein Schatten, der die Frau mit Hund heimbegleitet (eigentlich müßte man beide tragen!). Ein Schatten zu den Pennern im Schatten beim Kaufhof. Weil ich auch einundzwanzig Jahre getrunken habe. Und das bleibt. Man wird es nicht los. Ein Schatten den Weingarten hinauf. Auf die Zukunft zu. Ein Schatten, der immer nochmal dem Liebespaar auf seinem langen Heimweg begegnet oder sieht sie jedesmal nur von weitem. Leere Nachtstraßen. Ein Schatten von Büdchen zu Büdchen. Als ob er unter den Säufern, die da mit ihren Flaschen stehen, sich selbst sucht. In jede Seitenstraße ein Schatten. Fast an jeder Ecke bleibt einer stehen und eine Turmuhr schlägt. Ein paar Schatten, die den Sommer suchen. Einer schon auf den Winter zu. Wieder Oktober. Eine

Turmuhr schlägt und wird gleich zu reden anfangen. Du gehst, du bist oft so gegangen. Und schon nach den ersten Schritten ist dir, als ob du schon lang, beinah als ob du immer so gehst. Wieder ein anderer Schatten hinüber zum Hessenplatz, wo noch ein Schatten von gestern wartet. Unter den Kastanien. Zum Hessenplatz und sehen, ob die Änderungsschneider noch alle da sind. Aus Italien. Aus Armenien, aus Griechenland und zwei aus der Türkei. Alle mit ihren Familien. Laden mit Hinterzimmer und Hofwohnung. Und sitzen und nähen oft bis in die Nacht hinein. Zum Hessenplatz also und sehen, wie die Fenster mich ansehen und ob die persische Autowerkstatt noch da ist. War das nicht überhaupt erst gestern, seit wir hier ankamen? Noch ein paar andere Schatten längst unterwegs. Getrieben. Ruhelos. Müssen Abend für Abend von Kneipe zu Kneipe. Noch als Gespenster sogar. Weil das bei einem Säufer, auch wenn er aufgehört hat, nie aufhört. Frankfurter Eckkneipen. Bierstuben, Speisegaststätten, Musik- und Studentenkneipen. Frankfurter Griechen, Jugoslawen, Italiener, Spanier, ein Portugiese, ein Marokkaner als Wirt. Und sie gehen, diese Schatten von einem Säufer, ohne Unterlaß auf die Lichter und Eingänge zu. Stimmen, Musik, manchmal offene Türen und Leute auf dem Gehsteig. Dann ist wieder Sommer. Schatten von früher, betrunkene Schatten, die neben dir hergehen und gestikulieren, immer wieder ins Torkeln geraten und dabei ununterbrochen auf dich, auf sich selbst und auf ihre Mitschatten einreden. Grün die Bäume im Lampenlicht. Laternen und bunte Lämpchen. Und dann wieder golden und braun das Laub. Und weht durch die Luft. Und raschelt vor dir auf dem Gehsteig. Und fängt an zu kriechen. Und dann hat es angefangen zu schneien. Es schneit und da muß man doch die ganze Nacht weiter so. Mit Selbstgesprächen lang auf die fernen Lichter zu. Ohne Ende die ganze Nacht von einem Eingang zum andern. Ein Spuk, ein Phantom, von Gespenstern umgeben.

Erst die Kneipen und später dann immer auch eine Flasche mit. Wodka, Cognac, Ouzo, Wacholderschnaps, Korn. Wenigstens ein Flachmann. Und bei jeder Flasche schon an die nächste denken. Die Kneipen und dann von Büdchen zu Büdchen. Frankfurter Säuferbüdchen. Kioske. Straßenverkauf. Alkohol, Zigaretten, Zeitungen, Schulkindersüßigkeiten. An jeder Ecke. Haben abends lang auf. Manche mit Vordach. Da kann man stehen und trinken. Und als Säufer sich und Gott und der Welt Gott und die Welt erklären. Und dabei immer recht haben. Oder gleich weiter mit dir selbst in die Nacht hinein. Die Flasche noch mehr als halbvoll. Die ganze Stadt ein verzweigter Sternenhimmel, wenn man so herumwandert. Oder kannst auch da hinten auf einem Mäuerchen sitzen und den Tag und dein Leben immer nochmal an dir vorbeiziehen lassen. Mal so und mal so. Schnaps und Liköre und Wermut und billigen süßen Wein. Süß und klebrig. Gut für die Nerven. Angefangen als Abendsäufer und dann auch ein Morgensäufer und so immer weiter. Tagundnachtsäufer. Und vor viereinhalb Jahren aufgehört. Morgens noch Rum, dann aus einer vollen Gallonenflasche einen kleinen Schluck Whiskey und von Kneipe zu Kneipe, einen Wodka, Rotwein und Cognac. Spät am Nachmittag noch ein letztes Glas. Also doch nochmal trinken bis mir der Abend herabsinkt. Dann aufgehört. Samstag, der 10. März 1979.
Noch ein paar Schatten, wieder andere, jetzt aus der Dunkelheit auf mich zu. Manche jahrelang weggewesen und doch erkennst du sie gleich. Sie dich auch. Kommen mit einem Gruß, heben die Hand. Halten jederzeit zu dir. Kommen in Freundschaft. Verschwörer. Bringen dir ein Geflüster mit, das hebst du dir für später auf. Du gehst. Früh ein Herbstabend. Noch eine Biegung und dann kommst du ans Ende der Leipziger Straße.

9

Straßenecken, ein leerer Platz, schräg eine Kreuzung mit großen Pfützen. Hier geht die Leipziger Straße in die Friesengasse über. Gleich viel enger die Friesengasse. Kleiner die Häuser und niedriger. Drei Sorten Pflaster, die Gehsteige schmal und alles ein bißchen krumm. Aber anheimelnd auch. Und sieht aus, als ginge es dort vorn, gleich hinter der nächsten Biegung aufs Meer zu. Ein Hafen und Schiffe im Hafen. In der Friesengasse nicht oder noch nicht, aber in der Mühlgasse, Seestraße, Grempstraße überall Häuser abgerissen. Teils noch der Bauschutt, Bretterzäune, Plakatwände. Ein Bagger, ein Kran. Auch schon Schilder, was hin soll. Sanierung Bockenheim. Erdgruben, Löcher, Ruinen. Ein paar alte Häuser, die wie es scheint, bleiben dürfen. Zumindest vorerst noch. Und überall Abbruchhäuser, Ruinen. Geisterhäuser. Schon geräumt. Von Gerümpel umgeben. Türen und Erdgeschoßfenster zugemauert. Stehen und zittern. Andere noch bewohnt. Vielleicht nur ein oder zwei Stockwerke noch bewohnt. Schon mit Räumungsbefehl. Erschrockene alte Häuser. Und stehen auf Abruf. Und in manchen im Erdgeschoß kurzfristig nochmal ein Laden drin. Ramschläden. Secondhand. Auch Imbißstuben. Ein Kiosk, ein Obsthandel, Schuhe aus Italien (hergestellt in Marokko). Eine Stehpizzeria. Hauptsächlich Laufkundschaft. Pizza auf Bestellung. Zwanzig, fünfunddreißig Zentimeter Durchmesser. Auch halbe auf Wunsch. Anrufen und gleich abholen. Eildienst. Bringservice. In Bockenheim gratis. Sonst zwei Mark Aufschlag. Flaschenbier, Büchsenbier, Fanta und Cola. Erst nur um die Tür herum ein bißchen frische Farbe auf den Verputz, dann doch das ganze Erdgeschoß nochmal neu. Bunte Lämpchen an einer Schnur. Der Vertrag läuft bis Februar. Und je nachdem, wie weit die Baufirma dann mit der Arbeit ist, kann er alle zwei Monate um immer nochmal zwei Monate verlängert werden. Kein Rechtsanspruch. Bunte Werbeschilder, Tafeln, Plakate, vierzehn Sorten Holzofenpizza. Und noch zwei Schnüre mit bunten Lämpchen an die Wand, die gibt es günstig im Ramschladen nebenan. (Vielleicht macht das der Name, daß man in der Friesengasse immer ans Meer denken muß!)

In der Stehpizzeria der Chef, der Pizzabäcker, der befristete Wirt (der mit den bunten Lämpchen), ein Italiener. Vorher zehn Jahre als Küchenhelfer und Kellner in Frankfurt und Umgebung. In der Gastronomie die Rheinmainitaliener kennen sich untereinander alle. Wissen auch, wo sich gut arbeiten läßt und wo nicht. Wer ein Schwein ist als Chef und wo die Mafia kassiert. Wo man monatelang auf seinen Lohn warten muß und ihn sich dann mühsam erkämpfen und sogar dann noch betrogen wird. Immer nur Kellner, Handlanger, Aushilfskraft. Und jetzt ist er zum erstenmal selbstständig. Aus Bari, aus Taranto. Und als Gehilfen einen Kumpel aus Catanzaro. Und für zwischendurch und die Wochenendabende noch einen Hilfsinder. Geöffnet Montag bis Donnerstag von elf bis elf und Freitag bis Sonntag bis Mitternacht. Immer wenn man zumachen will, nochmal ein ganzer Schwung Leute. Pizza zum Mitnehmen. Aber auch ein Wandbrett als Tisch und vom Sperrmüll drei Barhocker vor der Theke für die wartende Kundschaft. Fangen manche dann doch lieber gleich hier zu essen an. Rotwein einsfünfzig das Glas. Ein kleines Radio auf der Theke und nächstens vielleicht einen Cassettenrecorder. Aber braucht dann auch ein paar gute Cassetten. Wenn er im Frühling noch drin ist, wird er an guten Tagen ein paar Stühle vor die Tür. Tische nicht, weil er dafür keine Konzession. Tische brauchen die Leute nicht, können im Freien sitzen und essen mit den Händen direkt aus dem Pizzakarton. Noch heiß die Pizza. Wein aus der Basilicata. Im Radio James Brown und singt wie ein Neapolitaner. Bona sera, sagt der Teilzeitinder. Si signore, grazie, molte grazie, ciao! Leider nix Arbeitserlaubnis. Noch nicht. Vielleicht ist auch der Chef, der Wirt nur zur Aushilfe und der ganze Laden gehört einem reichen Mann aus Modena, der in der Innenstadt, in Rödelheim und in Offenbach noch ein paar Restaurants und Stehpizzerias hat. Auch Imbißstuben und einen Stand mit Spezialitäten. Kaffee und Wein in der Kleinmarkthalle. Und kommt nur zum Kassieren vorbei. Immer in Eile. Und weil er nur zum Kassieren kommt und danach auch gleich wieder verschwindet (ein S-Klasse Mercedes, metallicrot wie ein Schmuckstück), kann der Gehilfe bei der Arbeit gut denken, daß es sein Laden ist. Und wenn hier die Zeit um ist, wird er schon rechtzeitig ein anderes Abbruchhaus finden. Wenigstens beim nächstenmal dann auf eigene Rechnung. Der Inder, der Hilfsinder ohne Arbeitserlaubnis ist aus Bangladesh, aber das macht hier keinen Unterschied.

Florastraße, Grempstraße, Friesengasse und viele stille Seitenstraßen und Quergassen mit niedrigen alten Frankfurter Mietshäusern und kleinen abgelegenen Hinterhöfen mit Forsytien und Vorortflieder und hohen Kastanien aus der Kaiserzeit, die immer noch jedes Jahr blühen. Und die Leute? Einwohner. Alte Frankfurter Bockenheimer. Haben immer schon hier gewohnt. Und neuerdings Italiener, Griechen, Jugoslawen und Türken. Neuerdings heißt seit zwanzig Jahren. Damals waren hier im Viertel die Mieten noch billig. Die Italiener waren es, die zuerst kamen. Jetzt sind ihre Kinder schon groß. Viele Kneipen in Bockenheim. Bier- und Apfelweinkneipen, Eckkneipen, Schnapsbüdchen und Speisegaststätten. Und das ist gerade die Zeit, da kommen die Gäste aus der Nachbarschaft. Feierabend. Also Feierahmd. Reicht jetzt. Wieder ein Tag. Und auch daheim die Leute in ihren Wohnküchen haben sich zum Essen gesetzt. Oder schon fertig damit? Am Küchentisch. Weil es ja immer ein bißchen später ist, als man denkt. Weil sie nicht stehenbleibt, die Zeit. In den Gaststätten geht es mit dem Abend erst los, aber gerade daheim die, die die heut nicht mehr aus dem Haus gehen, fangen schon an, sich auf das heutige Abendfernsehen zu konzentrieren. Kann man auch immer noch ein bißchen weiter essen dabei. Fernsehen und Kauen und Flaschenbier. Kartoffelchips, Paprikachips, Pantoffeln, alles preiswert eingekauft. Für das Fernsehprogramm die neue Hör Zu. Und für das Auto, mit dem er jeden Tag zur Arbeit fährt, einen sicheren Parkplatz ganz in der Nähe. Und ich? Hier an der Ecke der Grempstraße (in Gedanken immer noch mit Sibylle und Carina in der Schneekugel). Längst dunkel. Ein Herbstabend. Gegenüber das Eckhaus erst kürzlich abgerissen. Ist weg, aber noch als Phantom da. Beinah als ob man es noch sieht. Dann die Stehpizzeria. Die man malen müßte. Bunte Lämpchen und innen Neonlicht und der Backofen. Holzrauch. Den Wirt sieht man und seinen Gehilfen. Den Kumpel aus Catanzaro. Der Inder ist heute nicht dran. Wohnt im Gutleutviertel. Ein Herbstabend. Schon kühl, aber trotzdem Tür und Verkaufsschalter offen. Wegen dem Rauch und der Backofenhitze. Und weil sowieso dauernd Kunden kommen. Immer rein und raus. Kommen und gehen. Nur ein paar Schritte näher und du kannst alles deutlich riechen. Den Rauch sowieso, aber auch den Pizzateig im Backofen und wie er gar wird und die Kruste knusprig und vielleicht sogar schon ein bißchen zu dunkel, verbrannt. Gibt Kunden, die wollen das so. Das heiße Öl und den Käse, wie er zerfließt. Zwiebel, Speck, das Gemüse und die scharfe Salami. Nach Rosmarin und Oregano riecht es. Je länger du stehst, umso würziger dieser Duft. Und inzwischen hast du schon angefangen, die Stehpizzeria zu malen. Erst nur eine Skizze. Kugelschreiber auf einen alten Kassenbon, den du dir schnell ausdenkst. Dann mit Tusche und in die Tusche hinein Aquarellfarben. Atemlos. Schnell. Und dann doch Öl auf Leinwand. Alles nur in Gedanken, aber trotzdem kannst du nicht aufhören. Die offene Tür und das Licht und die Nacht. Das alte Haus und im Erdgeschoß grell neue Farbe. Feucht die Luft und das Pflaster glänzt. Immer mindestens dreierlei Straßenpflaster und noch Teer und von früher die Reste der Straßenbahnschienen. Der Wirt und sein Kumpel und vor der Theke die wartende Kundschaft. Muß auch mit aufs Bild. Das Licht auf ihren Gesichtern. Der Wirt bei der Arbeit und wie er am Ende sein Geld zählt und müd die Träume sortiert. Sich aufschreibt, was er morgen früh einkaufen muß. Woran die Kunden denken beim Warten. Hungrig schon vom Geruch und wenn sie ihm zusehen, wie er Tomaten schneidet. Erst Tomaten, dann Zwiebel. Oktober, die Uhrzeit, wie die Luft schmeckt. Muß alles mit drauf. Gehört zu dem Bild mit dazu. Wo die Kunden herkommen jetzt um die Zeit und die anderen später am Abend. Und dann nochmal andere kurz vor Mitternacht. Und wie sie sich unterscheiden. Den Lieferservice muß er erst noch einrichten. Steht in Verhandlungen mit einem siebzehnjährigen Oberschüler aus Sindlingen, der ein Mofa mit Drahtkorb und Blechkasten hat und dringend Geld braucht. Den Lieferservice demnächst also. Das kleine Radio auf der Theke mit auf das Bild. Die Musik auch. Wie soll man die Musik malen? Ist er verliebt? Und daß er immer Ende Februar nach Kalabrien fährt. Jedes Jahr? Jedes zweite? Alle paar Jahre einmal? Nicht lang. Acht bis zehn Tage nur. Dann kommt er hin und wieder blühen die Mandelbäume. Seine Eltern schon alt. Müssen klein mit aufs Bild. Ganz Kalabrien muß mit auf das Bild und wie seine Stirn glänzt vom Schweiß hier beim Backofen. Er beeilt sich. Jetzt ißt sein Kumpel. Und wenn er fertig ist und der Andrang dann nicht zu groß, dann ißt er auch selbst etwas.

Die Stehpizzeria als Bild. Und gleich noch das nächste. Großformat. Ich hätte nie aufhören sollen zu malen. Diesmal die ganze Straße drauf. Der heutige Abend. Auch die leeren Grundstücke. Der Abfall. Baugruben, Erdlöcher, ein Kellereingang, ein Fundament, das noch steht. Ein zerbröckelndes Fundament. Die Lichter. Noch eine Stehpizzeria, drei Imbißbuden. Ein orientalischer Obstladen. Obst, Lebensmittel, Konserven,

Flaschenbier, Zigaretten. Und er wohnt mit der ganzen Familie da und macht abends einfach nicht zu. Einerseits praktisch, sagen die Leute. Aber richtig ist das doch auch nicht. Die Abbruchhäuser. Nur die Umrisse malst du auf. Stehen durchsichtig da. Türen zugemauert, die Fenster vernagelt. Stehen und zittern. Sanierung Bockenheim. Daneben haushoch die amtlichen Blaupausen. Sperrmüll. Bauschutt, Baubuden, Bauwagen. Als ob ein Jahrmarkt kommt. Ein Jahrmarkt mit Zirkus und gelehrigen Arbeitsbaggern statt Elefanten. Provisorische Parkplätze voll mit Autos und Riesenpfützen. Ruinen und Kinder in den Ruinen. Oder nur ihre Stimmen vom Tag noch übriggeblieben. Eckkneipen. Die Seitenstraßen auch noch mit auf das Bild. Beim Malen vergrößerst du es noch ein paarmal. Gleich über den Rand hinaus. Mal einfach weiter. Mauern, Garagen, Plakatwände. Ein Baum. Schon verurteilt. Bulldozer, Bagger, ein Kran mit gelben und roten Signallampen. Der muß auch noch mit drauf. Die Gruben und leeren Plätze. Und wie neben diesen leeren Plätzen die stehengebliebenen Häuser sich verschreckt aneinanderdrängen. Und wissen nicht, was mit ihnen wird. Und die alten Eckhäuser von drei oder vier Straßen. Von hier bis zum Alsfelder Platz. Auch mit drauf auf das Bild. Abenddunkel. Wie Felsen. Sollen als Eckhäuser die Häuser in der Reihe beschützen und selbst in Angst. Verstört. Stumm ein Schrei. Laut schreien können sie nicht. Drängen sich unter dem dunklen Himmel, als müßten sie gleich zur Seite kippen. Die auch mit drauf. Nach allen Seiten über den Rand hinaus malen. Mach einfach weiter.
Meistens Einbahnstraßen. Und erst noch einzeln die Autos und dann in langen Reihen mit ihren Lichtern langsam vorbei. Müssen bremsen, weil es am Ende der Leipziger eng wird. Bremslichter. Rote Rücklichter. Biegen in die Grempstraße ein und halten am Gehsteigrand. Auf beiden Seiten warten sie. Lassen den Motor laufen. Radio an. Fenster offen. Schnell die Pizza bestellt. Wie lang dauert es? Sitzen beim Radio am

Lenkrad neben der Freundin im Auto. Muß immer gleich einer kommen und hupt. Fahren dann doch zum Parkplatz. Fahren ein paarmal ums Karree, weil die Zeit dann schneller vergeht. Schon ein Bier mit. Ein Büchsencola. Die Freundin hat sich extra für den Abend zurechtgemacht. Fahren langsam und kommen wieder vorbei und beim übernächsten Mal ist ihre Pizza fertig. Mit Champignons, Schinken und Salami. Nicht eben auch ein vollbesetzter dunkelgrüner BMW vorbei? Und ein Streifenwagen im Schrittempo. Beschleunigt dann und hinüber zur Schloßstraße. Alle zwei Stunden ein Streifenwagen, aber manchmal dann doch auch dreimal hintereinander. Die ganze Zeit Hochbetrieb in der Pizzeria.

Fußgänger. Einzeln und Paare und Gruppen. Haben das Auto abgestellt. Sind auf dem Heimweg. Wollen heim, aber noch nicht gleich. Andere kommen von daheim und wir wissen nicht, was sie vorhaben. Spazieren mir ins Bild hinein und bleiben vor der Stehpizzeria stehen. Riechst du, wie gut das riecht? Eine ganze Gruppe von Paaren vom Alsfelder Platz her. Beinah wie auf dem Land. Gehen mitten auf der Straße und reden und reden. Und lassen sich Zeit. Gelächter. Autos hupen. Von allen Seiten Musik. Fünf Sorten mindestens. Aus Kneipen und Wohnungsfenstern und Autos. Aber leise. Gedämpft. Abend und aus jedem Haus Fernsehstimmen. Und hallen so über die leeren Plätze hin. Eine Katze dicht an der Mauer entlang. Und weiter weg, beim Sperrmüll und den Abbruchhäusern im Dunkeln noch Kinder. Man soll sie nicht sehen, aber hört sie doch immer wieder. Mädchen und Jungen und auch ein schwarzer Hund bei ihnen, der wie ein glücklicher kleiner Wolf aussieht. Sollten längst daheim sein die Kinder. Hatten hinter den Bauwagen ein Lagerfeuer. Gerade beim Abendwerden. Noch bevor es ganz dunkel. Die Bauarbeiter eben gegangen. Das Feuer soll keiner sehen. Und dann in der Dämmerung sind immer wieder die Namen der Kinder gerufen worden. Eine ganze Stunde lang, aber sie gehen heut nicht heim. Eine helle Wolke am Nachthimmel. So groß, daß man lang hinsehen muß, um zu sehen, daß sie sich bewegt. Von der Schloßstraße hört man die Autos. Vom Westbahnhof her alle paar Minuten eine S-Bahn. Vierspurig, sagte ich zu dem Kind neben mir. Erst vier- und dann sechsspurig die Straße. Und ununterbrochen Autos. Morgens rein, abends raus. In die Vororte. Zum Taunus hin. Und zur Autobahn. Lastwagen auch. Riesige Fernlaster. Die ganze Nacht durch. Fahren durch ganz Europa. Beinah wie das Meer so ein Rauschen, sagte ich. Nein, doch nicht. Das Meer hört sich anders an. Sagte ich. Ein Kind, das manchmal neben mir hergeht. Die meiste Zeit unsichtbar. Und jetzt nickt das Kind, weil das Meer anders rauscht (es rauscht wie das Meer!). Sechs Fahrspuren und in der Mitte die Straßenbahn. Doppelgleise. Dann die S-Bahn und Eisenbahnzüge. Die Züge nach Gießen und weiter nach Kassel und Hamburg. Kann man alles genau unterscheiden. Auch Güterzüge. Lang in der Nacht. Dann schrill das eiserne Schürfen und Bremsen der Straßenbahn, damit man weiß, daß man in einer Stadt ist. Früher auch hier, sagte ich. Die Leipziger Straße entlang und da in die Grempstraße, wo jetzt die Häuser fehlen. Aber hier fährt schon lang keine Straßenbahn mehr. Weißt du noch die ersten Bauplätze in Staufenberg? In der Gartenstraße, sagte ich zu dem Kind. Um die Währungsreform. Sogar kurz davor noch. Ruinen haben wir schon vorher gekannt. Aber daß man etwas auch neu auf die Welt bauen kann, dann erst gesehen. Bauplätze für Wohnhäuser. Für die Flüchtlinge. Zum drin wohnen. Und seither immer weiter. Das ganze Land. Sie hören nicht auf zu bauen. Straßen auch. In der Innenstadt bauen sie alle paar Jahre alles neu. Wolkenkratzer, sagte ich zu dem Kind. Nicht Carina, ein anderes Kind, dem ich immer weiter die Welt erzählen muß. Wem erzählst du die Welt? Dem Kind das ich war!

Da hinter den alten Häusern, sagte ich, wo der Himmel so rot und braun leuchtet und alles summt und vibriert, da ist die Stadt eine richtige Großstadt. Hier geht es zum Alsfelder Platz, wo die Busse halten. Die U-Bahn wird erst noch gebaut. Und der Wind, sagte ich, von den Niddawiesen. Im Dunkeln ein feuchter Wind. Vielleicht ist am Abend dort Tau gefallen. Und gerade hier, wo soviel abgerissen ist, kommt einem vor, daß er dauernd die Richtung wechselt. Die Wolke über uns, sagte ich. Man muß immer wieder hinsehen. Von da gekommen und zieht dort hinüber, man sieht sie an und dann merkt man, die Wolke hat einen Blick. Von hier aus nicht, sagte ich, aber nur ein paar Schritte weiter, dann sieht man den Fernsehturm. Aber was soll ein Kind, das jeden Tag Leuchttürme malt, mit dem Fernsehturm. Immerhin hoch und mit Warnlichtern für die Flugzeuge. Und nachts öfter angestrahlt. Man sieht ihn von unserem Küchenfenster aus, sagte ich. Manchmal spät in der Nacht kommt er immer näher. Zuletzt bis ans Fenster und lehnt sich an unsrem Haus an, sagte ich. Stützt sich aufs Dach. Und das Kind nickt. Sieht alles und atmet die Nacht ein. Die Nacht und die Welt. Immer noch eine Wolke. Große Nachtwolken. Langsam als wollten sie stehenbleiben und auf uns und die Straßen heruntersehen mit schwerem Blick. Fünf ist das Kind. Manchmal auch schon acht. Neben mir her. Die meiste Zeit unsichtbar. Genau wie damals, als ich noch das Kind war, mein seinerzeitiger Schutzengel. Und wie bei ihm weiß man auch bei dem Kind nicht, ob es immer da ist. Vielleicht ist das Kind jetzt mein Schutzengel. Zumindest zeitweilig. Die Wolke, eine große helle Nachtwolke und ein Flugzeug am Himmel. Und gleich danach ist das Kind nicht mehr da. Wo es dann ist, weiß man nicht.

Hier am Rand. Den Wind im Gesicht. Allein. Und am liebsten immer weiter so. Es zieht dich. Alles ruft. Aus der Stadt. In die Nacht hinein. Kein Mond. Helle Nachtwolken. Ziehen nicht mit, sondern kommen mir entgegen. Jede mit ihrem Blick. Und dazwischen manchmal ein paar Sterne. Wie letzte Nacht bei ihm in der Provence. Und du mußt immer weiter. Auf den Horizont zu. Nasse Oktobernachtwiesen. Die Lichter der Vororte. In der Ferne der Main. Zieht in die gleiche Richtung. In weitem Bogen. Und jetzt kommt dir der Taunus entgegen und die Nachtwolken steigen über dem Wald auf. Oder komm mit in die Stadt (sogar unter deinen Fenstern kämst du vorbei). Das Bahnhofsviertel, der Main. Und an jeder Ecke noch eine Ecke weiter. So bist du mit sechzehn herumgerannt. Stattdessen zurück. Hier bei den Abbruchhäusern vor der Pizzeria mit ihren Lichtern (die keiner je malen wird). So stehst du, willst heim, aber hast nicht gelernt, wie man umkehrt. Schnell heim. Vielleicht noch einen Espresso bei den Italienern in der Friesengasse. Einen Espresso im Stehen. Sie sind aus Neapel. Noch jung. Mann und Frau. Und kennen dich schon seit vielen Jahren. Allein nur weil du ihnen manchmal ein paar Minuten lang zusiehst bei ihrem Leben, hast du dir angewöhnt, ihre Sorgen zu teilen. Den Espresso im voraus bezahlt und dann gleich durch die Seestraße. Direkt. Mit dem Wind. Ohne Umwege heim. Und nur höchstens noch das vordere Stück der Leipziger Straße, das du vorhin verpaßt hast. Das Cortina schon dunkel oder sie machen gerade zu und man hört ihre Stimmen und der Wind rennt die Straße entlang. Gute Nacht, gute Nacht! Ist dir kalt? Auch noch zu den Mimosenbäumchen. Ihnen zureden. Trost. Wärme. Sollen ein bißchen zutraulich. Nur keine Angst, sagst du ihnen. Aber müßtest eigentlich ein Feuer für sie anzünden und die ganze Nacht bei ihnen bleiben. Wieder ein Streifenwagen vorbei. Nur keine Angst, sagst du manchmal auch zu dir selbst. Und jetzt mußt du in der Adalbertstraße (eine Straßenbahn klingelt) an den dortigen Baustellen und Abbruchhäusern vorbei. Die die schon weg sind, aber du siehst sie immer noch vor dir. Und die anderen, die noch stehen, aber auch nicht mehr lang. Und wissen das auch. Und stehen und zittern.

Schnell heim. Du siehst dich schon vor dir herrennen. Als könnte es sein, daß du für immer zu spät kommst. Aber Carina geht nicht ins Bett, solang ich nicht da bin. Eher schläft sie am Tisch ein. Hat mit Sibylle die Buntstifte gespitzt und wahrscheinlich werden wir viele Abende lang alle möglichen Luftballonverkäufer malen. Einer auch, der mit seinen vielen bunten Ballons über der Menge dahinschwebt. Niedrig. Schräg über den vielen Köpfen. Muß sich dann nicht so durchdrängen. Kann aus der Luft herunter verkaufen. Und je mehr er verkauft, umso näher zur Erde hin. Macht gute Geschäfte und geht am Ende wie alle auf festem Boden zu Fuß heim. Mit schweren Schritten, alle Taschen voll Geld. Meistens Münzen. Klingeln beim Gehen. Die Bilder mit Buntstiften. Und müssen wie jeden Abend das Rembrandt-Buch, Carina und ich. Sohn Titus. Lesend. Seit September schon dieses Bild. Schon ein paarmal weiterzublättern versucht und müssen dann immer wieder zurückblättern. Müssen das Bild vielleicht immer weiter ansehen, Abend für Abend. So lang, bis Carina auch endlich lesen kann. Sibylle nach den Wintern in Nizza fragen! Ob Jürgen angerufen hat? Vielleicht ist Pascale zurück! Ruft selbst an und telefoniert gleich zweieinhalb Stunden mit Sibylle. Man geht heim, müd heim am Abend und es ist später als man denkt. Mit allen Buntstiften einen Luftballonverkäufer, der lachend dahinschwebt. Und Carina dreimal ins Bett bringen. Erst Sibylle, dann ich, dann doch alle beide. Dann meine Notizzettel. Wenigstens eine Stunde, sagte ich mir. Und noch von heute Morgen den Text. Sehen wie er jetzt für mich ist. Kaum Schlaf letzte Nacht. In Gedanken schon die ganze Zeit mit Sibylle und Carina. Und schon zwei Straßen vorher so große Schritte, als ob mich jemand gerufen hätte. Als ob du schon auf die eigene Haustür zu. Als ob du für immer hier gehst und nicht heimkommen kannst. Und das Kind, das andere Kind. Nicht da? Antwortet nicht? Wo ist es, wenn es nicht da ist? Wo bin ich, wenn ich nicht bei mir bin?

10

Nie genug Schlaf und immer ein bißchen zu spät dran. Also beeil dich! Nur mit Carina jeden Tag und auf allen Wegen mir unbedingt Zeit lassen. Müssen seit dem Sommer jeden Morgen die Erstkläßler auf ihren Schulwegen sehen und haben sie in den letzten Tagen ein paarmal verpaßt. Und jetzt sind Herbstferien. Ihre ersten Ferien. Wo ist der Sommer hin? Wir stehen auf dem Campus, mein Kind und ich. Der Brunnen abgestellt. Schon für den Herbst und Winter versorgt. War das nicht gestern noch, daß die Fontäne so hoch stieg und sich im Wind bog? Silbern und ganze Sprühregen von Tropfen weit über den Campus hin. Noch früh. Kurz nach neun. Wolken ziehen. Von allen Seiten Studenten. Wieder das blonde Mädchen und grüßt aus der Ferne. Und wir wissen nicht, wer sie ist. Es ist doch immer die gleiche oder nicht? Müßten sie fragen, wer sie ist und warum sie uns grüßt. Wenn sie dann aber sagt, das war sie nicht? Sie hat uns nicht gemeint. Sie ist überhaupt erst seit gestern da. Und eigentlich jemand ganz anders. Was soll man dann denken? Dann, sagt Carina, wissen wir, daß wir es nicht wissen! Und in meinem Gedächtnis rauscht der Springbrunnen. Rauscht und rauscht und wird weiter rauschen, bis der Frühling zurück ist.

In den Kinderladen. Aber welchen Weg? Sollen wir da oder dort – und uns Zeit lassen unterwegs? Wollen am liebsten auf mehreren Wegen gleichzeitig. Dann aber doch nochmal durch die Schwindstraße, weil dort um die Zeit immer Scharen von Spatzen sind. Die wollen auch, daß wir da gehen, sagt Carina, auch wenn sie dann vor uns wegfliegen, haben sie doch auf uns gewartet. Und wenn wir immer wieder da gehen, dann vielleicht bleiben sie einmal sitzen. Ein Stück weiter in einem Vorgarten eine Tanne. Aber die Spitze abgeschnitten. Soll nicht zu groß. Eine städtische Vorgartentanne. Grün ihre Äste breit über den Gehsteig und von weitem wie eine Pinie. Alte Gehsteigplatten.

Und immer viele eifrige Ameisen auf dem Gehsteig. Winzig. Ein ganzes Volk. Leben da. Die kennt außer uns kaum einer, sagen Carina und ich zueinander. Wir sagen es jedesmal wenn wir vorbeikommen. Und müssen dann immer eine Weile bei ihnen stehen und sehen, wie sie weitermachen. Jede für sich und alle zusammen. Müssen ihnen bald einmal etwas mitbringen. Aber wie packt man einen Honigtropfen als Geschenk ein? Jetzt haben wir es versprochen, sagt Carina, die ganz sicher ist, daß jedes Tier alles versteht, was man als Mensch zu ihm sagt. Jedes Wort und sich das auch für immer merkt.

Sie hinbringen und schnell heim! Mich beeilen! Schon die ersten Sätze im Kopf. Große Schritte. Eigentlich müßte auf meinem Rückweg auch die Zeit rasend schnell rückwärts laufen. Wie früher bei den umständlichen Kinovorführungen in Schul- und Wirtshaussälen die Filmrollen, wenn sie vor den Augen der dankbaren Zuschauer umgespult wurden. Aber immer weiter die Zeit und meistens ist es später als man denkt. Eine Straßenbahn. Zeitungsverkäufer. Jetzt schnell mit den Bettlern. Sagen oft tagelang wortwörtlich die gleichen Sätze immer wieder. Ich auch. Muß man mit dem Kopf nicken, als ob man erst jetzt drauf kommt. Meistens warten die Bettler bis ich allein bin. Aber manchmal sprechen wir auch miteinander und Carina steht dabei. Noch klein. Kennt sie alle vom sehen. Steht stumm und aufmerksam. Und merkt sich jedes einzelne Wort. Weil sie denkt, daß die Tiere es so machen, wenn sie mit Menschen zu tun haben. Sie steht dabei und in ihrer Vorstellung ist sie ein Reh oder eine kleine gelbe Ente mit Entenschnabel und roten Füßen. Für die Bettler ist sie eine Prinzessin, aber das weiß sie nicht. Werktage. Jeden Morgen mit ihr in den Kinderladen. Hin auf vielen Wegen. Jetzt wieder öfter durch die Schwindstraße mit ihren Vorgärten voller Morgenstille, Katzen und Vögel. Sie hinbringen und allein zurück. Zurück meistens durch die Bockenheimer Landstraße.

Mit großen Schritten dem Wind entgegen und sehen wie die Blätter fliegen. Seit fünfundzwanzig Jahren keine Uhr mehr getragen und trotzdem immerfort mich beeilt durch die Jahre. So rennst du von Uhr zu Uhr (fremd die Zeit) und bist immer zu spät dran. Als ob die Tage Spalier stehen und man schreitet sie ab und geht immer schneller. Schnell heim. Keine Post. Sibylle erst vor kurzem weg. Man spürt, daß sie eben noch da war. Die Heizung, die unzulässigerweise ab und zu einschläft im Dienst, kriegt einen Schreck, hustet und fängt überstürzt zu summen an. Summt sie nicht viel zu laut? Schon letzten Herbst kam mir vor, es kann sein, daß sie bald kaputt geht und dann fehlt uns das Geld für die Reparatur. Dazu vielleicht noch ein Wasserschaden und gleich kommt eine sibirische Kälteperiode. Heimkommen und gleich weiter mit den ersten Sätzen von heute Morgen.

Und Pascale? Nicht? Noch nicht? Immer noch nicht? Morgens und abends seine Anrufe. Nicht früh am Morgen, eher vormittags, wenn ich aus dem Kinderladen zurückbin. Ins Schreiben hinein. Oft lang. Immer im Stehen mit ihm telefonieren und mit Blick zu den Wolken vorm Fenster. Vorher die Musik aus, weil es jederzeit auch das Arbeitsamt sein könnte. Besonders am frühen Vormittag. Aber natürlich auch zu jeder anderen Tageszeit. Man muß immer mit ihnen rechnen. Aber weil er es ist, mein Freund Jürgen, die Musik wieder an. Das kennt er schon. Meistens lange Gespräche (die Wolken ziehen am Fenster vorbei). Und trotzdem geht es danach mit der Arbeit gleich weiter. Sogar besser als vorher. Als ob die Sätze sich ansammeln, während wir telefonieren. Deshalb hab ich Störungen bei der Arbeit gern. Deshalb und weil sie zum Leben dazugehören. Müßten nicht die Störungen komplett mit ins Buch hinein? Und einmal ein Buch aus nichts als nur Störungen! Schreib weiter! Beim Schreiben ist immer jetzt. Oft ruft er kurz danach gleich nochmal an. Noch ein paarmal. Das beste an jedem Gespräch

ist ja immer das was einem danach, was jedem einzeln durch das Gespräch erst hinterher noch alles einfällt. Bis später dann. So lang telefoniert, da muß man das Spülen für heute noch einmal aufschieben. Kaffee, Zigaretten und weiter mit dem Buch.
Sein nächster Anruf am Abend. Manchmal schon nachmittags, falls wir da sind. Abends zwei-dreimal. In die Nacht hinein. Und er dann seinerseits zunehmend blau. Zuerst kam mir vor, ich kann abends nicht aus dem Haus, weil er wieder anruft. Vielleicht überhaupt nie mehr raus aber beim Telefon warten, macht mich verrückt. Sowieso seit der Sommer vorbei ist, reicht die Zeit für einen richtigen Abendweg nicht mehr aus. Kein Spaziergang – mein Abendweg. Und gehört zum Schreiben dazu. Bevor ich dann wieder anfange. Und wenn ich aus dem Haus komme, soll es noch hell sein. Wenigstens im letzten Licht, in der Dämmerung muß man gehen!
Aber jetzt wird es jeden Tag eher dunkel. Daß es auch so früh Herbst werden mußte dieses Jahr. Und Pascale? Immer noch nicht zurück? Auch keine Nachricht von ihr? Nicht ein einziges Wort. Immer mir Fenster in alle Richtungen gewünscht. Wie bei einem Turm. Zum Herumgehen bei der Arbeit und jetzt auch. Damit ich beim Telefonieren den Wolken lange nachsehen könnte. Manchmal beim Auflegen kommt mir vor, die Wolken sind eine Weile stehengeblieben. Manchmal beim Schreiben auch. Wenn man aufblickt und wieder aufblickt. Stand die Zeit still? Und dann kann man gerade noch sehen, wie die Wolken eben sacht wieder anrucken. Weiter der Tag. Beeil dich!

Ein Nachmittag in der Bibliothek. Nur die Zweigstelle der Stadtbibliothek in der Seestraße, wo wir sowieso alle paar Tage sind, alle drei. Sie kennen uns dort und auch kein ganzer Nachmittag, nur eine halbe Stunde. Sind über die Leipziger Straße. Und dann in den Secondhandkinderkleiderladen. Aber das Frauenkollektiv das ihn betreibt, sieht nicht gern, wenn ein

Mann den Laden betritt. Es ist nicht direkt verboten, aber sie wollen es nicht. Das stört. Und Kinder wollen sie auch nicht. Obwohl sie selbst alle Kinder haben. Vielleicht auch deshalb. Kinder nerven. Und dann hat man besser so einen Laden, der nur nachmittags aufhat (die Ladenmiete ist billig) und für die Kinder eine andere Lösung. Keine End-, eine Zwischenlösung. Und als Kunden am liebsten alleinerziehende Mütter im Streß, aber wenigstens mit einem Kindergartenplatz, Mütter, die schon länger blaß und genervt sind. Und deshalb gerade jetzt auch nicht zu rauchen aufhören können. Und haben eigentlich keine Zeit und sitzen und trinken Unmengen deutschen Filterkaffee mit fettarmer H-Milch und Zucker und Süßstoff. Jacobs Krönung, Melitta und sind sich einig. Deshalb auch die Neuzugänge mit Secondhandkleidern länger schon nicht sortiert und die Warengruppen und Jahreszeiten durcheinandergeraten. Saisonartikel. Kommissionsware. Kannst ja selbst durchgucken, Schätzchen, sagt die eine zu Sibylle, die zu jeder Frau du sagt, aber mit Männern nicht spricht. Und ich gehe schon vor in die Bibliothek. Gleich nebenan. Schon anfangen, Bücher auszusuchen, damit es dann auf unserem Heimweg nicht so spät wird. Und Carina kommt mir nach und wir gehen in die Kinderbuchabteilung. Und weil noch ein paar größere Kinder da sind, die sie vom Kurfürstenplatz her kennt, noch vom Sommer her. Sogar Schulkinder. Und weil sie sich sowieso ihre Bilderbücher allein aussucht, gehe ich nach einer Weile in den anderen Raum zurück. Zwischen den Regalen hin und her. Schon die Bücher zurechtlegen, die ich im Kopf habe und die, die Sibylle mir gesagt hat und noch ein paar, die mir noch einfallen und die ich im Vorbeigehen finde. Und will noch zu den Kunstbildbänden und Nachschlagewerken. Im Verzeichnis lieferbarer Bücher und im Bibliothekskatalog nachsehen. Und ab und zu kommt Carina, um mir Bilderbücher zu zeigen und zu sehen, was ich mache und ob ich noch da bin.

Der mit den ungeputzten Schuhen! Sie findet mich immer gleich, weil sie unter den Querregalen durchgucken kann, auf alle Füße von allen Leuten. Und ab und zu Sibylle aus dem Laden herüber. Mit Kleidungsstücken für Carina. Zeigt sie uns. Sollen auch nicht zu abgenutzt. Stimmt die Größe? Muß man anhalten. Besser richtig probieren. Während Carina und ich ihr unsere Bücher zeigen. Bald fertig, sagt sie. Nicht viel da. Ein paar T-Shirts, ein Pullover, ein schönes kariertes Hemd (ein kanadisches Holzfällerhemd für Carina). Jetzt im Herbst, sagt Sibylle, natürlich massenhaft Sommerzeug. Bin bald durch, sagt sie und geht nochmal zurück.

Ein bißchen zu warm in der Bibliothek. Schaufenster wie ein Laden. Alle Lampen an und man sieht, wie das Licht und die Bücherregale sich von innen in den Fenstern spiegeln. Vor der Tür die Seestraße und der Kurfürstenplatz, wo wir im Sommer oft mit Carina sind. (Das ist mein Vater, sagt Carina manchmal zu einem fremden Kind und meint mich!) Draußen ist es noch hell. Aber durch das Licht in den Fenstern sieht es aus, als ob schon die Dämmerung kommt. Ein stiller Nachmittag. Eigentlich nur ein paar Augenblicke in meinem Gedächtnis. War das gestern? Vermutlich in der Nacht überall Schattenbilder und Doppelgänger. Und kommen heim und sitzen dann schon am Nachmittag in der Schneekugelstille beim Abendessen. Und abends bin ich vor der Stehpizzeria. Allein. Nur ich. Und muß mit mir selbst reden. Viele Stimmen im Kopf. Und um mich her in der Nacht überall Schattenbilder und Doppelgänger. Alles gestern gewesen?

Herbstferien! Was für ein verheißungsvolles Wort für Carina. Erst werden sie Schulkinder und dann kriegen sie als Schulkinder auch noch Herbstferien. Und gleich muß ich ihr von unseren Herbstferien in Staufenberg erzählen und wie ich in die dritte Klasse ging und wir für den letzten Tag vor den Ferien das Schulhaus geschmückt haben und uns alles selbst ausgedacht. Und wie man morgens in die Herbstgärten geht als Kind und zum Teich und ins Feld und die Äpfel sind reif. Und auf der Lahn schon ein bißchen Dunst jeden Tag. Immer morgens und abends. Und hinterm Dorf und am Ende von jedem Weg steht der Wald und ruft. Auch wenn jetzt in den Ferien keine Schulkinder mit ihren Ranzen durch die Homburger und die Adalbertstraße gehen, gehen wir morgens trotzdem da, weil wir da auf dem Gehsteig besser an sie denken und von ihnen sprechen können. Uns Zeit lassen. Im Gehen auf vielerlei Arten ihr vorrechnen, wie lang es noch dauert, bis sie ein Schulkind wird.

Auf dem Campus wieder das blonde Mädchen und grüßt von weitem. Winkt aus der Ferne. Sie winkt immer, sagt Carina. Aber wer ist sie? Jedenfalls nicht die Edelgard, sagen wir. Nicht die Pascale. Die hat schwarze Haare und ist nicht da. Nicht meine Schwester. Die ja auch meine Tante ist, sagt Carina. Und wohnt ganz woanders. Nicht die Anne, mit der ich im Antiquariat gearbeitet habe. Und keinesfalls die Sibylle! Die ist ja noch daheim. Und sieht auch ganz anders aus. Und die erkennen wir ja auch immer, wenn sie nicht sowieso mit uns geht. Obwohl, sagte ich, als ich die Sibylle zum erstenmal sah und das war vor neun Jahren und Oktober wie jetzt, da sah sie von weitem so ähnlich aus. Blond und schmal und mit einer Schultasche voller Bücher und einem großen Schreibblock. Alte Wildlederstiefel. Und oft eine Gitarre mit. Seit wir uns kennen, ist ihr Haar jedes Jahr ein bißchen dunkler geworden. Oder war es die Claudia, sagen wir dann, die Mutter vom David im Kinderladen? Auch nicht? Natürlich nicht, sagen wir. Und sind jetzt schon in der Mertonstraße. Aber noch ein paar Straßen weiter, wenn man sich erinnert, war sie es vielleicht doch. Aber doch nicht ohne den David. Und nämlich die Sibylle, sagt Carina, die kennt alle, die uns kennen. Und erkennt sie auch immer gleich. Sogar schon von weitem weiß sie jedesmal wer das ist, der da kommt.

Und dann ist es immer noch früh. Kurz nach neun, aber vielleicht schon wieder der nächste Tag. Und wir sind in der Schwindstraße. Müssen lang bei den Ameisen stehen und sehen, wie winzig sie sind und wie sie immerfort durcheinander rennen. Die alten Gehsteigplatten. Sogar Moos dazwischen. Sandsteinpfosten und Schmiedebeschläge am Tor und im Vorgarten unter dem Tannenbaum alles zugewachsen. Wieder nicht den versprochenen Honig mit. Mit Zucker wäre es leichter, aber wir haben mit den Ameisen Honig ausgemacht. Außer uns kennt die kaum einer, haben wir schon vorher ein paarmal zueinander gesagt. Carina und ich. Man kann sie nicht zählen! Man kann sie immer nur ganz kurz auseinanderkennen, wenn sie so durcheinanderrennen! (Carina hat gern, wenn es sich im Leben reimt!) Beim Zusehen wird einem schwindelig vom Zusehen. Carina beugt sich über sie. Die Ameisen machen schnell weiter. Als ob sie sich extra noch mehr beeilen. Ihr Ameisen, ruft sie. Was macht ihr? Warum rennt ihr immer so rum? Aber sie antworten nicht. Sie sagen es nicht, sagt Carina.
Und erst viel später auf meinem Heimweg fällt mir ein, daß sie das fast genauso schonmal zu anderen Ameisen gesagt hat, die auch nicht geantwortet haben. In Kronberg im Taunus. Ein warmer Tag. Sie ist ein Stück vorgerannt und wartet an einem Holzgartenzaun. Die Ameisen hin und her auf dem Gehsteig und dauernd unter dem Zaun durch. Und Carina noch klein. Mit Zöpfen. Ein Sommerkleid und Sandalen. Wie schnell sie damals gesprochen hat. Genauso schnell wie sie auf jedem Weg rennt. Und auch auf alle Mäuerchen und hüpft auf der Treppe und balanciert. Ihr Schatten immer gleich mit ihr mit. Bevor sie Ameisen richtig aussprechen konnte, hat sie eine kleine Weile, nur ein paar Wochen lang immer Ammermeisen gesagt. Als ob es gelbe und hellgraue Vögel sind, von denen sie spricht. Mit ihr auf dem Weg in den Kinderladen und mir ist, als ob ich uns dabei jeden Morgen von oben sehe. Aus einem Dachfenster oder vom Himmel aus. Den ganzen Weg entlang. Siehst du, da gehen wir!

Während wir gehen, von oben. Und wenn ich später dran denke, als ob ich uns nachsehe. Alles gestern! Wenn sie da ist nicht, aber wenn sie nicht da ist, seh ich sie immer noch im Kinderladen an der Tür. Eben hat Domi Carina gerufen und zeigt ihr von weitem die Muscheln. Sie rennt auf ihn zu. Gleich werden sie die Muscheln im Morgenlicht auf der Fensterbank ausbreiten und beim Betrachten beide das Meer vor sich sehen und wie es zu leuchten anfängt. Carina das Mittelmeer und Domi die Ostsee, wo er im Sommer mit seinen Großeltern war.
Allein heim und im Gehen weiter den Tag suchen, als sie Ameisen noch nicht sagen konnte. Letztes Jahr nicht, muß vor zwei Jahren schon. Im Juni? Im September? Ein alter Holzzaun. Schmetterlinge. Ein Sonntag und gleich hinter dem Garten der Wald und die Taunusberge. Ein überkommener Hausgarten mit einer großen Obstwiese. Und wenn die Oma stirbt, wird alles Baugelände und ist dann in Kronberg gut drei bis vier Millionen wert. Hanglage. Eine Erbengemeinschaft. Das Haus mit dem Erker mit bunten Glasfenstern auch auf Abbruch. Macht nochmal zweieinhalb Bauplätze. Carina hat am Zaun auf uns gewartet. Und muß dann gleich weiter. Muß immer vor uns her. Erst hüpfen, dann rennen. Die Straße geht steil bergab. Weit vor uns rennt sie und fällt hin und muß lang getröstet werden. Bergab und so schnell, da fällt man besonders schlimm. Aber wenigstens sich nicht auch noch im Fallen auf die Zunge gebissen. Und so klein noch und wie hell und leicht sie war diesen ganzen Sommer. Die Ameisen antworten nicht. Sie verraten nichts. Aber wir wollen ihnen trotzdem den versprochenen Honig mitbringen.

Mein Heimweg die Bockenheimer Landstraße entlang. Jede Nacht wieder Blätter abgefallen. Ein Windstoß und wirbelt das trockene Laub auf. Müssen weiter, die Blätter. Das ist ihr Weg. Eine Uhr schlägt. Die Bettler an der Warte. Eher Säufer und Penner als Bettler. Obdachlose und der Winter kommt jeden

Tag näher. Das Kind, sagt einer zu mir. Wenn Sie mit dem Kind gehn, da gehn Se dann langsam. Einer der noch Sie sagen kann. Die meisten Penner können das nach ein paar Jahren auf der Straße nicht mehr. Manche konnten es nie. Da ham Se Zeit. Das Kind ja auch. Sowieso. So ein kleines Mädchen. Da dun Se sich mit ihr Zeit lasse. Stehenbleiben auch zum Gucken und immer hin und her schwätzen, sagt er. Das sieht man von weitem. Aber wenn Sie dann allein sind, immer schnell, immer eilisch. Und dabei als und als die starken Kippen, sagt er, und schnell im Gehen sich was aufnotiert. Und dann schräg zwische die Audos durch, sagt er. Kein Frankfurter. Vielleicht aus Nordhessen dieser Penner. Wo wird er her sein? Seine Zigarette an meiner angezündet und noch zwei auf Vorrat für ihn. Nix fier ungut, sagt er. Und manchmal da stehn Se wo und bleiwe lang stehen und da draut mer sich net, Ihne aufzuwecke! Wir stehen vor dem Zeitungsladen beim Turm. Mitten im dichten Verkehr. Er hat eine schwarze Strickmütze auf und nickt. Seine Hände zittern. War das auch gestern? Gestern oder vorgestern? Dann weiter wie immer, als ob ich mir nachsehe. Schräg zwische de Audos durch. Alle hupen. Eine Straßenbahn klingelt. Zwei andere Bettler winken vom Rand her. Haben Decken, Radios, Schlafsäcke, Plastiktüten und Riesentaschen und Rucksäcke. Jeder sein Bündel. Wieder vergessen auf die Zeitungsschlagzeilen zu achten. Was ist das für eine Turmuhr, die immer wieder in meinem Kopf schlägt? Und schon immer dringender. Schnell heim. Große Schritte gegen den Wind. Herbstschritte. Der Wind vom Taunus her, Westwind. Schon auf der Treppe die Jacke ausziehen. Espresso, Musik (jetzt nicht an das Arbeitsamt denken!) und gleich weiter mit dem Manuskript. Die Wolken vorm Fenster. Schreib weiter! Und die ganze Zeit ganz sicher, daß mein Freund Jürgen gleich anrufen wird.

11

Schreiben. Im Buch einer, der heimgeht. Schon länger unterwegs. Ein Kind. Bin das ich? Als Fahrschüler in Gießen den Mittagszug verpaßt. Bahnsteig 3. Abfahrt 13 Uhr 18. Die Lumdatalbahn. Nach Daubringen. Und wenn dieser Zug weg ist, muß man um 14 Uhr 46. Mit der Mainweserbahn. Und in Lollar aussteigen und den ganzen Weg zu Fuß heim. Durch Lollar durch auf der Lollarer Hauptstraße. Ein Zug pfeift. Die ganze Straße entlang der hundertjährige Eisenhüttenrauch von Buderus und finster die Häuser. Fast schwarz. Und am Ortsende bei der Buderussiedlung abbiegen und steil bergauf, die Schanz hinauf und auf Staufenberg zu. Müd. Mittagsmüd. Müd und hungrig. Zu spät dran. Der Zeit hinterdrein. Erdenschwer. Ein Zug pfeift in deinem Gedächtnis. Meine Schultasche? Wo ist die Schultasche? Vielleicht hast du sie irgendwo stehengelassen. Deine tägliche Last. Vergessen. Steht allein in Gießen in der Bahnhofshalle, als ob sie keinem gehört. Ausgesetzt auf dem Bahnsteig und wer soll sie beschützen. Fährt im Zug weiter ohne dich. Und du hast es noch gar nicht gemerkt. Alles still.
Wieder Herbst. Trüb und grau. Ein düsterer Tag. Im Buch ist die meiste Zeit Herbst. Wir wollen uns umsehen. Es muß das Jahr 1953. Du bist zehn. Dein erstes Jahr im Gymnasium. Wie ein Fremder kommst du ins Dorf. Wie nach langer Zeit. Als seien (wie in einem Buch) viele Jahre vergangen. Als ob dieser heutige Tag ein ganzes Menschenalter schon hersei. Du kommst ins Dorf. Alles still. Beim Metzger im Hof ein müder Stier. Eher ein Zugochse nur. Breit gehörnt. Rot und weiß. Wie lang und bunt seine Tage gewesen sind. Wie alles noch leuchtet und dröhnt in ihm drin. Und jetzt ist die Zeit vorbei. Vergangen die Zeit. Abgelaufen. Und er steht da und wartet darauf, daß er geschlachtet wird. Man weiß nicht, ob er das weiß.

Die Höfe leer. Kein Mensch auf der Straße. Und die Kinder? Unsichtbar. Als müßten sie sich verkriechen. Haben ihre eigenen Plätze. Geheim. In einer Ecke der Scheune, im ausgekühlten Waschküchenhäuschen. Im zugigen dämmrigen Holzschuppen. Auf dem Fußboden sitzen, sich die Ohren zuhalten und ein fremdes Geflüster flüstern. Wo kriegt man die Wörter her? Erwachsenenwörter. Auf einem Mäuerchen hinter der Scheune sitzen und wenn niemand im Haus ist, auch unsichtbar unterm Küchentisch. Auf der Ofenbank, im Keller, auf der Treppe zum Oberstock und eilig Zahlen vor sich hinzählen. Gewaltige Zahlen. Auf dem Dachboden beim Kamin und sich die Ohren zuhalten. Immer lauter huhu sagen und der Dachboden fängt zu schlingern an. Wollten schon am Morgen auf und davon. Wollten aus dem Haus und an den Gartenzäunen und Hecken entlang. Genau wie die Dorfhunde sich das jeden Tag vornehmen. Aus dem Haus, aus dem Dorf und auf den fliehenden Horizont zu. Und jetzt? Jeder Winkel als ob sie benommen in einem Schrank sitzen. Eng ist es. Steife Glieder. Nur sparsam atmen. Als ob man die Welt schon verlassen hat. Man muß sie verlassen, um mit sich ins reine zu kommen. Müssen so in sich drin kauern. Geduckt. Und wünschen sich eine Flöte, ein Pfeifchen, eine Mundharmonika. Wenigstens auf einem Kamm das Deutschlandlied blasen. Besser noch mit einer Trommel. Eine rostige alte Blechbüchse als Trommel oder so eine große Messingglocke mit einem schweren Holzgriff, wie der Gemeindediener eine hat. Allein und zu zweit und soll keiner uns sehen. Oder stehen zu dritt und zu viert beim Scheunentor unterm Vordach. Mit leeren Händen und nichts zu sagen. Kein Wort. Wie besiegt, wie verzweifelte Ratsherren einer zum Untergang verurteilten Stadt. Hätten am Morgen ganz früh aus dem Haus gehen sollen. So leise, daß keiner sie hört. Erst beim Hoftor die Schuhe anziehen. Besser noch hinter der Scheune. Sich nicht umdrehen. Den eigenen Namen vergessen und leicht und schnell in den Tag hineinrennen. Und keiner wartet auf uns.

Und weit draußen im Feld erst bist du erlöst. Warst ein Falke und schreist einen einsamen Schrei vom Himmel.

An solchen Tagen wollen die Hühner nicht aus dem Stall. Kein Hahn kräht. Die Misthaufen dampfen. Die Kühe stehen und halten ungeschickt ihre Köpfe vor sich hin, als wüßten sie nicht mehr, wie das geht, daß man von Geburt an eine Kuh ist. Schwarzweiß gefleckt und bleiben lebenslang eine Kuh. Und wird angeschirrt und soll einen Wagen ziehen. Eine Handvoll Stroh im Maul, Spreu. Stehen reglos und vergessen zu kauen. Wissen von keiner Vereinbarung. Verbitten sich jegliche Ratschläge. Nicht nur die Hühner und Kühe, ein jegliches Viehzeug tut fremd. Haben über Nacht beschlossen, die Menschheit nicht mehr zu kennen. Sogar die Hunde argwöhnisch. Mit scheelem Blick. Wie kann ein Hund seinen Namen vergessen? Ob er Karo heißt oder Waldi? Hatten angeblich schon immer für sich bleiben wollen. Ohne Menschen. Das Halsband ein Mißverständnis. Nicht ein einziger Name kommt ihnen bekannt vor. Und schütteln den Kopf und gehen unauffällig zur Seite. Als ob sie am liebsten zu allem nein danke sagen möchten. Und da beim Tor? Ist das nicht der Ringheinrich? Von dem du doch dachtest, sie hätten ihn vor drei Jahren schon und seither noch mehrmals und immer wieder zu Grabe getragen. Und steht jetzt erneut bleich und entschlossen am Hoftor und hustet und hat seinen Arbeitshut auf und will ein Gespräch mit dir anfangen. Solche Tage sind das. Der alte Schulhof. Sonst nachmittags oft Kinder und spielen da. Meistens die kleinen. Und jetzt nur alleinig ein Mädchen. Weit weg. Ganz oben an der Schulhofmauer. Und macht einen Handstand. Du siehst sie von weitem und gehst zu ihr hin. Aus dem Oberdorf. In der Volksschule war sie eine Klasse über dir, aber immer im gleichen Klassensaal. Sie heißt Ursula. Wie fein ihr Haar ist. Prinzessinnenhaar. Vielleicht ist sie schon zwölf. Jetzt bei ihrem Handstand mit dem Gesicht zum Schulhof und die Füße nach hinten an der

Mauer. Vielleicht schon lang so und ganz allein hier. Sie hat noch ihr Schulkleid an. Das Kleid umgeklappt. Man sieht ihre Unterhose. Hellblau mit Gummirand an den Beinen. Schlüpfer heißt es im Dorf. Die meisten Mädchenschlüpfer sind blau oder rosa. Oft gestopft und vom vielen Waschen verblichen. Aber gibt nicht nur blau und rosa, gibt auch noch andere Farben. Strumpfhalter. Braune Wollstrümpfe. Schmal und schön, auch wenn sie auf dem Kopf steht. Dünne Beine und eigensinnig. Immer wenn du sie siehst, besonders wenn sie dich ansieht, kommt dir vor, daß es besondere Gedanken sein müssen, die sie denkt. Nicht zappeln! Sie hält ganz still. Ihr Haar hängt zur Erde hin. Ein bißchen rot im Gesicht. Vor Anstrengung. Und wird gleich noch roter. Schämt sich vielleicht. Die Dorfmädchen schämen sich gern. Ein Handstand. Erst die Luft anhalten und dann sacht atmen. Sacht. Und stellt sich hier an der Mauer aus und läßt sich betrachten. Ein Kuhwagen knarrend am Schulhof vorbei. Große Holzspeichenräder mit Eisenreifen. Und sie hält ganz still. Nur zwischen Strumpfrand und Schlüpfer ein Streifen nackte Haut. Und gerade da ist die Haut so zart. Daß sie so lang einen Handstand kann. Du siehst ihre Wimpern und in den Augen die Welt auf dem Kopf. Ursulaursula sagst du leise und siehst sie jahrelang fast jeden Tag und hast noch nie mit ihr gesprochen. Vielleicht zittert die Erde ein bißchen. Über dem Schulhof Nachmittagsschulhofwolken und die Schulhofbäume kopfüber. Und die Vögel haben es eilig und tauchen tief in den Himmel hinein. Du kommst auf die Straße und der Kuhwagen schon weit weg. Ein Leiterwagen mit Kartoffelaufsatz. Der *ᵘᵘᵘ*heinrich aus dem Steinweg. Biegt klein und fern in den Burgackerweg ein. Eigentlich hättest du immer weiter bei ihr stehenbleiben müssen! Ganz heiß im Gesicht. Jetzt und den ganzen Abend und bis in die Nacht hinein bei ihr stehen.

Beim Schmied ist das Tor zu. Vor dem Tor ein falbes Pferd angebunden. So eine seltsame Farbe. Wie ein Geisterpferd. Das kann nicht von hier sein. Beim Eingang zum Gemeindeamtshof meine Mutter in ihrem alten grünen Flüchtlingsmantel. Hat einen Brief in der Hand. Einen Zettel. Allein. Eine Wintergestalt. Wie eine Erinnerung steht sie da. Und spricht mit sich selbst. Vielleicht in Gedanken spricht sie mit mir und muß dabei immerfort weiter in sich hineinhorchen, sieht mich nicht. Und ich? Nicht zu ihr hin, sondern weiter bergauf. Wie jemand anders. An Stephans Gärtchen vorbei und über die Kreuzung. Am Poul vorbei. Der Dorfteich, in dem schon der Tag versinkt. An den Friedhöfen vorbei, die auf den Abend warten und an ein paar finsteren alten Feldscheunen. Und über die Hardt, eine weite Hochfläche. Lang auf den Wald zu. Krähen im Feld. Und wenn du bis jetzt nicht umgekehrt bist, dann wird es ein weiter Weg.

Grau der Tag und voller Ahnungen, aber auch wie schon gewesen. Alles still, wie erstarrt. Feucht die Luft. Der Himmel ein trüber Teich. Nichts leuchtet, nichts klingt. Eine Spüllappenluft. Man blinzelt. Man ist wie taub. Mensch und Tier – wie sie kriechen! Haben sich ihr Leben als Kasten um sich herum gebaut und kriechen bei Tag um diesen Kasten herum. Hat jeder seinen. Und nachts sitzen sie in ihren Kästen und husten und bellen. Du gehst übers Feld. Die Krähen mit langsamem Flügelschlag. Als ob sie dir winken. Daß alles egal ist. Ginster, zwei Birken am Weg und ein Lebensbaum. Herbst. Wie weit und ausgefahren die Wege sind. Wenn du einmal aufgebrochen bist an so einem Tag, dann mußt du immer weiter. Bis dir der Wind entgegenkommt. So ein Wind von weither. Und der Himmel gerät ins Fließen. Wolken ziehen. In der Ferne eine Schafherde. Überall große Feldsteine, die wie verzaubert aussehen. Du gehst. Die Ginsterbüsche wandern mit dir über die Hochfläche. Jetzt weißt du nicht, wo du bist und am Horizont

zieht der Abend auf. Und vielleicht auf den Abend zu kommt doch noch die Sonne durch. Und jetzt? Wohin?
Über die Hardt. Als Kind. Einen langen Nachmittag lang. Du gehst und denkst dir aus, wie du alt bist und wieder hier gehst. Das bist du dann vielleicht selbst.

Der düstere Tag. Nur kurz, ein paar Sätze nur, sagte ich mir, weil es solche Tage auch gibt und man muß lernen, sie auszuhalten. Eine Tür knarrt. Jeder Atemzug tut dir weh. Man geht wie im Halbschlaf herum. Als ob man die Welt schon verlassen hat. Als ob man sich selbst sucht. Noch am Anfang des Buches. Gleich nach den ersten Kapiteln. Du fängst an, du hast von vorher noch ein paar Kapitel, die auch noch nicht fertig sind und dann mußt du jeden Vormittag diesen Heimweg weiter aufschreiben. Das war im August. Schon August? Bald schon Ende August? Man kriegt einen Schreck und glaubt doch daran, daß diesmal der Sommer bleibt (im Buch ist die meiste Zeit Herbst!). Aus Ungeduld noch drei Kapitel angefangen. Sie wollen nicht warten. Du hebst sie im Kopf auf und mußt sie dir im Gehen immer wieder vorsagen und dabei den Heimweg weiter. Schreib schneller! Schon drei Kapitel lang drückt dieser Tag auf mich. Hält mich gefangen. Und deshalb muß ich Sibylle, Carina und mir jeden Tag wieder andere Tage erzählen. Im März, sagte ich, die ersten warmen Tage. Die muß man sich merken. Jeden einzelnen muß man sein Leben lang aufheben. Im März die ersten warmen Tage. Noch vor dem Gras wird die Wintersaat grün. Hell und trocken die Wege und liegen so erwartungsvoll vor uns. Das Leben ruft. In der Osterwoche, wenn man die Hühner aus dem Stall läßt. Gleich ein Habicht am Himmel. In jedem zweiten Hof hackt einer Holz. Als Kind kaut man den ganzen Tag Harz. Wie altes Brot sieht die trockene Baumrinde aus und dörrt in der Sonne. Nach frischer Farbe riecht es. Nach Terpentin. Schmetterlinge am Zaun. Kohlweißlinge. Die ersten in diesem Jahr. Und überall Knospen. Wie eifrig die

Vögel schon sind. Alle Kinder mit neuen Kniestrümpfen und Sandalen. Also muß es schon nach der Währungsreform, muß die neuere Nachkriegszeit sein. Und von Morgen an jeden Tag ruft die Ferne und jeder Bauer nimmt dich gern auf seinem Wagen mit. Dann in der Heuerntezeit. Da ist es lang hell. Da steht man früh auf und wird abends nicht müde, weil man nachmittags auf einer Wiese geschlafen hat. Das ganze Dorf riecht nach Flieder und Heu und abends nach Schlaf und nach Milch. Das Korn steht gut im Juniwind. Eine große Trockenheit und alle Straßen und Wege werden erst zu Sand. Dann zu Staub. Und dann im Sommer die Hitze. Manchmal ein Sommertag ist lang wie ein Jahr. Dann im September das Paradieslicht und noch später der Altweibersommer in den Mittagsgärten. Nicht nur Rembrandt. Jeden Abend mit Carina. Auch Breughel, sagte ich mir. Den Bauernbreughel. Und dann auch Chagall. Bräuchten noch ein paar Tische und zusätzliche Bibliothekskärtchen. Ein bißchen Geld und viel mehr lange Abende auch. Carina schon vier. Der Sommer vorbei und kein Tag reicht uns aus. Schreib weiter das Dorf auf! Beeil dich!

12

Das Telefon. Jürgen. Kennst du, fragt er. Als Kind. Morgens. Noch im Bett. Man weiß, man muß aufstehen. Schon eine Weile wach. Gerade eben, vor einem Moment noch sollte es ein ganz normaler Werktag werden. Ein Schultag. Sogar jetzt noch kannst du es schaffen. Aber gleich weißt du, es geht nicht. Unmöglich. War ich acht? In der zweiten Klasse? Schon damals, sagt er und zitiert jetzt Villon, fing es an, mit mir bergab zu gehen. Die Kinski-Platte, die wir vor zwanzig Jahren immer wieder gehört haben. Morgens im Bett, sagt er. Die Augen zu. Sobald man es einmal denkt, kann man nicht mehr aufstehen. Mein großer Bruder, den meine Mutter zum Stellvertreter von Gott und sich und meinem toten Vater bestimmt hat, ist eben gegangen. Geht mit Erfolg aufs Gymnasium. Ein Vorbild. Ist vor einer Ewigkeit von fünf Minuten laut schimpfend aus der Wohnung. Mit Drohungen. Wenn ich nicht pünktlich bin und überhaupt soll ich mir an ihm ein Beispiel. Mein Zwillingsbruder seit einer halben Stunde in der Küche. Hat sich seinen Scheitel gemacht, hat seinen Ranzen gepackt, seine Schuhe geputzt und seine Haferflocken gegessen. Lernt. Obwohl er schon alles kann, lernt er eifrig und trinkt Kakao. Und ich mit meiner Angst im Bett und wissen, ich bin verloren. Augen zu. Gelähmt oder wie gelähmt, sagt er. Nur mühsam atmen und die Wände rücken immer enger zusammen. Neigen sich vor. Man spürt schon im voraus, wie es ist, wenn man dann von ihnen erdrückt wird. Zermalmt, sagt er. Schlangen gleiten an mir entlang. Giftspinnen und Skorpione kriechen um mich herum und die Wände hinauf und hinab. Sogar durch die Luft kriechen sie. Langsam durch die Luft wie auf unsichtbaren Glasscheiben. Meine Mutter schläft oder ist nicht da. Vor meinem Bett liegt ein Krokodil. Nicht aufstehen. Nichts denken. Nicht da sein. Die Augen zu. Fest die Lider zusammenkneifen. Sogar dann noch kann ich meinen Schulweg vor mir sehen. Und die anderen Kinder, die jetzt schon unterwegs sind, mit ihren ordentlich gepackten Schulranzen und Gesichtern, die vor Sauberkeit glänzen. Mit gewaschenen Ohren und geraden Scheiteln. Pünktlich. Ordentlich die Aufgaben gemacht. Null Fehler. Machen alles richtig. Wie wenig Autos es damals gab. Und trotzdem an jeder Kreuzung ein Polizist. Sind die Bahnschranken zu? Ist der Zug schon vorbei. Der Arbeiterfrühzug aus Alsfeld und der aus Gelnhausen. Und Straßenbahnen und Autobusse. Schon hell. Die Straßen naß und die Kinder aus allen Richtungen auf die Schule zu. Alles grau und feucht. Die Goetheschule mit ihrem hohen Dach und dem finsteren Blick. Eine Kaserne, ein Knast für viele Generationen. Wie blind die Fenster und im Hof traurige schwarze Drahtbäume. Der Schulhof immer als ob es eben gedonnert hätte. Und wird gleich zu regnen anfangen. Auf jeden Fall soll man Angst, soll man ein schlechtes Gewissen, sagt er. Per-ma-nent! Nicht nur die Schule, die ganze Stadt voll mit aufsichtsführenden Gespenstern und Vogelscheuchen in Uniform. Den ganzen Schulweg entlang, sagt er, sogar wenn ich weiter im Bett liege und nur daran denke, ein Würgen im Hals. Ich weiß nicht mehr, ob ich auf diesem Schulweg je gekotzt habe. Aber wenn ich nur daran denke, ist mir, als ob ich jeden Tag den ganzen Weg entlang kotzen müßte. Wahrscheinlich wenn man erst einmal anfängt, kann man gar nicht mehr aufhören, sagt er. Oft morgens so. Entweder gar nicht auf oder vielzuspät und dann wird erst recht alles falsch. Dann fängt man an wegzulaufen. Erst im Kopf, dann auch in Wirklichkeit. Auf und davon, aber ich wußte nicht, wie man es macht. Ich war noch zu klein. Sie haben mich nichtmal gesucht. Nur gewartet bis ich von allein zurückkomme. Müde, hungrig, besiegt. In mir gefangen. Immer ich! Immer ich!

Hör zu, sagt er (weil ich es war, der vor zwanzig Jahren immer hör zu sagte, vor dreiundzwanzig, als wir viele Abende und dann die Nächte und ganze Wochenenden und Jahreszeiten lang herumgingen, er und ich, und trampten und mit einem Schiff auf der Donau fuhren, unser letztes Geld und dann weiter zufuß, nur um zu sehen wie es überall ist und in der erstbesten Bahnhofskneipe einen Schnaps im Stehen zu trinken, noch einen und dann gleichweiter und miteinander reden und reden und immer weiter reden zu können), hör zu! In Hast. Alte Geschichten. Aber heute Morgen lag ich genauso da. Nur daß es mein alter Schlafsack hier im Restaurant beim Kamin, sagt er. Wie gelähmt. Wie gelähmt sagt man so, sagt er. Die Nacht über mit einer alten Decke von innen die Tür verhängt und dann kommt morgens das Licht nur mühsam herein. Ich wollte in die Wohnung, sagt er. Man steht in der Tür und kriegt einen Schreck. Dabei brauch ich Zeug und muß Wäsche waschen. Wenn ich wenigstens wüßte, wo sie ist und wie es jetzt für sie ist. Nach dem Gespräch erst ihn noch in weiter Ferne an seinem Kamin gesehen (rollt er den Schlafsack zusammen?) und dann wieder die Wolken an meinem Fenster. Ganz vergessen, ihn nach dem Wetter zu fragen. Und hier? Ein kleiner Regen inzwischen? Sind die Dächer naß?

Und muß dann von Fenster zu Fenster und lang an meinen alten Schulweghimmel denken. Nicht die Himmel in Staufenberg, als alles noch leicht war und die Schule ein Spiel jeden Tag. In Staufenberg sind die Himmel weit und hell. Und sogar in Regen und Düsternis oft noch groß und anheimelnd. Das Dorf steht auf einem Basaltfelsen. Manche Tage treibt das Dorf auf dem Felsen lang in Wind und Regen dahin. Das ganze Land treibt in Wind und Regen dahin und schwankt und muß sich so wegducken. Oder steht blau im September. Im Nebel der Berg. Ein Morgen, noch früh. Und dann die ersten Sonnenstrahlen. Zuerst nur ganz oben auf den alten Steinen der Ruine, dann auch im Burgwald und schließlich auf allen Dächern und Giebeln im ganzen Dorf. Wie die Fenster glänzen. Und wenn man dann zwischen Mauern und Hecken und Zäunen die steilen

Treppengäßchen hinuntersteigt zu den Borngärten und zur Straße nach Odenhausen, dann muß man sich nur noch ein bißchen Zeit lassen, bis weithin das Land in der Sonne liegt, Land und Fluß.

Nicht die Himmel von Staufenberg also, die frühen, die Kindheitshimmel. Sondern ein paar Jahre später meine Schulweghimmel in Gießen. Himmel wie die Himmel in Pfützen, Teichhimmel, Himmel wie trübe Spiegel. Himmel mit ganzen Landkarten blinder Flecken, ferne Küsten und Kontinente. Himmel wie in einer Pause des Regens, bevor es gleich weiterregnet. Und Himmel, die ganze Tage lang stehenbleiben und einen ungerührt ansehen. Aber dann wieder ziehen die Wolken und durch alle Schulsaalfenster muß man ihnen nachsehen. Und ein Herbst, ein Frühling, eine Jahreszeit nach der anderen vergeht. Und man kommt und geht, immer kommt man und geht. Und dann ist man wieder ein Kind und alles fängt noch einmal an und man muß sich immer wieder neu kennenlernen. Sich selbst und die Menschen mit denen man leben will. Und man geht weite Wege. Damit man dann wenn man alt wird wieder da geht. Man geht und muß träumen und grübeln und alle Tage den Wolken nachsehen. Im nächsten Leben wieder woanders. Und die Schulwege? Früh um sechs aus dem Haus. Im Winter eher noch früher. Bergab in vielen Kurven eine ausgefahrene steinige Sandschotterlehmstraße zum Daubringer Bahnhof, der zwischen zwei Dörfern im Wind liegt und ist bloß eine Holzbaracke mit noch einer kleineren Holzbaracke daneben. Die meiste Zeit geht man im Dunkeln. Ein überfüllter Frühzug aus Grünberg, meistens eiskalt, der die Arbeiter aus den abgelegenen Lumdataldörfern und sogar aus dem Vogelsberg nach Lollar und Gießen in die Fabriken und auf die Baustellen bringt. Als Schüler im Zug am liebsten ganz hinten auf der offenen Plattform des letzten Wagens im Wind einen Stehplatz. Da muß man sich festhalten und kriegt schwarze Hände vom

Eisengeländer. Im Frühling und Herbst ein paar Wochen lang sieht man vom Zug aus die Sonne aufgehen. Aber die meiste Zeit wird es in Gießen erst hell. Trübe Lampen und die rostige alte Bahnhofstraße mit Ruinen und Bushaltestellen und Läden in den Ruinen und finstere alte Häuser mit Bombenschäden. Du bist zehn und hast eine schwere Tasche. Noch dunkel. Nur ungefähr weißt du den Weg. Du lernst ihn jedesmal neu. Dir ist kalt. Bißchen Nebel. Manchmal regnet es, aber hört vielleicht auch bald auf. Du bist eben angekommen, hast noch die Lokomotiven und den Bahnhof mit seinen Menschenscharen und Pendeltüren und Uhren im Kopf und gehst in das Bild hinein. Schneeregen, Markthändler, Schwarzmarktgestalten. Nicht doch schon eine Ahnung von Vortageslicht in der Finsternis hinter den Häusern und Bäumen? Wie bei einem schwarzen Samtstoff, der schon ziemlich abgenutzt. Schon jahrelang Winter. Schwarz oder dunkelblau der Stoff und jetzt wird er grau und immer fadenscheiniger, schon fast durchsichtig. Das erzählst du dir alles selbst und gehst kühn deinem Tag entgegen.

Nochmal das Telefon. Wieder Jürgen. Hör zu, sagt er, jetzt ein bißchen putzen und Ordnung und vielleicht kommen noch ein paar Gäste. Muß mir selbst auch, sagt er, etwas zu essen. Nicht gefrühstückt. Konnte nicht. Und dann in die Wohnung. Aufräumen. Die Waschmaschine. Wenn ich weiter hier mit meinem Schlafsack, dann brauch ich noch ein paar Decken. Klar, sagte ich und weiß gleich, er sagt mir das, damit er es dann auch macht. Damit er es kann. Damit er es dann wirklich schafft. Hör zu, sagte ich, mach die Tür auf. Unbedingt muß es nach Essen riechen, dann kommen sie auch. Wie in Marseille am alten Hafen. Erst riecht es noch nach Bootsfarbe, Meer und Pastis und dann am Abend das ganze Ufer entlang nach Olivenöl, Holzfeuer, Knoblauch und Fisch. Und wie in den alten Gassen die Schritte und Stimmen hallen und jeder Ton klingt lang nach. Und wenn man dann noch ein Stück weiter geht und hinter dem Rathaus eine Treppe hinauf, kommt man auf einen Platz mit Platanen und Kindern und Pennern. Die ganze Stadt kann man sehen von diesem Platz aus. Und da ist eine Kneipe, die heißt Petit Montmartre. Da gehen die Bettler hin, wenn sie ein bißchen Geld haben und wollen gut essen. Kennst du den Platz? Wir sind schon zusammen, sagte ich, dort gegangen. Was trinkst du? Rosé, sagt er. Nur ein kleines Glas. Klar, sagte ich, so ein Wirtsglas. Immer in Reichweite. Jedesmal wenn du dran vorbeikommst, trinkst du einen Schluck und schenkst immer gleich wieder ein bißchen nach. Gut zwei-drei Liter im Tag und abends dann Rotwein. Aber bei den Gästen nie zu kassieren vergessen. Wenn Deutsche kommen, erzählst du ihnen, wie du in Deutschland immer aus Deutschland wegwolltest. Mit Franzosen sprichst du übers Essen und über die Fremdenlegion. In Paris, sagte ich, wußte ich auch immer Kneipen, wo es vor jedem Essen gut nach Essen riecht. Mittags schon. Und am Abend ganze Straßen und Stadtviertel. Am besten riecht es, wenn man schon länger kein Geld hat. Am allerbesten manchmal vor einem niedrigen kleinen Haus in einer abgelegenen Gasse irgendwo in der Provence oder in Böhmen. Manchmal ein Gärtchen dabei. Auf jeden Fall eine Katze vor der Haustür. Ein Fenster offen? Nur eine alte Frau, eine Witwe, die sich für sich allein in einem kleinen Eisentopf schnell etwas zu essen macht. Vielleicht eine Kartoffelsuppe mit Majoran und getrockneten Steinpilzen. Vielleicht sogar von gestern und wird jetzt nur schnell warm gemacht. Weiße Haare und einen Knoten, uralt und ganz dürr, sagte ich, aber zäh. Oder lebt ihr Mann noch und hört im Radio immer die Nachrichten und erzählt sie ihr dann nochmal. Haben einen Kaninchenstall hinterm Haus. In der Provence und in Böhmen sowieso, sagte ich, aber sogar in Paris in den Hinterhöfen haben sie solche Kaninchenställe. Zu zweit also. Ein Liebespaar. Steinalt. Und nach der Schule kommen manchmal die Enkelkinder vorbei und sprechen mit den Kaninchen. Oft Elendsgassen. Aus solchen Häusern riecht es am allerbesten nach Essen. Besonders an Regentagen, wenn man als Fremder vorbeigeht und hat Hunger und weiß nicht wohin. Hier vergaß ich ihn nach dem Wetter zu fragen. In Marseille beim Petit Montmartre, sagte ich, Place de Lenche heißt der Platz. Wie Könige sitzen die Bettler unter den Platanen beim Essen. Sie haben gleich noch eine zweite Flasche Wein bestellt, jeder eine und essen den ganzen Nachmittag weiter. In Marseille in den armen Vierteln stellen die alten Leute sich Stühle vor die Haustüren. Und den ganzen Tag lang überall Kinder. Den alten Hafen sieht man und die Sonne. Und das Meer, sagte ich, fängt zu glitzern an.

Hör zu, sagte ich, jetzt bist du für zwei Stunden Wirt und mußt auch selbst etwas essen. Und dann, egal ob Gäste da waren oder nicht, gehst du in die Wohnung, räumst auf und holst dir frische Socken, damit das Leben weitergehen kann. Beim Aufräumen hörst du Miles Davis. Und wenn sie zurückkommt, sagte ich und glaube selbst daran und sehe sie schon auf dem Heimweg, dann sieht sie, daß du dich auch kümmerst. Und dann sagst du, wir schaffen es schon. Das hättest du gleich zu ihr sagen sollen. Sowieso ist bei ihnen eher er es, der aufräumt und kocht, aber sie hat die französischen Zahlen und Geldsorgen. Mach die Tür auf. Und fang zu kochen an, sagte ich und vergaß wieder, nach dem Wetter zu fragen. Ist mein Regenbogen noch da? Ich hatte ihnen bei unsrem Besuch im Juni einen Regenbogen um die Restauranttür gemalt. Mit seinen Ölfarben zum Bildermalen. Auf einer hohen geliehenen Leiter. Weil das Restaurant von außen und auch durch die Glastür so fein und weiß und dezent aussah, daß man denken konnte, manche Gäste trauen sich vielleicht gar nicht rein. Klar, sagt er. Wasserfest. Weißt du doch. Dann weiter mein Vormittag. Noch eben nicht einmal elf und jetzt gleich halb eins. Die halbe Zeit telefoniert. Und das Arbeitsamt? Rufen an und es ist besetzt? Immer wieder besetzt? Entweder besetzt oder niemand da! Schon tage-, schon wochenlang. Das Arbeitsamt in der Fischerfeldstraße. Und dann? Müssen anderweitig! Maßnahmen! Amtlich! Von Amts wegen! Durchgreifen! Ernsthaft! Nach Aktenlage! Sanktionen! Und die heutige Post noch unterwegs. Nichts dabei? Das ist gefährlich! Und gleich mein Gesicht kontrollieren! Zurechtrücken das Gesicht als Arbeitsloser! Langzeitarbeitslos! Arbeit suchend! Mit Fleiß, Eifer, Ausdauer. Buchhändler, Buchhalter, Handlanger, Lagerhilfskraft. Auch aushilfsweise. Den ganzen Tag das Gesicht, mein Behördengesicht, hätte es auch beim Telefonieren mit ihm, auch im Spiegel und für mich selbst. Innerlich. Auch wenn niemand es sieht. Sogar im Schlaf noch. Mein Aktenzeichen und dazu das passende Gesicht. Und jetzt? Als Arbeitsloser Bob Dylan hören. Kaffee, Zigaretten. Die alte Dylanplatte und der Wind kommt ans Fenster. Vorher ein kleiner Regen. Nur kurz und die Dächer glänzen. Die Straße ist naß. Sogar noch Tropfen am Fenster. Und ist auch schon weitergezogen. Oktober. Herbst. Wind kommt auf, Westwind. Schreib weiter! Schreib alles!

13

Mittags in den Kinderladen. Beeil dich! Dann in der Adalbertstraße gemerkt, daß ich zu früh bin und noch ein paar Schritte auf die Leipziger. Und im Schaufenster einer Apotheke Werbung für Karlsbader Mineralwasser. Hier erhältlich. Gleich ist mir, als ob ich in Karlsbad bin oder noch eben dort war. Und muß eine Weile stehenbleiben. Wie einer, dem unverhofft eins seiner früheren Leben begegnet. Dann weiter und beim Cortina keinen Espresso, sondern umkehren, weil die Zeit schon knapp und müssen auch sparen. Zurück und im Vorbeigehen nochmal die Apotheke. Und jetzt schon ein bißchen spät dran. Beeil dich! Geh schneller! Und bei der Warte über die Straße. Sechs Fahrspuren und dazu noch die Seitenstraßen und Straßenbahnen. Schnell die Autos und ohne Unterlaß. Pausenlos. Alles drängt sich und man steht und muß Abstand-Geschwindigkeit-Bremsweg und die Geistesgegenwart und Geduld der Fahrer abschätzen. Blitzschnell. Und die eigene Ungeduld aushalten. Und sich dann schräg einen Weg durch den dichten Verkehr. Einer hupt, Bremsen quietschen, eine Straßenbahn klingelt. Die Straße stoppt und ruckt gleich wieder an. Dann muß man zwischen den Fahrspuren kurz stehenbleiben und wird fast gestreift und mitgenommen von eiligen Stoßstangen, Scheinwerfern, Kotflügeln. Und gerade da sehe ich meinen Vater vor mir. Als ob er gleich etwas sagen will! Aber wird dann durchsichtig und läßt mich vorbei. Jetzt noch mit Umsicht die gefährliche Gegenfahrbahn in Etappen. Und dabei weder die Autos noch die Uhrzeit noch meine Gedanken aus den Augen verlieren. Geht die Uhr an der Warte richtig? Zeitungen. Mittagswolken. Ob Straßenbahnen manchmal ein Einsehen haben? Und wie lang ist ihr Bremsweg? Schnell weiter! Und vom Rand her winken die Bettler. Daß ich aufpassen soll! Mir ein bißchen mehr Zeit lassen! Und damit ich sie sehe. Und sehe, daß sie mich sehen und auch kapieren, daß ich es jetzt eilig habe. Wird schon alles gutgehen, aber Obacht! Nur Ruhe, winken die Bettler. Und bis zum nächsten Mal. Mit den Kippen und ein paar Groschen, das hat keine Eile. Da tun sie sich auf mich sowieso drauf verlassen. Hat Zeit auch bis nachher. Hat sogar bis morgen Zeit. Und wollen bis dahin am Leben bleiben. Wir alle. Sie und ich auch. Sie winken, sie machen mir Zeichen. Wolken. Ein grauer Tag. Immer noch hupen und bremsen die Autos. Niemand sonst geht so über der Straße. Ein reißender Strom, aber jetzt hab ich gleich das sichere Ufer erreicht. Und gerade da sagt in meinem Kopf mein Vater zu mir: Der Goldene Steig! Zwei Schritte vom Fahrbahnrand. Der Goldene Steig, sagt mein Vater und ich kann ihn ganz deutlich vor mir sehen. Der Goldene Steig, sagt er, ich weiß gar nicht, ob du den kennst. Dann auf dem Gehsteig. Gerettet! Am Leben! Diesmal war es wirklich knapp! Alle Schutzengel anderweitig. Die Autos rasen. Immer noch winken die Bettler. Mein Vater? Noch neben mir? Ob er noch etwas sagt? Geht neben mir her, aber bleibt stumm. Wird durchsichtig. Erst durchsichtig und dann unsichtbar. Und dann weiß man nicht, ob er noch da ist. Mittag. Mein Weg in den Kinderladen. Erst zu früh und gerade deshalb dann beinah zu spät! Große Schritte! Wenn du so über die Straße gehst, sagt Sibylle manchmal zu mir, können sie dich verhaften. Ich hätte auch auf der anderen Seite bleiben können, aber von hier aus hat man einen besseren Blick, kommt an den Büchertischen und Schaufenstern der Uni-Buchhandlung vorbei und könnte sich auch im letzten Moment noch für den Weg über den Campus entscheiden.

Eilig. In Gedanken schon vor mir selbst her. Bilder, das Dorf, viele Stimmen im Kopf. Den heutigen Vormittag und noch ein paar angefangene nächste Sätze. Zweimal lang mit Jürgen telefoniert. Kein Anruf vom Arbeitsamt. Keine Post. Gestern auch schon nicht. Warten ob mein Vater sich noch einmal meldet und schon den Kinderladen mit allen Kindern herbeidenken.

Vor mir her, in weiter Ferne seh ich mich gehen. In den Mittag hinein. Im Herbst. Kastanien. Eine lange Allee. Als ob man in ein Bild hineingeht. Bevor ich mich für den Rest des Tages aus den Augen verliere. Immer allein hin und her mich beeilen, damit mir mehr Zeit zum Schreiben bleibt. Und wir dann auch trödeln können, in Ruhe trödeln, Carina und ich. Und wenn wir uns beeilen müßten, würden uns ausdenken, wir hätten Pferde. Oder wären selbst welche. Ich dann ein blaues, sagt sie in meinem Gedächtnis. Und dann müssen wir schnell das Wort galoppeln erfinden. Als Gangart. Dafür, daß man sich in der Eile noch ein bißchen Zeit lassen kann. Komm, wir galoppeln! Dann kommt man an und weiß nicht mehr, ob man sich wirklich beeilt hat und warum – oder nur gespielt diese Eile? So gehst du mit deinem Kind und wirst dabei wieder zum Kind. Manchmal mitten in der Eile vergißt man die Zeit. Wie Kinder, die schon lang in einem großen Schrankspiegel spielen. Oder auf einer Insel im Fluß. Eine Insel mit Schilf und Binsen. Und süß und wild riecht das Büffelgras. Weiden am Ufer. Grün und silbern der Fluß. Die Weiden lassen ihre Äste ins Wasser hängen. Vögel im Schilf. Ein Morgen ganz früh im Sommer. Auf der Insel ist immer Morgen. Und du bist ein Kind und weißt nicht, wer es ist, der über das Wasser hin nach dir ruft. Jetzt kommen wir aus dem Kinderladen, Carina und ich. Kinderstimmen. Der Nachmittag. Unser Heimweg. In der Schwindstraße eine Pfütze. Und immer Vögel dabei. Baden in der Pfütze, trinken daraus, sprechen mit ihrem Spiegelbild. Eine Pfütze, die jeden Tag kleiner wird. Und die Vögel sitzen am Rand und sagen: So geht es ja noch, aber wenn das so weitergeht!

Am Abend Zigaretten holen. Will mit, sagt Carina. Will doch nicht mit, Peta! Und sitzt auf den Matratzen, die mitten in unserem großen Zimmer auf dem Fußboden liegen. Alle Lampen an. Die Heizung summt. Carina ißt Apfelmus mit Erdbeermarmelade mit einem durchsichtig lila Plastikeislöffel vom letzten Sommer. Aber von welchem Eis ist der Löffel und wo ist der zugehörige Tag hin? Wenn du zurückkommst essen wir, sagt Sibylle. Noch früh. Ganz am Anfang des Abends. Es ist gerade erst dunkel geworden. Trotzdem wäre ich lieber noch ein bißchen eher dran. Gitanes mit und Gauloises ohne Filter. Je zwei. Und die von heute? Reichen sie nicht noch bis morgen? Nicht, wenn ich nachts lang wach bin. Und ein Duplo für Carina. Duplo oder Hanuta? Duplo ißt sie lieber, aber bei Hanuta gibt es die besseren Bilder. Also ein Duplo und ein Hanuta. Und noch ein paar Schritte die Seestraße entlang und mir vorstellen, wie man nur schnell am Kiosk Zigaretten kauft und dann nicht zurückkommt. Nie mehr. Wie in einem Buch. In der dritten Person. Erst noch Bürgerhäuser mit Läden im Erdgeschoß, dann Sozialer Wohnungsbau aus der Nachkriegszeit. Ein paar Trümmergrundstücke, Parkplätze, eine Tankstelle und ein paar kleine alte Häuser, die schon geräumt sind und werden nächstens abgerissen. Die Tankstelle auch schon weg. Erst heißt die Straße Große und hier am Ende dann Kleine Seestraße. Trübe Lampen und stumm die Häuser. Lehnen sich im Lampenlicht krumm und schief aneinander. Lehnen sich bei der Nacht an. Ein klappriger alter Handwerkerlieferwagen eilig vorbei. Als ob er jeden Abend hier durchkommt. Immer um die gleiche Zeit. Schwarze Katzen. Nachtschattenkatzen. Ein Junge auf einem Fahrrad. Zehn vielleicht. Blauer Anorak mit Kapuze. Man sieht, daß er es nicht mehr weit hat bis heim. Kein Gehsteig. Das alte Katzenkopfpflaster. Und gerade beim Umkehren kommt mir mit dem Wind ein kleines Geniesel entgegen. Und gleich fängt das Pflaster zu glänzen an. Jetzt noch schnell ein paar Einzelheiten einsammeln. Und dann zurück. Kein Schirm. Das Geniesel zieht mit mir. Die Bibliothek ist schon zu. Kurz nach sieben. Nochmal durch die Leipziger und sehen, welches Karlsbader Mineralwasser es ist, das sie anbieten und ob ein Preis dabeisteht. Nur kurz am Schaufenster vorbei und dann gleich heim, sagst du dir. Vielleicht ein Apotheker aus Karlsbad. Und in der Rohmerstraße, die jetzt still ist und dunkel, mein Vater. Nur sein Schatten, sein Geist. Hat beim Postamt unter den Bäumen auf mich gewartet und fängt gleich zu sprechen an.

Das Jahr, sagt mein Vater, als ich wie so oft von Tachau aus durch den Wald bergauf nach Marienbad ging, um nach Arbeit zu fragen. Aber dort kommt der Frühling spät und dann sind noch keine Kurgäste da oder wegen der Kälte schon wieder abgereist. Nach Bad Ischl, nach Meran und nach Nizza und Abbazia. Keine Kurgäste, also auch keine Arbeit, sagt er. Jedes Jahr, sagt er. Im März ein paar warme Tage. Sie stellen ihre Sessel und Liegestühle auf die Terassen. Sie wollen Saisonkräfte einstellen und dann schneit es wieder. Dann geht man weiter nach Karlsbad. Schon immer hungriger. Und in Karlsbad ist es genauso. Noch nicht einmal Vorsaison. Immer noch Schnee im Wald. Soll man heim und dort Kräfte sparen? Aber einmal ein Jahr, sagt mein Vater, da bin ich nicht umgekehrt. Ich hätte den ganzen Weg hungrig heimgehen müssen. Lieber, sagte ich mir, will ich weitergehen und wie einer in einem Märchen sehen, was mir begegnet. So bin ich immer weiter ins Tschechische hinein, sagt mein Vater. Da kommt man dann aus dem Wald heraus und geht unter weiten Himmeln. Von Dorf zu Dorf, sagt er, von Haus zu Haus und um Arbeit gefragt. Jede Arbeit. Für Essen. Für Brot. Und damit ich mit Menschen spreche und bei der Arbeit die Arbeit lerne, sagt er. Sonst wird man im Wald wie ein Wolf. Jetzt stehen wir an der Ecke vom Kaufhof. Herbst und Abend. Alle Läden zu. Ein Geniesel. Natürlich ist mein Vater nicht wirklich anwesend, aber ich kann ihn vor mir sehen. Sogar spüren, wie er mich von der Seite her eindringlich ansieht. Und dann immer weiter spricht in meinem Kopf. Einer alten Frau, sagt er, die keinen Menschen mehr hat und mit ihren fünf Hühnern im letzten Haus vom Dorf wohnt, kann man schon einmal umsonst etwas richten. Die Türen abhobeln, ein neues Dachfenster einsetzen und sehen, was geleimt und genagelt und was geölt werden muß und wo frische Farbe fehlt. Und ein neues Ofenrohr und noch ein paar Kleinigkeiten. Auch wenn man dafür am Ende drei Tage gebraucht hat und in der Zeit in ihrem zugigen Schuppen schläft und sie macht einem morgens Rührei mit drei Pfifferlingen und mittags Schwammerlsoß, sagt mein Vater, und am Abend Kartoffelsuppe mit Pfefferminztee. So alt ist sie, daß sie als einzige übriggeblieben ist von einer ganzen Familie. Und auch bald schon wieder ein Kind. Eine Greisin mit einem Mädchenlächeln, sagt mein Vater und am Ende sagt sie Vergelts Gott und bekreuzigt mich und weil ich damals noch nicht so viele tschechische Wörter gekannt habe, konnte ich beim Abschied zu ihr nur Ma ucta sagen. Tschechische Wörter, die vielleicht besser gepaßt hätten, sagt mein Vater, hab ich damals noch keine gewußt. Sie hat mir noch Buchweizentalgen gebacken und eingepackt und dazu ein kleines Stück Speck und Dörrpflaumen und getrocknete aufgefädelte Apfelschnitze und mir vom Zaun aus nachgewunken. Obwohl da ein stürmischer Morgen war, sagt mein Vater, das muß noch im Frühling gewesen sein. Trotzdem hat sie lang da gestanden vor ihrem einsamen letzten Haus. Nach diesen drei Tagen, sagt mein Vater zu mir, bin ich für sie wie ein Verwandter gewesen, vielleicht ihr verlorener Sohn, der nach langer Zeit heimkommt und dann doch wieder geht.

Jeder Weg war mir recht, sagt mein Vater, jedes Wetter war mir recht, jede Arbeit und jeder Lohn. Jedes Essen und jedes Nachtlager. Sogar Hunger und Durst, sagt er, sind mir noch eine Abwechslung und ein Vergnügen gewesen. Wie alt war ich denn? Noch nicht zwanzig, sagt er. Ich konnte jede Musik auf den Ton genau mir ins Gedächtnis rufen. Und immer wieder hören. So oft ich will. Jederzeit. Ganze Opern. Auch wenn ich sie nur ein einziges Mal gehört hatte. Arien. Orgelkonzerte. Das Abendprogramm einer Nachtigall. Einen Morgenwald voller Vögel im Mai, sagt er. Wir stehen immer noch an der Ecke beim Kaufhof. Ein großer finsterer Kasten mit Blechfassade. Alle Läden zu. Ein paar Fußgänger auf dem Heimweg. Langsam ein Streifenwagen vorbei. Wie ein Spuk auf der leeren Straße. Lang nicht so wirklich wie das Gesicht meines Vaters und seine Stimme in meinem Kopf. Geschichten, sagt er. Meistens Bauern, die ein paar Arbeiten für mich hatten. Arbeit für einen Tag. Arbeit für drei Tage, die sie in zwei Tagen gemacht haben wollen. Bauern und Kleinbauern, Häusler, sagt er. Kalupniks auf tschechisch. Für einen reichen Mann, sagt er, hab ich einen Garten angelegt. Eigentlich nur den Anfang für ihn gemacht. Gern, sagt mein Vater, würde ich diesen Garten noch einmal sehen. Ein Schmied, sagt mein Vater, hätte mich als Gehilfen behalten. Auf dem Balkan, sagt er, wandern ja überall Schmiede herum. Schmiede und Musikanten. Dort haben sie ihre Länder. Ein ungarischer Viehhändler wollte mich als Schreiber anstellen, sagt mein Vater. Sekretär. Ein Vertrauensposten. Aber das war auf einem großen Markt und am nächsten Tag war er so betrunken, daß wir nicht weiter darüber verhandeln konnten. Im Viehhandel, sagt er, wen man da alles trifft. Nach ein paar Jahren kennt man sich aus. Kann sich selbstständig machen und wird steinreich. Jetzt ist der Streifenwagen weg. Das Geniesel auch weitergezogen. Wir lassen den Kaufhof stehen und gehen die Leipziger Straße entlang. Warum nicht als Wanderarbeiter, sagt mein Vater. Aber mehr noch ein Wanderer alle Tage. Ein fremdes Land, auch wenn man schon öfter da war. Man geht auf den Sommer zu und das Korn steht gut.

Licht in den Schaufenstern. Straße und Gehsteig glänzen. Der Wind kommt die Straße entlang. Unwillkürlich beeilt man sich. Auf die Apotheke zu. Gleich wird er von dem Kapellenheiligenmaler anfangen und von Karlsbad, dachte ich. Sein Karlsbad, als ob er es sich selbst ausgedacht und eigenhändig gebaut hätte. Aber er sagt nichts und nur ein paar Schritte weiter kommt mir vor, daß er schon nicht mehr da ist. Noch eine Weile vor der Apotheke und warten. Kommt er nochmal? Sagt noch was? Aber ist weg und bleibt weg. Bis zum nächstenmal also. Alles in meinem Kopf und man weiß nie, ob er sich wieder meldet und wann? Jahrgang 1905, geboren in Tachau im Böhmerwald, wohnhaft in Krofdorf bei Gießen. Mein Vater Franz Kurzeck. Schon länger will ich ihn anrufen. Fernmündlich. Durch den Leitungsdraht die Wörter hin und her, seine und meine. Ein Telefongespräch also, aber er telefoniert nicht gern. Deshalb sprech ich lieber im Kopf mit ihm. Im Gehen, in Gedanken. Und jetzt? Schnell heim. War es an diesem Abend, daß die beiden Mimosenbäumchen vorn in der Leipziger Straße mir schüchtern zuwinkten. Verschämt, verstohlen. Nicht sicher, ob ich es bin und auch wirklich bereit sie zu kennen und ob sie das dürfen? Ob es mir recht ist? Ob es überhaupt erlaubt ist. Auch wenn es im Dunkeln jetzt kaum einer sieht. An der nächsten Ecke hat das Geniesel auf mich gewartet. Nur auf der Kreuzung zwei Straßenbahnen. Autos, Lichter, Regenschirme und Menschen. Und dann wieder leere Nachtstraßen, die im Geniesel, das mit mir zieht, zu glänzen anfangen. Ich ging immer schneller. Immerhin ein paar kostbare halbe Sätze von unterwegs im Kopf. Die nimmst du mit heim. Müd heim am Abend. Zum Glück noch früh. Aber auch wenn es einem gelingt, abends einmal etwas eher aus dem Haus zu gehen, ist es dann doch später, weil es jetzt jeden Abend früher dunkel wird.

14

Heimkommen. Das Licht und die Stimmen. Im Flur die Wärme. Sibylle und Carina im großen Zimmer. Sitzen bei den Matratzen auf dem Fußboden. Hat angerufen, sagt Sibylle. Probiert es nachher nochmal. Ein Duplo und ein Hanuta für Carina. Sind nicht gekauft, sind gezaubert, sagte ich. Der Laden war längst schon zu. Sie und Sibylle haben alles vor sich aufgebaut, was Carina von Pascale hat. Geschenke aus all den Jahren. Bilderbücher, ein Holzbaukasten, ein Lastauto (ruht jetzt aus), ein Mosaik, bunte Steine. Carinas Lieblingspullover. Von Pascale gestrickt. Perlen, ein Muschelkästchen, noch eine Spur Sand drin, weißer Sand aus Saintes-Maries-de-la-Mer. Eine runde Holzdose mit Lavendel. Schächtelein, sagt Carina. Kleine goldene Messingglöckchen, Würfel, Glaskugeln, langlebige Bauernhoftiere aus Holz. Einen Schal, ein Halstuch, zwei Halsketten und eine Haarspange mit Diamanten. Und viele kleine Armreifen, die in allen Farben schimmern. Und klirren sacht, wenn sie sie anhat. Klirren bei jeder Bewegung, als wollten sie gleich zu singen anfangen. Extra Kinderarmreifen aus einem morgenländischen Laden in Avignon in der Rue des Teinturiers. Genau die richtige Größe für Carina. Einen Ball, ein Kissen, ein kleines Parfümfläschchen. Längst leer und riecht immer noch. Riecht nach Côte d'Azur, nach Paris, nach Pascale, nach Frühling und Reichtum. Ein Frühling, der erst noch kommt. Und natürlich Carinas Umhängetasche. Aus Wolle. Gewebt. Ein griechisches Muster. Paßt viel rein. Schöne Farben. Sie geht mit der Tasche jeden Tag in den Kinderladen. Alles schön hingestellt. Dekoriert. Und ein großer Schreibblock. Oben auf der Seite in Druckbuchstaben PASCALE. Und unter den Namen schreibt Sibylle mit Schönschrift die Sachen auf. Carina sagt ihr die Wörter vor. Hebt die Hände. Wie ein Dirigent. Oder als ob sie die Wörter locken und einfangen muß. Spricht laut. Und sieht ihr beim Schreiben zu. Erst aufgeregt und dann mit Wohlgefallen. Also immer abwechselnd zwei Carinagesichter. Zwei entgegengesetzte. Muß schnell. Muß richtig. Muß ganz genau. Ein paar Stofftiere stehen daneben. Neugierig. Staunen gern. Glasaugen. Sag was noch fehlt, sagt Sibylle zu mir. Wollen nichts vergessen! Der Schlitten, sagte ich. Carinas Schlitten. Von Jürgen und Pascale. Vom Flohmarkt. Als sie dort im Schnee einen Stand hatten. Und das war vor zwei Jahren ein kalter Januar. Müssen auch wieder auf den Flohmarkt, sagte ich. Und müssen den Schlitten aus dem Keller holen. Demnächst. Rechtzeitig. Bald. Damit es dann anfangen kann zu schneien. Wenn wir dann alles aufschrieben und nix vergessen, sagt Carina, sollst du mit mir von jedem und allem kleine Bildchen neben das Geschriebene daneben hinmalen, Peta! Mit Buntstiften, Peta! Und winkt den Stofftieren, noch ein bißchen näher zu kommen. Bald essen, sagt Sibylle. Und ich hole Teller aus der Küche. Eben erst sieben vorbei.

Die Zeit anhalten (nicht lang, nur ein paar Augenblicke, sagte ich mir) und mitten im Zimmer auf den Matratzen liegen. Nicht schlafen, nur die Augen zu. Und Sibylle und Carina hören. Erst noch ganz nah. Und dann als ob ihre Stimmen übers Wasser klingen oder schon länger her sind. Während ich mit dem Licht auf den Lidern immer weiter davon treibe. Von unterwegs die angefangenen halben Sätze hervorkramen, blankreiben, polieren und von allen Seiten betrachten. Und vielleicht finden sich noch ein paar Sätze dazu. Kommen angeschwommen. Sätze, auf die ich anders nicht kommen würde. Carina diktiert. Sibylle schreibt. Aber wenn die Liste fertig ist und Carina nicht aufhören kann? Kein Ende finden. Muß immer weiter alles aufschreiben. Ihre Bilderbücher, das Spielzeug, die Stoff-, Holz- und Plastiktiere. Auch die, die nicht von Pascale sind. Jedes mit Namen, Herkunft und Schicksal. Unsre Wohnung und ihren selbstgemachten Kaufladen aus Schubladen, Schachteln, Ideen und Pappkartons. Alles mit Tesafilm zusammengeklebt. Ein Markt, eine Barackenstadt, die herumwandert und immer größer wird. Ein Welturchiv mit kleinen bunten Katalogbildern, Prospekten, Bücherverzeichnissen. Sogar Wurst- und Fleischbilder. Sonderangebote aus der wöchentlichen HL- und Penny-Werbung. Richtiger Würfelzukker, Rosinen, Teebeutel und echte Nudeln aus unserer Küche. Als Kind hatte ich gern, wenn meine Mutter Makkaroni sagt. Ich wollte es immer wieder hören. Was gibt es heute bei uns zu essen? Aber Kind, das hab ich dir doch schon dreimal gesagt. Makkaroni! Wie schreibt man Stimmen auf? Jede einzelne Glaskugel, Knöpfe, Treppenstufen, Heimwege, die Bücher aus der Bibliothek, unsere Bibliotheksnachmittage und die Kinder vom Kurfürstenplatz. Alle Kinder. Den Kinderladen, die Morgenvögel, die Ameisen in der Schwindstraße und alle anderen Ameisen auf der Welt. Mützen, Kleider, ihr Anorak mit den Indianerbörtchen. Schuhe, Töpfe, Häuser und Straßen und Abende. Den Nebel und wie es dunkel wird und jede einzelne Schneeflocke, wenn es am Abend zu schneien anfängt und die ganze Nacht weiterschneit. Diktiert mir und Sibylle und jedem, der mitmacht. Vielleicht sogar allen gleichzeitig. Diktiert beim Essen, im Kaufhof und auf der Straße. Längst mit den zugehörigen Bildern in Verzug. Wird dann schon bald fünf und kann (könnte) nur immer weitermachen. Tag und Nacht. Alles aufschreiben. Atemlos. Immer mehr. Immer schneller. Aber das machst doch seit vielen Jahren du selbst schon, sagt Sibylle in meinem Kopf. Keine Listen, aber Bestandsaufnahmen. Und in einem Jahr kann Carina schreiben. Dann sagt man ihr: Ab jetzt, wenn du weiter alles aufschreiben willst, machst du allein weiter! Und das war der gleiche Abend, an dem Sibylle zum erstenmal zu mir sagte: KD fragt, ob du einen Beitrag für den Verlagsalmanach hast? Für 1984. Kann lang sein. Und das treibt alles so mit mir dahin und um mich herum und an mir vorbei. Auf meinen Lidern das Licht noch wie vom Sommer ein Widerschein aus der Ferne. Fremde Ufer. Das Licht und die

Stimmen von gestern. Bald essen. Dann ruckt die Zeit wieder an und Carina sagt: Jetzt die Buntstifte!

Seine nächsten drei Anrufe. Erst noch am Abend. Pascale, sagt er. Das Wetter. Pascale. Und muß nochmal vom Wald sprechen. Vor zwei Wochen erst, sagt er. Noch nichtmal zwei Wochen. Und da war noch Sommer. Und spricht davon, als sei es ein Irrtum, daß das jetzt vorbei. Und müßte nachträglich nochmal geändert. Umgehend. Unverzüglich. Den vorigen Zustand nach bester Möglichkeit wiederherstellen. Den Urzustand also. Hätten noch länger, sagt er. Die Sonne. Wenigstens einen und noch einen Tag. Wollten auf der Rückfahrt in Alès zuletzt noch in ein Restaurant, wo man unter Bäumen sitzt. Platanen und Maulbeerbäume, sagt er. Nur kurz was trinken. Die Nachmittagssonne. Ein Springbrunnen. Liebespaare und Kinder. Mitten in der Stadt. Gammler, Punks, Rocker, Penner mit Hunden. Das Kino. Die Kinoplakate. Ich hätte einen Tee getrunken und Pascale ein Diabolo Cassis wie ein Kind. Manchmal kriegt man die abgelaufene vorletzte Zeit oder eine Süddeutsche Zeitung von vor zwei Tagen, sagt er. Oder eine Rundschau ohne Lokalteil und Stellenanzeigen. Die Hitze. Junge Araber. Frauen mit Einkaufstaschen. Frauen mit Kindern. Das müssen die Enkel schon. Frauen, denen man die Mühsal des Lebens ansieht. Ein Betrunkener, der eben in einer Telefonzelle eine Brieftasche findet. Vielleicht seine eigene. Geile Schulmädchen. Kaum erst sechzehn. Geschminkt und wollen wie mindestens achtzehn aussehen. Wie die Hauptdarstellerin in einem Film mit Jugendverbot. Ein Problemfilm. Höfliche junge Frauen im Kostüm, wohlerzogene französische Frauen mit Handtaschen und Stöckelschuhen. In den Fünfziger Jahren geboren, also heißen sie Nathalie und Monique und Chantal und sind Ende zwanzig. Verkäuferin, Sekretärin, Arzthilfe. Verheiratet. Schon fünf Jahre verheiratet. Und müssen sich jeden Lippenstift und das kleinste Fläschchen Parfüm drei Wochen vom Haushaltsgeld absparen. Und jetzt wissen sie nicht, ob sie immer noch darauf warten, entdeckt zu werden? Als Prinzessin, als Filmstar? Als Mannequin, Tänzerin, Ballerina? Oder war das so ein Zeitvertreib? Ein Spiel mit dem sie aufgewachsen sind und dann noch ein paar Jahre gelebt haben? Ein paar Amateurnutten. Hübsch zurechtgemacht. Gelegenheitsnutten. Dreimal über den Platz. Mit einer Parfümspur. Und dann auf den Boulevard und die Blicke der Männer einsammeln und sehen, was der Tag ihnen bringt. Und auf jeden Fall noch fürs Abendessen einkaufen. Wenn noch länger nichts läuft, muß sie wieder als Aushilfskellnerin oder sich ein paar Putzstellen suchen. Leute aus den Bergen, die sich hier Winterkleidung kaufen und gehen einen ganzen Tag von Schaufenster zu Schaufenster. Ein netter Schüler, der einem ein bißchen Kiff zum Kauf anbietet oder fragt, ob man was für ihn übrig hat. Nur für heute. Für einen kleinen Nachmittagsjoint. Jetzt fragen sie uns noch, aber bald sind wir in ihren Augen zu alt. Müde Hippies mit Zottelhaaren und Geschichten von früher. Alte Männer mit alten Geschichten. Ein Zug pfeift. Und sie gehen lang auf den Sonnenuntergang zu. Aber noch nicht gleich, sagt man sich dann wenn es soweit ist oder sagt es sich jetzt schon. Die Zeit. Der heutige Nachmittag. Fünf Kneipen rund um den Platz. Alle mit Markisen, Sonnenschirmen und großen Terrassen. Und genau der richtige Augenblick für einen Pastis, für ein kleines Glas Rotwein oder Rosé. Einen Picon, einen Ambassadeur und einen kleinen schwarzen Kaffee. Ein paar junge Typen auf frisierten Mofas alle paar Minuten vorbei. Der Brunnen rauscht. Wo ist das schöne Liebespaar hin? Der Nachmittag wandert gemächlich um den Platz wie die Schatten auf einer Sonnenuhr. Und in den Bäumen lärmen die Vögel. Vielleicht hat er mir das nicht alles einzeln aufgezählt, aber ich weiß es trotzdem. Ich seh es vor mir. Man sitzt auf dem Platz und sieht die Berge. Wollten noch, sagt er. Wollten unbedingt! Aber hatten aus der Markthalle schon das Zeug für die nächsten Speisekarten im Auto. Gemüse und Fisch. Und hätten nochmal einen Parkplatz suchen müssen. Gambrinus heißt das Lokal. Dort auf der Terrasse, sagt er, wenn wir im letzten Moment nochmal hin wären, da hätten wir alles ausrechnen können und einen Plan machen. Gleich für den ganzen Winter. Ja, sagte ich, da hättest du zu ihr sagen müssen, wir schaffen es schon. Ist das Alès, wo der Gardon aus den Bergen kommt und mitten in der Sonne in einem breiten hellen Geröllbett dahinfließt? Und das Wasser ist hellgrün vom Kalk und Reiher stehen im Wasser und halten die Zeit an.

Sein nächster Anruf zwei Stunden später. Weißt du, sagt er und hat sich diesen Anfang extra als Anfang ausgedacht, damit er einen Anfang hat für den Anfang. Damit man nicht denken soll, er ruft immer wieder wegen nix an. Jeden Augenblick, alle zwei Stunden. Wegen nix und weil ihm die Zeit lang wird. Weil er trinkt und auf Pascale wartet, die nicht kommt. Weißt du die Nächte, wenn man im Freien schläft? Klar, sagte ich und warum soll er nicht alle zwei Stunden anrufen, wenn er an uns denkt und dabei weiß, daß wir zu ihm hindenken. Knapp tausend Kilometer. Warum soll er nicht anrufen und von Pascale reden und vom Herbst und dem Süden, bis Pascale zu ihm zurück kommt. Klar, sagte ich. Gegen Morgen werden die Sterne groß. Immer heller. Und fangen zu flimmern an. Erst letztes Jahr Pfingsten mit Sibylle und Carina vier Tage im Wald gewesen. Gerade als ich das schwarze Buch zuende schrieb. Und das steht auch noch mit in dem Buch drin. Ja, sagt er und ich kann hören, wie er aus der Flasche trinkt, nachts um drei wacht man auf und weiß dann danach nicht, ob man da nochmal eingeschlafen ist. Vor sechs auf, kurz nach fünf schon. Und bis man dann nach Florac oder Saint Jean kommt, haben die Bäckerläden längst auf und in den Kneipen stellen sie schon die Stühle und Tische vor die Tür. Sogar in den Dörfern haben sie Kneipen, die so früh schon aufmachen, sagt er und trinkt und trinkt dann gleich nochmal. Immer noch einen tiefen Schluck.

Und, sagte ich, erst kürzlich im Juni, als der Sommer anfing. Als man noch denken konnte, er bleibt. Da haben wir bei euch in Barjac alle drei zwei Nächte im Garten geschlafen. In dem kleinen Zelt unterm Mond.

Das Zelt stand den ganzen Sommer da, sagt er. Hat den Garten von Jean François bekommen. Geliehen, geschenkt, bis auf weiteres. Ganz oben am Hang. Hoch überm Ort. Zwischen Hecken und Steinmauern windgeschützt ein kleiner Garten. Nicht weit von der Wohnung. Gleich hinterm Haus. Nur ein paar Schritte bergauf. Erst letzte Woche, sagt er, oder die Woche davor. Mittags nach den letzten Gästen das Restaurant zu. Meistens geht es dann auf drei. Erst heim und dann in den Garten. Da ist es still. Da kann einem vorkommen, daß zwischen den Hecken und Steinmauern die Zeit stehenbleibt. Bleibt vielleicht manchmal wirklich stehen und man merkt es danach erst. Dann zurück, sagt er. Noch Zeit. Du kennst ja den Weg. Vorher zwei Tage Mistral. Und hat über Mittag aufgehört. Und dann wird es warm. Nie sonst ist die Luft so klar und der Himmel so blau. Noch Sommer, sagt er. Am Weg die Brombeeren reif. Im Juni die Blüten gesehen, sagte ich. Größer als Himbeerblüten und auch nicht weiß. Eher lilarosa. Matt. Wie ausgewaschen. Eher nur wie die Erinnerung an eine Farbe, die nicht mehr gereicht hat. Da bei den Brombeeren, sagt er. Du kennst ja den Weg. Gerade da war es, daß wir darauf kamen, nochmal in die Cevennen zu fahren. Also bis dann. Und hat aufgelegt. Nachts bei uns in der Wohnung hört man die S-Bahn fahren und die Züge über Gießen nach Kassel. Besonders wenn man vorher telefoniert hat und es geht auf Mitternacht und die Platte ist abgelaufen. Und schon vorher beim Telefonieren war mir, als ob ich noch einen anderen Zug höre. Den Nachtzug nach Ventimiglia. Hat in Straßburg gehalten, ist an den Vogesen entlang und fährt auf Besançon zu.

Und? fragt Sibylle, die zugehört hat, aber zwischendurch auch im Bad war und in der Küche. Oben beim Haus der Weg, sagte ich. Sie ist noch nicht zurück. Am Weg zwei Elstern, die immer da sind. Behaupten, der Weg gehört ihnen. Sehen von weitem schon jeden der kommt, Mensch und Tier. Müssen alles im Auge behalten. Wenn man nicht da ist, sind sie auch im Garten. Unser Garten, sagen sie dann. Wenn wir hinkämen, würden sie uns auf dem Weg schon von weitem erkennen. Noch vom Sommer her, sagte ich. Und merke erst jetzt wie spät es ist. Gleich Mitternacht, sagt Sibylle. Und man hört es der Stille an. Er war zuletzt ziemlich blau, sagte ich. Sibylle hat schon angefangen, sich auszuziehen. Den ganzen Abend in Strumpfhosen und Pullover. Und jetzt nur noch ein Hemdchen und zieht die Strumpfhose aus. Und fängt an, meinen Rücken zu massieren, weil er steif wird, wenn ich lang im Stehen telefoniere. Aber ich muß stehen, damit ich daran glauben kann, den Gesprächspartner am anderen Ende der Leitung auch wirklich zu erreichen, mit Stimme, Blick und Gedanken. Und besonders bei weiten Entfernungen. So wie mein Vater am Telefon immer sagt: Bist du es? Hörst du mich? Bist du noch da? Pascale und Jürgen noch oben am Hang. Ein vergangener Tag, der noch einmal aufflackert in der Ferne und jetzt gehen sie heim. Noch Zeit zum Duschen und können sich sogar noch eine Weile ausruhen, bevor sie das Restaurant wieder aufmachen. Selbst wenn die ersten Abendgäste schon kurz nach sieben kommen, wollen sie ihr Essen nicht vor acht oder halb neun. Und das Elsternpaar? Noch ein Stück mit ihnen mit, um zu sehen, ob die zwei Menschen auch wirklich gehen. Sie gehen, sie gehen! rufen die Elstern. Und zählen die fehlenden Brombeeren nach, aber verzählen sich immer wieder. Fliegen zum Garten hin und flattern im Garten von einer Ecke zur andern und dann hüpfen sie kreuz und quer auf den Beeten herum, kennen jeden Fleck auswendig und sagen unser Garten. Gehört alles uns. Unser Garten ist unser Garten.

Und dann ruft er nochmal an. Vielleicht fünf vor zwölf. Morgen früh, sagt er, ab wann kann ich anrufen? Schon bevor du mit Carina, sagt er. Will nicht wieder als Gefangener dieser Kinderohnmacht wie gefesselt im Bett liegen müssen. Klar, sagte ich. Ab sieben. Auch eher. Morgens trink ich Milchkaffee, finde die Socken nicht und schreib mir Zeug auf Notizzettel. Carina packt ihre Kinderladentasche, die sie von euch hat und belehrt ihre Stofftiere und ich sehe Sibylle beim Anziehen zu und gehe in Gedanken in Paris herum. Meistens das Paris von 1961, aber auf meinen Wegen komme ich auch bis in die Siebziger Jahre hinein. Seit der Sommer vorbei ist, gehen Carina und ich immer schon vor neun aus dem Haus, um in der Homburger und in der Adalbertstraße die Erstkläßler auf ihrem Schulweg zu sehen. Aber jetzt sind Herbstferien. Und da sind sie nicht da und wir gehen über den Campus und durch die Schwindstraße. Da ist es still. Vorgärten. Noch die Nachtschatten unter den Bäumen. Manchmal Pfützen. Die Vögel, sagte ich, kennen uns. Große blasse Herbstmorgenhimmel wie meine alten Gießener Schulweghimmel von 1953. Da war ich zehn. Und jetzt hier mein Kind und ich. Siehst du uns gehen? Ruf an wann du willst, sagte ich. Ruf jederzeit an.

Bevor ich auflege, Sibylle mit Zahnbürste. Winkt, macht mir Zeichen, gestikuliert. Geht oft beim Zähneputzen in der Wohnung herum. Ich habe es auch ausprobiert. Aber mir fällt beim Herumgehen zuviel ein. Müßte lernen, mir mit der linken Hand die Zähne zu putzen. Und für die rechte Hand Notizblöcke, die überall bereitliegen. Trotzdem steht man da mit dem Schaum im Mund. Immer mehr Schaum, also ab und zu gekonnt aus dem Fenster spucken. Wieder Sibylle. Nochmal Zeit vergangen. Einen Zug hört man fahren. Und ich sage, nur noch die Zettel zusammenräumen. Dann, sagt sie, wart ich auf dich und beißt in einen Apfel. Die Zettel also, noch ein paar vorletzte letzte Zigaretten, Janis Joplin. Nochmal das Rembrandtbild, Carinas

Schlaf und die Nacht vor dem Fenster. Und im Kopf mir den Tag als Wandteppich. In allen Einzelheiten. Und wie die Farben leuchten. Gut aufheben diesen Wandteppich und immer noch ein bißchen verbessern! Daß der kommende Morgen jetzt näher ist als der vergangene. Und wie ich als Kind erschrocken bin, als ein Erwachsener sagte, morgen ist auch noch ein Tag. Dann im Bad. Die Stille nach Mitternacht. Und hoch und fern ein Flugzeug überm Haus. War das nicht schon einmal?

15

Dann am nächsten Morgen. Schon vor halb acht. Bist du es? Aufgewacht wie zu meiner eigenen Hinrichtung, sagt er. So ein trübes Vortageslicht. Wie der in dem Lied, sagte ich. Tom Dooley. Kennst du den noch? Mein letztes Jahr in der Schule. Aber auch ein paar Jahre später ist das Lied noch in jeder Musikbox. Nachtkneipen, Amikneipen, Nutten-, Spieler- und Schwarzmarktkneipen in Gießen. Dollarkneipen, Tanzmädchenkneipen, Schlägereikneipen, Kneipen für Säufer, Schieber und Kleinkriminelle. Überall in der Stadt und an den städtischen Ausfallstraßen, sagte ich. Und wie lang die Nächte waren. Die meisten Kneipen im Teufelslustgärtchen. Und, sagte ich, daß ich mit sechzehn da ein- und ausging und mir nie was passiert ist. Mit fünfzehn mein erstes Glas Wein und jeden Tag all die Säufer und Penner sehen und wissen, so werd ich später. Damals hielten die Musikboxlieder sich noch länger. Und jetzt gibt es solche Kneipen schon lang nicht mehr. Keine GIs, keine Amischlitten, und kaum noch je eine Musikbox. Wieder zwei Stunden auf meine Hinrichtung gewartet, sagt er. Mehr als zwei Stunden. Weil vor der Tür die Straße so eng ist, sagte ich. Die Rue St. Michel. Aus dem Mittelalter. Und deshalb das Tageslicht nur mit Mühe hereinkommt. Besonders am frühen Morgen und jetzt im Herbst. Aber jetzt hast du es geschafft, sagte ich. Und es ist immer noch früh. Wie ist das Wetter? Dunst, sagt er. Muß man abwarten. In dem Lied, sagte ich, kriegt er noch einen Schnaps. Seinen letzten. Aber nur in der deutschen Version. Geh jetzt in den Bäckerladen, sagte ich. Da riecht es gut. Da sind sie schon lang wach und immer freundlich. Kauf ein Baguette und frische Croissants und denk dir einen Junimorgen aus, einen der noch kommt und wie wir wieder da gehen, Sibylle, Carina und ich.

Dann mit Carina in der Schwindstraße und vor uns Vögel auf dem Weg. Muß man ausweichen, möglichst weit einen Bogen um sie herum. Aber sie kennen uns nicht oder nur vom Sehen. Kennen uns nicht gut genug, sagte ich zu Carina. Und dann müssen sie auffliegen. Auf und davon. Da waren vielleicht Körner für sie, die besten Krümel und der richtige Platz. Und das haben sie mit ihrer Erfahrung und dem Vogelsachverstand genau hingekriegt. Alles richtig. Das Leben und noch Glück dazu. Auch den richtigen Augenblick, sagte ich zu Carina, wissen genau, wie es geht und daß ihnen das von Rechts wegen zusteht – und jetzt kommen wir, jetzt kommt man als Mensch, Auto, Hund, als Riese und Schicksal mit bleiernen Füßen und schwerem Schritt, wie mit Schamottschuhen, mit Soldatenstiefeln und bringt ihnen den Tag durcheinander. Hätten auf der anderen Straßenseite, hätten über den Campus und die Bockenheimer Landstraße entlang oder wenigstens ein bißchen eher. Eher oder später, aber wer weiß, was ihnen dann? Und wir? Was wäre mit uns? Und sie ist mein Kind und noch klein und grübelt und nickt. Müssen immer wieder her, sagte ich. Bis sie uns kennen, aber dann sind es vielleicht schon ihre Kinder. Die Enkel. Und für uns vielleicht auch schon das nächste Leben. Die Schwindstraße morgens. Oktober. Alles an seinem Platz. Genauso wie ich es ihm in der Nacht zuletzt noch gesagt habe. Und wie es von allen Seiten nach Herbst riecht. Siehst du, da gehen wir!

Dann allein zurück auf der Bockenheimer Landstraße mein Vater. Schon bevor er zu sprechen anfängt, kann ich spüren, wie er unsichtbar neben mir hergeht. Das Jahr, sagt er, als ich erst im Sommer entgegen und dann mit dem Sommer ins Land ging und überall nach Arbeit fragte und dabei hab ich Tschechisch gelernt. Man merkt es erst, wenn man es kann. Jede Arbeit angenommen. Was ich nicht konnte, mir bei der

Arbeit selbst beigebracht. Wie ich von daheim weg bin im März, war noch Schnee im Wald, sagt er. Sogar auf den Wegen noch Schnee. Und dann ein Sonntag im Sommer und ich bin in Krumau und sitze im Schloßhof bei einem Weinausschank. Sonntagnachmittag. Man sitzt unter hohen Bäumen. Linden, sagt er. Auch wenn ich nicht gesehen hätte, daß es Linden sind, wüßte ich doch, daß es Linden waren. In Böhmen sind alle Linden heilige Linden. Heiß. Schon August, sagt mein Vater. Ein warmer Nachmittag und ich habe mir Wein bestellt. Gäste an allen Tischen. Sonntagsgäste aus Krumau und Ausflügler. Sommerfrischler und Kinder in Sonntagskleidung. Ihre Stimmen um mich her und Vögel und Wespen und Kellner in weißen Jacken. Es wird deutsch und tschechisch gesprochen. Und weil ich solang herumgewandert bin und dabei meistens allein war und es viel zu sehen gab, muß ich im Kopf mit mir selbst reden. Auch zur Übung, wie es geht, daß man mit Fremden spricht. Und auch meine neuen tschechischen Wörter ausprobieren, sagt er. Wörter und ganze Sätze. Und durstig, sagt er. Wein aus Ungarn. Tokajer. Muskat. Schon August. Gerade an so einem Sonntagnachmittag in einem Wirtsgarten merkt man, daß wieder die Zeit vergangen ist. Ich hätte mehr auf die Zeichen achten sollen, sagt er. Die Kirschblüte, das frische Gras und die Lerchen, das Heu und das Krumet. Bei uns im Böhmerwald in der Höhe liegt auch im Mai noch Schnee. Die Wege, die an guten Tagen hell und trocken vor einem liegen und wie das Korn steht. Wenn der Sommer anfängt, gehen die Spatzen in Scharen ins Feld zur Erholung. Auch eine Sommerfrische. Und nicht lang danach auch die Stare. An den Bäumen die Pflaumen und Äpfel, auch wenn sie noch nicht reif. Und jetzt auch die ersten Beeren. Wachsen am Weg. Wilde Erdbeeren, Himbeeren, Blaubeeren auch. Man ißt sie im Gehen oder vor und nach einem Mittagsschlaf am Rand einer Lichtung, sagt mein Vater. Dann mein Geburtstag, sagt er, und wie die Monde kommen und gehen. Die Ernte fängt an. Kornmandeln, Erntewagen, Stoppelfelder. In den Gärten der Kohl und die Astern und Schmetterlinge.

Die Zeichen, sagt man sich, aber dann merkt man, man hat sogar auf die Zeichen geachtet und die Zeit ist trotzdem vergangen. Der Sonntag nach Maria Himmelfahrt, sagt mein Vater, dann hört man abends die Grillen. Nach Rauch riecht es und alles wird sanft und still. Eine Andacht, sagt mein Vater. Die Tiere und Pflanzen merken es auch. Und auf den Wiesen die Blumen nochmal besonders schön. Blumen und Korn. Muß das Jahr 23, sagt mein Vater. Da war ich achtzehn. Einen Hobel hatte ich mit. Man geht um Arbeit fragen und auf das Wort Wanderarbeiter und daß man das selbst gewesen ist kommt man viel später erst. Den ganzen Weg entlang überall um Arbeit gefragt und jede Arbeit angenommen. Und zwar für jeden Lohn, damit ich immer etwas finde und keinen Preis sagen und gar nicht erst handeln muß, sagt mein Vater. In meinem Kopf neben mir her auf der Bockenheimer Landstraße. Und solang er spricht, kann ich ihn deutlich vor mir sehen und muß mir Zeit lassen. Oder doch nicht drei-, sondern sechsundzwanzig, sagt er. Ein Augustsonntag unter den Linden im Schloßhof von Krumau. Und daß man merkt, man hat auf die Zeit Zeit vergessen. Im Jahr 23 war ich achtzehn, sagt er. Jetzt den Wein kosten! Wie ein Sommerfrischler sitze ich in dem Wirtsgarten. Sogar Geld in der Tasche. Mehr Geld als je vorher im Leben. Ein Zigarettenetui zum Aufklappen. Silber mit Phantasiewappen. Englische und griechische Zigaretten aus Budweis. Und, sagt er, den Hut. Einen Sommerhut. Zeitig im Frühling gekauft. Einen tschechischen Panamahut. Wie ein reicher Mann, sagt mein Vater, sitze ich im Schatten bei meinem Wein und soeben fing vor meinen Augen der Sommer zu gehen an.

Und ich? Mit dem Sommer mit? Es zieht mich, es zieht mich – ich weiß nicht wohin. Vorher auf der Brücke schon, sagt er. Eine Moldaubrücke bei einem Mühlenwehr. Der Fluß rauscht. Das Wasser ist grün. Warum winken sie? fragt er und meint die Bettler, die sich wundern, daß ich auf der falschen Straßenseite komme und auch noch so langsam und mit kaum einem Blick für sie. Kennst du sie? Aber läßt sich nicht ablenken. Lang auf der Brücke gestanden, sagt er und dann hinauf auf den Berg. Ein Granitfelsen. Weil ich dachte, hier oben im Schloßhof kann ich mich entscheiden. Wohin? In die Wachau? Da hätte ich mich ansiedeln können oder wenigstens eine Weile bleiben, denn die Donau ist so ein Fluß, der einen mitnimmt. Nicht daß ich daran glaube, sagt mein Vater, aber jetzt hätte ich doch gern gewußt, was die Zigeunerin in Budweis mir aus der Hand lesen wollte. Also den Winter über in der Wachau und dann weiter nach Wien, durch Ungarn und bis ins Delta. Und da sind Odessa und Konstantinopel schon nicht mehr weit. Den Winter in Wien abwarten und dann in die Hohe Tatra? Man kostet den Wein und weiß es immer noch nicht, sagt mein Vater. Wir gehen langsam an der Warte vorbei und ich kann ihn vor mir sehen, wie er mit mir spricht. Durchsichtig, aber nicht unsichtbar. Und sehe ihn in der Ferne von 1923 im Schloßhof von Krumau als Wanderarbeiter, der an einem Augustsonntagnachmittag mit Geld in der Tasche wie ein Sommerfrischler unter den Linden bei einem Weinausschank sitzt. Mit seinem hellen Hut, den er sorgfältig schont. Beinah wie ein Kurgast. Und dann, sagt er, mußte ich an den Goldenen Steig denken.

Dann Jürgen. Geht auf Mittag. Sein nächster Anruf. Jetzt, sagt er, bist du da. Hat also vorher schon, hat wahrscheinlich schon öfter. Für das Kochen schon alles vorbereitet, sagt er. Für mich und falls Gäste. Schreibst du? Warum hast du keine Musik? Das Arbeitsamt, sagte ich. Wart einen Augenblick. Und gleich wieder Bob Dylan und die Wolken am Fenster. Als wollten sie stehenbleiben, damit man sich diesen Augenblick und jede Einzelheit merkt. Jetzt nicht an das Arbeitsamt denken! Letzte Woche, sagt er. Also jetzt schon die Woche davor bei den Brombeeren, sagt er und steht wieder mit ihr am Hang. Immer noch. Im Garten gewesen. Du kennst ja den Weg und die Hecken. Vorher Mistral, der über Mittag aufgehört hat. Und dann wird es heiß. Alles still. Nur die Vögel. Wenn Mistral ist, fährt das ganze Land im hellen Licht mit dem Mistral dahin und wenn der Mistral aufhört, kommt alles zum Stehen. Alles reglos und noch der gleiche brennende blaue Mistralhimmel. Oktober. In der Sonne stehen und Brombeeren pflücken. Nur die reifen und gleich in den Mund, immer die größten zuerst. Pascale auch, sagt er und ich kann Pascale sehen. Schmal. Schwarze Haare. Fast bis an die Hüften die Haare (Haare bis auf den Arsch, heißt das in Frankfurt!) und sehr kurze hellblaue Shorts aus abgeschnittenen Jeans und die Jeansfransen wie eine Verziehrung. Die Beine. Im Stehen telefonieren und dabei alles ganz deutlich. Im Tal den Ort mit seinem Mittelaltergemäuer und auf den Dächern die Römerziegel und wie darüber die Luft zittert vor Hitze. Jede Einzelheit und dahinter die Cevennen. Grün in der Morgensonne und werden am Nachmittag blau und lila. Hell die bröckelnden alten Steinmauern aus der Vorzeit und die Hecken lodern im Licht. Brombeeren, Haselnüsse, Hagebutten, Mehlbeeren, Schlehen und vielerlei buntes Gestrüpp. Vom Sommer verbrannt. Nicht uns Elstern im Bild vergessen, schreien die Elstern. Noch lang, bis es dunkel wird. Da, sagt er, sind wir heimgegangen. Erst heim, dann zur Arbeit ins Restaurant und fingen an, von den Cevennen zu sprechen, vom Wald. Daß wir in den Wald wollen.

Und ruft dann (die Wolken vor dem Fenster haben sich soeben sacht wieder in Bewegung gesetzt) gleich nochmal an. Wie kamen wir auf das Lied? Weil du sagtest, aufgewacht wie zu meiner eigenen Hinrichtung. Richtig, sagt er, mehr als zwei Stunden wie gelähmt, aber danach dann zum Glück war es immer noch früh. Die Lieder und Kneipen von damals, sagte ich. Und sogar noch 1960 in Wien, sagte ich. Als wir nach Wien kamen und sagten: hier bleiben wir, bis wir reich und berühmt sind! Weißt du den Sommer noch? In allen Vorortkneipen und Gartenwirtschaften spielten sie Tom Dooley auf deutsch. Entweder in der Musikbox oder lebendige angetrunkene Wirtshausmusikanten mit Schrammeln und Geigen und einem rumänischen Zigeunerklavier auf Rädern. Ein goldenes Gipsypiano aus Bukarest aus dem Jahr 1913. Und alle Gäste mindestens genauso blau wie der Nachthimmel und die Musikanten. Und müssen beim Refrain jedesmal schaurig mitsingen. Morgen dann bist du tohot! In Wien auf wienerisch wird es gleich ein richtiges Wiener Lied. Und wie es in diesen Kneipen und Gastwirtschaften nach Wien und nach Wein und Weinkeller und vergorenen Weinresten riecht, sagte ich. Und nach Sommer. Sogar jetzt noch. In meiner Erinnerung. Alle Häuser sind kaisergelb. Der Kaiser schläft. Bunte Lämpchen in den Bäumen und Sommersterne, die dann jeden einzelnen Gast den ganzen schwankenden Weg entlang heimbegleiten, sagte ich. Und sehe meinen Vater an einem Sonntagnachmittag, der nicht vergeht, in Krumau mit seinem Wein im Schloßhof unter den Linden sitzen und vielleicht stellt er sich schon vor, wie er dann später immer wieder davon erzählen wird. Sechzig Jahre seither. Mir bei den Hecken die Arme zerkratzt, sagt Jürgen und steht immer noch bei den Hecken, kann nicht weg. Und? fragte ich, weil er sich immer Blutvergiftungen und Hirnhautentzündung einbildet. Geheilt, sagt er. Pascale auch. Pascale sogar Kratzer an den Beinen. Im Wald in der Sonne konnte man zusehen, wie es heilt, sagt er. Und ist jetzt wieder im Wald. Dann fang ich jetzt an, sagt er. Nein, angefangen hab ich ja schon. War das auch nicht zu früh heute Morgen? Nein, sagte ich, kannst noch eher. Ruf jederzeit an. Also bis später dann! Wieder die Wolken am Fenster und Bob Dylan: New Morning. Erst New Morning und dann, wenn man wieder aufblickt, Time passes slowly. Die gleiche Platte, aber wer hat sie umgedreht? Und die Wolken vorm Fenster sind wieder andere Wolken. Werden alles überleben, muß ich ihm in Gedanken noch nachrufen. Und auch zu mir selbst. Werden nie sterben, denk dran! Und seh uns jung und unsterblich in diesem altgewordenen Wiener Sommer. Und seh uns im gleichen Jahr im Herbst in Gießen müd über eine rostige alte Eisenbahnbrücke gehen. Beim Notaufnahmelager. Hinter der Margarethenhütte. Eine Schutthalde. Rangierloks. Güterzüge. Eisenbahnkrähen. Brennesseln. Stadtrandgestrüpp. Sogar das Gras und die Hecken und Vögel schwarz vom Ruß. Er hat einen Koffer mit, den wir abwechselnd tragen. Lang auf den Sonnenuntergang zu. Schreib weiter! Beeil dich! Nicht nur mit dem Schreiben und mit meinem Leben schon lang in Verzug, schon Jahre und Jahre. Außerdem heute vom Morgen an nochmal zusätzlich eine Verspätung, die immer weiter wächst. Also schreib schneller! Aber dann auch die Uhr suchen, Sibylles Elektrowecker. Ihm zureden und den Tag und die Zeit im Auge behalten. Wie die Zeit auf dem Zifferblatt stolpert und heißläuft und schon immer schneller vergeht.

Und weil ich heute Morgen trotz Milchkaffee, Gauloises-Zigaretten und einem alten französischen Aschenbecher (vor dem Fenster der frühe Herbstmorgenhimmel und nasse verwinkelte Großstadtdächer) nicht dazu kam, in Gedanken wie sonst jeden Tag in Paris herumzuwandern. Nur kurz jetzt noch nach Paris. Nur schnell hindenken. Nicht wie sonst halbe und ganze Tage zu Fuß durch die Stadt und ihre Vororte. Nur eben die alten Mietshäuser an den Eisenbahnstrecken bedenken. Und wie sie an meinem Wagenfenster schon immer schneller vorbeiziehen und bleiben zurück und sinken so weg. Bis zum nächstenmal. Oder man kommt an, morgens. Der Nachtzug aus Frankfurt und fängt jetzt zu bremsen an. Düstere hohe Mietshäuser, die man von hinten sieht. Vom Zug aus. Enge

Treppenhäuser. Kleine Küchenfenster im vierten und fünften Stock. Mit stierem Blick. Schwarz oder trübe Lampen. Rußhimmel. Antennen und Schornsteine. Lagerhallen. Ein Kran. Abstellgleise. Ein Eisengerüst und auf allen Brandmauern uralte Schnaps- und Nähmaschinenreklamen. Seit Jahrzehnten fährt man an diesen Mauern entlang, weil man immer wieder nach Paris kommen muß. Immer wieder ein paar Häuser abgerissen. Fabriken, Werkstätten, Lagerhallen und Schuppen. Auch von der Metro aus, wo sie aus der Erde kommt und als Hochbahn weiterfährt. Alles im letzten Moment hastig aufgestellt worden. Teils unvollständig. Fehlerhaft. Große Lücken. Jetzt bremst der Zug und dann muß man gleich sich beeilen. Pariser Vorortdohlen. Paris. Der sanfte traurige Morgenhimmel. So kleine Küchenfenster direkt an den Gleisen. Immer wieder kommen und trotzdem fremd bleiben all die Jahre. Fremd bleiben will gelernt sein. Wie berühmt wollten wir werden damals in Wien? Wie Cocteau. Mindestens. Wie Strindberg oder die Beatles, aber die gab es damals noch nicht!

16

Am Nachmittag. Er ruft an und sagt: Jetzt kann sie kommen! War in der Wohnung aufräumen, sagt er. Noch nicht fertig. Muß dann nochmal rauf. Auch schon die zweite Waschmaschine am laufen. Noch an der Tür gedacht, ich schaffe es nicht. Überall Zeug und starrt. Und man kriegt einen Schreck und die Zeit ist vergangen. Vom Packen und auch von vorher die Unordnung als Erinnerung. Schränke und Schubladen offen. Unser ganzer Streit lag noch sichtbar rum. Das Schlimmste hab ich jetzt geschafft, sagt er. Nachher noch zwei Stunden. Zum Glück den Hausbesitzern nicht begegnet. Schon länger nicht. Wenn dann mußt du ihnen direkt ins Gesicht sehen und sie auf französisch wie ein guter Geschäftsmann grüßen, sagte ich. Wie einer der einen Laden hat. Du hast ja auch einen. Wenn sie doch käme, sagt er. Wenn sie doch schon da. Warum ruft sie nicht an? Sogar noch Geld eingenommen die letzten Tage, sagt er. Eigentlich, sagte ich, wäre ich jetzt gar nicht da. Aber Sibylle ist über Mittag im Kinderladen und sie und Carina gehen dann mit der Myriam heim. Und dann hol ich sie später dort ab. Ruf auf jeden Fall nochmal an, sagte ich. Kann auch spät. Dann wieder allein und die Wolken am Fenster sind Nachmittagswolken. Wieder vergessen, ihn nach dem Wetter zu fragen. Schien immerhin nicht so blau wie sonst, seit sie weg ist. Und hat auch beim Telefonieren nicht dauernd aus der Flasche getrunken oder ganz unauffällig. Viel Übung. Dezent. Nur kleinste Schlückchen vielleicht. Dann ist wieder die Platte abgelaufen. Vielleicht eine ganze Weile schon. Und die Stille längst eine Nachmittagsstille.

Allein daheim. Nicht wie sonst die ganze Zeit darauf warten, daß es elf, erst elf, dann halb zwölf wird und ab dann auf die Uhrzeit achten, sondern über Mittag und lang in den Nachmittag hinein. Nirgendshin. Geräumig die Zeit. Time passes ly. Aber dann ist wieder die Platte abgelaufen und es geht auf drei. Getrödelt auch. Nach seinem letzten Anruf (war das heute?) Zettel gesucht, einen Einfall, kostbare Einzelheiten, Wörter und ganze Sätze. Zu lang herumgekramt und mich dann mitten im Zimmer auf die Matratzen legen. Wirr im Kopf. Mittagsmüde. Und damit die inneren Bilder wieder deutlicher werden. Aber muß gleich wieder aufstehen, so zieht es mich auf den Schlaf zu. Und dann ist es drei und gleich danach zehn nach drei. Sibylle und Carina erst noch im Kinderladen. Länger als sonst. Und dann bis zum Abend bei Myriam und Claudine. Claudine ist Myriams Mutter. Und du kannst dich ausruhen, hat Sibylle am Morgen zu mir gesagt. Bleib doch im Bett, bis wir kommen. Lieber hol ich euch ab, sagte ich, oder komm euch entgegen. Und jetzt wird es halb vier sein, demnächst dann gleich vier. Und ich hab längst nicht so viel gearbeitet, wie ich wollte. Mit jedem Tag mehr in Verzug. Und mich auch nicht ausgeruht. Eher im Gegenteil. Noch gut eine Stunde Zeit. Aber dann merke ich, ich muß jetzt aus dem Haus.

Noch ein paar letzte Sätze. Und dann für den Aufbruch so lang brauchen, als ob man jeden einzelnen Handgriff und Atemzug und auch wer man selbst ist immer neu einüben müßte – oder gar nicht mehr weiß, wie es geht. Als ob man nie mehr zurückkommen soll. Beim Verlassen der Wohnung. Alles vorbereitet. Fenster, Licht, Wasser, Namen, Schlüssel, Aberglauben, kein Schwelbrand, das Gas abgestellt. Nix vergessen. Schon ein bißchen zu spät. Aber mit Zuversicht. Bei der Wohnungstür das Treppenlicht an. Dreiminutenlicht. Tür zu (sorgfältig zuziehen und abschließen! Zweimal rum! Mitzählen! Mehr als zweimal rum geht nicht!) Schon wie im Flug vor mir her und nochmal zurück und probieren. Doppelt probieren. Beeil dich! Aber zwei Treppenabsätze weiter doch nochmal umkehren. Wieder aufschließen! Dies und das. Erst hast du etwas vergessen! Und dann vergessen, was du vergessen hast. Was könntest du denn vergessen haben? Noch eine zweite und dritte Wohnungskontrolle! Muß alles immer nochmal. Senil also. Zwanghaft. Als ob man sich nicht trennen kann! Wieder bei der Tür. Jetzt sperr dich nicht auch noch aus! Zum drittenmal das Treppenlicht abgelaufen. Also wieder an das Licht. Wie es jedesmal vorwurfsvoll knackt. Und muß hastig Sekunden abzählen. Und jetzt mach dich auf den Weg. Nichts überstürzen! Gut, daß dir keiner zusieht. Aber – wenn bei der Haustür ein schwerbewaffnetes Killerkommando wartet! Entweder staatlich oder aus einem früheren Lebenszusammenhang. Das gleiche erfahrene Killerkommando, mit dem du seit Jahren rechnest. Dann nämlich sind sie durch das mehrfache Treppenlicht und weil jedesmal wieder keiner kommt, so irritiert, daß du sie, obwohl unbewaffnet und bloß ein einzelner Zivilist, mühelos überwältigen und entwaffnen kannst. Und weil man durch sie noch mehr Zeit verloren hat, läßt man sich dann von den entwaffneten Killern in ihrem gepanzerten Mercedes ans Ziel bringen. Vielleicht doch abzuschließen vergessen. Bei uns im Haus braucht man aber tagsüber kein Treppenhauslicht, also kann es sich nicht um mich handeln. Keinesfalls.

Vor der Haustür. Ein kleiner Regen ist eben weitergezogen. Noch Zeit für einen Umweg. Du gehst, du mußt nicht gleich wissen wohin. Immer in der Seestraße eine Melodie im Kopf. Wie Filmmusik. Mit mir die Straße entlang. Mein Seestraßenthema. Je nach Tageszeit, Wetter und was mit mir ist. Wo gehst du hin? Manchmal nur ein paar Töne, dann wieder lang und schwer ein Lied wie ein Trauerzug oder mit ein paar nächsten Tönen fängt der Weg gleich zu hüpfen an. Manchmal vor einem her der Weg und dann wieder kommt er einem entgegen. Und die Musik immer passend nebenher. Wenn ich wüßte, wie man sie aufschreibt, sagte ich in Gedanken zu Sibylle. Vorspielen, aber wie? Pfeifen? Summen? Mit einer alten Hohner-Soldatenmundharmonika aus dem ersten Weltkrieg, aber als Kind hat man so eine nur höchstens einmal eine Weile ansehen dürfen. Vielleicht kurz in den Mund nehmen (vorher und nachher sorgfältig abwischen!), aber nie lang genug, um darauf spielen zu lernen. Im zugigen dämmrigen Holzschuppen sitzen und auf einem Kamm blasen, als ob es ein ganzes Orchester wäre? In Staufenberg als Kriegskinder in der Nachkriegszeit waren wir die letzte Generation, die sich noch Pfeifchen und Flöten machen konnte. Aber schon nicht mehr so ganz richtig. Nur als Notbehelf für ein paar Frühlingstage weil einem da so leicht, sagte ich im Gehen in Gedanken zu Sibylle. Und nach uns die Kinder, sagte ich, konnten es dann schon gar nicht mehr.

Erst ein Stück durch die Seestraße und dann auf die Leipziger und nicht an das Arbeitsamt denken. Noch gut zwei Stunden bis Ladenschluß, aber die Gehsteige voller Menschen. Und immer dichter die Autos. Langsam. Lassen sich Zeit. Im zwoten und dritten Gang – soll man sagen, sie schlendern? Gerade beim Kaufhof der nächste kleine Regen. Und dann sind Straße und Gehsteige naß und spiegeln die Lichter und der Himmel wird wieder heller. Wer einen Regenschirm hat, macht ihn zu. Der Kaufhofeingang im Licht und alle drängen sich. Unterm Vordach ein Kuchenstand. Kinderwagen. Pakistanische Zeitungsverkäufer. Ein paar Penner, die jetzt zwei Stunden hier stehen. Mit Plastiktüten und Bierflaschen. Und gehen dann mit ihren Plastiktüten und wieder anderen Bierflaschen zu einem Säuferkiosk in der Falkstraße. Aber erst nach Ladenschluß. Vielleicht auch dann noch nicht gleich. Wie die Lichter und Neonschriften die Luft färben. Und blau die Abgase. Stundenlang ein Auto nach dem andern. Noch lang bis es dunkel wird. Und gerade jetzt, gerade in diesem Licht ist dir was du siehst so nah, so vertraut und so überdeutlich, als ob du es dir für immer merken müßtest. Als ob die Straße mit den Menschen und Lichtern, als ob der ganze Abend, der eben erst anfängt, mit uns so dahinschwebt. Lang.

Kein Geld, das Arbeitsamt, Sorgen. Daß die Stadt den Kinderladen bekämpft (ein Kinderladen in einem besetzten Haus kann nicht geduldet werden!). Schlaflos, nicht genug Platz, keine Papiere oder die falschen Papiere. Von Sorgen umzingelt. Auch noch jeden Tag schwerbewaffnete Killerkommandos aus verjährten früheren Leben. Behörden auch. Und nie genug Zeit. Aber daß du jetzt hier gehst. In der Nachregenluft. Bald Abend. Daß du hier gehst und genau weißt, wer du bist. Kurz vorher daheim im letzten Moment noch zwei Absätze dazu geschrieben. Und jetzt hier auf der Straße das Vorabendlicht und die vielen Gesichter. Das bleibt. Gehört alles mir. Kann dir keiner nehmen. Und weiter mit den andern. Mit der ganzen belebten Straße in den Abend hinein. Nach Westen. Auf den Himmel zu. Als ob man immer weiter so geht. Und erst bei der Biegung am Ende der Straße gemerkt, daß ich wieder zur Baustelle an der Grempstraße komme.

Sanierung Bockenheim. Sind diesmal noch bei der Arbeit oder eben dabei, mit dem Aufhören anzufangen. Baugruben, Erdlöcher, Abbruchhäuser, ein Bauzaun. Ein großer Bagger noch bei der Arbeit und ihm zur Seite zwei kleine Baumaschinen. Ein Sandhaufen. Hohlblocksteine, die noch verpackt sind. Baubuden, Bauwagen, Baracken. Ein paar Lastwagen und die Fahrer stehen daneben. Zwei Lastwagen im Bogen auf den Platz. Fahren Bauschutt ab. Bringen Baumaterial im Akkord. Ein Zementlaster. Gelbe Warnlampen blinken. Jetzt fahren zwei andere Lastwagen ab. Das Zuschmeißen der Fahrertüren hört man bis hierher. Dann die Häuser, die noch stehen. Manche einzeln. Als ob sie gleich schreien wollen. Und andere drängen sich so aneinander. Stehen wie Felsen im Vorabendlicht. Abbruchhäuser, teils leer und die Fenster und Türen zugemauert oder mit Brettern vernagelt. Andere noch bewohnt. Und ganze Straßenzüge mit Häusern, die stehenbleiben. Wissen das auch, aber müssen trotzdem stehen und zittern. Der Kranführer ist schon weg. Bauarbeiter allein und in Gruppen zu den Bauwagen und Baracken. In den Häusern schon Licht. Oft nur in den Küchenfenstern. Noch zwei Lastwagen fahren ab. In den Kneipen, Imbißbuden und Abholpizzerias hat der Abend noch nicht einmal richtig angefangen. Mütter mit Kindern um eine Straßenecke und dann auf die eigene Haustür zu. Schulkinder in ihren Schulkindereinzelzimmern und wollen seit drei Stunden mit den Aufgaben anfangen. Pfützen. Hat wie es scheint hier mehr geregnet als auf der Leipziger und in der Jordanstraße. Kommt vom Rhein und vom Taunus der Regen und zieht durch die westlichen Vororte in die Stadt.

Der Baustellenlärm, der jetzt nach und nach aufhört und nach allen Richtungen hin stille Seitenstraßen für Frankfurter Familien mit Abendfrieden, Feierabend, Fernsehen und Flaschenbier. Das Flaschenbier preiswert vom Getränkegroßmarkt. Antennen, der Vorabendhimmel, Fernsehstimmen. Was wird mit uns? Kinder bei einem Bauzaun. Abzählverskinder, noch klein. Aus der Nachbarschaft. Spielen hier bis sie gerufen werden. Aber wo sind die andern? Von vorher? Die früheren Kinder? Die wir gestern noch hier gesehen haben, gestern oder vorgestern? Die können doch nicht schon groß sein. Sind in die Stadt (wenn man in Bockenheim in die Stadt sagt, dann meint man die Leipziger mit ihren Läden und Kaufhäusern). Sind die Konrad-Broßwitz-Straße hinauf. Da ist ein aufgelassener Garten. Alles zugewachsen. Da kann man eintauchen im Gestrüpp. Keiner kümmert sich. Man kann ein Feuerchen machen. Aber manchmal kommt man hin und da sind schon andere. Größer. Eine Gruppe mit Anführer. Halstücher, Einheitshemden, eine Fahnenstange mit Fahne. Und gestern alle beim gleichen Friseur gewesen. Ducken sich bei Geländespielen, weil der Garten für Geländespiele eigentlich zu klein ist. Lernen in einer Reihe stehen und im Chor brüllen. Feste Schuhe. Schnürschuhe. Wenn sie ein Lied singen, hat es immer vier Strophen. Aber vielleicht gibt es diesen ehemaligen Garten jetzt auch schon nicht mehr. Sanierung Bockenheim. Und die Kinder? Wo sind sie? Wo sollen sie hin? Hinter der letzten Reihe von alten braunen Bockenheimer Mietshäusern ein Bach. Mit Fröschen und Binsen und Schilf. Mit Ufergras, Vögeln und ab und an einer kleinen Böschung. Als Kind kann man Steilufer sagen. Und sitzt allein auf diesem Steilufer und betrachtet die Wolken. Pfosten, ein kleiner Steg, Steine im Wasser. Fließt so durch das Gras, der Bach und läßt sich Zeit. Als Kind kann man ganze Tage glücklich an so einem Bach verbringen. Der Bach hat vielleicht auch einen Namen, aber den Namen wissen wir nicht. Und obwohl dieser Bach schon immer da war und sich nie etwas zuschulden kommen ließ, haben die zuständigen Behörden ihn festnehmen, beiseiteschaffen und hinrichten lassen. Jetzt weiß man wenigstens, daß die Kinder da auch nicht sein können. Und dahinter die Wiesen mit Reihen und Reihen von Pappeln und hohem Gras, damit man den Wind sieht. Jetzt Uni-Sportplätze. Unbetretbar. Die städtischen Drahtzäune sind viermetervierzig hoch.

Also bleibt nur der Weg am Bahndamm entlang. Der rennt immer weiter vor uns her. Oder man findet eine Brücke über die Nidda und auf der anderen Seite im Feld kann einem auch vorkommen, daß es immer weiter geht und man nie mehr zurück muß. Als Forscher verschollen. Zu siebt sind sie. Jungen und Mädchen. Wie die letzten Überlebenden eines untergegangenen Volksstammes stehen sie auf dem Feld. Limo mit, Taschenmesser, Apfel und Kekse. Wissen daß es bald dunkel wird. Und wissen nicht genau den Weg. Nur daß es weit ist. Wissen nicht, ob sie überhaupt noch einmal heimgehen oder nicht. Kennen leider keine Höhlen hier herum. Ein Schiff wäre auch nicht schlecht. Auf dem Main. Um darin zu wohnen. Mit einem Schiff kommt man weit. Immerhin zum Glück den Hund mit. Eine verlassene Ziegelei gibt es. Aus braunem

Backstein. Mitten im Feld. Groß und finster und anheimelnd wie eine Ritterburg. Sind weg, die Kinder. Längst groß. Ganz woanders. Nur ihre Namen geistern noch auf allen Baustellen und bei den Baracken und Abbruchhäusern herum. In Gärten, die spurlos verschwunden sind und in stillen Seitenstraßen und Hinterhöfen, in denen schon die Dämmerung wartet.

Über der Baustelle ist der Himmel noch hell. Ein abendheller Schweigehimmel. Und fängt im Westen zu leuchten an. Die Pfützen leuchten. Tagsüber Baulärm, Bagger, die Erde bebt. Alle paar Minuten Zementlaster und Autos mit Sand und Kies. Lahn-Waschkies. Und abends dann Stille. Nur die Häuser müssen immer weiter zittern. Können nicht anders. Die Stille. Das Abendlicht. Fernsehstimmen. Kinder bei den Baugruben und weiter hinten am Zaun. Das sind die Kleinen. Haben Roller mit. Sind schon lang auf dem Heimweg. Die Stille, Kinderstimmen, das Fernsehen, die vergangenen Tage und die Kinder von früher. Hallt alles so nach in der Stille. Und muß immer weiter klingen. Noch hell. Engel fliegen.

Engel. Noch vor der Dämmerung. Über die Baustelle und an ihrem Rand entlang. Durch die Mühlgasse, Seestraße, Schloßgasse. Überall Baustellen. Hinüber zum Alsfelder Platz. Da steht ein großes altes Mietshaus und man will die Fenster zählen und findet kein Ende dabei. Am anderen Ende ein Kirchturm und ein Krankenhaus und in diesem Krankenhaus fängt die Nacht schon um 18 Uhr 30 an, die lange Krankenhausnacht. Wie eine schwere Wolldecke legt sie sich auf jeden einzelnen Kranken, als ob sie ihn einpacken will und mitnehmen. Durch die stillen Seitenstraßen fliegen die Engel und zwischen die Häuser, die hier so eng stehen. Und auch in die Höfe hinein. Sogar bis auf den Grund der Höfe. Sollen eigentlich in der Dämmerung erst, die Engel. Aber können es nicht abwarten. Manchmal ein Kind am Fenster. Gardinen als Schleier vor dem Gesicht. Oder direkt an der Scheibe und den Vorhang wie ein Zaubermantel auf den Schultern. Ein Kind und sieht wie der Abend kommt und sieht einen Engel fliegen. Und manchmal bist du selbst dieses Kind. Wenn man als Kind einen Engel am Fenster sieht, das muß man sich merken.

Und die Lichter? Nicht die Lichter vergessen! Baustellenbeleuchtung, Straßenlampen, die Fenster. Bunte Lämpchen, Lichtgirlanden und Neonschriften. Laden- und Kneipenschilder. Imbißbuden und Stehpizzerias in Abbruchhäusern, die schon geräumt sind. Im Erdgeschoß nochmal grell Farbe drauf. Plakatwände. Manchmal ein ganzes Haus als Plakatwand. Und dazu die Scheinwerfer. Manche Eckkneipen sogar jetzt im Oktober abends noch mit offenen Türen. Wenigstens am Anfang des Abends. Bis ein paar erste Gäste hereinfinden. Stammgäste und Laufkundschaft. Bei der Abhol- und Stehpizzeria sowieso alles offen. Der Pizzabäcker mit kurzen Ärmeln. Hat er jetzt den Cassettenrecorder? Ist er das wie immer selbst oder ist es nicht doch sein Chef, sein Kollege, sein Stellvertreter? Nur seinen Handlanger erkennt man gleich an seinem müden dunklen Gesicht. Aber ist diesmal auch nicht der Hilfsinder aus Bangladesh sondern zum gleichen Preis ein Pakistani mit Turban. Nach Pizza riecht es, nach Gyros und Grillkohlenfeuer. Ein Auto hält. Nur schnell bestellen und dann gleich weiter. Einen Parkplatz suchen oder solang ums Karree, bis seine Pizza fertig. Die Musik. Der Abend kommt erst in Gang. Die Lichter flimmern. Überall Autos und jetzt färbt die Luft sich blau. Weiße und rote Lämpchen am Kran. Und hoch am Himmel ein Flugzeug mit Lichtern, die blinken. Schon immer dichter die Dämmerung und Engel fliegen. Immer mehr Engel.

Wieder den Abend als Bild. Wie beim letzten Mal. Mit der Stehpizzeria anfangen. Hier ist der Eingang. Erst noch das Licht am Himmel. Wie er leuchtet hinter den Wolken und die Bauarbeiter gehen heim. Immer mehr Autos. Wo sind die Kinder? Abendfenster. Die Dämmerung. In jedem Hof die Engel. Von Haus zu Haus. Kommen an jedes Fenster. Die Dämmerung immer wieder übermalen, bis die Nacht da ist? Oder alle Dämmerung nebeneinander und die vielen Bilder dann wieder wie ein einziges Bild und man muß immer weiter über den Rand hinaus. Vor achtzehn Jahren zu Malen aufgehört. Weil mir die Zeit nicht mehr gereicht hat. Zum Malen nicht und auch nicht für Schlafen, Essen, Geldverdienen, Lesen und Schreiben. Die Dämmerung. Wolken ziehen. Hinter den Wolken ein Kirchenglasfensterhimmel. Engel fliegen durch alle Straßen und über die Kreuzungen. Jetzt holst du Sibylle und Carina ab und dann gehst du mit ihnen heim.

17

Eine Telefonzelle am Hessenplatz und unter den Bäumen ist es schon dunkel. Gelb im Lampenlicht eine Telefonzelle noch aus der Zeit, als Telefonzellen Türen mit Eisenrahmen hatten. Die Tür geht schwer auf und auch nicht ganz zu. Stöhnt jedesmal und bleibt dabei, daß dieses Stöhnen seine Berechtigung. Eine Telefonzelle, die mich schon lange kennt. Erst Myriams Mutter, dann Sibylle. Schon am Hessenplatz, sagte ich. In zwei Minuten. Die Tür stöhnt. Nach Herbst riecht es, nach nassem Laub. Und mein Vater sagt aus dem Hintergrund: die Zigeunerin. Gerade in meiner Ungewißheit, sagt er. Auch wenn ich natürlich nicht daran glaube. Soll ich nochmal nach Budweis zurück? Aber wenn ich sie dann nicht finde? sagt mein Vater und wird wieder durchsichtig. Sogar nachträglich, sagt er noch, was hätte sie mir gesagt haben können? Und dann ist er wieder weg. Die alten Laternen am Hessenplatz. Keine Kinderstimmen. Die Bäume rauschen. Ein Herbstabend. Merk dir alles! Beeil dich! Froh und ein bißchen zu spät dran. Und gleich bist du da.

Myriam und Carina kommen mir auf der Treppe entgegen. In der Wohnung ist es warm. Gleich spürt man, der Winter kommt bald. Die Kinder zeigen mir Spielzeug und Kinderbücher. Claudine, Myriams Mutter, ist aus Frankreich. Und Sibylle mit ihrer französischen Schulmädchenkindheit wird bei ihr jedesmal beinah eine Halbfranzösin. Immer in Frankreich wird Sibylle ein Mensch dem alles leicht fällt. Jetzt spielen Myriam und Carina mir vor, wie sie am Nachmittag gespielt haben. Dann kommt Cedric heim. Myriams großer Bruder. Bald elf. Mit Abzeichen auf dem Anorak und einem Turnschuhbeutel voll Sportzeug. Bringt die Abendluft mit und die Sportplatzstimmen und den Herbstwiesenwind. Myriam und Carina können sich gar nicht sattsehen an ihm, so groß ist er schon und pfeift noch dabei. Und jetzt, obwohl noch Herbstferien sind, holt er seinen Schulranzen und packt Schulsachen aus. Ein Schreibmäppchen, Hefte, Bücher, ein Lineal. Ein großer glänzender Schulranzen, gelb und orange. Mit Rücklichtern wie ein Auto. Wir sehen Cedric und Myriam auch öfter in der Zweigstelle der Stadtbibliothek in der Seestraße. Einmal sind wir Cedric am Rosenmontag begegnet und er war ein Sultan mit Turban und Krummschwert. Nächstens wird Claudine für Carina ein paar Sachen heraussuchen, die Myriam nicht mehr passen. Pullover und Hemden und eine Hose. Jetzt rauscht ein Regen ans Fenster und dann hört man wieder den Wind. Wie in einem Bilderbuch eine Familie mit Kind, die bei einer anderen Familie mit Kindern zu Besuch ist, sitzen wir da. Ganz naturgetreu. Man erkennt jede Einzelheit. Nur der andere Vater fehlt, weil er in Marburg eine Stelle an der Uni hat und immer von Montag bis Donnerstag weg ist. Dann muß ich Myriam und Carina noch zwei Bilderbücher vorlesen. Ausnahmsweise jedes nur einmal. Und dann wird es Zeit, daß wir uns auf den Weg machen. Doch wieder spät geworden. Müssen einmal länger, ein andermal. Abendessen mit Kindern. Hier und bei uns. Und dann wollen wir Bratäpfel machen, sagt Claudine, die gibt es in Frankreich auch.

Claudine und Myriam zum Abschied noch mit uns die Treppe hinunter. Cedric ruft von oben und kommt dann doch noch schnell nach. Das Treppenlicht tickt. Der Wind hat bei der Haustür gewartet. Vergiß nicht, daß du ein Sultan bist, sagte ich zu Cedric. Myriam noch ein Stück mit uns mit. Und dann muß man winken. Immer wieder stehenbleiben und sich umdrehen und winken. Und in die windige Dunkelheit rufen und horchen, was sie uns zurückrufen. Noch dreimal das Treppenlicht an und dann sind wir um die Ecke. Und gleich auch schon um die nächste. Und Carina winkt immer noch. Jetzt ist die Myriam ihre beste Freundin. Schon nach sieben. Alle Läden längst zu. Und weil Carina beim Kaufhof immer noch winkt und dabei zurückguckt und jedesmal stolpert, sagte ich: jetzt sieht sie es nicht mehr. Aber sie weiß es, sagt Carina.

Schon eine halbe Stunde nach Ladenschluß kaum noch Autos auf der Leipziger Straße, nur vereinzelt Passanten noch. Einer mit Fahrrad. Eine Frau mit zwei Kindern. In der Ferne ein Liebespaar. Alle auf dem Heimweg. Die Heimwege im Oktober. Und daß wir seit Jahren jeden Tag diese Straßen gehen. Erst nur Sibylle und ich. Und dann auch mit Carina. Wie klein sie war in den ersten Wochen auf dem Arm. Klein und leicht und wie wir sie dann in einer Tasche auf der Brust trugen. Eine Tasche, nach der Sibylle lang gesucht hatte. Die einzig richtige nämlich. Und man sieht im Gehen Carinas Gesicht, kann die Arme um sie legen und sie hat es warm. Hat noch keine Wörter und liest mit den Augen die Welt und dann sieht man die Welt in ihren Augen. Später die ersten Schritte. Wenn eine Katze, ein Vogel, eine Haustür, ein Hund als Sehenswürdigkeiten daherkommen. Und an drei Häusern vorbei braucht man zwei Stunden. Ein Wunder von einem Windrädchen in einem Hof in der Seestraße und wie die Farben ineinanderfließen, wenn es sich dreht. Und das bleibt dir als Bild. Auf dem Bild eine Katze, die den Blick nicht wenden kann von dem Windrädchen. Und Carina mit anderthalb. Ihr erstes Windrädchen. Sieht es und sieht die Katze und muß fast vergehen vor Entzücken. Ergriffen. Beinah als ob sie schmilzt. Das Windrädchen in einem Blumenkasten. Die Katze dunkelgrau. Und der Hof weiß und still im Nachmittagslicht. So einen Hof hätten wir auch gern gehabt. Wenigstens solang Carina klein ist und wir kein Geld zum Verreisen haben und eine Wohnung, die so eng ist, daß man in Gedanken jeden Tag mehrmals mühsam anbauen muß. Und jetzt schon vier, sagst du dir. Lernt nächstens Radfahren und dann mit achtzehn den Führerschein. Und wer weiß, wo sie dann ist. Aber bis dahin jeden Tag wirst du sie weiter großwerden sehen. Heimgehen. Gerade bei der Haustür der nächste kleine Regen. Länger auch schon die Amsel vor unsrem Haus nicht gesehen. Unsere Gehsteigamsel, obwohl sie für gewöhnlich abends lang wach ist und immer sehr eifrig.

Notizen, Entwürfe, Dokumente

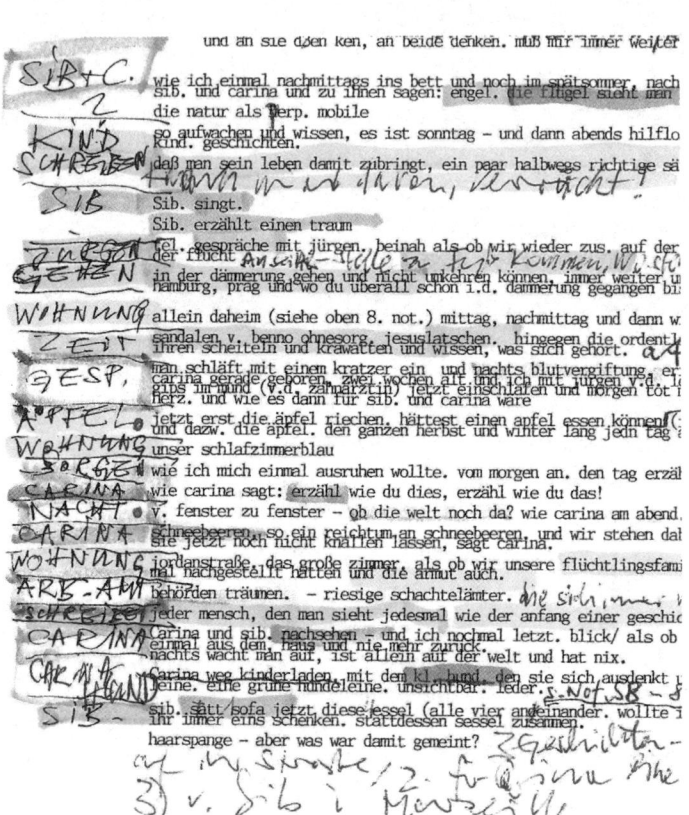

Notizen zu ›Bis er kommt‹. Konvolut 2, Seite 5 (Ausschnitt): Motivische Stichwörter am linken Rand, mit Leuchtstiften in verschiedenen Farben markiert (Transkription dieser Seite auf S. 252f.)

Notizen zur Fortsetzung des 17. Kapitels

vmtl. August oder September 2013 · 1 Blatt A4
Typoskript

forts. 17. kap.

daheim u.v. fremder wohnung m. großer küche. flur ofenheizung. unser großes zimmer mit säulen. säulen? fragt sibylle. claudine? aus lyon, glaub ich.

carina beim schreiben (notizen) immer wieder mit stofftieren, um nach ihrem lebenslauf zu fragen. weil ich einmal sagte, ich weiß alles was sie erlebt haben. weil ich sie für thomas kaufte. und v.d. flohmarkttieren? die haben es mir erzählt. meistens nachts, sagte ich, wenn ich vom schreiben müde war und mußte eine pause machen. und dann kommen sie und fangen an zu erzählen.

jürgen. hecke. brombeeren. aroma. süß und würzig. herb auch. man schmeckt sie lang nach. kleiner als die gartenbrombeeren in deutschland. auch nicht so saftig. aber das aroma. und man schmeckt sie lang nach. wilde brombeeren. ein regloser blauer nachmittagshimmel. in der hecke summt es vor leben. und alles knistert vor hitze. am tel. oder in meinem kopf. pascale mit kratzern an den beinen und am nächsten tag sind wir in den wald.

kurz vor mitternacht mit sibylle. kommt und mir schultern und rücken streichelt und massiert. jetzt nicht, sagte ich. keine schmerzen, sagte ich. vielleicht weil ich im moment immer abends nur die notizen eintrage. aber wenn ich auch nur daran denke, tut es sofort weh. küßt mich in den nacken. obwohl sie das eigentlich nicht darf. höchstens nur mit erlaubnis.

carinas schlaf. im bad und ein flugzeug überm haus. wie gestern, wie vor einem jahr. wie immer der gleiche moment. nachts regen.

Traum Ameisen Honigtropfen (s. Not. auf Briefumschlag) – also in der Nacht schon den kommenden Morgen geträumt.

Konvolut 1

ab Juli 2010 · 10 Blatt A4
Typoskript mit handschriftlichen Änderungen
und Farbmarkierungen

1/10
8. Kap

~~zu Not. II + IV~~ Original –
+ ~~immer der ganze~~ ~~bei Vorabend Not~~
+ ~~bei Sommer Not in Sommerbuch~~
+ bei 12. Kap
+ bei Haus

+ Not. f. Bis er kommt – S. Not. Oktober und Vorabend mit
lila Markierung.
und siehe sommernotizen bes. ab seite 24 – nach vorabend.

Motto: ~~Motto: v.d. simsen oder bei den sims notizen oder besseres finden!~~
immer nachts ist man allein auf der Welt

GEHEN weg am bahndamm heim und v. sonnenuntergang wie
in staufenberg – alles rot, himmel herbstgras, meterhoch
rainfarn. riedgras, hecken, gestrüpp. kopfweiden, ein graben. ein pfahl. erst rot und dann gelb und schwarz. und die
elstern mit mir und die krähen übers feld. einmal allein da
und sibylle und carina beim heimkommen davon erzählen.
alle ein warmes fußbad. krähen übers feld, sagte ich nachträglich noch. sind dem tag hinterdrein richtung rödelheim.
und der winter kommt.
und nochmal von einem ~~sumpfvoge~~ vogel, der an der lahn
aus dem schilf ruft.

WASCHMASCHINE BROT   herbstvormittag. schreiben. allein daheim. wolken ziehen und die waschmaschine in einem zufriedenen langen selbstgespräch.
brot rösten ohne toaster

BEHÖRDEN NACHT   behörden und behördenpost – obststand, kinderladen wg. schließung und carina: das dürfen sie aber nicht! obststand, die farben der äpfel, das licht. nachmittagssonne.
die äpfel sind doch die wirklichkeit.
morgens mit sibylle und carina milchkaffee, notizzettel, mein manuskript und im kopf eine fortlfd. buchhaltung f.d. schrecken der nacht.

BILDER   ~~Motto:~~ wollten schon letzten herbst mit buntstiften ein buntes herbstbilderbuch. mein kind und ich. und jetzt ist es für dieses jahr auch schon wieder zu spät!

WOLKEN   im oktober. ein herbsttag mit wolken, sonne und wind. wolken ziehen. wieder die sonne. schon vierzig, das muß dir gerade jetzt einfallen. im juni vierzig geworden. die zeit. wie die zeit an mir zieht.

GEHEN   einmal gegen mittag und die zeit geht langsam. gesichter, der himmel, eine taube, die steine. die wolken. die wolken sind stehengeblieben. und daß die taube, statt mir auszuweichen, auf dem gehsteig auf mich zukommt. auch gestern od vorgestern?

CARINA SIB   sib. und ich mit carina, die noch ganz klein, das muß unser erster winter mit ihr. wie von außen als bild uns sehen in diesem vergangenen ersten winter als eltern – wie man sie trägt und dabei seine schritte setzt. alle noch neu. wie man uns aus dem haus kommen sieht. kinderkleidung,

mütze, handschuhe, schnuller, fläschchen, ein spielzeug,
eine kinderrassel weiß und rot. dicke rote marienkäfer
drauf.

SCHLUSS   kurz vor schluß. letzter abend. daß der morgen
kommt, aber das ist dann schon das nächste buch. s. Not.
13 + hier S. 5

WOLKEN   und wolken wie in meiner kindheit
ungezähligte, sagt carina (1 x im kap. 65 bei sternen)

NACHT   und wie man nachts fassungslos vor seinem eigenen
leben

SIB   sib. am tel. tanzt und sich anfassen muß. beine und po und
zwischen den beinen. dabei aktenzeichen buchstabiert, ein
behördenanruf. s. mskr. J nebengeschichten A 5 a Heft 1. S.
7 oben und ev. noch mehrfach – viell bereits f. sommerbuch
besser notiert? muß man sie anfassen und gehört sich das
fragen.
→ s. auch sommernot. S 24 und not. okt. und vorabend lila
markiert.

TURMUHR   allein daheim. schreiben. und immer wieder der
stundenschlag einer uhr. aber woher? aus dem staufenberg
meiner kindheit die alte turmuhr. was die uhr sagt. wolken.
das telefon. keine post heute?

→ Not. bei Oktober und Vorabend-Notizen. gold. Steig. Simse im Morgengrauen

VATER   Mein Vater: kennst du das, wenn man an einem heißen,
an einem sehr heißen Tag eine saure Gurke ißt? Und sie
ist ganz warm. Bevor es Kühlschränke gab, sagt er. Meine

Mutter, sagt er, hat sie noch selbst eingelegt. Heiß, sagt er. Still. Am küchentisch. Nur die Fliegen summen. Man beißt rein und es tropft. Sie ist so warm. Wie gekocht, sagt er. Trotzdem. Man beißt rein und gleich hat Lust weiterzuleben. Und gleich auch wieder Appetit. Salz. Grobes Salz. Das Salzdöschen.
Mit acht mein Vater. Der Tag als sein Bruder Josef zurückkam und wie er davon erzählte und jäh Tränen

ICH Vorher besessen, getrieben – und dann sich sagen: In aller Ruhe. Dafür ist die Zeit ja da!

Kopien in der schwarzen Mappe II + IV
+ immer ergänzen!
Grüner Taschenkalender v. 1984 in der Mappe – Und wo mein Haus Kde domov muj

2

Bis er kommt. Not. ab Juni 2010 (aus dem roten Notizbuch)

TÜRK Frankfurter Vormittag und ich einen türk. Tee und in Gedanken in Istanbul. Wintergesichter. Zeit langsam. Der Türke, der uns 1978 mit seinem Fordbus Möbel heimfuhr und später mit Geschenken kam, uns in der Wohnung zu besuchen. Sonne, Wind, Regen wie auf dem Fußabstreifer Diesterwegstraße 1. Stock.

CARINA Carina: Will wieder die Kinder mit den Drachen sehen.

VATER Mein Vater in Böhmisch-Krumau. Sonntagnachmittag.

Sommerkleider. Frauen mit Sonntagshüten. Wie früher in Marienbad und Karlsbad die Kurgäste, sagt mein Vater.

SIB Mehrfach: Beitrag für Verlagsalmanach, sagt Sibylle zu mir.

[VATER] Beitel. Einfache Schnitzmesser. Mein Vater

CARINA Carina beim Alleinanziehen. Die Strumpfhose hat es nicht eilig.

JÜRGEN François und Ann-Marie nicht da, die Kinder Herbstferien oder bei einer Tante in einem Nachbarort. Jeden Tag Tel mit Jürgen und deshalb Barjac immer deutlicher sehen und um mich spüren, die ganze Provence.
Für Jürgen. Und nicht ~~zwischen~~ in die leeren Weinflaschen ~~treten~~ torkeln.
Viel Zeit mit dem Tel. mit Jürgen und dafür im Herbst abends oft nicht mehr raus.
Immer wenn vormittags das Telefon klingelt, die Musik aus, falls es das Arbeitsamt wäre. Seine Anrufe vormittags und nachts und wie er nachts bei mir die Musik erkennt.

SIB Zu Sibylle. Viell. werden wir nächstes Jahr reich. (schon 1x Vorabend 2. Kap.)

ICH ich als drache. ein mensch geworden, damit ich mit carina und sibylle sein kann. zu carina. Sie weiß das schon. und konnten wir keine drachen mit dir sein?

Nachsehen: Kal. 2005 wg. Datierung der Vorabendkapitel

JÜRGEN in barjac tel. im restaurant und wie ich es nicht aushalten würden, auf das schweigende tel. zu starren, aber auch nicht weggehen könnte, falls sie anruft.

SIB   sib. ihre schulwege von sechs bis neunzehn. bis wir uns zum erstenmal sahen
und pornogeschichten, die sie mir schreibt und vorspielt

STFBG   mich an einsamen herbstnachmittag in stfbg. erinnern. mit sechzehn ein buch von einem der tennessee williams heißt und man weiß, das buch ist verfilmt worden. und dann nach lollar und mir den film zum buch ausdenken. Theaterstück + s. S. 8 unten

CARINA   kleine tiere aus holz, aus plastik, aus porzellan, die carina mir hinstellt. und sie stehen da zwischen meinen bleistiften, gläsern, tassen, aschenbechern, zetteln und notizbüchern, stehen als ob sie allein gekommen sind und stehen und warten auf mich. halten zu mir.

CARINA   weg am bahndamm mit carina bei einem toten Mistkäfer, der sein leben lang alles richtig gemacht hat (gar nicht anders kann!), aber jetzt überfahren worden. gerade hier, wo kaum je ein auto fährt. tot. platt. müssen ihn hier am wegrand begraben. bei rainfarn und löwenzahn. die jedesmal zittern müssen, wenn wieder ein zug vorbeifährt /// mistkäfer und von denen es auch nur wenige gibt hier am bahndamm
und der himmel mit gleichmut. grau. unbewegt.

ZÜGE   nachts regen. die züge vom westbahnhof. wolkenhimmel.
~~s. not. für anfang – bis er kommt.~~

nachts aufwachen wie man geboren wird – ungefragt ohne

Namen, unter keinem stern und mit einem schrei – den schrei vielleicht auch bloß geträumt. Nacht für Nacht + immer die gleiche Zeit d. Geburt 3. Kap

SCHWARZ   das schwarze buch fertig. daß du das noch geschafft hast. nachts milchkaffee wie gestern oder war das vor einem jahr.? badewasser. mitternacht längst vorbei.

PARIS   weiter morgens paris (s. anfang vorabend) und paris vororte an der eisenbahneinfahrt zum gare de L'est.

WOHNUNG   in gedanken wohnung größer. (wie schon übers eis). manchmal sehr dringend. eine notwendigkeit, mir zusätzlich zimmer ausdenken. und im kopf immer weiter bauen. Aber schwebt alles über dem Abgrund

VATER   je länger ich meinen vater nicht sehe, umso mehr in gedanken mit ihm.
mein vater vom anfang des wegs und hunger und kälte, als keine arbeit in marienbad war und in karlsbad auch nicht und der frühling noch weit. / heute gibt es so eine Kälte gar nicht mehr

JÜRGEN   herbstnachmittag daheim, bevor ich aus dem haus gehe, um sib und carina zu treffen, sein anruf. wind am fenster, wie wolken. schon in gedanken sib. und carina entgegen und war alles schon einmal. und jetzt gehen und sehen, wie es weitergeht

PARIS   vorabend 37. kap. 1. seite – sein ganzes leben kann man damit zubringen, jeden tag wieder vom morgen bis in die nacht hinein durch paris zu gehen. hier nochmal
48. kap. letzte seite. 3. paar

GERICHT s. Mappe   im Traum, im Halbschlaf, im Schlaf noch: Prozesse gegen mich selbst!
daß man sich als schriftsteller in einem lebenslangen prozess als richter unversöhnlich gegenübersitzt. ein prozess in dem man auf jeden fall unterliegt. s. Paris-Mappe

VERHÖRE   verhöre: betr. arbeit, kind, heizung, einkommen, tageseinteilung etc. – auch als struktur für das buch

NEPAL   an diesem tag morgens eine straße in nepal als zeitungsfoto, hohe häuser, tls aus holz, unten stein oben holz od. nicht deutlich zu sehen. pagoden. ein tag im himalaja und herbst – wie heute ein tag
heute? vorgestern? vorige woche?

CARINA   vom mond aus üsküdar (papiermond) und dem echten in den bäumen – s. 6. kap. vorabend S. 2 und 39. - alte Zählung (= ?35) – mein mond? carina und schluß vorabend nochmal und vorher oben 1. not. istanbul

[graue Markierung]   Simse 10

3

bis er kommt. Not. ab juni 201+0 (aus dem roten Notizbuch) 2

ICH   ob man einmal morgens aufwachen wird und die reihenfolge nicht mehr wissen, wie man einen tag anfängt? und kann dann nicht anfangen, nie mehr!
erst nur die reihenfolge nicht mehr wissen und dann auch die namen nicht mehr, nicht die der handlungen und auch nicht die der dinge.

CARINA   Carina: und wenn ich groß bin und wenn ich dann

groß bin und ein eiscafe hab und die pascale, wenn dann die Pascale etc.

HERBST sonne, wind, regen und mich schon auf den nächsten frühling freuen – und auf den winter vorher und jetzt an dem herbst jeden tag

ARB.AMT sooft das telefon klingelt, als erstes musik aus, weil es ja jedesmal das arbeitsamt sein könnte. erst nur bei tag und dann auch am abend und sogar spät in der nacht. und ein arbeitslosengesicht zw. einübung. auch draußen im gehen.

JÜRGEN früher mit ihm übers feld. sind einmal (wann war das?) durchs gras. im herbst nasses gras. unter obstbäumen. herbst und hatten kein haus.

FFM frankfurt, hustende kinder. frankfurter schulwege. und immer noch eine startbahn (schon die b. hust. Kind Okt.

CARINA Carina und mein schränkchen mit büromaterial – gibts nicht sooft! wie in einer verlängerten nachkriegszeit alles kostbar und wie sie es von mir geschenkt kriegt und aufhebt. tip-ex – verschriebenheitszettelchen. schränkchen mit Büromat. – Kriegszeit alles kostbar Verschriebenheitszettelchen

SCHREIBEN wie jeden tag vom schreiben der tag abhängt. Felsen geschmiedet + vor Tag auf Sims

NACHT nachts an den felsen geschmiedet und vorher auf simsen

CARINA Carina von den eicherchen im westend erzählen.

KINDERLADEN   einmal im kinderladen: ihr guten-guten kinder
– und fast in tränen
forts. jäh tränen, erschütterung und danach war dir, als ob
du für einen augenblick nahe daran wae[r]st, die zeit zu
verstehen
die kinder, der augenblick, wie wir hier stehen, alles wirklich und gegenwart – und daß es wie immer nicht bleibt.

[graue Markierung]   Erster Morgen im Buch. Wie J. und P.
durchkommen (wie sie es schaffen könnten) für Sibylle und
Carina erzählen – und wir auch, wir sowieso – NOT 10
oben

HERBST   hagebuttenfruchtmark (das gibt es nur im herbst) in
den joghurt rühren und Carina sieht mir zu. Farbe. gleich
zu essen anfangen. herbstgedanken. ein herbstgedicht.

NACHT   nachtzüge – weit hinaus und zurück

SCHREIBEN   wie der tag vom schreiben bestimmt wird (von
vornherein schon die einteilung, aber dann auch sein gelingen!).

CARINA   beim bahndamm und das gras weht im wind. lang das
gras wehen sehen mit carina

SIB   sibylle heim mit ersten regentropfen auf dem anorak. nur
hingehaucht. beinah wie nebel.

TAG   tag wie 14. 09. 10 – wie mir (ab wann im verlauf des tages?) alles gelingt – und weiter in den tag hinein

SIB   wollen gehen und sib. zieht sich um. falls zu warm. doch
egal, sagte ich. müssen jetzt. müssen bei diesem licht.

ZÜGE   fenster offen. züge. bremsen von güterzügen. kälte.
kohlenrauch

WOLKEN   sobald es trüb, alles falsch.
wolken ziehen, an st. peter denken.

ICH   st. peter bad. kiefern. von 1957 die spiegelsonnenbrillen
(oder schon 1956), niveacreme, parfüm – ein tag, an dem
die welt größer wird. – wieder so ein tag! (wie vorabend,
lollar güterbf. und erde als kugel). – andernfalls für haus
Od. II oder IV

KIND   träume erzählen. seepferdchentraum und waldwegträume v. 52 und 54 und beide male das licht – und ein buch
lesen catusse papi / titelbild, papier, format, zeichnungen,
lesen und wiederlesen.
träume mit klaus und karin schlapp af. Haus od. II ausgedachte Träume

KINDERLAD   kinderladen – renovieren und alles schadhaft und
farbe drauf, dick farbe drauf, bis es zusammenfällt, bis alles
zusammenbricht, aber das lassen die kinder nicht zu.

BROT   vom brot kaufen heim. milch und brot gekauft und
beim heimkommen fünf verschiedene geschichten, alle
unterwegs eben selbst erlebt und muß man gleich erzählen.
und an meine mutter denken, wenn sie aus dem holzschuppen kam.

WESPE   tote wespe vor der haustür. carina: will die das?
Ffm.-geschichten – 1 x nachsehen vorabend u-bahn nach
eschersheim. rühreier etc. er schmeißt nix weg. der stirbt
nicht! und von salmonellen.
katzengeschichte – die katze auf dem absatz kehrt etc.

SCHRECK über meine eigene geschicklichkeit staunen. gleich ein schreck – wenn sie wegbleibt, was dann?

BUNTSTIFTE erst mit buntstiften gemalt, dann aus? vorgelesen und dabei immer müder geworden. auf sibylle warten. und müd immer weiter von ähnlichkeiten sprechen, hunde, menschen, buntstifte d.h. farben – nur um nicht einzuschlafen, ganz dösig und heiß. wie unser freund manfred und der zentaur auf dem brunnen am kurfürstenplatz, aber am ähnlichsten, wenn einer von beiden (der andre) nicht da ist alle beide sagt wenn sie nicht da. wir hier und von ihnen jeder woanders, dann sind die am ähnlichsten. die türklingel. sibylle. nur sie klingelt so und ist auch schon auf der treppe. jetzt müssen wir ihr das erklären.

MOND einmal mittags tagmond am himmel. dreiviertel. nimmt ab (tagmond am himmel. mittags etc.) Wann war das? Vorgestern? Vor 4 Wochen?

KIND nachmittags kind mit büchern. traumgesicht. als ob ich das bin, der da geht. schon mein nächstes leben, aber käme mir wie das vorige vor.

GEHEN mir vorstellen, wie ich das jetzt alles gleichzeitig. und muß gleich gehen. ein herbstnachmittag. immer später und wie schnell das licht geht (Bilder!) alles gleichzeitig, was ich den ganzen tag und seit jahren schon nicht.

PARIS parisbilder. cafeterrasse. herbst. man sitzt und die blätter fliegen. erst traurig, dann sorglos. schräg vorbei die blätter.

VATER   gold. steig. mein vater vom wolf, von dem wolf, der immer wieder kam, um ihm zuzuhören. ein großer grauer wolf. gesagt hat er nie etwas! nichts gesagt, sagte ich. also später dann schon, sagt mein vater. aber diese erste zeit nicht. nichts gesagt und die augen schmal, sagt mein vater, damit man nicht sehen soll, was er denkt. aufzählungen. wo und wann er kam und am weg gewartet hat. oft lang neben mir her, sagt mein vater. und ich konnte ihn atmen hören und er mich auch, sagt mein vater. oft dann selbst wolfsgedanken. ja, früher auch wolf, sagt er.

JÜRGEN   cevennenwinter auf jürgen zu und ich seh mich auf einsamen wegen übers gebirge. warum allein.

SORGEN   keine post. wieder (noch einmal) gerettet. immer noch ein tag!

ARB.AMT   arbeitsam mit jedem tag schlimmer. ein gesicht.

GLÜCK   manchmal ein tag, da ist alles richtig. von anfang an – und das in bildern erzählen.

SCHRECK   wie oben (wh.). in den tag hinein. immer weiter. und die freude. und dann fängt man zu zittern an.

SCHWARZES BUCH   im traum wieder am schwarzen buch weiter mit mut u. verzweiflung. und dann gemerkt, daß auch der nußbaum noch nicht fertig – und ich auch wieder ganztags arbeite. Knecht. Lastträger. Sklave. sogar dauernd überstunden. und die bücher?

SIB vorher wg. almanachsbeitrag m. sib. und wie lang das noch zeit hat.

KINDERL kinderladen. illegal, baufällig. nicht mehr lang, bis alles zusammenbricht, aber das werden die kinder nicht zulassen.

CARINA Carina mit kleinen schlurfschritten durch das raschelnde laub, dann mit großen, dann darin gehen und die füße mit jedem schritt ganz hoch jedesmal. wie in hohem schnee. alle kinder an diesem tag so. westendstraßen. (aufzählen!)
heim und sib. schon da und zu ihr von staufenberg und dann gehen wir carina zusammen in der falkstraße abholen. bei myriam. und dabei immer weiter von staufenberg, sib. und ich.

SIB zu sib. hätten damals die pelzjacke kaufen sollen. vor drei jahren auf dem flohmarkt. jetzt am abend. sie in unterwäsche. ich barfuß auf dem teppich. und ich muß immer weiter v.d. pelzjacke und dabei den tag und uns auf dem flohmarkt vor mir sehen – und einmal (schon not.) als tier sollst du zu mir kommen – wo steht das schon als notiz.

SORGEN die ganze zeit sorgen, arbeitsamt, keine stelle, kein geld etc. – und dann: heute wollen wir um nix uns sorgen!

[SIBYLLE] dylan – new morning u. girl from the northern country und von sibylle und den wegen um stfbg.

SIB Sib. im Wind gerannt wie ein Kind. Seestraße. Schloßstraße.

SCHREIBEN Mir Notizen im Dunkeln machen und hoffen, daß ich sie morgen noch lesen kann.

CARINA Carina mit anderthalb-zwei-drei – ein Wesen, ein Menschenkind, und bereit alles zu tun, um zum Leben dazuzugehören (wird keine Mühe und nix ihr zu schwer und zuviel dafür!).

NACHT nachts müd im bad. spät. lang nach mitternacht und allein. eben mit dem rasieren fertig (also für morgen schon zeit gespart!) und ein flugzeug hören. hoch und fern. ihm lang nachhorchen in der stille.

SIB. uns viele Winterabende heimkommen sehen. Wieder morgens die Winterreise hören! Geschenk von Sibylle

JÜRGEN in meinen träumen immer noch auf der flucht und gerade dadurch ihm nur umso mehr verbunden. mein freund jürgen. und auch wieder mehr auf die träume achten.

STFBG gartenbild. aus oberhessen. aus staufenberg. hätte mir doch ein gartenbild malen sollen. morgens im herbst. und sibylle bild und das ganze land erzählen.

PANIK nachts an einen felsen geschmiedet. nacht für nacht.

JÜRGEN fluchtgeschichten von jürgen und mir.

VATER stfbg. herbst, wie es nach herbst riecht! und in gedanken an den herbstgärten entlang und das bild weitermalen. mein vater, je länger wir uns nicht sehen, umso mehr muß ich an ihn denken.

CARINA Carina – sich stößt, das Gesicht verzieht, kurz auf

einem Bein hüpft und schnell hintereinander sagt: Aus!
Macht nix! Blöder Stuhl!

SIB Zu Sib. abends: weißt du noch das wochenende in eschersheim? als sie abfuhren? nein, davor? als wir ihnen einladen halfen? nein, davor! oder eigentlich alle. 2. Kap. S. 10

ZÜGE züge fahren hören und dann ist es, als ob man den zügen nachsieht. als hätte man ihnen nachgesehen.

JÜRGEN wenn wir öfter zu ihnen hin, wenn wir dort, wäre sie nicht weg, mir gesagt – oder? wir hätten dort eine wohnung und sowieso alles anders.

CARINA mit carina wg. herbstbilderbuch, wachsmalstifte. nächstes jahr. unbedingt! haben wir das nicht auch schon letztes jahr? jetzt an den wachsmalstiften riechen und wollen uns schon alles merken. uns ausdenken die bilder

SCHWARZES BUCH wenn es noch mein zweites, das schwarze buch, die telefongespräche und seine geschichte gleich mit hinein!

CARINA schaum im haar. ein spiel! (beschr.) bald zwei jahre schon und wann wird sie dafür zu groß sein? und was soll dann aus mir? bei allen möglichen Spielen

CARINA müd heim. verloren. heim und schon auf der treppe carinas und sibylles stimmen (wohnungstür offen – also doch nicht verloren!) (unten vorher klingeln!)
und uns zeigen wo carinas schlitten beim hauseingang neben der treppe, wenn schnee liegt, wieder die Winterreise hören!

bis er kommt. not. ab juni 2010 (aus dem roten notizbuch) – 4

GEHEN   abends weiter die straße, fast jeden abend, weil mir so eng. allein weiter.

ZAHN   einmal morgens leichte zahnschmerzen. wie eine ankündigung. nachdenklich. dann weg. (vorerst gerettet!) s. 50. kap. vorabend herbstwege

WOHNUNG   nicht nur papiervorräte (besitzen) und wohnungen mir dazu ausdenken. auch zeit. tage und wochen. und schließlich ganze jahreszeiten außer der reihe. Wohnung Abgrund s. Not. S. 2

CARINA   zum schluß hin, carina vor einer woche sich in den finger geschnitten. seither unmengen pflaster verbraucht. und jetzt ist es geheilt. S. S. 7

TACHAU   in tachau vormittags die gärten (s. vorabend. tachau. stadtgärten. wo? (alexander suchen lassen!)

JÜRGEN   wenn pascale doch zurückkommt und wir das geld zusammen und im januar hin. aber das arbeitsamt!

CARINA   wg. bilderbüchern, die wir für die jahreszeiten machen wollen zu carina: wollen schon an den wachsmalstiften riechen!
daß bukol wohl nie wieder bei uns und wie es war und überhaupt früher die abende mit carina

JÜRGEN   tel mit jürgen und wie ich einmal (weißtdunoch) an einem sommerabend spät mit ihm in eschersheim telefonierte. und er beim schreiben und seine musik im hintergrund. sommer. (s. vorabend 5, 6, oder 4).

STFBG staufenberg. der berg mit dem dorf und die wege dorthin. heimwehhimmel. können ja bald, sagt sibylle.

KF das buch schreiben, weil sie außer mir keiner kennt!

SIB das große liederbuch für sibylle gekauft, damit sie singen kann für carina. s. Not. Singen S. 7

Preiselbeeren   mir preiselbeeren gewünscht und ein leben im wald.

nächstens flohmarkt. man geht und die stände, menschen, wildgänse, sonne, wind, – oder kommt das erst noch? der fluß und dahinter die stadt wie ein bild. WO? Wo steht das schon? (Kopie)
Lps kaufen, tagelang durchsehen, alle kaufen und heim und noch ein paar zimmer im hintergrund und die möbel dazu. plattenspieler. musik und die zeit. platz genug. dylan, die beatles, joan baez und die rolling stones. und jetzt schreib die jahre auf. 6. Kap +

[graue Markierung]   1. kap. nachts panik und gegen morgen auf simsen. ABER dann milchkaffee, zigaretten, morgenlicht und Sib und carina erzählen, wie j. und p. sich versöhnen und durchkommen könnten. wir kommen auch durch. wir sowieso
wißt ihr ja, sagte ich und beide nicken. Wieder für heute gerettet 3. Kap

GEHEN   milchkaffee und von da an immer morgens paris (in gedanken) und abends in gedanken auf den horizont zu.

abends wird mir oft eng. nochmal raus. allein oder mit s. und c.

CARINA carina vom kinderladen heim und angespanntes gesicht – damit sie vom kinderladen nichts vergißt, was sie sibylle erzählen will – also alles.

SIB zu sib. weg. noch einem pornonachtrag. wenn du ihn mir machst, wenn du heute ihn machst, versprech ich dir, daß wir reich werden. heute einen und morgen einen

NACHT nachts 1. kap. nach panik bilder, ruhige bilder, teppichmuster gold + rot und schön wie in einem kaleidoskop, das ich als kind hatte und als ob man sein leben aus lauter einzelheiten zusammensetzt oder rekonstruiert. vorher viele jahre nachts aufgewacht, um zu trinken.
und jetzt panikanfälle. wasser, dann zigaretten, notizzettel, die zeit.

[graue Markierung] SIB zu sib. wie kann das sein, daß man abends ruhig ins bett und nachts <u>panik</u> – Du, sagt sie! 1 x 3 + 1 x 4 s. 6 bis 8a

CARINA bilderbuch eule – ich kann nur hassen! und dann meine erleichterung carina zweimal hintereinander wie die eule im buch.
und wie es abend wird als bilderbuch erzählen.

VATER mein vater pantoffeln schlaflosigkeit und sich selbst die welt erzählen. ist gegen geschenke, aber mir die pantoffeln vor jahren mit der post. ein unerwartetes/unverhofft ein päckchen.

dylan. percys song.

SCHLUSS   für schluß: schon der nächste tag und ein neues
buch. er wird zur tür hereinkommen und sagen: das leben
ist schön, aber fremd! und wenn ich dann zu ihm sage, wie
kommst du darauf, wird er sagen: nicht ich! das hast du
gesagt. und zwar zu eckart und mir und es muß in dem jahr
gewesen sein, als ich aus salerno zurückkam. also 1965.

ZAHN   zahnfleisch entzündet. schreib das buch weiter!
kopfschmerzen, zahnfleischbluten und die wohnung
über einem <u>abgrund</u> schwebend. schreib das buch weiter!
schreib schneller! s. S. 2 + oben + S. 6

CARINA   und wie carina schon jetzt oft will (man) soll alles
nochmal genauso. wir auch. auch was wir sagen!
vor fünf wochen vier geworden.

VON OBEN   beim schreiben alles ganz deutlich. unsere straße.
das ganze viertel. passanten. in den läden die leute. den
kinderladen. sibylle auf dem weg durchs westend. und dort
drüben dicht unterm himmel ich bei der schreibmaschine.

VATER   gold. steig. vater wg. pferden. und die pferde, fragte
ich. ja, sagt mein vater, da muß ich erst nachdenken. zuerst
hat ein pferd damals roß geheißen. da muß ich mir länger
zeit zum nachdenken, sagt er. da muß ich vor langer zeit
selbst noch als roß auf dem gold. steig mitgegangen sein.
oder noch in den steppen. und erst später als mensch, sagt
er.

SIB   wenigstens, sagte ich zu sibylle, bilde ich mir keine krank-
heiten ein! und sie fängt an zu lachen. also jetzt nicht! heute! sagte ich. obwohl kopfschmerzen natürlich schon. und
die ohren. und neuralgien. die vielleicht nie mehr aufhören

GRAB   alter und tod bedenken. eine große stille. gerade kein
auto. eine große stille. Die Bettler winken schräg über die
Straße: aufs grab zu. Im Gehen

VATER   vater. gold. steig. prophezeiungen. böhmerwald. s.
friedl, paul etc.

BETTLER   kettenraucher, aber auch wenn ich aufhören würde
zu rauchen, müßte ich weiter zig. kaufen, weil die bettler
gewöhnt sind, von mir jeden tag zig. zu bekommen. nur
nicht die bettler enttäuschen!

ZEIT   morgens das buch schreiben ~~und abends~~ (morgens das
buch weiter) und abends die not. und deshalb noch kürzer
die zeit. wie honig auf einem löffel die zeit, flüssiger goldener honig und tropft
ev. nochmal – und dann wie ein stück bernstein und mit der
grille sind viele tausend jahre drin eingeschlossen.

6

Bis er kommt. Not. ab Juni 2010 (aus dem roten Notizbuch)
– 5

BELGIER   als letzte gäste die belgier. wie schauspieler. als hätten
wir sie in einem film gesehen. mir auch gleich als er zum
ersten mal davon sprach alles in filmszenen.
wieso weiß er, daß es belgier? viell v. pascale
restaurant, terrasse, hof, wenigstens im nächsten jahr und er
das geld besser zusammenhalten könnte

SIB   Muß nochmal zu sibylle – für uns selbst! heute brauchen
wir es noch nicht, aber morgen oder übermorgen, sagte ich,
alles ausrechnen. einnahmen, ausgaben und die zeit.

JÜRGEN   und er beim tel. herumgeht und muß deshalb den
tel.apparat mit sich herumtragen. nicht nur den hörer, den
ganzen apparat mit einer langen schnur. wie seit jahrzehnten schon die schauspieler in den frz. filmen.
und die cevennen, sagt er. die aus der ferne jeden tag anders,
sagte ich + kann sie ganz deutlich sehen im ?Morgenlicht.
und weiter drin im gebirge hat es schon geschneit
sein schreiben. schon öfter, sagt er, diese geschichte. abrechnung mit den gespenstern seiner kindheit. auch in eschersheim wieder. in der zeit mit pascale. und hier noch im letzten winter weiter, dann nicht mehr dazu gekommen. vor
jahren schon, sagt er. weißt du ja. vor zehn zwanzig jahren
schon. aber muß vielleicht nochmal.

SIB   Sib. die immer sehen wollte, wie ich ein ganz neues buch
anfange. dabeisein. genau den ersten moment. aber etwas
ist immer schon da. zettel von früher. ein alter notizblock.
die wörter wie münzen. wie steine, aber wann hat man sie
aufgehoben? weil du auch im gehen schreibst, sagt sie. und
auch nachts im schlaf noch.

MENSCHEN   drei mädchen in sonntagskleidern.. hohe absätze
die eine. feine strumpfhosen. offene mäntel. parfüm. ~~erste dunkelheit in den läden, haustüren und~~ noch zwei dazu.
aufgeregt. reden und lachen. im abend in der ersten dunkelheit an den läden, haustüren und erdgeschoßfenstern der
homburger straße entlang. aber wohin. und wie ist es dann
dort? → Okt. Baracken Mädchen im Strickkleid
CD Janis jan at seventeen u. dt. von 58 mit siebzehn fängt
(save the last dance)

CARINA   Carinas laden, der ein markt, eine bucht, eine ganze
stadt und manchmal gelingt es mir ihn, diesen markt also,

diese ansammlung mit ihren augen zu sehen. – und beschr. farben sonne

PANIK nachts oft panik, dann mit aller kraft bei mir selbst und in gedanken wieder am main entlang wie frühling 79 – leben will ich!

SIB mit Sib. – ob die stadt mich kennt und vom schwarzen buch. kennt keiner!

SIB heimkommen und zettel von sibylle. heute abend sollst du lang mit mir spielen!

ESCHERSHEIM wenn sie noch da wären, könnten nach eschersheim. langes wochenende.

SCHLUSS zuletzt – bevor er kommt – wieder ein vorabend. / als ob das ganze Leben aus Va.

KIND in stfbg. obstbaumversteigerung. apfelbäume. kalk an den stämmen. klebstreifenringe an den baumstämmen. leimringe. chausseebaumäpfel und du gehst als kind vom zug heim. vom bahnhof daubringen, das ist von stfbg. der nächste bahnhof. die eisenbahn (bimmellies). kühe und wolken.

VATER gold. steig. selbst als wolf, sagt er. baumrinde gefressen, gute Baumrinde die mir wie brot geschmeckt hat.

JÜRGEN tel. mit jürgen. vielleicht umgekehrt, sagt er. losziehen. hätten zusammen losziehen sollen. sie und ich. gab eine zeit, da hatte sie alles mit mir. losziehen. notfalls räuber. nächstes mal, sagte ich. aber war doch schon. schon vorher mit edelgard. und mit pascale ja auch.

jürgen tel. und sehen, wie es weitergeht. das siehst du dann, sagte ich, der selbst ja nie etwas abwarten kann, sondern muß innerlich unentwegt explodieren.
zu Sib. p. und j.s streit mit den hausbesitzern in barjac. damit fing die katastrophe an.

VATER   preiselbeeren – hier kriegt man keine (zu meinem vater).

CARINA   carina und ich morgens in den kinderladen. flieg doch auch, sagen die spatzen in der schwindstraße zu uns. und sind auch schon weg. die spatzen, die uns schon lang kennen.

SCHLUSS   zum schluß hin. soll kalt, sagt sibylle, sagt der wetterbericht.

CARINAS   von carinas neuen lammfellhausschuhen aus der berger straße und der griechische laden, der sie selbst macht und wie wir dort waren und die wolken über die stadt zogen, nachmittagswolken.

VATER   Gold. Steig. – mein vater: nachts der wolf sich zu mir legte und am morgen sah ich, daß eine magere wölfin bei ihm.

ICH WOHNUNG   wenn ich zu mir zu besuch käme.

NACHT   Nachtgedanken

WOLKEN   als bild wir und die stadt und die tageszeit (beschr.). die wolken sind nachmittagswolken.

CARINA   carinas regenschirm (mit ente!) und wie sie, als sie ganz klein: eben gehen gelernt, ein holzentchen zum hinterherziehen hatte. woher?

ZAHN   kiefern, zähne, linkes ohr, dann besser oder es gelingt mir, an etwas anderes zu denken. s. S 2/5. 2 x

WOLKEN   wolken. dunkel und dann wieder hell im zimmer. dazwischen ein kleiner regen, dreimal hintereinander.

VATER   mein vater zum ende hin. jetzt da die zeit vorbei, sagt er, wüßte ich doch gern, was die zigeunerin in budweis mir damals prophezeit hätte. mein gott, sagt er, vor sechzig jahren fast schon ein menschenalter. wenn sie noch lebt, ist sie über hundert. was kann sie von mir gewußt haben // von mir und der zeit

GEHEN   dämmerung, abendstraßen. frau mit kind aus einer haustür und von mir weg in die ferne. warum ist mir das wie ein schnitt ins herz?

ARB.AMT   immer wieder arbeitslosengesicht und mich zur ordnung rufen! verhöre!

[graue Markierung]   Panik – Noch ohne Namen. 1. Kap

GEHEN   Sich auf den Weg machen + sich selbst suchen

ATMEN   bei mir selbst zu Besuch / nicht zu atmen vergessen

Bis er kommt. Not. ab Juni 2010 (aus dem roten Notizbuch)
– 6

SIB   Ich
Singen, wenn niemand da ist – Sibylle, die singen kann.
Carina singt wie ich. Mit Hingabe falsch, aber andächtig.
Wenn niemand da ist, auch nicht in der Nähe, dann kann
ich singen! Mit dem Tanzen genauso.

PANIK   Nachts Panik und daß man aufwacht, wie eben geboren: <u>Ungefragt, unter keinem Stern und mit einem Schrei – den Schrei</u> vielleicht auch nur <u>geträumt</u>! Noch schlimmer, man träumt, daß man schreien will und nicht kann

HERBST   in Gedanken durch die Oktober der Jahre – aufzählen!

AMT   Arbeitsamtgesicht
und dann im Plural: Arbeitsamtgesichter für die Anlässe passend und zu dem, was man tut und denkt

KIND STFBG.   zu stfbg. obstbaumversteigerungen – erst mit den leuten mitgehen und dann allein v. bahnhof heim, Siehe hier S. 5 und zu carina – oktober wie jetzt wenn man vom bahnhof heimgeht, mittags. bald, wenn wir die bilderbücher uns malen, die mit den jahreszeiten – oder sogar vorher noch, dann machen wir uns einen selbstgemachten kalender und dann lernst du die zeit, sagte ich und bekam einen schreck.

PANIK   nachts nach der panik – noch nicht ins bett können und die minuten mitzählen und auf der uhr kontrollieren, auf sibylles elektrowecker der manchmal heiß wird + dann zu summen anfängt. warum nicht noch ein paar uhren in der wohnung?

GEHEN   mir immer wieder vorsagen, daß ich mir die alten häuser in der adalbertstraße besser merken will und was für läden da sind und auch die kassiererinnen beim kaufhof, beim kaiser, beim hl, beim penny usw. passanten auch. merk dir, daß du dir alles merken willst merk dir jeden Schritt Weg und gleichzeitig mich beeilen.

JÜRGEN   ihm von den pflaumenbäumen in staufenberg damit er wieder weiß, es gab ein leben auch vor pascale, aber wollen hoffen, sie kommt trotzdem zurück. denk an unsre landstraßen und die villongedichte für unterwegs

EDELG.   Edelgard v.d. Bibliothek in der Seestraße (Geld von uns leihen – vorher ihr Anruf und wie wir mit ihr an einem Baggersee waren; ihr alter VW Bus)
und daß erst kürzlich noch sommer, daß der sommer noch nicht so lang her ist ..

JÜRGEN   Beim Tel. an den Nachtzug id. Süden (aus Oktoberbuch) denken

SCHLUSS   Und zuletzt an seinen Nachtzug, aber immer wieder nur andern im Kopf, weil ich mir nur Zug in den Süden denken kann
Bis er zur Tür herein. Jürgen, wie er immer zur Tür herein

PARIS   Paris allein + mit Edelgard mit Sibylle, mit Sibylle + Jürgen + mit meinem Vater

CARINA   Carina Pflaster Wunde geheilt – so feine zarte neue Haut ← s. S. 5

BUKOL   Und Bukol? Was ist mit Bukol?

SORGEN   Immer mehr Arbeitslose! Und ich ja auch!

CARINA   Mit Carina. Vor uns her Mann, der hinkt. Immer zur rechten Seite hin tief einsinkt. Ob er dabei Schmerzen? Mir vorstellen, wie es sein mag, wenn man immer so geht. Also ich. Und ein Schmerz durch mich hindurch. Jäh ein Krampf. Mußte stehenbleiben. Und zu Carina. Es ihr erklären. Und müssen beide lang stehen. Dann vorsichtig weiter. Ihre in meiner Hand. + sie zuckt mit dem ganzen Körper. Und wann wird ihr das alles zuviel werden?

Siehe Sommerbuch – Notizen S. 26 – Zwei Notizen über Tauben – vielleicht hier schon.

MUSIK   Auf der Straße und in Läden und Kneipen Dylan Tambourine Man – nur in meinem Kopf.

GEHEN   Da und dort gegangen wirst du dir sagen, aber wo sind wir dann? S + C + ICH

KIND   Stfbg. Stimmen – wg Holzschindeln. wie schön und wie warm an so einem Frühlingstag und den ganzen Sommer. Wie man die Wärme spürt. Und so schöne Farben, ein Schimmer. Daß die Weintrauben besser reif werden und auch das Spalierobst. Und wenn man dann im September da sitzt und schon alt ist. Ein Mittag und wie einem das den Rücken wärmt. Alt sein und Kinderstimmen und im Nachbarhof spielen junge Katzen. Und so immer weiter die Stimmen in meinem Kopf. Obwohl es gar nicht soviele Häuser mit Holzschindeln in Staufenberg gibt. Und werden auch immer weniger.

Zwei kl. Mimosenbäumchen am Anfang der Leipz. Str. Dünn. Schüchtern. Stehen + frieren. Wollen gern lächeln + trauen sich nicht. Wissen vielleicht auch nicht, wie das geht 7 + 8. + 10. Kap

8

Bis er kommt – Weitere Not.

VATER   Mein Vater in C. Krumlov – Hut, erst dachte, in Wien, in Linz. Jetzt hier in Krumau. Zwei Hutgeschäfte in Krumau. Wenn er den feinsten Hut kauft. Oder doch einen Waldlerhut. Einen Waldlerhut kann er auch in prachatitz kaufen. Aber hatte doch noch den tschechischen panamahut aus Kladnitz. Als Wanderer s. Notiz hat man nicht zwei

CARINA SIB   heim in der dämmerung, sib., carina und ich. in der bibliothek noch licht. in der seestraße ein hund, der jemanden sucht (verloren hat) und aufgeregt die straße entlang, in großen sprüngen immer hin und her und schon wird es dunkel. früher gewesen auf dem heimweg in dem griechischen laden noch oliven kaufen, sagte ich und sib. und carina warten vor der tür. die griech. familiengeschichten. das licht im laden. das licht und die stimmen. dann kommt carina nach. sib. noch im licht vor der ladentür bei den obstkisten im gelben licht unter der markise. und dann kommt sie auch herein. oliven, peperoni, schafskäse und nougatpastete. und müssen bald zu sparen anfangen. sagt man sich nach dem bezahlen. nur ein paar schritte noch bis zu unserer haustür und wie schön es ist, abends heimzugehen als familie. v. früher

JÜRGEN   tausend kilometer, eher ein bißchen weniger aber Umwege und ich muß mit ihm telefonieren, bis er sich auf den weg macht. bis er endlich zur tür hereinkommt.

MENSCHEN   mütter mit kindern. viele kennt man vom sehen. damals ein paar jahre lang gab es viele kinder in deutschland, in frankfurt, in bockenheim. carina ja auch noch klein.

KIND STFBG   als kind der schulhof in staufenberg. wege im dorf. und die schulwege und wolkenhimmel in gießen und wie man zum bahnhof geht und nach der eisenbahnfahrt dann von einem der kleinen bahnhöfe heim. ausführlicher noch für haus notieren. Schulwegabenteuer wie weite reisen.

BETTLER   mittags manchmal ein alter mann, der an der warte sitzt (gegenüber von dem neuen mcdonald und der commerzbank mit meinem konto). sitzt auf einem mäuerchen neben dem zeitungs- und tabakladen. sitzt vor dem alten turm. ein bettler. aus der erde herauf klopft sein herz und er will ewig leben.

CARINA   die gruhvögel – ein name aus dem letzten sommer oder war das der sommer davor? der sommer vom vorigen jahr? mit carina jetzt von den sommern und gruhvögeln. was waren das denn für vögel? oder hießen sie auch nicht gruhvögel? s. Oktoberbuch von david und seiner mundharmonika!

GOTT + TEUFEL   gott und der teufel – etwas verlorenes (zettel) wiederfinden. beinah bereit, zum dank eine weile an gott zu glauben. wenigstens vorerst. bis auf widerruf. vorher nur höchstens ab und zu an den teufel geglaubt. vielleicht haben gott und der teufel mehr miteinander zu tun, als man denkt. und auch als sie zugeben wollen, daß man es wissen soll!

JÜRGEN   man braucht nur eine weile nichts essen, sagte ich zu jürgen am tel., bis man wieder lust hat auf die welt. nichts essen und vielleicht noch im bett liegen.

WETTER ein paar regentage und dann ist es morgens trocken. wolken ziehen. und die schulkinder am morgen nach diesen regentagen mit ihren hellen stimmen. lassen sich zeit und dann danach sind sie alle ein bißchen zu spät dran.

VATER vater v.d. wolf. manchmal für ~~den~~ einen moment noch ist mir, als ob ich ihn da und dort stehen sehe und wie er zu mir herüberschaut, sagt mein vater. man spürt dann den blick.

SIB + CARINA herbstabend mit sib. und carina in der seestraße. sib. die vor der bibliothek auf uns wartet, eine jacke vom flohmarkt. eine alte rote cordhose. seit neun jahren sind wir zusammen (fast auf den tag genau, aber wenn ich sie jetzt hier zum erstenmal sehen würde, müßte ich sie ansprechen. auch wenn ich nicht weiß, wie das geht, wie es gemacht wird. doch, sagt sie, das kannst du gut! du bringst sogar fertig, daß sie dich!

VILLON Villon Verse!

JÜRGEN landstraßen, gefängnisse, der staat. Der Staat braucht uns nicht!

ICH ev. wo schon not.?):
mit sechzehn an einem herbstnachmittag in staufenberg und willst gleich ein buch zu lesen anfangen, von einem der tennessee williams heißt. ein buch, von dem du weißt, daß es in amerika verfilmt worden ist. aber wo läuft der film? s. S. 2 Mitte oben

TAUBE   auf dem gehsteig: taube (statt auszuweichen) auf mich zu – als ob ich unsichtbar! jäh ein schreck!

NACHT   ausnahmsweise früher ins bett . kurz nach elf eingeschlafen – um 1:00 voller unruhe aufgewacht – soll ich jetzt aufstehen und bis um 3:00 wach und wie dann weiter?

SIB   Sib. zu mir: mit Kamille inhal.. Das hat dich doch immer beruhigt. Ja, sagte ich, kann wunderbar, aber manchmal nicht auszuhalten so eine beruhigung.

JÜRGEN   J. mir noch kürzlich Notizblöcke mit der Post

9

Weitere Not. für Bis er kommt

CARINA   mit carina und ein fremdes kind mit begleitung und dreht sich noch dreimal um

SORGEN   muß man zu dem wachsenden defizit dazurechnen (schlaflosigkeit)
öfter die einkaufszettel oder daß man sie schreibt und vergißt oder gar nicht erst schreibt

ICH   ohne mittagsschlaf und dann wird alles unwirklich (nicht nur die gegenwart, auch was vorher war, fragt man sich. wer bin ich? und wo gewesen?

[graue Markierung]   erste Nacht falls er schon unterwegs zu ihr. Laut der VW Bus fehlzündungen. laut. und der widerhall von den felsen. nach mitternacht. nacht. 3. Kap

VATER   vater gold. steig. auf dem weg manchmal ein gesicht am himmel. manchmal tagelang. kann eine ermutigung oder kaum auszuhalten.

PANIK   zuletzt vor der haustür immer nochmal der blick zum himmel. und im allerletzten moment sich schnell nochmal schnell umdrehen ob die straße hinter dir nicht schon kriegsschauplatz
od. als bühne für einen perfekt inszenierten amoklauf S. 2. Notiz S. 3 Not (beide)

VATER   gold. steig. vom wald. farnwald. auch die bäume wie farne. wehen auch so. als ob man auf dem meeresgrund. farben. viel blau. blaugrün.
heidelerche, sagt mein vater. die kennst du nicht. je karger die gegend, je ärmer sie als Vögel sind, umso schöner singen sie.
zu amtshausgelb anfang 1. kapitel. bruno schulz, er ist nicht tot. als schüler m. briefmarkensammlung. usw. für Haus not

VERHÖR   s. notiz gerichtsverhandlung, gel. als zwischenfragen, wie vor gericht: angeklagter, als sie an diesem tag erst mit und dann ohne kind an der warte vorbeigingen. wie spät war es da? hatten sie es eilig? hatten sie eine tasche mit? und variieren: vorgeblich in eile? hatten sie eine tasche mit? hat sie jemand gesehen? etc.
und mehrfach: nehmen sie das zu protokoll.

VATER   gold. steig: niemand begegnen. keinem menschen und selbst auch nicht gesehen werden.

SORGEN   sowieso keine zeitungen. auch drei tage schon keine nachrichten gehört. vielleicht ist längst wieder krieg.

SIB. wg. LÄRM   mit sib. lärm geräusche was man alles hört. luftzug der äußeren und der inneren haustür etc. radio, plattenspieler. die nebengeräusche. daran gewöhnt. gehören dazu, sagte ich. würden mir fehlen mit einem anderen plattenspieler und neuen platten. weiter geräusche. tut alles weh. sogar auch, wenn man auf einen vertrauten lärm wartet und er dann nicht kommt. erst erschrickt man und dann ist es kaum noch auszuhalten. warum tropft der wasserhahn nicht?

~~VA~~   noch kürzlich sommer. noch kürzlich im sommer immer wieder ein paradiestag. will gehen, es fängt an zu regnen

VATER   gold. steig. beim gehen brummen. ~~die anderen tttt~~ die anderen auch. alle brummen und merken es nicht. selbst merkt man es auch nicht. erst nachträglich, sagt mein vater. wenn man sich dann aus der ferne sieht.

SIB. KAL.   vor vielen jahren schon sibylle für jedes jahr einen kunstkalender versprochen, auch wenn es ein jahr mit nicht viel geld, und daß sie ihn aussuchen darf – und jetzt wieder keinen. schon das zweite jahr nicht. also nächstes jahr.

WOHNUNG   kleiderschrank. erst im flur, dann im schlafzimmer und nächstens wieder im flur. schlechte rückwand. sperrholz-preßspan pappe die seitenwände ein bißchen besser, aber nur durch die farbe zusammengehalten. weiß. schleiflack. taugen auch nicht viel. dann aber die schweren spiegeltüren. man spürt, sagte ich, wie der schrank sich permanent anstrengen muß. wie er es kaum aushält etc.

SCHLAF   und wo ich überall gut geschlafen habe. nicht allzu oft. manchmal in meiner kindheit und ab und zu die erste nacht an einem fremden ort.

SCHREIBEN   vormittags beim schreiben – daß ich eine banane essen wollte – oder war das schon, war vielleicht vorgestern? kommt erst noch? seit jahren die gleiche banane? im kreis denken. spiralen. labyrinthe. notizzettel. die banane gegessen und nüsse dir ausgedacht. die schreibst du ins buch hinein.

JÜRGEN   tel. mit jürgen. jahre, frauen, orte – viele leben. die namen. und dann weiter damit, was die alten leute in staufenberg denken. die alten leute aus meiner kindheit. also ungefähr 1870 oder 80 geboren.
anrufe i.d. abwesenheit. man sieht es dem telefon nicht an.

BARA-FRAU BRACKENFRAU + ihr Geruch   die barackenfrau. aber jetzt weißt du doch, daß sie es nicht war, sagt sibylle. ja, aber könnte ja trotzdem. irgendwie sich den namen gemerkt. jemand schreibt ihr die nummer auf. aus dem tel. buch. in staufenberg oder lollar. einer der uns kennt. sogar in gießen. und geht. eine notlage. geht mit sechzig pfennig von ihrer baracke aus extra ins dorf zu der telefonzelle an der alten schulhofmauer. manchmal geht die telefonzelle nicht. das ~~geld bleib~~ münzen bleiben stecken oder fallen durch. kein amtszeichen. defekt. vielleicht geht sie abwechselnd zu dieser telefonzelle und nach lollar zu der telefonzelle neben der post. spricht den ganzen weg mit sich selbst. mit mehreren stimmen. geht im regen. wenn ihre alten kleider naß werden, stinkt sie noch mehr. ihre löckchen wie macht sie die löckchen
und muß mir immer weiter vorstellen, wie sie geht und uns von vielen plätzen aus nicht erreicht.
wie sie es weiterprobiert und was ihr zustößt dabei und geschieht. geschichten. auch für sib. und carina.

JÜRGEN   jürgen/beim tel. ihn vor mir sehen und wie er mich an meinen vater erinnert. gesten.

SIB.   laß mich spülen. schon angefangen, sagt sie. bei mir geht es schneller. das gleiche gespräch schon öfter.
wie vor einer katastrophe. immer noch einen tag. immer nur diesen einen tag noch. (aber noch kürzlich sommer und paradiestage).

Weitere Not. für Bis er kommt

KARUSSELL JÜRGEN   Jürgen als Karussellbursche. Nach Poing. Und wie wir einmal in Marburg zu früh ausstiegen und auf dem Weg in die Stadt Samstagabend über einen Rummelplatz kamen. Wiesen an der Lahn. Und ich warum Lichter, Aprilgras, Gesichter, Dämmerung etc. + immer woanders

SORGEN   zu spät, alles falsch – noch mit mir selbst verhandeln, ob ich überhaupt weitermachen soll mit dem leben, aber schon angefangen zu schreiben. nur schnell die nächsten paar sätze.

ZEIT   und was für ein tag. wolken. wie die luft ist. jede stille ist eine andere stille. nicht kalt. noch nicht wirklich kalt, aber auch nicht mehr warm. sogar das wasser im kessel kocht heute anders als sonst. und beim gasherd die flammen.

STFBG   morgens die stimmen aus staufenberg, aus den vierziger und frühen fünfziger jahren. geräusche auch. der schmied bei der arbeit. ein pferdewagen vorbei. wie die kühe aus dem stall geführt werden. in meinen halbschlaf hinein. das ganze dorf und fängt jeden tag eher an.

KRIEG   am nachmittag heimgehen, ein werktag und auf einmal die vorstellung – umsiedlung, flucht.

VERHÖR   prozeß: immer weiter / aber warum angefangen?

ZUG   nachts zug als ob man der zeit nachhorcht. lang. und sich mit ihr entfernt.

SCHRECK   mehrfach: warum erschrickst du gleich so?

WOLKEN   wolkenbilder, eine sammlung. diesen ganzen herbst als eine sammlung von wolkenbildern. jetzt alle nur in meinem gedächtnis noch.

SORGEN   verrücktheiten, schmerz, zahnfleischentzündung, hypochondrien. und dann einen abend alles gut. ruhe. zeit langsam. kein schmerz, keinerlei schmerz.

WOHNUNG   einmal allein heim. nachmittag. dunkle wolken. die stille in der wohnung. alles wie schon gewesen. vergangenheit. als ob man sich nach langer zeit einmal erinnert.

SCHLUSS   letzter abend im buch. als ich früh ins bett wollte. wir sagten alle drei früh ins bett. er in strassburg, bevor er am morgen kommt. und wir dann immer länger in die nacht hinein und dann extra spät alle drei.

STFBG   weiter frühmorgens im halbschlaf die dorfgeräusche und stimmen. ein hahn kräht. hunde bellen. du erkennst alles wieder. am meisten die stimmen und was sie sagen.

VATER   gold. steig. mein vater. der wald rauscht. hundert jahre. man geht und da ist noch kein weg nur die andeutung eines

pfades und auch die noch nicht lang. man geht und der
wald rauscht. erst zählt man noch in jahrhunderten.

SIMSE   im halbschlaf die stimmen. vorher auf den simsen in
lebensgefahr. und beim frühstück in gedanken jeden tag
weiter durch paris.
simse – eine qual. die angst auf den simsen. aber wie ich die
tauben mit wasser bespritzte.

WINTER SCHLAF   bald advent. bald winter. bald vorweihnachtszeit und seh uns – etc.
mit sib. wg. schlaf und im eigenen kopf (im kopp) dies-
bezügl. eingaben an behörden.

POST   post spät. bald jeden tag später. ein anderer briefträger,
sagt sibylle. und unserer? hoffentlich ist unserem nichts
passiert., sagte ich. wie sieht der andere aus? ein agent vielleicht? kann man ihm trau[en]
einmal ihn von weitem und auch schon weg. oder nicht gewesen.
wieder ein paar tage wie vor einer katastophe – aber was?
mir katastrophen ausdenken.

CARINA   i.d. bibliothek das bilderbuch mit dem matschwetter
suchen. carina hilft mir. vor zwei-drei wochen ein paar tage
das buch aufgeklappt aufgestellt, damit ich es beim schreiben ansehen kann. und ist jetzt nicht in der bibliothek. wer
hat es jetzt?

TRAUM   im traum stundenlang schlüssel suchen. und carina
und sibylle erklären, warum sie eigentlich da sein müßten.

SCHRECK   erst nur die schlüssel weg, dann auch die wohnung, das ganze haus. die straße, der heutige tag und wer wir gewesen sind – ALLES nicht aufzufinden

PARIS sib. die mich fragt, was denkst du? und ich von der metro in paris. dunkelheit, wind, lärm. wie die metro anfährt und sich an jeder station wieder heulend ins dunkel stürzt. die gesichter der leute. die leute schwanken an den halteschlaufen. und der gleich geruch seit dem ersten mal. und seit wann? schon mein vater etc.

CARINA carina, die mit ihrem markt spielt, dem kaufladen. bleibt lang auf heute abend. ihr laden auch. lang in die nacht hinein auf. beinah wie die läden in manchen stadtvierteln in istanbul. wir machen uns mit buntstiften eine genehmigung.

MENSCHEN schaufenster leipziger straße. zwei kleine mädchen davor und suchen sich feine handtaschen aus.

JÜRGEN er liest gern ein zeug, daß er nicht ganz ~~versteht~~ kapiert, aber sich dadurch noch besser zurechtdenken kann

STFBG morgens im halbschlaf wieder die stimmen und geräusche meiner kindheit. geschichten.

JÜRGEN Kap. 1 Schluß –. gleich gehen will, um bald zurück zu sein. die ganze zeit schon gleich gehen will, aber nicht weg kann. (m. Carina i.d. Kinderladen und auf Jürgens Anruf warten!)

CARINA was die tauben aus dem burgwald riefen, als ich ein kind war (und carina erzählen!)

SOMMER im ?bernuruspark einmal mit einer melone, warum nicht den ganzen sommer lang jeden tag? weil es ein samstagmorgen. die anderen tage etc. und wo wir noch hinsind und hinwollten. meistens du, sagt sibylle.

SIB WÄNDE GELB zu sib.: gut daß wir die gelben wände haben. selbst angestrichen. damals die wohnung noch leer. fast leer. leiter geliehen. immer wenn ich auf der leiter stehe und anfange, fällt mir etwas ein, was ich sib. erzählen muß. bier dazu, flaschenbier, weil es billig und zum anstreichen paßt. trotzdem hätte ich lieber wein gehabt. gelb teils weiß abgesetzt. für jede wand und die vier ecken uns kunstvoll ein immer etwas anderes gelb zusammengemischt – aber am ende weil das licht verschieden drauf fällt, alles gleich gelb. . im sommer wochenlang streichen und geschichten, sib. und ich. immer einer auf der leiter und einer die wände unten. <u>Bes. Nachts</u> froh für die Farbe.

Konvolut 2

August 2012 bis Juni 2013 · 16 Blatt A4
Typoskript mit handschriftlichen Änderungen
und Farbmarkierungen

SIEHE VORHER – Not. Bis er kommt (S. 1-10
+ VORABEND Lila Markierung

1/16

Bis er kommt – Not. aus dem hellgrünen Notizbuch ab
22. 08. 2012̷1 u. lose Zettel Nov./Dez. 2012̷1
Und ab S. 5 weiter Not. aus Prag (nicht aus dem gelben Heft,
sondern lose Zettel!)

WOHNUNG SORGEN   lichtschalter, steckdosen, schnüre – wird
alles nicht ewig, wird nächstens defekt, wackelkontakte u.
zimmerbrand. explosionen
Schwager wg. Wecker fragen

VATER   ich zu sib. von meinem vater als wanderer (hutgeschäft
in klattau): und als wanderer hat man nicht zwei hüte
natürlich nicht daran glaube, sagte mein vater, aber jetzt
hätte ich doch gern gewußt, was die zigeunerin in budweis
in meiner hand gefunden hat. was sie daraus gelesen hatte,
sagt er. nochmal nach budweis zurück? aber wenn ich sie
dann nicht finde.

WOHNUNG ABEND SPIEL WACHTRAUM   im halbschlaf auf den matratzen mitten im großen zimmer. einmal carinas selbstge-
klebten kaufladen als richtigen markt um mich her und wie
ich über diesen markt spaziere.
dann weiter, wie man als kind abends zum kaufladen rennt,
wie man abends heimrennt. im herbst in der dämmerung,

sie[he] kirschkern. heimweg vom schindgraben. am dorfrand die lichter. herbstnächte. nebel. und daß meine mutter nie mehr nach mir rufen wird. am fenster nicht und nicht bei der haustür. nie mehr. und dann immer weiter heimrennen, schnell, ohne ende. und sie steht und ruft. küchenfenster. die fliederbäume. unser küchenfenster steht offen.

WEG KINDERLADEN Mond in Üsküdar. abfolge von szenen immer schneller und unterwegs i.d. kinderladen, um carina abzuholen, und in gedanken ihr die vergangenheit erklären (die unbegreifliche!) und daß es damit auch immer schneller – es nicht richtig zusammenkriegen, nicht einmal für mich selbst, aber hätte es ihr dann auf dem heimweg trotzdem gern erzählt.

MAUS die tote maus. neben dem rinnstein. tot. halbzerquetscht, und sagt immerfort: wie kann so etwas passieren! dann am nächsten tag mit carina vorbei und jetzt ist sie schon nicht mehr da.

ICH vergangenheitsgerüche. überdeutlich. obzwar viele jahre schon kettenraucher. Geruchshalluz. und später dann die farben der kindheit (von damals).

SORGEN sibylles elektrowecker mit schnur. gleich noch ein bißchen mehr vorstellen, ein stück weiter, besser ist besser, aber das wird uns auch nicht retten. unsere einzige uhr mehrfach noch bei allem möglichen: rettet uns auch nicht!

GLÜCK einmal glück und sogar reihen von glücksfällen aufzählen. und einmal glück und verzweiflung. alles heute!

SORGEN <u>Immer mitrechnen</u> – auch die fremden geschäfte und leben. die leben der andern. immer mitrechnen. immer weiter

[SORGEN] 1 x = nachts wacht man auf und ist allein auf der welt. 1 x 1 Kap MOTTO ev.

JÜRGEN bei seinen anrufen: winter kommt. und erinnerung. letzter tag in den cevennen. september 82.
jürgen zur tür herein. gesicht wie auf der flucht (oft ist er es auch) und lächelt, sobald er mich sieht.
jürgen anstalten. die erste anstalt in meinem leben. oder doch vorher schon. schule. kindergarten. familie. erziehungsheim in schwandorf und da muß man dann abhauen. ausweis gefälscht und mit siebzehn als gleisbauarbeiter. und immer wieder assoziationen zu vorher erzähltem als nachtrag ein paar absätze weiter.

KF weg zur arbeit als lehrling und dann zur us army und vorher schulwege (ggf. nicht hier sondern Kde domo muj (haus oder später. NOCH FÜR HAUS NOTIEREN!
in kein frühling (schreib weiter!) jeden vormittag einen heimweg weiter. vom lollarer bahnhof aus durch lollar durch und über die schanz und statt heimzugehen an unserem haus vorbei (warum?)
und weiter die vorstadt hinauf, durchs oberdorf. am poul und am friedhof vorbei und über die hardt (harth) 11. KAP.

JÜRGEN jürgen vom aufwachen. als kind und liegenbleiben bis man gar nicht mehr aufstehen kann. + ich von Lagern + Viehwaggons + weißen Armbinden Kde domo muj. und davon spricht, als ob es nie mehr aufgehört hätte. jetzt in barjac in seinem schlafsack im restaurant. feuer im kamin. wein, immer noch große vorräte. telefon. wein. zigaretten. Schulweghimmel von ihm und jedem immerfort alles mitdenken.

SORGEN   s. Paris Mappe – Gerichtsverh. gegen sich selbst – 1 Geschichte erzählen damit ich weiß wer ich bin (gelbe Sichthülle)

SORGEN   nie müde geworden, sagte ich zu sibylle. jahrzehnte nicht. und jetzt etc.

GESPENSTER   deine gespenster, sagt sibylle zu mir. nicht nur ~~meine~~, sagte ich auch die von dir, von carina. von allen, die ich kenne. muß immerfort alles mitdenken.

MENSCHEN   menschen, den ganzen tag menschen überall, die vielen gesichter, und dann der brennende schmerz, daß du sie nicht kennst und auch nie alle kennen wirst. und kannst sie nicht einmal im gedächtnis behalten (und wo überall – straßen/ fenster/ läden/ straßenbahnen etc.) daß du nicht die alle auch noch sein kannst. + s. hier Not. S. 5 – 5. Not von unten jeder Mensch etc.

ARB.AMT   beim arbeitsamt anrufen und ihnen geschichten erzählen, geschichten von mir und der welt, mehrere sachbearbeiter, der reihe nach, immer weiter erzählen. immer wieder anrufen. andre behörden auch. doch vielleicht besser hingehen. ich und die welt.

CARINA   die verse, als das schwarze buch fertig. carina und ich.

JÜRG   jürgen und gießen. eine kugel und weg! Aus guter Familie / Zuchthaus (das gab es noch). danach 1 Stempel im Ausweis Z

S. BUCH   das schwarze buch: daß du das noch geschafft hast.

NACHT wie nachts welt und menschen mir verrückt vorkommen. absolut verrückt. ich auch. ich am meisten – und dabei noch um ordnung bemüht.

JÜRGEN klar schulden, sagt er, aber haben auch ein ganzes jahr hier gelebt. denk doch, ein ganzes jahr im süden. für das erste jahr doch nicht schlecht. und dazu noch hier alles ausgeräumt und renoviert. werkzeug, arbeit und material. im nächsten jahr dann schon leichter. wenn es nur das Geld wäre, sagt er.
 1. Morgen – sein Anruf. wieder als Kind wenn er seine Gedanken verstecken möchte. verheimlichen

---

Čechov – Taugenichts eigene Notizen
Goethe Faust Monolog (Kinski CD)

2/15

Bis er kommt. Not. aus dem hellgrünen Notizbuch ab 22.08.2011 u. lose Zettel Nov./Dez. 2011

AMT arbeitsamtsgeschichten (s. seite 1): auch wenn es jedesmal ein anderer beamter – mir dennoch eine beruhigung. immer weiter erzählen. es ist ja immer das eigene leben. ich als lagerarbeiter. und was carina dazu. beim westbahnhof oder in eschborn süd. gewerbegebiet. und immer schon um fünf uhr früh aus dem haus. morgens im dunkeln.
einmal einen tag einen Augenblick nicht mehr wissen – und deshalb panik.
abends so müde, daß man sich jeden handgriff dreimal vorsagen muß.

CARINA mit carina durch den torbogen zurück und unsere stimmen uns merken, wie sie hier ~~klinge~~ hallen und nachklingen. dämmerung. schatten. unsere stimmen. aber was sagen wir jetzt.

SIB sibylle zusehen, wie sie morgens strumpfhosen anzieht. müßten mehr Zeit, sagte ich. an und nochmal aus und andere an. der gute geruch.

SORGEN 3. kap. absatzende – aufwachen, wie man geboren wird – ohne Namen ungefragt, unter keinem stern und mit einem schrei! 3. Kap. / 3. Abs.
tag, an dem alles klappt – einkaufen, telefon, post etc. und dann jäh ein schreck – viell. heute die (unvermeidlich) endgültige katastrophe

KIND einmal als kind aus dem haus und nie mehr zurückgekommen s. Notiz unten wie im Märchen / Armut auch wie im M.

VATER gold. steig. vögel, sagt mein vater, die vögel. manchmal nach tagen und wochen eine tonfolge, die sich auf eine vorige, frühere bezieht. wie gespräche. aufführungen. die vögel ziehen mit und übergeben uns dann an andere vögel. – und auch die anderen tiere, sagt er. Wir Menschen nehmen ja gar keine Rücksicht.

CARINA die leipziger straße im gegenlicht. einmal alle drei und einmal ich allein.
vorher: einmal im abendrot alle drei den bahndamm entlang als ob wir aufs Meer zu und ein paar tage später nochmal carina und ich. schon die dämmerung.

GESPENSTER für bis er kommt – andere zeitabschnitte und andere schritte gespenster – nachts abordnung ans bett sagte ich (zu sibylle).

TRAUM gepäck, ort, bestimmung und namen verloren und es fängt zu regnen an und ich steh neben dem gehsteig. schon auf der straße, sagte ich zu sibylle. erst noch im traum und dann später am Spiel- + eßtisch, unserem lese- zeichen- und handarbeitstisch, für sibylle auch noch korrespondenz- und tagebuchtisch. in unserem großen zimmer. einen traum erzählen.

JÜRGEN jürgen in der dämmerung um barjac herum, als ob er die schritte zählt und das land ausmessen muß. wie james dean in dem film giganten (das fiel mir erst später ein) vd. Abfahrt

WIND einmal ein montagmorgen. du kommst aus dem haus. der wind kommt die straße entlang und die luft wie vor dreißig jahren. als du zwölf warst. im zeltlager an der nordsee

GESP. nachts aufstehen und zeug suchen (aufzählung), gegenstände, namen, gedanken. die städte im atlas. stadt, land, fluß. die vergangenen tage.. immer besessener suchen!

MALEN mir alles als bilder ausmalen. schlaf sogar und carinas träume. und zu sibylle: wie mir die bilder fehlen! welche? die, die ich nicht male!

WOHNUNG wie man aus der wohnung geht.

JÜRGEN jürgen. herbst. kleine bahnhöfe. daß wir oft auf der Flucht / daß wir nochmals als Bettler

[JÜRGEN] KIND und ich: keine papiere oder die falschen papiere / fehlende geburtsurkunde.
<u>im buch immer wieder momente einzeln. augenblicke. die luft.</u>
wdh. zu sibylle: als kind aus dem haus und nie mehr zurück. Extra nochmal umgekehrt, um es zu ihr zu sagen siehe oben / Not.

GESPENSTER gespenster. jetzt wieder? fragt sibylle. nein, sagte ich. vorher auch. schon immer die ganze zeit. haben nie aufgehört. nur im sommer hält man es besser aus. wird auch eher hell. und bei tag vergißt man es dann. hätten den ganzen sommer, sagte ich, weiter so umherziehen sollen wie im juni.

HERBST blätter, eicheln, kastanien, die aus den bäumen fallen, besonders nachts. jeden morgen sind mehr heruntergefallen. und einmal sonntagnacht sturm und bricht äste ab.

JÜRGEN jürgen. das miethaus seiner kindheit ganz oben in der frankfurter straße. hausnummer. und seine mutter, die hier wie überall genau unterscheidet zwischen einfachen ganz einfachen und besseren leuten.

SCHWARZES BUCH windstille. halkyonische tage. aber das war ein anderes buch. nicht ich. der merderein. Das bin doch nicht ich!
Keine Polizei Gerichtsvollz der Katastrophen
trotzdem: alles so ruhig, das kann nicht mit rechten dingen!

SORGEN öfter: schmerz läßt nach (bsp.) / läßt er nach?
hypochondrien (bsp.)

WASCHMASCH. trödeltag, an dem nichts wird und der himmel

bedeckt. wenigstens die herumliegenden jeans waschen und zum trocknen aufhängen, das immerhin. und sibylle kommt heim, im bad tropfen die jeans und sie sagt, die waren doch schon. erst vorgestern. hast du nicht den wäscheständer gesehen, gerade trocken geworden. jetzt trocknen sie wieder. dauernd hört man es tropfen. weil du den falschen waschgang, sagt sibylle. zuviel waschmittel nimmst du auch.
s. not.: die selbstgespräche der waschmaschine
am abend schon fast und nachts um zwei sind sie trocken. vielleicht bin ich extra so lang aufgeblieben. Jetzt als nächstes? (Die Welt in gang halten. Gegen das Chaos an!)

WOHNUNG Jalousie (Bast) – Heizung – die beide nur gehen wenn man an sie glaubt + mit ihnen geduldig spricht – ob die Heizung geht + warum sie summt (Erwägungen)

3/15

Bis er kommt. Not. aus dem hellgrünen Notizbuch ab 22.03.2011 u. lose Zettel Nov./Dez. 2011

SCHLAF ein paar tage nachmittags schlafen, immer später am nachmittag und immer länger in den abend hinein. das ist dann auch wieder falsch!

GESPENST. + SCHREIBEN ins wasser! immer auf mitternacht zu und erst recht noch danach. noch vom suff her. wie in staufenberg. erst war es die lahn und jetzt ist es der main. aber auch in trieste, in venedig und natürlich die seine und in hamburg die elbe. in trieste schon mal mit sechzehn. noch mehr aus der ferne. bevor ich mit sechzehn zum zweitenmal hinkam, all my
und weiter davon schreiben. oft schon ertrunken. du sitzt und schreibst und ertrinkst immer wieder.

noch genauer beschr.! od. woanders

[SIBYLLE] [CARINA]   sa mittag v. flohmarkt heimkommen od. v.d. leipziger straße oder aus der innenstadt und ob wir uns an die gleichen plätze ~~erinnern~~ und ecken und leute erinnern, sib. und ich? und was hat carina den ganzen weg lang gesehen und mit heimgebracht?

ZEIT   immer wieder von der zeit und zit.: die bittere kürze der menschlichen tage

CARINA   carinas träume. flugträume. und wie sie im schlaf mit tieren spricht.

SORGEN   alles ruhig! nur wenigstens heute noch, sagst du dir. heute den ganzen tag lang. jeden einzelnen augen- nur heute noch, daß alles so bleibt. schreib weiter!

MUSIK   TOM WAITS – TIME. musik: auch schon not. vielleicht 1. kap. f. panik mamy blue. highway prayer. down there by the train. v. cash und tom waits.
cash: unchained. ain't no grave u. meet me in heaven american III wayfaring stranger (auch von joan baez und emilou harriss + Neill Young x find shooting star dylan und new morning dylan und deja vue.
little drummer boy v. rosemary clooney (cd. silent night) u. dylan: girl from northern country
für heimwege und staufenberg: Peter cincotti: decemberboys (cincotti)
Angie, Wild Horses; Greenday Summer, Ry Cooder
– Bright Howard Tom Russel Tonight Calvin Russel Crossroads Percys Song

CARINA   carina zum alleindenken in den flur, so eng ist die

wohnung. vielleicht alle drei seit jahren zum alleindenken
in den flur und merken es nicht. der flur auch eng.

GESP. MAIN   vor vier jahren nacht für nacht an den main. viele
monate

LESEN   in den wald (zu sibylle). und wollte im herbst turgenjew lesen. aufzeichnungen eines jägers. zuletzt in staufenberg vor zweiundzwanzig jahren.

JÜRGEN   jürgen im herbst. in einem fernen herbst einmal zwei
kugelschreiberporträts von mir auf bierdeckel in der ex-
preßhalle und ein vertreter wg. auftrag f. zeitschriftenabo.
(drücker). wir unterschreiben abonniert ab nächsten januar
und er gibt uns vierzehn mark.
pflaumen mit jürgen und äpfel. auch die Augustäpfel werden dort erst im september reif. wege um staufenberg.

ICH   wenn ich allein bin wird jeder lange weg mir zur droge,
zum gebet. abends am Bahndamm

JÜRGEN   in gedanken mit ihm immer weiter um staufenberg
herum. durch die jahre.

CARINA   den einkaufszettel überarbeiten, damit rhythmus und
silbenklang stimmen. jetzt kann man ihn singen! müssen
uns beeilen, sagte ich dann zu carina, die läden machen
gleich zu. komm, wollen schnell gehen und singen uns vor,
was wir einkaufen müssen. aber wenn du müd bist, dann
trag ich dich.

JÜRGEN   jürgen und wie wir gehen und was er da schon als
laufbahn hinter sich. schule, kochlehre, erziehungsheim,
gleisbau barkeeper, kellner, kohlenausträger, vertreter,

zeitschriftendrücker, betrug, einbruch (schwerer diebstahl, falsche papiere, falschaussage usw. wir auf der straße von staufenberg zur B 3. wollen trampen.

STFBG   erinnerung. staufenberg. sommerabend. grillen, abendvögel und ein alter elektromotor, der versucht, mit ihnen ins gespräch zu kommen. der 1. im Dorf der 1 x der 1. Dorf war

JÜRGEN   nochmal: <u>unter</u> adenauer, jürgen und ich. das ganze geduckte land. Das enge Land

briefmarken. fußball patzel u. pflegeeltern. ein erkerfenster, gardinen, und wie es draußen schon dunkel wird. anfang märz. keinen vornamen oder einen, der so blaß wie er selbst oder bei ihm so blaß wird, daß man als schüler die anderen schüler im gymnasium mit nachnamen anredet. nur freunde mit vornamen. HAUS

WETTER   sonne, regen und wind, als ob sich alle regennachmittage deiner kindheit um dich her eingefunden haben. die dächer naß und die sonne immer nur kurz.

JÜRGEN   jürgen am telefon. da am weg. erst kürzlich noch da am weg. brombeerhecken, mistral und die sonne brennt. 15 Kap

SOMMER   einmal am ende eines absatzes zitat: daß also auch dieser wie jeder sommer (okt.buch anf.)

JÜRGEN   mit jürgen / penner beschr. / so werde ich später. + s. vorige Seite 2/5 – Mit Jürgen 15 Kap
jürgen barjac wetter

TRAUM   wieder im traum lang mit den tieren gesprochen. diesmal rehe, hasen hunde und zum schluß noch zwei hummeln.

GESP.   nachts ist immer noch krieg. und dann nochmal ..., sagte ich zu sibylle.
und die ganze welt (da und dort) ständig in lebensgefahr.
und mit den toten spechen (werden auch immer mehr!)

~~WETT~~ CARINA   herbstmorgen. kinder mit neuen warmen mützen. schulkinder, sagt carina. od. aber haben Herbstferien. Schon vorbei die Herbstferien?

NACHT   mehrfach: der kommende Morgen. Schon näher als der vergangene (spätnachts) Nachtbilder

JÜRGEN   Daß wir als alte Männer auf griech. Insel im Sonnenuntergang
jetzt. Sommer + Sommer davor ans Nordland gedacht + sogar alle alten VWBÜSSE die zu verkaufen waren in den Straßen betrachtet + dabei stehengeblieben

4/15
Bis er kommt. Not. aus dem hellgrünen Notizbuch ab
22. 03. 2011 u. lose Zettel Nov./Dez. 2011

Eschersh.   mir ausdenken wie wir einmal nachmittags nach eschersheim und in erinn. an besuche bei j. und p. und stattdessen eiscafe (jedesmal ein eckchen größer das eiscafe ?macht April eben auf od. Okt vd Zumachen) oder im winter das altmod. cafe an der u-bahn und die torten bestaunen.

CARINA   <u>brataäpfel</u> müßte man machen! und aber, sagt carina,

dann will ich dann aber auch ausprobieren, ob ich sie allein kann.
und sagt dann später: und dann sollt ihr nicht zugucken. erst wenn ich euch höxtens fleicht rufe. va-leicht, sagt sie noch hinterdrein

WETTER STFBG   einmal reif auf den dächern. morgen. gelber himmel. schornsteine rauchen. und an staufenberg denken, wie man über die wiesen aufs dorf zu geht. durch das gras einen pfad. wie das dorf in den wiesen stand 1950.

ZEIT   und die bittere kürze der menschl. tage. th wolfe + mit Sib. darüber wo es steht

STFBG   baracken. früher morgen. viell. herbstferien und meinen freunden manfred und roland heger beim zeitungaustragen helfen, damit sie eher fertig und was wir dann vorhaben.
ihnen geholfen. morgen noch früh. eben hell. sieben oder acht und schnell auf das dorf zu.

NACHT   nachts: was man alles noch tun muß auf der welt und bei tag immer wieder vergißt.

JÜRGEN   an seiner stelle zu fuß gehen von barjac. tausend kilometer und noch ein paar umwege. → S5
erinnerung – oder doch alles nur geträumt. die gegenwart auch bloß geträumt.

NACHT GESP.   nachts krieg, die gespenster. und manchmal in einem einzigen letzten kurzen moment direkt vor dem aufstehen die seligkeit eines vierminutenschlafs. aber wenn man dann denkt, jetzt bleibst du im bett, wird es auch nichts.

CARINA   Carina morgens 1 x wg. Schultüte + ich v. mir + Roland Heger + den anderen Kindern + ich auf dem Foto

JÜRGEN   jürgen nochmal vom wald (cevennen) und sagt: du weißt ja auch! und ich von sternen gegen morgen im wald bei sichertshausen. schwarzes buch. 14. Kap.

BETTLER   a.d. warte die bettler vom winter. jetzt bald und ob es ein kalter winter wird. und ich wüßte gern, was sie letztes jahr sagten, als ich noch eine arbeit hatte, zu der ich jeden morgen hinging. immer im letzten moment, aber gerade noch ungefähr pünktlich. Einmal angefangen mit ihnen zu sprechen und muß jetzt immer weiter sonst denken sie einmal der bettler, als ich ihm zeigte, daß ich kein kleingeld hatte, keine münzen, und sagte jetzt heim und nachher nochmal und er sagt bewundernd: wohnung, kind, geld, sogar papiergeld. und nickt und den kopf schüttelt. wirklich alles! S. 7+

WECKER   v. sibylles Elektrowecker mit schnur, wo er steht: m.d. gesicht zur wand. und wird heiß. surrt, bebt, vibriert und wird einmal zu brennen anfangen. wir dann nicht mehr da oder schlafen tief. wie gut man dann schläft. sogar ich!

JÜRGEN   <u>provence: 60er</u> Jahre. noch in den 70er jahren ein paradies.

SCHREIBEN   morgens schreiben + abends die Not. weiter aber dadurch alles noch kürzer – die Tage halbiert sagte ich zu Sibylle wie geköpft diese Tage. Nein als hätten sie keine Beine wie die vielen Kriegsheimkehrer

<u>Motto:</u> ev. ~~Nachts~~ 1. Kap. S. 2
Immer nachts, das hast du als Kind schon gewußt etc.

Oder 3. Kap. S. 2 Daß du aus einem Land etc. Zu Sib.
u <u>Das Abendbilder</u>buch – im Regal bei H

MOND   s. 2. Notizen S. 5 → + Huhu ~~sehr~~ rufen bis man nicht mehr aufhören kann! wie der Wind.
Allein daheim vom Dachboden über mir wind und regen hören. den ganzen tag wie als kind in staufenberg. die wolken mit acht. wie ich am haus der frau deutsch vorbei (od. kaiser?) mit seiner trauerweide und ich nicht gleich wußte wohin, dann den weg entlang (der neue schulhof noch nicht gebaut) und mich am wegrand bei den zäunen ins gras legte und lang den wolken zusah und dem licht in den wolken.

WETTER   im buch ein paar tage vorher noch oktobermond und man geht abends heim. alle drei am bahndamm entlang.

JÜRGEN   jürgen der wieder vom wald spricht und sagt, wenigstens einmal noch (und da dachte ich, daß sie vielleicht wirklich nicht mehr kommt. und daß man nie weiß, wann man jemand zum letztenmal sieht.

JÜRGEN + SCHREIBEN   vom schreiben in barjac. im juni abgetippt, ans meer und weiter geschrieben und [eben] zurück [und] vielleicht noch einmal abgetippt und jetzt reise und wie ich dort schreiben würde. im januar februar märz. vielleicht im dezember hin. seine dunkelrote silver reed schreibmaschine vom flohmarkt, elektrisch mit einzeltypen.
und wie ich dort auf dem spielplatz schrieb und dazw. in die kneipe ging um die notizzettel zu übertragen und manchmal einschlief. sonne mistral, die bäume rauschen. am schönsten die zypressen und wie das licht auf sie fiel. vogelschatten. mir schreiben in barjac im winter ausdenken. im februar ist dort oft schon frühling.

VATER   Von meinem Vater und dem Gold. Steig. und meine Mutter als Kind (immer wieder).
Mein Vater von seinem Vater (s. Bild) unter Menschen wär er nicht gern + wenn, dann wäre er lieber jemand anders gewesen. Aber für sich allein + an d. Pferden gern Kutscher

5/15
Bis er kommt. Not aus Prag – Lose Zettel Jan 2012 und dann Berlin Ffm. Uzès Feb 2012

SCHREIBEN   überarbeiten. manchmal nur zwei wörter umstellen. ein wort dazu. ein wort streichen und auf einmal stimmt alles – aber wohin dann mit dem gestrichenen wort. wohin dann damit.

GESPENSTER   not. am morgen gerettet! (vorher unterwelt hölle. jeden morgen gerettet

CARINA   Carina von Bergabwegen – die ganze welt in bergauf- und bergabwege einteilt. bockenheimerlandstr. wo straßenbahnen fahren und kastanienbäume stehen und wir immer die kastanien aufheben, die aus den bäumen fallen. ja, sagt sie, bergabweg, wenn man heimgeht.

NACHT   kopfschmerzen nachts. nicht wie sonst. sondern als sei der schädel geborsten – viell. eisenring drum und im halbschlaf überlegen, seit wann schon? und wie soll das enden? wie soll überhaupt alles?

JÜRGEN   mit jürgen tel. – und seh ihn sein altes wanderleben wieder aufnehmen – und von frau zu frau. – aber jetzt 43 jürgen und ich. landstraßen, mittelalter, provence – schon damals nicht zum erstenmal, sondern auch vorher schon dagewesen. s. Seite 6 oben

ZEIT künftiger wintersonntag und die wenigen passanten unter ödem himmel wie hinterbliebene

JÜRGEN jürgen i.d. frühen sechzigern wie hamsun der frühe hamsun. u. dann wie van gogh auf den selbstporträts. und auch wie heraklit. noch mit 30 bes. in griechenland

NACHT nachts, spätnachts so still, daß man alle glühbirnen summen hört.
wdh. glühbirne summt und carina im schlaf sich dem weihnachtsmarkt entgegenträumt und wartet und wie wir einmal auf meine schwester ~~wartete~~ u. meinen schwager warteten v.d. haustür und sib. oben, falls sie anrufen wie wir stehen und ihnen entgegenwarten
Glühbirne summt. Zu lang gearbeitet. Kopf summt.

KIND als kind herbstmorgen. haselnußsträucher. und an ein mädchen denken (letzt. haus am weg zum sportplatz) und wie sie sich die haare um die finger wickelt, sowieso locken und sagt: ich krieg sie daheim immer mit -m haselnußstekken. und ihre cousine die zwei jahre älter guckt zu ihr hin und sie sagt und die ursula auch. Blumenkränzchen flechten und an sie denken, an beide denken. muß mir immer weiter vorstellen! Blicke!

SIB + C. wie ich einmal nachmittags ins bett und noch im spätsommer, nachthemd statt schlafanzug, und v. sib. und carina und zu ihnen sagen: engel. die flügel sieht man nicht.

? die natur als perp. mobile

KIND so aufwachen und wissen, es ist sonntag – und dann abends hilflose sonntagabendsehnsucht, wie als kind. geschichten.

SCHREIBEN   daß man sein leben damit zubringt, ein paar halbwegs richtige sätze, sagte ich. + dann am Ende noch krank wird davon, verrückt!

SIB.   Sib. singt
Sib. erzählt einen traum

JÜRGEN   tel. gespräche mit jürgen. beinah als ob wir wieder zus. auf der landstraße. die meiste zeit auf der flucht. An seiner Stelle zu Fuß kommen. Wo steht das schon? ← S. 4

GEHEN   in der dämmerung gehen und nicht umkehren können, immer weiter und v.d. städten. wien, istanbul, hamburg, prag und wo du überall schon i.d. dämmerung gegangen bist und auch nicht umkehren konntest

WOHNUNG   allein daheim (siehe oben 8. not.) mittag, nachmittag und dann wird es still.

ZEIT   sandalen v. benno ohnesorg, jesuslatschen. hingegen die ordentlich gekleideten mörder mit ihren scheiteln und krawatten und wissen, was sich gehört. a + HAUS

GESP.   man schläft mit einem kratzer ein und nachts blutvergiftung. erin. zahnärztin, die woche, als carina gerade geboren. zwei wochen alt und ich mit jürgen v.d. les. heim und dachte – mit gips im mund (v.d. zahnärztin) jetzt einschlafen und morgen tot mit blauem strich bis zum herz. und wie es dann für sib. und carina wäre

ÄPFEL   jetzt erst die äpfel riechen. hättest du einen apfel essen können 1 x 3. Kap (in böhmen die doppelfenster und dazw. die äpfel. den ganzen herbst und winter lang jeden tag apfelstrudel.

WOHNUNG   unser schlafzimmerblau

SORGEN   wie ich mich einmal ausruhen wollte. von morgen an. den tag erzählen.

CARINA   wie carina sagt: erzähl wie du dies, erzähl wie du das!

NACHT   v. fenster zu fenster – ob die welt noch da? wie carina am abend. warum hast du angst zu schlafen? 1 x 3. Kap.

CARINA   schneebeeren. so ein reichtum an schneebeeren. und wir stehen dabei, carina und ich. aber wollen sie jetzt noch nicht knallen lassen, sagt carina.

WOHNUNG   jordanstraße, das große zimmer, als ob wir unsere flüchtlingsfamilienwohnschlafküche noch einmal nachgestellt hätten und die armut auch.

ARB.AMT   behörden träumen. - riesige schachtelämter. die sich immer weiter auffalten

SCHREIBEN   jeder mensch, den man sieht jedesmal wie der anfang einer geschichte 1 x 2. Kap S. 9

CARINA   Carina und sib. nachsehen – und ich nochmal letzt. blick / als ob es der letzte sein könnte / als kind einmal aus dem haus und nie mehr zurück
nachts wacht man auf, ist allein auf der welt und hat nix.

CARINA HUND   <u>Carina weg kinderladen</u>, mit dem kl. <u>hund</u>, den sie sich ausdenkt und geht so als hätte sie seine leine. eine grüne hundeleine. unsichtbar. leder. s. Not. S8 – 8 Notiz

SIB.   sib. statt 1 sofa jetzt diese 4 [s]essel (alle vier aneinander.

wollte immer ein lesesofa und ich wollte ihr immer eins schenken. stattdessen sessel zusammen.
haarspange – aber was war damit gemeint? 3 Geschichten – 1. Verlorene fremde Haarspange auf der Straße / 2. für Carina eine mit Glitzersteinen 3.) v. Sib i Marseille

6

Bis er kommt – Not. Feb./März 2012

JÜRGEN   mit jürgen provence. mittelalter. die weißen steinigen alten landstraßen des südens. noch keine alleen, aber am straßenrand oft wassergraben und schilf. ~~zypr~~ weiden, ginsterbüsche, ginsterbäume, zypressen, ~~nicht~~ kilometerlang heckenwildnis. und stecheichen. hecken vier meter hoch. weidenbüsche und kopfweiden und hohe weidenbäume, die sich selbst aussähen und nach und nach ganze gehölze bilden. hell im licht. auf einer wiese. gruppen und reihen. haselnüsse, brombeeren, sanddorn. und ein zarter zäher südlicher wacholder. zypressen, nicht die glatten sondern groß + struppig und in die breite gewachsen und mächtig und hoch wie die alten wachtürme aus dem jahr 1000. und pinien, gewaltige ungeheure pinien, die immer weiter wachsen, mit wipfeln wie wolken so stehen sie über dem weg. und wachsen immer weiter, bis sie auseinanderbrechen oder nach langer trockenheit im alter dann mit den wurzeln umkippen. aus dem erdreich heraus.
damals einmal eine goldene jacke oder war vielleicht nur eine goldene weste (goldbestickt) und erst in meiner erinnerung wird eine goldene jacke daraus. und später vielleicht sogar ein goldener mantel. pferde nie. manchmal postkutschen und mulis als lasttiere.
mittelalter. auch damals schon nicht zum erstenmal. immer wieder gekommen
Siehe Seite 5 – Notiz Nr. 6

Noch die Stimmen im Ohr. Von damals. Andere Stimmen

NACHT spät nachts denken: nichts bleibt! jede nacht. bei tag dann rennt man herum und sagt und denkt andere sachen. aber nachts nichts bleibt.

SCHREIBEN WEGGEHEN zu sibylle: nur immer schnell immer weiter schreiben und mit dir sein. spiel mit mir! jeden tag. auch wenn wir oft müd sind. immer weiter schreiben bis alles zusammenbricht, und bis dahin ist carina dann groß und braucht uns nicht mehr. und wir gehen mit wenig gepäck (so wenig wie möglich, sagte ich) wandern dann aus der stadt hinaus. vielleicht vorher den alten buggy von carina, wenn wir ihn dann noch haben, falls er solang hält. unser zeug drauf und schieben ihn abwechselnd. über die mainbrücken, über eine mainbrücke, mitten in der sonne geht man. in die rheinebene, ins ried, in den odenwald. ein andermal auch mainaufwärts oder zum rhein und natürlich auch aus vielen richtungen auf staufenberg zu.
und wenn wir glück haben, sagte ich, gibt es dann keine autos mehr. und die autobahnen wachsen vor unseren augen zu.

CARINA WEG VÖGEL man geht, vor einem vögel auf dem weg. da kann man nicht weit genug ausweichen und sie kennen mich nicht. und müssen auffliegen. (?? empirisch – heißt das emp irisch?) da waren krümel. haben mit ihrer erfahrung und dem vogelsachverstand dieser platz und den richtigen augenblick
wissen genau, wie es geht – und jetzt kommt man und bringt ihnen den tag durcheinander.

WETTER + ABEND wie man an einem abend schon den kommenden frost spüren kann und die leute auf den straßen heimgehen und jemand steht vor einer ladentür und jemand bleibt bei ihm stehen und dann der griechische laden gegenüber, wo sie anfangen einzuräumen. obstkisten im licht vor dem laden, die tür offen. griechen aus ???? und mit sib. darüber sprechen und noch deutlicher den frost, aber muß vor einem jahr gewesen sein, weil dieses jahr noch kein frost war und die griechen gar nicht mehr da. türk. spielkneipe.

WOLKEN   den wolken nach mit dem blick. nicht nur die wolken, die man im fenster sieht, sondern auch die wolken hinter der wand. die Wolken die aus dem Fenster hinaus ziehen

NACHT   herz nochmal. draht, der sich zusammenzieht und im frost singt. Jede Nacht!
nachts im halbschlafhorror – einen hohlweg entlang, dann den hang hinauf, mit anstrengung, wie kind, daß man rennt und kommt oben an und will sich ins gras legen, eher werfen. sieht die wiese schon vor sich. das gras. vielleicht heu. und weiter weg ein paar birnbäume und pflaumenbäume. noch nicht reif. sich in die wiese hineinfallen lassen. aber da ist ein und ein abgrund viele kilometer tief.

PARIS   morgens in gedanken immer durch paris. einmal am montmartre. eine straße mit kleinen häusern. eben mir ein baguette gekauft. und in der sonne gehen, morgensonne. an einem fenster eine alte, sehr alte frau, [die zum ?staubtuchausschütteln und vor einem langgeht und *uuu* (man muß sie festhalten]. n
die beim staubtuchausschütteln eine pause macht, ruhepause. sich über ihrem blumenkasten an der fensterbank festhalten muß, erst nur eine hand, dann zwei. so hat das staubtuchausschütteln sie angestrengt. vielleicht ist sie vorher lange krank gewesen. und ich mit meinem baguette

und die spitze abbrechen. immer die spitzere spitze, weil sie knuspriger ist. manchmal schwer zu entscheiden welches die spitzere spitze ist. und die alte frau sieht mich wie ich mir immer nochmal ein stück abbreche vom baguette und sie lächelt, weil sie sieht, das leben geht weiter. auch ihr leben noch ein weilchen. hat ihr leben lang in diesem niedrigen alten haus am montmartre gewohnt und jetzt 88 und schon lang allein.

NACHT   ich: noch im schlaf rechnen! (auch zu sib.)

JÜRGEN   jürgen – wohin er geht. als ob ich ihn aus der ferne beschützen muß

TAG SCHLAF   einmal aufwachen, nachmittags/früher abend. und <u>an mikoluvka denken</u>. und sonja.

STFBG   staufenberg. um staufenberg herum und manchmal im gehen stundenlang (kilometerweit) die erde betrachten. beschreibungackergraswaldboden. wege und wegränder. so ähnlich geht es daß man denkt daß man jetzt nichts denkt.

STUNDENBUCH   beim aufwachen nachmittags einmal die stimmen von sibylle und carina und mir ausdenken, wie ich mir einmal ein stundenbuch mache oder als gäbe es dieses stundenbuch schon. vorhin die sonnenlichtflecken auf dem fußboden und als sei da noch sommer gewesen (vor dem einschlafen)
+ wie ich als Kind ein König war

<u>Heine Zit.</u> (aus dem verworfenen vers im nachwort zu dt. ein wintermärchen – Nachts alles groß!

[JÜRGEN] Jürgen – der erste der mir sagte, dichter, künstler und
daß es eine kunst gibt.

KINDERLADEN kinderladen – jeden morgen mindestens so lang
bleiben, daß ich dann später weiß, daß ich dagewesen bin.
also wenigstens eine einzelheit mitnehmen. einzigartig und
unverwechselbar nur genau diesen tag. je einen Eindruck
ein Bild von jedem Kind 1 x 5 Kap

CARINA + BADEN als ich zu trinken aufhörte, das badeöl, kleine portionsfläschchen, die leeren für carina, schwimmen.
oder mit buntem wasser füllen. eine ganze reihe die wand
entlang auf dem badewannensims
und wie ich einmal im dunkeln badete (sib. das licht für
mich ausgemacht und auch kommt) daß man die körperbegrenzung verliert. ohne rand mit dem wasser verschwimmen.

STFBG Stfbg. jahreszeiten, ginster. die nußbäume. der teich.
füchse im feld. immer wieder die jahreszeiten als bilder und
zu sib.: nach staufenberg! 1 x 10 Kap. Herbst

VATER Sib spricht v. Gesprächen mit meinem Vater. Woher
weißt du das? Du hast es mir gesagt, sagt sie. Schon im
Sommer! Dachte gar nicht, daß ich solang schon im Geist
mit ihm.

7
Bis er kommt – Not v.d. Reise ab 10. April 2012

WEG einer taube ausweichen. ~~jeden tag dreimal~~ immer wieder
1 Taube ausweichen 1 x 5 Kap
jeden tag dreimal an der warte vorbei und dabei jedesmal

an unsere ersten wochen in frankfurt denken und an alle
bücher, die ich noch schreiben muß. 1 x 4

NOT. die notizen, ob man sie braucht oder nicht. zu meiner
Freude, sagte ich. aber die arbeit, sagt sibylle. und sie quälen dich doch. die freude ist mehr, sagte ich. sie ist wichtiger. die freude geht vor. und auch leben in diesen notizen.

WOLKEN den wolken nachsehen und an die wolkenhimmel
aus anderen zeiten und gegenden denken

SORGEN sib.: letztes jahr im herbst mußten wir weniger heizen. da sind wir erst anfang oktober zurückgekommen,
sagte ich. am besten, man ist verreist. Sib. sieht Rechnungen
durch

JÜRGEN nie genug schlaf. auch in zukunft nicht. nie mehr. den
wolken nach mit dem blick und immer wieder mit ihm telefonieren, bis er kommt.

CARINA carinas herbstmütze und ihr anorak – beinah schon
wie für ein schulkind. ob sie das denkt, wenn sie im flur vor
dem spiegel angezogen auf mich wartet, mit ihrem Spiegelbild fertig angezogen und wir dann aus dem haus gehen?

KF den heimweg aus kein frühling – am haus vorbei und ~~die har~~ den berg hinauf und über die hardt. kaum töne. alles
wie in feuchte tücher gepackt. andere tage: wie das dorf
klingt.

SCHREIBEN beim schreiben: tageszeiten und schreibsituationen
– als ob ich über mehrere tage mskr. J immer weiter. wetter,
zeit, augenblicke – nicht wie im mskr., sondern wie beim
schreiben vom mskr.

NACHT   wie wenn ich (mein ich vor zehn jahren) jetzt bei mir zu besuch. nachts die ausschnitte: pantoffeln von meinem vater, wohnung, teppiche, wo wir sind – und wie ich vor zehn jahren, also 73 im herbst.

WIND   dachboden wind (s. not.v. S. 4 und 2 x S. 5 usw. - wie als kind allein daheim und als ob man auf einem schiff in monatelanger einsamkeit. oder jahre sogar. und später carina vorlesen und mit ihr auf den wind horchen

WEG   landschaft. rotes moos. kleine sumpfpflanzen für die ich keinen namen – am bahndamm und mit carina dabeistehen wie am rand der wildnis. am stadtrand am bahndamm, wo es nach ginnheim geht. eine armselige geschundene wildnis. gold. steig. mein vater mit farben. monochrom.

PENNER   wohnung, kind, frau – und der penner: was ein mensch alles hat! und auch mir kommt es viel vor. (gott hat von allem viel!) S. 4 + hier + 29 Not.

SCHW. BUCH   halkyonische tage. aber nicht jetzt. das war als du noch in einem anderen buch gelebt hast. (das schwarze buch, daß du das noch geschafft hast!)

WEG   im gehen mir f.d. weg ein villon gedicht im kopf zurecht –

JÜRGEN   jürgen. als kind, sagt er, nicht nur, daß ich meine gedanken verbergen muß, auch noch vorgeben, daß ich andere harmlose denke – welche sind harmlos? wo kriegt man sie her?
genauso spiele, gesichtsausdrücke. sogar bewegungen. wer bin ich wirklich? (jürgen)

BETTLER   bei den bettlern vorbei. carina und ich. der arme arbeitslose mit dem kind! 1 x 5 Kap. S. 4

CARINA   und auch wenn wir die erstkläßler heute nicht sehen, wird carina groß und ein schulkind werden. wenn wir uns beeilen, als ob wir auf pferden oder sind selbst pferde. ich ein blaues, sagt carina.
S. 8 Mitte
13. Kap

STFBG   stfbg. tage, da hüpfen alle kinder. kommen angehüpft. bergauf und bergab. alle arten von hüpfen beschreiben (vormachen). und die querstraßen, die in den querstraßen wieder anders. die straßen erzählen. und auch wie kinder auf stelzen gehen.

WIND   Morgens – eine dunkle wolke, wind paar einzelne regentropfen, die vorbeigeweht werden und die leute beugen sich vor und gehen schneller

TRAUM   im traum mit einem handwägelchen etc. ruinen. wohin? und was drauf war und gleich darauf weg ist. wieder krieg oder gleich danach, hunger, die lagerzeit, ein krieg, der nie aufgehört hat.

KF-STFBG   und zu denken, daß stfbg. noch da, aber nicht mehr wie 74, als sibylle zu mir kam. und wird nie mehr so. und unerreichbar das stfgb. von 47, noch weiter weg liegt unerreichbar im abend.

WEG   ein fleck, ein dicker klebriger klumpen. überfahrene taube. federn, blut, matsch. nicht reintreten!

JÜRGEN fuß umgeknickt. schmerzen. nicht schlimm. heim.
mit ihm tel. immer weiter. bis er kommt. (wolken etc.)
tel. und ihm entgegen denken. (an seiner stelle zu fuß kommen (S. 4 und S. 5

PENNER den bettlern (eher penner) jeden tag zigaretten, meistens zwei, damit sie auch in zukunft nicht aufhören, mich zu kennen. 1 x 4 Kap + noch aus der Zeit, als ich selbst noch trank
wohnung, kind, frau (s. hier weiter oben (13. not.) – und gleich mein schreck, was man alles verlieren kann! und jetzt müßte ich anfangen, ihm ein paar von meinen vielen vergangenheiten zu erzählen. + Seite 4 + hier oben 13. Notiz

SIB sib. zu mir: was ist? gerade erst fünfzehn gewesen, sagte ich. immer bist du woanders! sie anfassen, wie ich mir mit fünfzehn gewünscht hätte, eine frau wie sie anzufassen.

S+C WEG und: wie wir öfter gehen. sibylle, carina und ich.

JÜRGEN wie wir ihn einmal in gießen am bahnhof abholen und gehen mit ihm durch die stadt und er klaut einen tiefgefrorenen hummer (wir haben schon fisch und kalbsleber daheim) und dann nach stfbg. am anfang des sommers und wir gehen ins feld. die kirschen reif. von den paradiestagen, als 1950 die kirschen reif waren. am anfang des sommers 1976 od. 1977?

CARINA mit carina weg kinderladen: erzählen! manchmal nur eineinziges bild. Pferd im borngässchen. wartet bis es drankommt beim schmied.
Davids Trompete wenn er noch nicht da

HAUS   beim heimkommen: daß das haus noch steht. erleichterung. aber abweisend. tut fremd. verzieht keine miene.

SIB   sorgentier sagt sib. manchmal zu mir. Silberkettchen mit wechselndem Mond.

JÜRGEN   krieg m.d. hausbesitzern in barjac. hatten die wohnung f. ihre tochter gebaut. schon im juni, als wir aus stes. maries zurückkamen. und pascale erzählte auch von ihren eltern in macigny, ließ alle lampen an und dauernd die waschmaschine laufen. krieg. die eigene wohnung schon kriegsgebiet.

8

Bis er kommt – Not. weiter

SCHREIBEN   schreiben – erst hinterher sieht man etc.

CARINA   mit domi und den muscheln im kinderladen – ob carina ans meer denkt? (vor 2 Tagen) S. 8 s.u. 17. Notiz

AMEISEN   städt. vorgartentanne. winzige ameisen auf dem gehsteig. (die kennt außer uns kaum einer, sagen carina und ich öfter zueinander). und bleiben eine weile bei ihnen stehen. ihnen einmal etwas mitbringen. wie packt man 1 Tropfen Honig ein. 10 Kap

KF   Übers Eis – Frauen und Sonntagsspaziergang aus KF S. 176

ZEIT   Keine Uhr am Handgelenk, aber Puls funktioniert einwandfrei.

SCHREIBEN   wenn jemand fragt: kommen sie denn gut vorwärts, jäh mein schreck!

S. HAUS   von einer frau, vielleicht beim kennenlernen: hat gelacht (od. du hast gelacht), immer an den richtigen stellen gelacht! falls nicht hier, dann in: haus
bereits für HAUS not.

CARINA HUND   s. 1. Not. hier S. 5 – 3. Not. v. unten – Carina mit Hund (den ausgedachten): läßt ihn manchmal ein stück frei laufen oder erklärt ihm, warum es nicht geht – bis er nickt. und wie achtsam sie ihn den ganzen weg an der leine führt. Ameisen. Autoverkehr Bockenh. Ldstr.

JÜRGEN   jürgen vorher wegmusik schallplatten u. flohmarkt s. 9) – Not. 13 6. Kap
einen anderen tag und er sagt: aufgewacht wie zur hinrichtung. tageslicht trüb. und ich v. tom dooley und sommer in wien 15. Kap

SCHNEEKUGEL   immer noch keine schneekugel. viell. auf dem flohmarkt. der winter kommt. Übers Eis S. 317 – und noch für Haus notiert + 1. Kap. 2 x

KF   zu KF – kap. heimweg ich als schüler od. als alter mann, der sich erinnert, wie er als kind ging – jedes ich nur geliehen – im buch und in wirklichkeit. Manchmal schreibt man etwas + weiß nicht was es bedeutet

KF + CARINA   und an diesem tag alles still. luft feucht, trüb, grau, alles wie in tücher verpackt. und fast ohne farbe. und jetzt die töne und farben an einem anderen tag. frühling. vorher ein kleiner regen. Carina erzählen!

manchmal beim erzählen vom dorf wird ein bild daraus.
immer mehr einzelheiten
Carina [ʾmit ʾdomi und den ʾkleinen ʾmuscheln steinen
manchmal schneckenhäuschen. ʾerzähl ʾdas ʾmeer] beispiele.
pferd beim schmied. andere bilder. und sie merkt, daß es ein
bild und sagt – sollst mir das mit buntstiften. nein, lieber
doch mit den anderen. die anderen sind die wachsmalstifte.
s. Not. S. 7 / 4 von unten

SONNTAG   sonntag. vergeblichkeitsgefühl. sonntagabendtraurigkeit. alles abschied und vergehen. und von eh und je das tagesausflugsgefühl als gegenteil einer reise. man kommt heim, ist derselbe mensch und der tag vorbei, das licht vergilbt, dem tod näher.
und auch die sonntagabende meiner kindheit. wie ich meinen vater nach friedelhausen zum bf. brachte und dann die roten schlußlichter am letzten wagen/signal/ lahn/heimweg / und abends am küchentisch ihm einen brief schreiben.

Friesengasse   am ersten abend nach seinem anruf weg leipziger straße, friesengasse. allein. sanierung bockenheim.
Hessenplatz – nicht mehr wissen, ob ich gestern? + dann
– wohin noch
überall mich als schatten stehen lassen + mit Notiz 8 + 9
Kap
schreiben – das merkt man erst hinterher.

CARINA WEG   Carina im kinderladen mit domi und den kleinen muscheln und schneckenhäuschen. und das meer bei ihnen. bei ihm die ostsee und bei ihr das mittelmeer (nordsee) s.o.
2. Notiz
carina und ich – wenn wir uns beeilen müßten, würden uns ausdenken, wir hätten pferde – oder wären selbst welche.

ich dann ein blaues, sagt sie. und das wort galoppeln! 13
Kap S. 7. Not. 20

KF geschichten. das buch. mir alles immer wieder erzählen, bevor ich es aufschreiben kann. auch manche, die dann doch nicht ins buch kommen, brauchen nicht. und nebengeschichten, die nicht rein-, aber dazugehören, s. Not. S. 7 – 2. von oben

KF mit sib. und carina jetzt öfter staufenberger oberhess. dialekt. dort sprechen sie in jedem dorf anders und in jeder generation wieder anders.

CARINA Carina in gedanken: bald schon groß. hose, anorak, mütze viell. jetzt schon wie schulkindkleidung, aber will ja auch noch wachsen bis dahin. großwerden. geht und träumt.

JÜRGEN Cevennen. beim tel. in weiter ferne eine schafherde die über hochebene zieht. dort das licht durch die wolken. ein bild. wolkenschatten. das licht. als ob sie immer so – die ewigkeit. und jeden tag wieder drandenken und sie beim tel. sehen.
jürgen v. leben in den cevennen. nichts sprechen, sagt er. allein oder schweigekloster. ich hab schon, sagte ich. ein paar jahre kaum ein wort.

SCHWAGER SCHNEEKUGEL s. Not. S. 10 mein schwager: naud dou ejas aach naud! sagt er am tel. und sagt es dann zum schluß nochmal. S10/S14
nochmal: schneekugel/schneekugelstille/schneekugelfrieden – bereits 2 x im 1. kap. f. haus not. 8 + 9 Kap

S + C mit sib. und carina gehen und meine bände bei ihnen.

in ihren händen. an ihren schultern. zuletzt carina fragen.
vorher ihre schulterblätter spüren. arme, gelenk.

JÜRGEN   barjac – belgier – porno buch/film/gedanken

Frieseng. abends friesengasse – nicht gleich umkehren können – schatten abbilder wo ich mich überall stehenlasse in gedanken. Viell. hätte ich gestern auch nochmal rausgehen sollen

S + C   daran denken wie ich beim schreiben kein papier hatte und auch kein geld für papier und jetzt wohnung, manuskript – u. papiervorratsschränkchen. frau und kind. carina mit mir beim papiervorratsschränkchen.

VATER   mein vater im garten. viell. war das heute nachmittag erst. ein waldmensch, aber so leichtfüßig wie ein tänzer. mir sein alter ausrechnen: 78 vorhin in der Dämmerung

JÜRGEN   tel. jürgen. unbedingt muß man immer wieder ausführlich vom wetter reden.!

S + C   zu sib. und ob die äpfel im dunkeln stärker riechen od. ob man sie nur oder fällt es einem dann bloß mehr auf. warum willst du das wissen? damit ich es dann weiß. ich auch, sagt carina.

SORGEN   Sib. Überreizt! zu mir. s. vorabend-not. S. 5 mit dem kreis

öfter <u>küche</u> wg. <u>spülen</u>. / schräg ein schmales dachfenster. nur eine handbreit aufg, wespen kommen. suchen unterkunft. würden gern bleiben jetzt im herbst. wundern sich, daß nicht gespült ist.

SIB – SCHREIBEN   viell. an dem ersten abend m.d. notizzetteln nur angefangen, um bei sib. sitzen zu können,

[WOHNUNG]   wieder nicht gespült. soll man die geschirrtürme ein bißchen umbauen und absichern? auch schöner dekorieren

SORGEN   zu sib. Jetzt ~~nicht~~. Die <u>besten</u> erschöpfungszustände hat man im sommer. v. Cechov
Der schwarze Mönch

9

Bis er kommt – Not. weiter

JÜRGEN   Jürgen – nachts jede stunde wach und v.d. tür nach den wolken und sternen sehen. als ob man dafür zuständig, sagt er. und ich: ist man doch auch!
jean-Françoise und An Marie die kinder hier bei verwandten und füttern die tiere. ein paar v.d. hunden haben sie auch mit.
jürgen barjac – kann nicht weg. aber früher doch auch, sagte ich. da wußte ich etc. daß wir, daß ich wieder ~~daß~~ etc. ~~das~~ dir jetzt doch auch einreden! sagte ich.
und dann nochmal: aber früher mit ihr und wußte wir kommen zurück. auch mit ihr von hier aus wg. da fing hier unser leben ja überhaupt erst an.

AMT SORGEN   keine gardinen, aber die roten vorhänge am fenster, möglichst unverdächtig, auch wenn man sie von unten kaum sieht besser zurechtzupfen?

WOHNUNG   allein daheim – die geräusche sowieso. heizung wind auf dem dachboden. jedes knarren und daß in der

küche der wasserhahn tropft, aber auch die stille deuten!
immer neu! jedesmal wieder

KARUSSELL   sehen wie man als karussellbursche mit der liebe
zurechtkommt. Hamsun/Wasser
mit sib. gespräch wg. karussellbursche (wo schon not.
stadtrandhimmel, vororthimmel und wie es dunkel wird
und die lichter grünen und funkeln und blinken. Prinzessinnen. Alle Karussellnot. zusammen schreiben
Alte Zirkusplätze eh und je. die meisten längst zugebaut
oder parkplätze.
wie gut er an schießbuden papierblumen, rosen mit glimmer. kleine püppchen und plüschtiere. carina wäre begeistert. Als Karussellbursche weil Villon dazu paßt / Rimbaud auch zu Sibylle

WETTER   nachts regen. wieder viele blätter abgefallen

JÜRGEN   mit ihm tel. bis er sagt: jetzt kommt sie zur tür herein.

WEG   vom kinderladen zurück. in eile die bockenheimer
landstraße entlang. geht auf zehn. wind. blätter fliegen.
schon immer mehr blätter ab. immer mehr himmel. einem
lastwagen nachsehen, der aus dänemark kommt. vielleicht
fährt er nach spanien, nach portugal. stehenbleiben + noch
schneller

alte schallplatten, flohmarkt – s. seite vorher 8 – die 9. notiz
– aus den wg.s die musik und der untergrund, die alten geschichten. alles nachkaufen, sagte ich. geld platz. wie wir sie
heimtragen vor mir sehen und dann darauf komme, daß ich
mir eigentlich den platz erkaufen will und die zeit, in der

ich sie höre, hauptsächlich beim schreiben – also zeit zum schreiben.

BETTLER Bettler an der Warte. ziemlich aus dem Gleichgewicht. Von Morgen an schon. viell. Geld gefunden, ein glücksfall. Wollen hoffen, so ein Glücksfall bringt uns nicht um.

JÜRGEN Kurz vor (dem bereits festgelegten) Schluß: wie wir im Herbst 60 (noch eben war spätsommer) mit seinem koffer über die eisenbahnbrücke gehen. bei der margarethenhütte. das gasthauszimmer in heuchelheim. s. sommerbrief wien 60 (v. herbst 61 – und jetzt denken od. zu ihm sagen: daß wir noch am leben. immer noch! schutthalden. hohes gras. eisenbahnbrücke. lahnbrücke. sonnenuntergang. zu ihm vom aufräumen. sie zurück und sieht, ab jetzt sorgst du für ordnung. sowieso eher ich, sagt er. aber sie hier mit geldsorgen, geld und terminen wie eine geschäftsfrau.

SIB SCHREIBEN zu sib. ihr/anruf. wenn man über mittag zu lang schreibt, kann man gar nicht mehr aufhören. danach mit menschen dann entweder stumm. keine wörter mehr. alles aufgebraucht. oder muß immer weiter reden. tag und nacht. ein delirium.

CARINA Auch wenn man aufpaßt
und wie oft kommt man und ein schmetterling kriegt einen schreck, weil man kommt. Und man es ihm nicht erklären und auch wenn ihm nichts passiert ist, wie soll er den schreck wieder loswerden (1) s. unten

KINDERLADEN kinderladen: soll demnächst amtlich geräumt werden!
das dürfen sie aber nicht, sagen die kinder.

aber spielen auch räumung und polizei. sachkundig. naturgetreu. Mit Begeisterung

SIB   sib. liebe. spielt mir geschichten vor. sagt obszöne wörter (wie ein kind beim auswendiglernen)
leckt sich die lippen und ihre augen werden groß
zu sib. hast du nicht noch ein bißchen parfüm? soll ich mich, fragt sie. ja und das zimmer auch. alles

VATER   gold. steig: mein bruder josef, sagt mein vater, war so einer, dem konnte man auf dem gold. steig begegnen. auch wenn man jahrelang nichts von ihm gehört hatte. aber er war ja auch acht jahre in afrika und hat eine schiffsreise gemacht nach batavia und nach java.

SIB.   S. not. hierzu: mit sib. morgens. umarmungen. immer nochmal, bevor sie geht. mit ihr mitten im zimmer und ich kann sie nicht loslassen. mit meinen armen nicht und nicht in gedanken. ihr von uns, von mir, von meinem buch und den frauen in staufenberg, von einem sonntagsspaziergang im buch nach dem krieg. und wir stehen mitten im zimmer und mir ist als ob sich das haus mit dem dachboden über uns geöffnet hat – als ob wir in der umarmung senkrecht oder schräg emporschweben wie die liebespaare auf manchen bildern von chagall. und ich muß sie immer weiter zurückhalten und am gehen hindern.

ARB.AMT   arbeitsamt – daß sie immer um die gleiche zeit anrufen – morgens, wenn ich in die jordanstraße einbiege, aber noch außer hörweite / noch bevor man das tel. hört. – und dann sagen, nie erreicht! und wollen ihr geld zurück. – und zwar gleich, daß man selbst es am selben tag bei einer kasse einzahlt und ihnen die quittung bringt und sich immer wieder entschuldigt, aber da winken sie bloß ab. wollen nichts mehr damit zu tun haben. eine ~~enttäuschte~~ behörde, die du enttäuscht hast

ZEIT   die mauersegler in frankfurt – wann sind sie eigentlich weg?

KARUSSELL   karussellgesch.: einmal in marburg an einem frühlingsabend (eher vorfrühling) über einen unverhofften jahrmarkt, und jahre später wieder. ein parkplatz an der lahn. aktentasche, die aussah wie voll geld. aber (vorsichtig aufgehoben) war nur arbeitskleidung drin. blaumann. overall. arbeitshandschuhe. – vielleicht einer der genug hatte und will nicht mehr

JÜRGEN ?ZUG 65   Der Frühlingstag als er mit dem Gepäck morgens aus München kam

CARINA (1)   s. oben. schmetterlingsschreck und carina anmerken, wie sie sich äußerst achtsam bewegt, um nur ja keinen schmetterling zu erschrecken. aber es ist keiner da. kommt auch keiner. sommer vorbei.
rembrandt – ~~ein paarmal schon umgeblättert, aber müssen immer wieder zurück zu: sohn titus, lesend.~~ ich will gern auch noch die selbstportraits. nochmal not. S. 14 Not

JÜRGEN   jürgen morgens am tel. siehst du uns gehen? mich und carina i.d. kinderladen. 1 x 14 Kap

9+1 10
(ab S. 11 wieder lfd num.
+ nicht mit Bis er kommt S. 1-10 verwechseln

Not. Bis er kommt – Restl. Not. v. Juni und Juli 2012 aus Uzès
(übertragen im August 2012 in Santa Maria). Not. nach dem 6.
Kap.

CARINA fliegen   wieder Platte abgelaufen. ~~Wie schnell alles geht. Und schon immer schneller~~ erl. <u>mitfliegen</u>. Carina. Nicht zu hoch wie man weiss, aber wir fliegen ja nachts. Nochmal v.d. Mädchen, das uns winkt. 3. Kap S. 7 nochmal: Carina – dann wissen wir, dass wir es nicht wissen. 10. Kap.

CARINA   mit Carina – und bald anfangen, jeden tag vom <u>weihnachtsmarkt</u> zu reden. und dass dann die margit kommt und geht mit uns. meine schwester. mein schwager auch.

SIB. FLOHMARKT   zu sib. v.d. platten und plattenhüllen. – und sie: viell. ein oder zwei und ich nicht solang wir nicht wissen, wie es weitergeht m.d. geld
zu sib. als kind eigentlich am liebsten nie schlafen. im bett liegen schon, aber nicht schlafen.
in oberhessen, in ganz dt. sogar: halbe und ganze sommer, die einem wie wintertage im gedächtnis.
abends mit sib. vom winter und von früheren wintern und dylan winterlude und nochmal raus und mir den winter ausdenken und spüren, wie er kommt.

CARINA   weihnachtsmarktbilder: karussell, luftballonverkäufer und was er anhat, je nachdem wie kalt es ist, wenn man ihn malt.

ZEIT SORGEN   f. glückstage (s. not.) eine kl. verletzung, die wunderbar heilt, wird immer kleiner und dann wie weggewischt noch bevor man ein pflaster findet

WETTER s. not. morgens schwarze wolke/heimweg und mich darauf freuen, dass ich den ganzen tag arbeiten kann und bei mir selbst sein. FREUDE, dann Schreck

SORGEN im buch (in dieser zeit): manchmal eine weile denken können, dass doch alles gutgehen konnte/ u. zwischendurch m.d. notizen. das schreiben, der winter, unser leben + unser Träumen

JÜRG. scheißgeld
wie man als kind manchmal wochenlang ohne geld gelebt hat. herumgeht als sei man unsichtbar f. d. welt

SIBYLLE sib. (wg. flohmarkt): immer wenn man ausruhen will, fällt dir etwas ein, wofür man um sechs uhr früh aufstehen muss.

[JÜRGEN] zu jürgen wg. terrasse, hof, ~~platz auf der s~~ vor dem eingang: aber dann hätten wir nie anfangen können.

ZEIT sehen immer wieder meinen schwager zur frühschicht. noch nicht kalt. schwere arbeitskleidung. schuhe mit stahlkappen. und doch als ob er innerlich friert S. 8/10/14 s. not S. 8 not 14 v. unten – und nachdem wir tel., immer wieder ihn frierend, sogar morgens im halbschlaf (in meinem) noch, wie er z. frühschicht geht.

FLIEGEN nachts fliegen – farbwerke Höchst, Messer Griesheim, Autobahnen/Wildgänse
fliegen bei tag? CARINA? geht nicht, keinesfalls
Wer weiß, was sie dann mit unsichtbar

VATER   gold. steig – mein vater. direkt unterm himmel. dach der welt. so hoch vielleicht nicht, aber kann einem so vorkommen. beim gehen auch die zeit nicht mehr messbar.

JÜRGEN   sein hofzimmer in der wolkengasse. und die dämmerung im zimmer, (mehrfach) manchmal grün die dämmerung. und wie man ins zimmer kommt. Wolkeng. sie hieß wirklich so. die ganze Gasse weg. Nur der Namen noch da, ein Blechschild.

CARINA   Carina mit begeisterung vom wegschmeißen. und wie sie einmal (noch nicht zwei) mit mir in den hof zu den mülleimern geht, treppab immer mit dem li. und treppauf immer mit dem re. vier stockwerke. himmel über dem hof. ein pflaumenbaum.

Schreiben   schreiben. früh anfangen. und nach 2-3 stunden/ gegen mittag fällt mir alles gleichzeitig ein.

JÜRGEN   mit jürgen durch jahrhunderte immer wieder provence. und mein vater gold.steig. und ich dann auch dort allein.

SORGEN   dass diesmal nochmal alles gutgehen soll, noch einmal, der winter, das jahr, der heutige tag. immer noch ein tag. immer erst nachträglich weiß man etc.

BETTLER   penner mit penny/plus/bilka 4 plastiktüten und einer riesengroßen vom betten-ried. und vor einer leeren baustelle in der adalbertstr. alles umpackt, und sagt: sonst komm ich dann ins asyl und jeder will was davon. welches asyl? fragte ich. das schlafheim in der kiesstr.

CARINA   mit carina morgens – und dabei selbst wieder zum kind werden 13. Kap.

i.d. schwindstrasse eine pfütze die jeden tag kleiner wird. sitzen vögel dabei die drin baden + daraus trinken und sagen: so geht es ja noch, aber wenn das so weitergeht. 13. Kap

Schreiben ein drahtseil auf dem du dich wiederfindest – hoch i.d. luft. ein schwankendes drahtseil und noch ein zweiter draht, messerscharf, mitten durchs herz.

SORGEN nochmal probieren? leben als mutprobe. immer erst nachträglich weiß man + S. 14/11

ZEIT NACHT spätnachts. müde. nur langsam weiter. seit tagen schon. am ende muß man sich auch die zeit ausdenken. die zeit und sich selbst. und dann hat man sich auch die zeit ausgedacht. wo soll ich hingehen?

ZEIT beim D'Orio die ersten Panettone, im Schaufenster. Eigentlich muss es dann zu schneien anfangen und du gehst da und merkst dir den tag u. den augenblick.

JÜRGEN wie hesse, den er auch im knast las. (jürgen) /hamsun, van gogh

KARUSSELL karussellbursche – hat einen alten hut, macht seine arbeit und muss niemand kennen.
Wenn man sowieso nirgends dazugehört
und was wir noch alles erleben werden

11

Not. Bis er kommt – Reise 26.07.-31.08. 2012 und nach Rückkehr Uzès

SIB sib. im sessel und mit ihr spielen + an ihr herumspielen.

als ob man sich zum erstenmal sieht und alles was man
dann gern miteinander machen würde. abendspiel. carina
schläft.

ABEND STR.   jgendl. die am kurfürstenplatz fußball spielen. jg.
frankfurter türken, die im dunkeln ball spielen. fußball. der
ball aufschlag und hart und trocken der stoß, wenn einer
den ball stößt. alle mit turnschuhen. schon dunkel. kalt.
eine straßenbahn hält. bei tag kinder. passanten. zum feierabend pendler. jetzt ist es ihr platz.
und wollen beim nächstenmal wieder auf den zunehmen-
den mond achten. carina und ich. haben uns das vorgenom-
men. warten jetzt schon darauf. (s. mondkalender)

SIB   zu sib. – mir bäume ausdenken. + wo sie stehen

JÜRGEN   pascale – wenn sie käme, jetzt die unbezahlbare tel.
rechnung.

FLOHMARKT   falls wir Sa.morgen auf den flohmarkt – müssen
sehen, ob vogelstimmenpfeifchen verkauft werden, sagte
ich. ob dieser tag schon einmal war oder erst noch kommt.
aber vogelstimmenpfeifchen eher im frühling.

MAIN   zu trinken aufgehört und wie ich nachts über den main
ging, hin und her. und wieder ganz nah augenblicke, als ich
anfing und davor noch die zeit und jeder augenblick gegen-
wärtig.

?   Wegbeschr. wie Barjac Haus z. Rest. + Wörter od. wie neues Place aux Herbes-Kino + entspr. Ffm. aber wie soll man
das alles auf ein Bild

GESPENSTER   nachts aufwachen. schreck panik. nochmal ein-

zuschlafen versuchen oder gleich auf und nachtwachen.
schwer zu entscheiden, was leichter ist. / mainufer etc.

KIND   leipziger str. pflaster, teer und an manchen stellen noch
die straßenbahnschienen – ich wäre <u>gern als kind</u> einmal in
einer großen stadt gewesen.

s. aussort. text v. 7. kapitel s. 7/8 – kaufhaus/fahrschüler-
mittage/ zum IX ein gefängnis gesehen. entw. hier in bis er
kommt od. für II (bereits bei II notiert! + MARKIEREN
im Text

JÜRGEN   immer der nächste tag (als absatzanfang). und dann
seinen nächsten anruf erzählen.

BETTLER   die bettler nach der frau mit den vielen karren fragen. und er sagt: ist weg. weiß man nicht. wird nach bornheim sein oder nach offenbach. und ich dachte schon er
sagt: sie hat sich verbessern können.

7. Kap.   einmal mit carina, wenn wir mit ihr wie immer vater, mutter, kind spielen. sibylle und ich. und dann auf der
leipziger straße ihr von einem kind erzählen. noch kein
schulkind, aber schon nicht mehr klein. und geht mit seinen
eltern auf einer straße. und ihr diese straße erzählen, während wir auf der leipziger gehen und natürlich ist es dann
die leipziger straße.

7. Kap.   v. jürgen: hat er gekocht? wie er sich in seinem restaurant zum essen setzt. wie ein gast/den tisch gedeckt
wie für einen gast. jedesmal wenn er merkt, daß ihm etwas
fehlt, muß er nochmal aufstehen. der immer betont hat, daß
er erst nach dem mittagessen raucht. nicht v.d. abend zu
trinken anfängt. jetzt rotwein. und raucht sogar beim essen.

sitzt und zittert. tür offen. vor der tür der tag wird immer heller.

7 Mimosen + Sib. weinte

JÜRGEN Jürgen Oktoberabend 71 in Ruttershausen

CARINA beim heimkommen. carina muß gleich mit ihren stofftieren sprechen. müssen immer auf dem laufenden gehalten werden. auch die anderen. die urwald- und zoo- und bauernhoftiere aus holz und aus plastik. weil wenn sie nicht da ist, dann warten die tiere ja nur auf sie und sprechen immer von ihr. / Autotüren, Lampenbilchen / Belgier wieder andere Wolken
ziemlich viele erkältet, sagt sibylle. zum glück noch keines von den kindern bis jetzt

JÜRGEN jürgen stfbg. herbst – pflaumen, gras naß. noch mittags das gras naß vom tau. aber inzw. sonne durch den dunst. windstill. pflaumen reif.
er und ich, daß es normal ist, hier im gras und später dann an der straße. mit nichts als zigaretten und eine kleine flasche wodka und geld für kaffee und nicht wissen, wo man nachts schläft. wo man dann überhaupt ist. Nichts zu haben + dann noch im Herbst
und ein paar schritte weiter im nassen gras hüpfen krähen. und sehen uns an. krähen mit blanken augen. und sehen uns an. jetzt ist die frage, wer wen zuerst grüßt.
~~ecke florastraße / friesengasse~~ kind neben mir ~~und die nacht einatmet~~/nacht und welt. ~~st.james infirm.~~ 9. Kap.

GESP. gegen morgen. keine kraft mehr. so anstrengend war mein schlaf.

SORGEN   daß es uns ~~sch~~ so lang schon gutgeht. wie lang kann das noch gutgehen?

BAD   bad, nacht, wand- und rasierspiegel und mich ~~in ?eile~~ im profil wie auf einer medaille. jetzt oder schon gewesen?
Ägypten

JÜRGEN   jürgen wg. barjac. noch kein jahr. nicht ganz ein jahr. und zirkus?

Friesengasse. große nachtwolken. langsam als wollten sie stehenbleiben und auf uns und die straßen herabsehen mit schwerem blick. (ich und das kind neben mir). – ~~wo noch hin, dann doch nicht~~ 9. Kap

SIB   sib. zu mir: dein kopfschmerzgesicht/ und ich wg. musik. kaufhausmusik, durchsagen, töne im ohr /die musik viell. von vor jahrzehnten.

BETTLER   die penner in ffm. – wie sie sterben und wo – etc. erst beim nächstenmal gottes ebenbild.

NOT   Notizzettel übertragen. Manche muß man aufheben, weil man nicht mehr weiß, was sie bedeuten.

12

Not. Bis er kommt Okt./Nov. 2012 Dez. 2012

Beim Heimkommen – s. Not. S. 11/11. Not. v. unten

wg. lebensmittelfarbe im kinderladen. schmeckt man es? eigentlich nicht, sagt sib. und carina: nur wenn man beim kauen dauernd hinguckt. 8. Kap gleich essen. die belgier etc. vorhänge noch nicht zu. schneekugelstille. aber dann die ersten autos heim. autotüren. kann man auch so bauen, daß man sie leise zumacht, wie eine richtige tür. ja, aber dann, sagt sib., haben sie nicht soviel freunde an ihren autos. 8. Kap

BETT [CARINA]   im bett bleiben. andermal. tagelang. carina: und ich steh allein auf und bring euch zeug, aber nicht dauernd

SORGEN   den schlüssel nicht gleich. schlüssel, geld, namen. schon am morgen gedacht, ich hätte mich ausgesperrt. und jetzt ein schreck, als könnte ich nicht mehr in mein leben zurück. nie mehr.

J. JOPLIN   nachts janis joplin. give me time. (nach mitternacht). sie schluchzt fleht und betet. jetzt fällt es dir auf, jetzt mußt du das dauernd wieder hören und dabei noch schneller schreiben.

SIB   zu sib. s. not. als tier verkleidet. draußen die nacht. nachts ums haus und die zeit vergeht.

musik – 69 love songs platte v. 89
musik weiter: van morrison/tupelo honey/moonshine whiskey u. t. tikaram etc. u. simply celtic woman cd 4-14

JÜRGEN   damals wenn er kam oft im bett, auch bei tag oft tagelang oder gar nicht schlafen.
auch mit ihm herumzuziehen und kein schlaf.

NACHT   aufschreiben – nachts main 79 bis mai.

STFBG   im herbst im gras – s. S. 11 – Not. 10 v. unten: klee, löwenzahn, hahnenfuß, taubnesseln und das ganze kräuter-

zeug, nur daß man die namen nicht weiß, aber es gibt einem zuversicht.
manches noch wiedererkennen aus der zeit, als ich an den wegrainen (nur die, die die gemeinde nicht an bauern verpachtet hat) als futter für meine häschen holte.

VATER   geruchsinn meines vaters

WOLKEN   mir all die tage beim schreiben gern einen wolkenatlas gemacht. wolkenlandkarten. Wolkenbilder

WOHNUNG   allein i.d. wohnung: wie auf einem schiff. manchmal kommt ein sturm auf. (1 x bereits 7. kap.)

KARUSSELL   zu sib. wg. karussell – jetzt noch nicht, sagte ich, aber einmal vielleicht dann bin ich zu alt.

JÜRGE   jürgen – kinski: villon und rimbaud und

WETTER   nach dem regen. himmel in den pfützen. das licht kommt durch. hell der himmel in den pfützen. die straße vor uns. und der wind der vom taunus kommt. mit carina und sibylle in der seestraße.
<u>6. kapitel, s. 3 nochmal überarbeiten.</u>

TEL   beim Tel. und das ganze land und den himmel von hier bis dorthin.

JÜRGEN   jürgen beim tel. – und nicht aufhören kann, immer noch etwas und dann nur aufhört, damit nicht dauernd besetzt ist, falls sie anriefe, müßte es jetzt sein!
jürgen v.d. hecke oberhalb v. haus: vorige woche noch sonne, brombeeren etc. (s. notiz 15. Kap., und mich mit den

dornen am arm gekratzt. und? fragte ich. geheilt, sagt er. werden alles überleben, sagte ich. werden nie sterben, denk dran.
S. 15 ↑
vor 200 jahren in der provence: ingwer und ginseng einzuführen versucht, er und ich. anbauen und dem volk eintrichtern, daß man das essen kann. wäre uns auch gelungen. neugierig sind sie in der provence. auf einem fleck erde, der keinem gehört. hätten es damals schaffen können, doch mußten weiter.

STUMM   nichts sagen! stumm! im kopf korrigieren, was ich heute, was ich gestern, was ich seit drei tagen etc. überhaupt eh und je – die sätze im kopf. erst verbessern. noch besser. dann streichen. stumm. rückwirkend nie mehr ein wort.

BETTLER   bettler mit drei teelichtern mit drei teelichtern auf der bockenheimer landstraße. am gehsteig bei der tangente. sitzt im dunkeln. kaum fußgänger. sechsspurig der autoverkehr. die teelichter brennen. er sitzt und sie flackern. und dann siehst du ihn nie wieder

KINDERLADEN   der frau im bäckerladen den kinderladen erzählen. erst den kinderladen und dann der reihe nach alle kinder. wollte sparen. doch wieder Apfeltaschen

SIB   einmal sib. und mein schwanz in ihren händen. mein unverwüstlicher schwanz.

BARACKENFRAU   barackenfrau. ihre haare verfilzt. nur keine läuse kriegen, sagst du dir mit großer eindringlichkeit. ihre gedanken, haare, pullover und tage – alles verfilzt.

HERBST 72   der puppenspieler und seine tochter (ev. zwei töchter) in odenhausen herbst 72.

NACHT   nachtbilder. viele nachtbilder. einmal im bad spät als letzter zigeuner im spiegel.

KARUSSELL   mit sib. gespräch karussell – der nächste tag. das gleiche gespräch.

SCHNEEKUGEL   öfter noch. familie. zu dritt. wie in einer schneekugel. als spiegelbild in einer christbaumkugel. zerbrechlich. familienbilder..

GESPENST   beim schreiben. als sei es der letzte tag (mein letzter tag hier auf erden). ruhelos. ein gespenst. sogar aus dem jenseits noch.

TAG   gedanken. ereignisse. glücksfälle. katastrophen. alles an einem einzigen tag.

WÜNSCHE   und wird bestimmt nächste woche: alle wünsche. erwartungen. (semaine prochaine)

WETTER   frost. rauhreif. noch die letzten blätter an den hecken und bäumen. rote und braune. am bahndamm ein kleiner eichenbaum.

NACHT   Nacht kalt. Himmel voll Sterne und Flugzeuge.

WELT   Herumgehen Und die Welt mit den Augen festhalten. Soll bleiben! Soll bleiben!

SCHNEE   Ein Schneeabend. Winterfenster s. S. 14

SIB Sib. bevor sie geht zu mir: und ich kann immer noch sehen, wie du alle Morgen deinen Gedanken nach und auf den Horizont zustürzt. Auch wenn du in Wirklichkeit mit Carina gehst und dir Zeit läßt. Dann seh ich die Welt in deinem Kopf, sagt sie.

Bis er kommt – Not ab 30. 12. 2012

JÜRGEN tel. er und ich – öfter zum Schluß alles doppelt + vergessen wichtiger

NACHT nachts beim schreiben – wie auf einem schiff. seenot. wir sinken

WETTER nebel. schon am abend die straße feucht. erst feucht, dann naß. fängt zu glänzen an. altes pflaster. mit teer geflickt. die mauern auch. glänzen vor nässe und um jedes licht eine kleine dunstwolke. still die nacht. leere straßen. nach mitternacht ins bett und um drei wieder aufgewacht. dichter nebel. nichtmal die häuser ~~auf der anderen st~~ gegenüber noch zu erkennen. alles weg. ~~versunken~~ untergegangen. versunken, nur unser haus noch übrig. oder bloß die wohnung. wie auf dem meer. auf einem felsen gestrandet. und schwankt. schlingert sacht. immer nachts ist man allein auf der welt.

LESEN zu sib.: turgenjew lesen. aufzeichnungen eines jägers. muß man im herbst. schon seit stfbg. will ich es wieder. muß man im herbst, aber seit wir in frankfurt sind, geht jeder herbst so schnell vorbei. jetzt dieser ja auch schon wieder etc.

CARINA   Carina hüpft im dunkeln und die amsel (unsere haustüramsel) sieht ihr dabei zu.

GEHEN   es eilig. nur schnell. und mir dabei im gehen von mir selbst i.d. dritten person erzählen.

SORGEN   daß du dir (nur dieses eine mal oder öfter, viell. sogar jeden morgen) sagst, wenigstens heute einmal keine sorgen! und mußt dir dann der reihe nach immer weiter vorsagen diese sorgen, an die du heute ausnahmsweise mal nicht denken willst.

SIB LESEN KALENDER   zu sib.: möchte mehr lesen, aber die zeit reicht ja nichtmal zum schreiben! früher doch auch, früher manchmal tage- und wochenlang nur im bett und gelesen. und trotzdem genug zeit zum schreiben – wie ging das denn zu? früher hast du immer das gemacht, was du gerade gemacht hast. erst jetzt, sagt sie, kommt dir vor, daß du immer schreiben mußt. erst seit du zu trinken aufgehört hast, sagt sie.
wieder beim montanus nach kalendern sehen. viele schon weg, sagt die buchhändlerin jetzt. vor einer woche hat sie gesagt: die meisten kommen erst noch./ vorher: kalender. viell demnächst geld.

SANIERUNG BOCKENHEIM   mimosen leipziger straße. sanierung bockenheim. soll nächstens eine komplette einkaufsstraße. Ladenpassage, bäckerei, cafe, cafeteria, sechzehn läden / lichthof. springbrunnen od. schon gar nicht mehr da. schon weg und dann kann sich keiner erinnern
vor dem aufbruch – im zimmer herum und mir noch ein paar zimmer dazudenken.

JÜRGEN   jürgen provence. griech. name. ?bj *tttt* ich zu ihm be-

~~hauptete~~ ließ sich jorgy nennen. ein mönch vom berg athos oder behauptet das jedenfalls. ein entlaufener mönch. ein wandernder heiliger. einmal grieche, einmal armenier. tut wunder und kündigt das paradies an.

SORGEN   der wecker, eine lampe, der gas boiler.. feuer, brandkatastrophe. erst feuer, dann gasexplosion.

KIND   als kind. abends tee. einen tropfen milch in den tee und ~~Wolkenglas~~ Wolken im Glas herbsthimmel. genau wie vorher auf meinem heimweg in der dämmerung. deshalb ~~muß~~ den tee aus einem Glas

AMOK   s. notiz haustür, amoklauf. das bist du selbst. keuchend daherstürmen. WO? 1-10, S 9

KARUSSELL   karussellmusik – und was für seltsame filme wir alle aus unserem leben machen, dachte ich noch im einschlafen. vorher mit sib. über uns und ihn und die jahrmärkte.

KARUSSELL SIB   jahrmarktplätze erzählen. werden auch immer weniger. wird alles zugebaut. die meisten gibt es nicht mehr. zirkus- und rummelplätze.

KF   heimweg aus kein frühling. dumpf. leise. feucht die luft und alles wie in feuchte tücher gewickelt, beinah ohne ton, das dorf menschenleer. machmal einer, den man von weitem sieht. und geht von uns weg. wie jenseitige alle an so einem tag. das falne pferd. beim schmied ist das tor zu. und deshalb einen anderen tag, einen märztag mir ins gedächtnis rufen. frühlingsklänge. diese klänge und den märztag ev. f. haus. – bereits notiert.

mit carina f. 810. kap. oder direkt danach: morgens und
als ob ich uns jeden morgen von oben sehe: aus dem dachgeschoß oder vom himmel aus. den ganzen weg entlang.
siehst du, da gehen wir. während wir gehen, von oben und
wenn ich daran denke, uns nachsehen. 10. Kap

auch da/ hinweg/heimweg: jede nacht wieder blätter abgefallen. ein windstoß, der die trockenen blätter aufwirbelt.
müssen weiter. das ist ihr weg. 10. Kap

BAR.FRAU   barackenfrau. kräuterschnaps. und trinkt nur, weil
sie innerlich so friert. schon seit jahren innerlich friert. immer nur einen kleinen schluck.

MUSIK   musik und man weiß nicht, woher sie kommt. im kopf.
noch von 59. als ich einmal in gießen morgens etc.

JÜRGEN   seine post seit 1960. briefe und postkt. – gr. plastiktü-
te – noch da. muß nachsehen. muß sie in die hand nehmen.
auch kopien v. meinen briefen an ihn. aber erst seit mitte
der sechziger. briefe von denen ich kopien zurückbehielt,
um sie kop. und umschreiben zu können. die tüte. jetzt nur
hastig alles anfassen, damit das zeug sich auch weiterhin geduldet, aber doch bleibt. schnell weg dann und weiter mein
leben. der abend mit sib. und carina.

SIB/SCHREIBEN   nichtmal früher beim trinken hast du so schnell
geschrieben, sagt sib. zu mir. mit wachtabl. und wodka
auch, sagte ich. mindestens. und außerdem. das ist nur jetzt,
sagte ich. dann wieder tagelang die gleichen drei wörter.
und man merkt ihnen an, daß sie auch noch nicht richtig.

EISCAFE   cortina – fototapete / af. weglassen.

NACHT   nachts mich und die welt mir erklären nicht nur mir –
allen die mir dann in den sinn. im halbschlaf noch und extra
auch träume dafür

SCHREIBEN   im duden, Eiscafé und karussell nachsehen und
mir kommt vor, als ob ich die gleichen wörter immer wieder
ein ddr duden von 1954f –50 aus einem wühlkasten hält
noch lang

KIND   EIN KIND RENNT! Als Bild. Übers Gras. Auf jemand zu. Auf die Ferne zu. Das schönste Bild. / af. weiter-
not.
rennt so schnell es kann. rennt mit aller kraft

das blonde mädchen v. campus. carina und ich: jedenfalls
nicht die edelgard. auch nicht die pascale (haare schwarz),
nicht meine schwester margit, die immer meine tante ist,
sagt carina. nicht die anne mit der ich im antiquariat und
studiert) und keinesfalls die sibylle, die claudia, die mutter
vom david im kinderladen. auch nicht. natürlich nicht. aber
ein paar straßen weiter, wenn man sich erinnert, war sie es
vielleicht doch. 10. Kap.

Bis er kommt – Not. ab 19. Februar 2013

VATER   gold. steig: manchmal den ganzen weg nichts als ein
paar alte brotkanten und immer wieder eine handvoll preiselbeeren, die dort sogar im schnee wachsen, sagt mein vater. die brotkanten vielleicht aus baumrinde.

SANIERUNG   nochmal baustelle florastr. tagsüber baulärm,

bagger. die erde bebt. zementlaster. und abends still. nur die Häuser müssen immer weiter zittern. können nicht anders. die stille dämmerung. fernsehstimmen kinder bei den baugruben und baracken. fernsehstimmen und hallt alles so nach i.d. stille. engel fliegen. beschreiben! 16. Kap

TEL. sib.: beim tel. wie in einer tel.zelle, sagt sie. wenn du frech wirst, sagte ich. und die wolken vorm fenster kann man auch besser sehen.
und sie mit sessel, stuhl, matratzen und wie sie am tel tanzt.

BETTLER bettler: wie ich gehe. m.d. kind und allein und manchmal etwas aufschreiben. ein bettler, der sie sagen kann/ können längst nicht alle. stehen + nicht weiter 10. Kap

BELGIER belgier: schon vorher wg. essen und wie in einem film – porno etc. und wenn es in einem buch wäre, würden wir ihnen noch öfter begegnen. / andre not. und text suchen 2. kap und 3. kap s. 2 etc. als ob man sie aus einem buch kennt und weiß, man wird ihnen noch öfter begegnen S. 8 Not

CARINA ffm. stadt und wohnung erinn. und darin vergebl. carina suchen. wo? war noch nicht! noch nicht auf der welt. aber wo war sie?

REMBRANDT rembrandt – wo notiz wg. um- und zurückblättern. und daß ich schon gern die selbstbildnisse. mich hineinversenken wollen.

öfter: Bald Winter (im Herbst/Okt. –) s. Not. v. Rest Vorabend

WOHNUNG   die stehlampe m.d. roten schirm. messingstange.
zugkordel mit verzierung und fransen. der messingständer.
4 glühbirnen.. erst eine, dann zwei – je nachdem wie oft
man zieht. der lampenschirm. rot seide mit goldenen fransen. und wie ich später denken werde, sie gehabt zu haben.
achtzehn mark in einem möbelbunker. friedberger anlage
und weil wir dort auch die sessel kaufen, gibt er sie uns
f. vierzehn. die messingstange zum zusammenschrauben.
schnur, stecker stange, alles so, daß es ewig hält.

CARINA   ein ganz anderes mädchen und grüßt uns von weitem.
dunkle haare. die noch nie. viell. schon öfter und wir haben
es nur nicht gesehen.

LEBEN   leben als mutprobe/ („ehrf.) ...leben als bereitschaftsdienst.

BEHÖRDEN   arbeitsamt – sie anrufen und fragen, ob sie mich
schon zu erreichen versuchten? bei jedem heimkommen
und nach jedemmal telefonieren, sie anrufen, ob sie es eben
probiert hatten. und ihnen dabei immer wieder mein leben
erklären.

MUSIK   MUSIK – Schreib die Jahre auf! (vorher wg. Arb.amt

JÜRGEN   Pascale weg. Sein Schlafsack im leeren Restaurant
beim Kamin (vor der Tür die Sterne) + der VW-Bus der
nicht mehr fährt oben am Hang beim Haus

WETTER   s. Not. Rest Vorabend wg. Bald Winter. Und nochmal Weg Florastraße – Baustelle – Noch hell! + s. Winter-
notiz auf der Anfangsseite

STFBG   an der warte vorbei. die sonne kommt durch, tauben

fliegen um den turm. und im weitergehen ist mir, als sei ich noch eben in staufenberg und ein kind gewesen. seither soviel zeit und beeil dich!

CARINA   Carina – lieber als tier etc. argumente: ihr aufzählen, was sie als tier alles nicht könnte. trotzdem. als tier könntest du nicht lachen! doch! / nicht sprechen, nicht lachen!

SANIERUNG   baustelle. abend. engel fliegen. s.o./2. eintragung 16. Kap

SCHREIBEN   absatzanfang: schreiben. mein vormittag. etc.

SIB.   zu sib.: durch ihn uns kennengelernt. aber kommt mir vor, als seien wir all die jahre aufeinander zu

WOHNUNG   traum jordanstraße. am fenster. abends am tisch. spätnachts im bad. ein langer traum.

SORGEN   wieviel letzte tage kann einer aushalten? (ev. schon 1 x im 6. kap. und hier wdh.)

CARINA   zu carina: die mauersegler. ihren abschied verpaßt. nicht einmal gleich gemerkt, daß sie wegsind. und beide stehenbleiben. als könnten wir das noch nachholen. ihr gesicht. spatzen aufgeflogen und ein stück weiter sich wieder gesetzt. und fliegen beim näherkommen wieder auf und die ganze zeit ziehen wolkenhimmel über uns hin.

SCHWAGER   tel. schwager. wildgänse gesehen? er war krank. naud dou etc. (lumdaenten. WO steht NOTIZ?

ZEIT   zeitangaben. schon elf. gleich halb eins. schon wieder

dienstag. schon mitte oktober. herbst. abend. bald winter. etc.
in den straßen abends die winterfenster. / bald i.d. straßen abends etc.

MENSCHEN   hauptwache. oma, mutter, kind. sozialhilfe und putzlohn abgeholt. beschreibung. und ein stolzes kind. vier jahre alt. neue ~~haarschleife~~ schleife im haar. rosa hemdchen vom c und a und ein plastikpferdchen als werbegeschenk. und ein duplo.

DORF   das dorf erzählen. schreib weiter!

NACHT   f.d. nacht mich rüsten wie für eine schlacht!

CARINA   sohn titus (das bild) und carina legt die hand an die lippen, den zeigefinger – nicht stören! und daß das bild ansehen jeden tag unser geheimnis ist.

CARINA   Vorlesen – und carina holt schnell noch ein paar stofftiere dazu. sollen neben ihr sitzen und zuhören.

Bis er kommt – Not. weiter ab 14. Mai 2013

VATER   md. gold. steig, sagt mein vater zu mir, tut man den himmel abschreiten.

JÜRGEN   während wir in kriegswirren und goldener zeit in der provence jürgen und ich und schon nicht mehr jung, geht mein vater wieder als junger mann den goldenen steig. tut den himmel abschreiten.

LESEN   bücher verleihen, dem richtigen menschen das richtige

buch und dabei stehenbleiben und zusehen, wie er es liest.
notfalls ihm aus der hand nehmen und weiter vorlesen.
wie früher als kind noch mit meinen ersten manuskripten
und dabeistehen und zusehen, wie er an den richtigen stellen lacht und weint.

schulwege, schulweghimmel teil 2:
alle verlorenen tage auf einmal nachholen.
schüler, kinder, jugendliche: wie man ihnen ihre träume
und verlorenheit ansieht.
schulweghimmel 2 – opal, perlmutthimmel, heimwehhimmel. regentage und abends fängt der himmel zu leuchten an
und ein glöckchen bimmelt.
regenbogenhimmel. himmel wie öl- und benzinpfützen auf
dem nassen asphalt.
einmal im herbst ein trübes morgenrot noch nach stunden
(inzw. orange)
schulwege, straßen die aussehen, als ob du sie vor langer
zeit einmal geträumt hättest und seither immer wieder
träumst.
wollen. und s. not. kaufhaus, knast, stadtrand, kasernen, zu
fuß nach stfbg.

JÜRGEN   zu jürgen: schmerztabletten und nicht im suff dich
verzählen damit.
munterkeit vortäuschen – noch schlimmer als gar nichts
sagen dürfen. mir ausdenken, was ich jetzt aus ihrer sicht
denken müßte. spielen, daß man als kind spielt, daß man
spielt. aus ihrer sicht. harmlose spiele, sagt er.
zu jürgen: schmerztabletten. in frankreich viel billiger als in
dt. und man sie deshalb großzügiger dosieren. gibt es nicht
auch schmerztropfen, fragte ich. und man nimmt immer
wieder einen kräftigen schluck.
jürgen. – und mit welcher zuversicht wir auf diesen alten

landstraßen gingen, selbst ja auch räuber oder ehemalige
räuber

SCHREIBEN   beim schreiben manchmal f. minuten auf den
matratzen. augen zu und dahintreiben wie auf einem fluß.
stimmen. bilder. erst fluß, dann das offene meer.

CARINA   CARINA – die männer, sagt sie, wenn sie die bettler
meint. die männer, denen du zigaretten gibst und manchmal
geld. die männer, die immer winken. die männer mit denen
du manchmal sprichst. und der eine hält dich am ärmel fest.
Carina – Verneinung/Steigerung der Verneinung: Auch
nicht!

NACHT   die nacht auf dem gehsteig./ und kein stern am himmel.

S+C   meistens auf dem heimweg schon mit sibylle und carina
zu sprechen anfangen. deshalb manchmal nicht wissen, was
ich ihnen schon gesagt habe. und wann und wie oft. nicht
nur in gedanken mit ihnen sprechen, auch mir im kopf ihre
antworten ausdenken

VATER   krofdorf wohnhaft, aber eigentlich immer noch im königreich böhmen von 1912 od. 1913
im kopf mit ihm sprechen und ob man das jemand erzählen
kann.
von seinen schuhen, noch gut. aus einem dorf bei falkenau.
sie sich machen lassen.
vom heiligenmaler und geld in der tasche.

JÜRGEN   Gespräch mit Jürgen und dann denken: Vielleicht
wieder eine Zeit der Wanderarbeiter. (wie bei meinem vater
in böhmen.

S+C in gedanken einen spätsommer lang durch die cevennen wandern (oder wären wir schon seit juni unterwegs?

ICH Tage, da einem alles gelingt und andere – pechtage. schon morgens.

JÜRGEN Jürgen – Geld interessiert ihn nicht, außer er hat keins!
schon bei vier gästen, sagt er, hat man als wirt mit frau sein essen umsonst. beim kochen ja, aber sonst kann er nicht rechnen. weigert sich. mag auch nicht die ausgaben, steuern, strom-licht-wasser und nebenkosten bedenken – und wieviel kosten und unkosten ihn das laufend kostet.

VATER vater gold. steig. gerade am abgrund muß man ruhige große sichere schritte machen. keine kleinen zaghaften, sagt er. + ist mein Vater

SIB zu sib. wg. notizen. ~~notiz sie ?aufschreiben schon aber dann?~~ sie aufschreiben schon. aber dann? am liebsten sie vergessen, aber das geht nicht. warum nicht? fragt sie. wie mit zahnschmerzen, sagte ich. die kannst du auch nicht einfach vergessen!

JÜRGEN Brombeerblüten / zwei Elstern. und ich sah die brombeerblüten im juni. ~~(S. 12~~ 14+15. Kap

ICH mir beweisen, wenn dies und das passiert, noch nicht ganz schlimm und nichts wäre ganz schlimm. und mein schreck – wie kann das sein, nichts wäre ganz schlimm! (vorher wg. geld verlieren. lampe kaputt etc.

ICH beim zähneputzen rot spucken. mein schreck. kafka. und dann fällt dir ein, daß du vorher viel rohe paprika gegessen hast. tage, an denen alles sich nachträglich noch zum guten wendet. zum besseren. die ungarn, hat mein vater gesagt, sind unsere brüder. genau wie die südtiroler und siebenbürgen.

ICH tage, an denen dir alles zu geschichten wird, alles was du denkst.

WETTER seit tagen das gleiche geniesel. (seit zwei stunden, sagt sib.)
regensamstag und dann am abend mit carina, was wir gemacht hätten, wenn es heute warm gewesen wäre und den ganzen tag sonne. erst auf die leipziger str. und dann in den taunus nach kronberg.

CARINA und eine eule aus einem bilderbuch von carina sieht mich an.

ICH daß immer genau soviel passiert, daß es für nachrichten, zeitung, fernsehen reicht. jeden tag.

16
Bis er kommt – Not. ab 18. Juli 2013

ICH WOHNUNG jetzt mußt du schnell gehen, sonst läßt dich die wohnung nicht los (vorher vorbereitungen, gedanken, vorkehrungen usw.)
will gehen, der schlüssel nicht da. schuhe binden. noch einen schluck vergessenen kalten kaffee. noch zwei verlaine gedichte. einen apfel essen. ein paar weintrauben. selbstgespräche. das telefon ansehen. ob man ihm etwas ansieht? noch fünf wörter auf einen notizzettel, alle fenster zu.
schon zu spät dran, die uhr suchen (sibylles elektrowecker mit schnur). brotrinde. nur ein kleines stück. mir in den

daumen schneiden. ob alle fenster zu sind. der wasserhahn in der küche tropft (soll man sich das aufschreiben?). die wolken vorm fenster. und jetzt ist auch der schlüssel wieder da. liegt im flur, wo er hingehört. die ganze ~~zeit zehn nach eins~~
zeit zehn nach eins.

ICH aus dem haus. nur ein paar schritte. und du bist nie seßhaft gewesen. du wolltest dir zigaretten und keine zeitung kaufen und wirst darüber zum wanderer. zum vagabunden. vor zur warte. zur unibibliothek. zum bahndamm, an die nidda, zum main und weiter ans meer. immer auf den horizont zu.
am abend mit sibylle den morgigen tag besprechen und dabei in gedanken einen weiten leeren strand entlang.
spät in der nacht. barfuß. nur barfuß ist man ganz bei sich selbst.
oktobermond 83 (s. kal.) + Juni 83

Konvolut 3: Notizen und Entwürfe zum
6. und 7. Kapitel (verworfene Fortsetzung)

vmtl. Sommer/Herbst 2012 · 4 Blatt A4
Typoskript mit handschriftlichen Änderungen
und Farbmarkierungen

manchmal eine aushilfsarbeit für vier stunden. weite wege jeden tag

als ob man stück für stück sein leben zurückläuft. manche doppelt. aber dann quält dich, du könntest etwas vergessen haben. und fehlt dir. genau wie der zugehörige teil des lebens: vielleicht nur ein einziger augenblick. und du kommst nicht darauf, was es sein könnte.

Dann ist die Platte abgelaufen und er merkt es zuerst. und sagt: Spiel sie nochmal! If not for you

einzelne Töne davon und das fehlt

Not. Anfang 7. kap. abbruchhaus. abholpizzeria. die nie jemand malen wird. ecke florastr. oder eins weiter. Sanierung bockenheim. alles als bild.
zu dem kind neben mir, dem kind das ich war.
vorher: seh uns über die leipziger straße gehen.
zum hessenplatz und sehen, wie die fenster uns ansehen.

bibl. u. carina kommt mir nach und wir gehen in die kinderbuchabteilung. und sib ein paarmal mit kleidungsstücken wg. der größe und ob sie uns auch gefallen
abendessen schon während es dunkel wird. sib. aufzählt. und

gestern? fragte ich. gestern lammkoteletts mit grünen bohnen.
aber waren das nicht die belgier?
fassungslos wie angesichts einer verschwörung.

stehen. das war gestern – Alles gestern

und dann? langsam die wolken. als ob sie eine weile gewartet
hätten. und sich jetzt wieder auf den weg machen. beim schreiben ist immer jetzt. aber wenn dann wieder das telefon klingelt, weiß man nicht, ob noch der gleiche tag ist.
sib.s anruf.

und ich gleich weiter.

eiscafe Cortina – ob ich nicht drinnen als geist, von gestern,
vom sommer her noch. als gespenst, als taggespenst oder ein
geist, der immerfort zeitung liest. durchsichtig, aber nicht unsichtbar. und die kellner wie auf einer bühne immer weiter von
ihren früheren leben in bergamo sprechen. üben noch diesen
winter
und sich jeden stein und jeden ladeneingang merken. gerade
weil man jeden tag vorbeigeht und dann die meiste zeit nicht
so genau hinsieht.
carina nach david fragen. im flur, im hof, v.d. haustür od. im
hintersten zimmer und ein instrument spielt / und rembrandt
buch – hätten heute vielleicht umblättern können. (wollen
schon wochenlang
carina leipziger – und ihr einmal die straße erzählen, viell. sogar während wir da gehen.
bild schlagzeilen vom sept. 77
jetzt mir am liebsten die namen der läden
spülen, jetzt spülen endlich. wollte schon tagelang – od. gerade
jetzt nicht, also gehen.

musik und man weiß nicht, woher sie kommt. im kopf. noch von 59.

Mimosen

Tag wie Zeitungsbild

6

[lila Markierung] ⌜auf der leipziger. die straße kommt uns entgegen. ein trüber tag. und manchmal sieht man sich in einem ladeneingang oder Schaufenster gehen. manchmal nur carina. manchmal wir alle drei. Manchmal wie von früher ein Bild. Zur Erinnerung. manchmal eine tür und schwingt mit dem spiegelbild hin und her. dann muß man sich festhalten.. der tag auch in den schaufenstern. grau der tag. beinah wie ein zeitungsfoto. und die wolken ziehen durch das glas. solang sie ziehen, sagte ich zu sibylle und carina, geht es ja noch. und wüßte gern, ob ich nicht immer noch im cortina als geist sitze? Von gestern, vom sommer her noch. als gespenst, als taggespenst. Aus dem Leben verbannt. ein geist, der immerfort zeitung liest. durchsichtig, aber nicht unsichtbar. nur wer bescheid weiß, sieht solche geister. und ob die kellner im cortina wie auf einer bühne immer weiter von ihrem früheren leben in Verona + bergamo sprechen? Man müßte viel öfter rein, damit sie auch diesmal den winter über nicht zumachen. damit es sich für sie lohnt, daß sie hierbleiben. die straße sieht man und den heutigen tag. und dazu noch, nicht ganz so deutlich, die straße von früher.⌝ Passanten. Fußgänger. Ein Lieferwagen wird ausgeladen. Langsam die Autos vorbei. drei bäckerei[en], eine konditorei (torten auf bestellung) und noch ein pralinengeschäft. dann die kaffeerösterei. müssen hier auch bald wieder, sagte ich, weil es einer von den drei läden ist, in denen wir regelmäßig den espresso für mich kaufen. der andere ist der d'orio und der dritte ein italienischer laden in der schloßstraße, so abgelegen, daß kaum je ein kunde hinkommt. und wenn, dann denkt er von weitem schon, alles still und dunkel, der laden ist zu. und kehrt wieder um. weil der besitzer nur licht macht, wenn ein kunde den laden betritt. hier in der kaffeerösterei erzählt uns die frau des Inhabers schon länger ihr leben in fortsetzungen. der krieg und wie sie als junges mädchen ihre erste stelle bekam und wie sie nach dem krieg durch die ruinen kaum den Weg fand von der robert-maier-straße zur leipziger straße, obwohl sie doch immer hier gelebt hat. Kein Haus unbeschädigt. Nirgends Licht. Und wer in den Kellern ist, weiß man nicht. nur trampelpfade zwischen den trümmern + in den Kellern sterben die Menschen, weil es kein Brot gibt. Kein Mitgefühl + keine Kartoffeln. sie hat immer bonbons für carina. gute sahnebonbons. und jogurette erdbeerschokolade. carina weiß es im voraus + wartet darauf, aber drängt nicht. von ihrer brautzeit erzählt uns die frau. vom schwarzmarkt und von der währungsreform, je länger sie spricht, umso jünger wird sie. carina sitzt kauend auf ihrem schoß + die Frau streicht ihr übers Haar + ruft den alten mährischen lagergehilfen und sagt ihm, er soll den Firmenhund felix rufen und hinten im hof herumspringen lassen, damit carina ihm durchs fenster zusehen kann. ein riesiger schäferhund, der wie ein wolf aussieht, nur größer[,] viel größer. der hof ist winzig, aber dahinter ist eine kleine wiese mit einem städtischen kirschbaum und zwei pflaumenbäumchen[,] beinah wie auf einem Bild. carina kann dem hund stundenlang zusehen. das macht sie froh. der hund springt mit offenem maul erst nach einem seil + dann nach einem Stoffball. Er sieht aus, als ob er die ganze zeit lacht. die frau des inhabers erzählt uns von ihren kindern. alle groß und tüchtig. söhne und töchter alle einen guten beruf. Das Geschäft geht gut. aber keins von den kindern will die firma übernehmen. Sie haben deshalb schon drei Filialen zugemacht[.] ihr mann ist zwanzig jahre älter als sie und sitzt nebenan in seinem holz-

getäfelten chefkontor mit glänzenden messingbeschlägen und landkarten und bildern von segelschiffen an den wänden. Er sitzt in seinem Chefsessel, raucht dünne feine brasilstumpen[,] kaut kaffeebohnen und liest bedächtig in einer prächtigen jubiläumschronik, die er selbst vor acht jahren hat drucken lassen. wenn wir gehen[,] kaut carina immer noch (um den Mund herum klebrig) und kriegt noch einen vorrat eingepackt. nougat auch? nickt kauend, mit glänzenden Augen. nougat auch! Und Nußschokolade. Und einen gelben Apfel aus Bad Vilbel. Äpfel sind gesund. Carina geht immer gern in die kaffeerösterei, aber dann doch auch freiwillig wieder weiter mit ihren zwo gewohnten eltern mit.
beim d'orio kriegt carina mandelplätzchen und er schenkt uns zu ostern und weihnachten je einen mittleren panettone. der italiener mit dem laden in der schloßstraße (nur licht wenn kundschaft) kann kein wort deutsch. aus kalabrien. aber hat eine deutsche frau mit einer blauweißen kittelschürze, die carina immer lakritz und gummibärchen schenkt. erst beide hände voll, dann doch lieber eine tüte. vielleicht würde ich nicht ganz so viel espresso trinken, wenigstens ab und zu, wenn wir ihn nicht in allen drei läden regelmäßig nachkaufen müßten. allein beim d'orio immer drei, vier sorten. und noch ein paar neue, die er vielleicht in sein sortiment aufnimmt.

[lila Markierung] ⌜für Konzept 7. Kap. verwendet⌝

7

dann beim kaufhof. erst steht man davor. dann geht man hinein. ob sie neue höschen, sagte ich. jetzt im herbst. aber doch vor drei tagen erst, sagt sibylle. nicht nötig jetzt und auch gar kein geld dafür. aber gegen obsessionen sind argumente machtlos, das weiß sie. unterhöschen, sagte ich. klingt noch intimer. mit spitzen und applikationen. oder heißt es

nicht applikationen? du bist der fachmann, sagt sie und das
ist schon ziemlich frech. und hemdchen auch. seide oder wie
seide. also Baumwollsatin. mercerisiert. Die beste Baumwolle.
Samt auch. wie blütenblätter. wenn sie schön sind, muß man
sie unbedingt kaufen, sagte ich und muß in gedanken gleich
wieder die Wohnung anbauen. auch möbel dazu. Die Möbel
nach Maß oder aus einem alten Familienschloß. manche jahre,
sagte ich, machen sie nur damenunterwäsche wie für waisen-
hauszöglinge oder mit küchenhandtuchkaros. Zur Strafe. oder
kameradschaftssporttauglich. carina ein stück weiter an einem
kinderkleidungsstand. und sieht sachkundig nach, ob bei allen ergolan-strümpfen auch gelbe ergolan-entchen beiliegen.
Und ob diese gelben entchen alle gleich sind. blaugrün, sagte
ich zu sibylle. was meinst du damit? fragt sie. alles von türkis
bis fast grün, sagte ich. oder sogar schon von coelinblau an.
mangan, petrol. auch dunkle töne. blaugrün und grünblau und
ein helles mandelgrün, das neuerdings mintgrün heißt. türkis
gab es in deutschland überhaupt erst ab ungefähr siebenund-
fünfzig. meerblau, azur oder schwimmbadkacheltürkis. und
hawaiilieder. und buona sera von louis prima. ein welthit. aber
wer hat die deutsche musikboxversion gesungen? wenn man
im sommer auf dem weg in den süden über einen fluß fährt.
Am Anfang des Sommers eine hohe alte steinbrücke. noch
von den römern. schon auf der südseite der alpen. der fluß ein
geröllfeld. nur in der mitte ein rinnsal, ein bach. gerade noch
breit genug zum ertrinken. das ist dann so eine helle blaugrüne
farbe. man müßte sich eine farbtabelle. eine reicht nicht. oder
von nähseide. die garnröllchen in einem glasschrank. ein großes sortiment. aqua-, Lagunen-[,] nil- und pistazieneisgrün.
die namen der farben aus versandhauskatalogen. wie man als
kind mit diesen katalogen dasitzt und muß immer weiterblät-
tern. und dazu auch immer wieder vor (was noch kommt) und
zurück. dann die kaufhäuser in den provinzstädten. wieder-
aufbau. eröffnung. wie man als kind über mittag durch so ein

kaufhaus trödelt. mit zehn, mit zwölf. mit zwölf schon kein kind mehr. vom dorf und als fahrschüler in der kreisstadt. die letzte stunde frei. die letzten zwei stunden. ausgefallen oder du bist gar nicht erst hin. schichtunterricht. hatten keinen eigenen klassenraum und mußten oft von einer zur andern unterrichtsstunde quer durch die halbe stadt. den weg nicht gefunden, herr studienrat dr. hauptmüller. aber du warst doch auch vorher schon da. ja, aber diesmal war ich allein. die andern alle schon vor und da sind dann lauter ruinen. da war niemand zu fragen. eine frau mit einem schwarzen mantel hat es auch nicht gewußt. und eine frau auf einem fahrrad ist einfach weitergefahren. hat einfach nicht geantwortet. die schulstraße und der marktplatz und der lindenplatz und der brandplatz sind zwischen den trümmern gar nicht mehr da. + dahinter kam mir alles wie umgestellt vor. Umgeräumt. Seitenverkehrt. ich hab ungelogen zwei stunden gesucht, herr oberstudienrat. wenn er studienrat ist, sagt man Herr oberstudienrat. wenn er assessor ist, sagt man herr studienrat. einen doktortitel hat jeder gern. referendare und junge lehrer gab es erst ein paar jahre später wieder. man hat zwei stunden eher aus und geht durch die kaufhäuser. allein oder zu zweit, zu dritt. beste freunde. noch mehr schüler auf einen haufen sehen sie in den kaufhäusern nicht so gern. schon ein wunder, daß man einfach reinkann und ewigkeiten darin herumwandern im neonlicht. auch wenn man nichts kauft. man läßt zwei stunden ausfallen und verpaßt dann trotzdem den Mittagszug. vielleicht sogar einen zug nach dem andern. Den ganzen Nachmittag lang. müd und hungrig. bis zum abend mußt du in den kaufhäusern, am bahnhof, in der stadt + am Stadtrand herumwandern. Du kommst an den Fluß. Du gehst an Farbriken vorbei. Du kommst zu den Amikasernen. [grüne Markierung] ⌜Zum erstenmal siehst du ein Gefängnis.⌝ Immer wieder mußt du durch die Stadt. Hungrig. Kein Geld, schwere Gedanken im Kopf. Müde und überwach. Und wie deine Füße brennen. Durst. Kälte. Keine Uhr. Kein

Brot mit. nur die schülermonatskarte, die man nicht verlieren darf. [grüne Markierung] ⌈Ich ging ein paarmal zu Fuß nach Staufenberg. Mit elf. Nur um zu sehen, daß⌉ man das kann. Daß es geht. wie man als schüler oft wochenlang kein geld hat. und auch nicht drandenkt. nichtmal dran denkt, sich geld zu wünschen. aber dann auch wieder umgekehrt. zahlen. Papiergeld. Münzen. Ein geheimer Schatz. im kopf immer weiter rechnen. pläne, guthaben, sechzig Fennich für eine Tube Uhu. Für die Schule. Heißt Werkunterricht. Aber dann kaufst du beim Kaufhaus Karl Kerber am Kreuzplatz die Tube Buzzi. Klebt auch. Nur fünfundzwanzig Fennich. Und sogar noch größer. Mehr drin. Und wenn man dran riecht wird man schnell ziemlich benebelt. Weiß jedes Kind. raubzüge. Als Räuber ein edler Ritter. und was man, wenn man es hat, möglichst schnell damit anfängt, um es wieder loszuwerden, das Geld. zwischen den ruinen und vor jedem bahnhof noch massenhaft marktstände und verkaufsbuden. notunterkünfte. baracken. kellerläden. aber in den kaufhäusern sieht man: der krieg ist vorbei. Erst die Kaufhäuser, dann ab 1954 die neuen Automodelle. Baustellen. Ein paar neue Straßen und von da an dann hören sie nicht mehr auf zu bauen.

8

oft in kaufhäusern. besonders wenn man nichts braucht. und sich dafür zeit nimmt. wenn gerade nicht so viel los ist. und man gerät in immer entlegenere abteilungen. manche kunden wie kinder, die sich verlaufen haben. die angestellten auch. Sind hier + nichts ist wirklich. proforma mit etwas anfangen. eine beschäftigung oder daß es so aussieht. Am besten vor einem Regal und dann ins dösen geraten. wie im traum. ein fremder traum, von dem man nicht weiß, wer ihn träumt. vielleicht schon seit jahren. kunden, die jeden tag wiederkommen. die angestellten ja auch. sowieso. bei den süßigkeiten eine frau, die alle sorten schokolade aussucht. Vier Kilo. das ist das glück.

und kauft sie auch und geht mit einer ganzen tasche voll schokolade schnell heim. oder hat sie nur betrachtet[.] Nur immer um sie herum und ganz nah. Aber nicht berührt. sie nicht angerührt und allein dafür schon mehr als zwei stunden gebraucht. immer sieht man sie rumstehen. und merkt schließlich doch nicht, wie sie dann geht. einmal siehst du sie mit der leeren tasche beim ausgang. große schritte. die zähne zusammengebissen. erst kürzlich? schon länger? ein windiger tag. Wie zum Beweis schwenkt sie die leere tasche beim gehen heftig hin + her. Bloß – sieht aus, als ob sie nie mit jemandem spricht. wohin geht sie so schnell heim? als ob um sie her der tag schon abgeräumt wird und es ist kaum erst mittag. eine kundin bei den papierservietten. drei drehständer, nur schnell eine pakkung. irgendein muster. Egal. Das Cellophan knistert. Das Neonlicht summt. Die Klimaanlage und jetzt kann sie sich nicht entscheiden. das neonlicht und die lautsprecherstimmen. werbung. musik und geheimnisvolle durchsagen. vierundzwanzig bitte zu elf. achtzehn an kasse drei. vielleicht verschlüsselt. und kann alles mögliche. Geheimnisse. trocken die luft. wie ein ewiger tag oder angehalten die zeit. man kann sich vorstellen, daß im hintergrund gleich ein künstlicher Mond aufgeht. erst zu- und dann wieder abnimmt. erst einer, dann mehrere monde. du warst zehn und ein bißchen benommen und bist mit der ersten rolltreppe deines lebens aufwärts gefahren. und wie kann das sein, daß seither soviel zeit? kaufhausmusik, aber dazu hat man immer noch einen ton im ohr. wie ein implantat. funktioniert noch nicht richtig, aber sie arbeiten weiter daran. sie geben nicht auf. vielleicht manchmal ein stück gehst du hier schon ferngelenkt und merkst es noch nicht einmal. noch nicht perfekt, aber im prinzip funktioniert es schon. vielleicht schon länger. vielleicht hast du es all die jahre auch schon nicht gemerkt. immer wieder ein kaufhausmondaufgang und wie dann alles glitzert. Nicht genug luft und wie traumgestalten die angestellten und kunden. Verzaubert. an den kassenpulten, vi-

trinen und wühltischen. wie auf einer lichtung. scheue tiere, die nicht wissen, daß man ihnen zusieht. etc./ daß jemand sie sieht.
verkäuferin am zeitungsstand. liest seit jahren horoskope. alle zeitungen und fernsehzeitschriften. einmal angefangen und erst nur das eigene in der hör zu (?), dann für mann, kinder, angehörige und dann auch noch hören und sehen, fernsehwoche etc. (weitere titel) und schließlich jede woche in allen zeitschriften alle sternzeichen. etc.
zwei kleine mädchen, zehn vielleicht. dritte oder vierte. das eine ein perlentäschchen in der hand. wollen ein geschenk kaufen. gehen durch das ganze kaufhaus, durch alle Stockwerke etc. / und dann die vorstellung, daß sie seit monaten in diesem kaufhaus wohnen. tagsüber raus. in die schule schon lang nicht mehr. und lassen sich abends einschließen. wollen vielleicht lieber in den kaufhof auf der berger straße. oder sich sogar auf der zeil eins v.d. ganz großen. mehr auswahl. und man wird nicht so leicht entdeckt. vielleicht wohnen in den kaufhäusern schon ganze familien, sippen, völkerschaften. / frauen die in kaufhäusern wieder zu kleinen mädchen werden
von sibylles arbeit in gießen im karstadt. zwei monate / juni/ juli 77. auch stadt und wetter und die morgenstimmung im karstadt. (im kaufhof bockenheim ist immer spätnachmittag) und in gießen die fußgängerzone.. hin- und heimwege. die abteilungen und vorgesetzte.
und sie fragen, später einmal noch mehr? eine zweite serie? oder verfilmen mit ihr in der hauptrolle. nein fotoroman. und sie spielt sich selbst. die hauptfigur in den geschichten heißt sibylla mit a und ist zweiundzwanzig.
etc. s. notizen.
manche in kaufhäusern als seien sie hier in sicherheitsverwahrung. kein knast, bloß so ähnlich. man geht darin herum und es wird immer größer. soldaten auch, nach einer schlacht. versprengte – und irren umher und wissen noch nicht, daß sie tot sind.

kaufhäuser u. u-bahn die einzigen orte wo alle generationen gleichzeitig. (die jetzigen schüler u. die jetzigen kaufhäuser)

Konvolut 4: Notizen-Konvolut zu
Oktober/Vorabend/Oktoberbuch 2 (Auszug)

vmtl. 2005 bis 2007 · 18 Blatt A4
Farb- und Schwarzweißkopien von Typoskripten mit
handschriftlichen Änderungen und Farbmarkierungen

B 2/3

Not. Oktoberbuch 2:

[...]

LILA Bis er kommt

+ Herbst + b i Vaterbuch f. CARINA – mit CARINA und hier od. im Herbstteil des Sommerbuchs (dann zum Schluß hin): Schon bald wieder Winter. Als Tier verkleidet sollst du zu mir kommen! (einmal anders Okt. 1, 9. Kapitel) Noch bleiben. Bis morgen. Wäscherei in Krumau beim Schloß Gold. Steig. Mein Vater. Ich hätte zur Tatra und weiter in die Ukraine gehen können. und bis ans Schwarze Meer. Und hinter dem Schwarzen Meer dann die Steppen. Und wie es einen dann weiterzieht bis ans Kaspische Meer, sagt mein Vater. Aber jetzt muß ich durch den Freiwald und Sternwald zum Gold. Steig.
Af. alle Gold. Steig Geschichten im Sommerbuch. / in → Bis er kommt
Jürgen: Sonst im Streit ist immer er es, der geht (der eilig davonstürmt)
Muß im Gehen immer wieder wahre Geschichten aus Jürgens Leben erzählen. weiter Geschichten, die alle zu seiner Geschichte gehören.

Af. für Anfang Herbstteil v. Sommerbuch / Bis er kommt /
Rembrandt – Selbstbildnis – wie er froh und traurig zugleich –
mit Carina + sehen, ob sie es auch merkt
Für Schluß Okt. 2 – Anfang Herbstteil v. Sommerbuch
nachsehen + konzipieren

WO STEHT? Szene mit Pascale + wie sie Carina leckt? 24.
Kap. / Wie heißt (od heißen oder wie sagt man) etc. Und als
Antwort das gleiche Wort. Auch schon für Okt. 1 notiert /
Gelb sagt sie / Sept. sagte ich 21. Kap S. 5

Gold. Steig. Mein Vater, nachdem er bei Krumau am Waldrand
schlief. Die Preiselbeeren. Preiselbeeren in jedem Stadium an
diesem einen Strauch.: Blüten. Grün. Halbrot. Rot.. Und sogar
eine vertrocknete. Durst. Erst die Preiselbeeren, dann Wasser
trinken.. Hoftor. Der alte Mann und die junge Frau, die meine
Mutter hätte gewesen sein können. Mein Vater sagt: Etwas
besseres als dieses Wasser! Wdh. der Satz beim Erzählen. Variiert ihn indem er ihn auf jede mögl. Weise betont. Mit Kursivschrift die mgl. Betonungen. Etwas besseres als dieses Wasser
– habe ich in meinem Leben nicht getrunken.
Alle Gold. Steig Geschichten hier oder Sommerbuch, s. Not.
II. 1. 2 S. 23 Sommerbuch-Anfang – Mein Vater. Dieses Jahr,
sagt er, als erst der Sommer + dann das Jahr mir im Umhergehen verlorengegangen etc.
Wasser – ein irdener Krug, sagt mein Vater – + sich umsieht, als
ob er ihn sucht.
Gold. Steig: Manche Wegstrecken, sagt mein Vater, muß man
singen oder den Mund zu und wie eine Orgel brummen – anders schafft man sie nicht / sind sie nicht zu schaffen! + siehe
nächste Seite B 3/3 Zigeunerin

[...]

B 3/3

[...]

nach vorabend: mein vater der nicht abergläubisch wg. der
zigeunerin in budweis – wieviel tage, seit sie ihn gesegnet hat?
Gold. Steig

[...]

für Bis er
Sib. nachts. Schluß Vorabend. als ich sagte, wie das schlafzimmer so leise am rand der nacht dahintreibt und sie zu mir sagt:
du bist überreizt! weil ihre mutter das früher manchmal zu ihr,
erst ihre großmutter das zu ihrer mutter und dann beide zu sib.
und wie sich die wohnung langsam um mich dreht

NACH Vorabend
Gold. Steig – wie mein vater sich in krumau nach dem schlaf
erinnert, wie drei zigeunerinnen in (wo?) an einem Brunnen
getrunken haben. Lange bunte kleider. mehrere übereinander
.. ihre stimmen und wann das war. und wie er sich erinnert
und dann trinken geht. etwas besseres als dieses wasser ... etc.
und die frau die meiner mutter ähnlich sah, die er damals noch
nicht kannte (s. a. Not. Gold. Steig hier auf Seite 2/3)

nach vorabend oder im sommerbuch (herbst): da geht sibylle./
und mehrfach: kommt da nicht die pascale?

Noch vorabend od. zwischen- od. sommerbuch: schrank,
regal, tür oder fußbodendielen. muster im holz. das bin ich.
einmal als kind im waldschattenlicht. einmal mit fünfzehn auf
einer straße am abend. das muß in trieste sein. und einmal mit
dreißig oder das könnte auch jetzt noch. kein großer unter-

schied, sagst du dir. lange haare. und dann noch fünfmal als alter mann. die zukunft also. das kommt noch. immer ich. aber außer mir sieht es keiner. auch wenn ich es zeige. man kann es nicht zeigen. im holz. mit dem holz gewachsen. ein bilderbogen. du nimmst ihn im kopf mit. / in eschersheim, arles od stes. maries. od. beim trampen in lons les saunier. und wirst fortan, wenn du am abend müd dasitzt, an diese bilder denken, sagte ich mir.

Noch im Einschlafen wirst du denken, du kannst nicht einschlafen! / Vielleicht nie mehr schlafen.

[...]

                                                                          A – 1/3

[...]

Carina – Ja aber als 1 Wort – Jaber + als Steigerung der Verneinung: Nö, auch nicht!

[...]

Weg am Bahndamm mit Carina. Immer noch Astern in den Gärten. Siehst du, sagte ich zu Carina. Meine Mutter, die du nicht gekannt hast. Die tot ist seit dreizehn Jahren. Und Astern sind ihre Lieblingsblumen gewesen. Sogar auch ein Gedicht mit Astern hat sie gewußt. Siehst du die vielen Farben. Die mußt du dir alle merken. Ein Nachmittag, an dem es ein paarmal so aussah, als käme die Sonne gleich durch.

Jürgen Barjac – Alles auf Pascales Namen.

Sonst im Streit immer er weg. Jürgen. ev. forts. Not Jürgen
Kein Führerschein fährt aber

[...]

Hagebuttensträucher, Heckenrosen, sagte ich. / In der Sonne.
Im Regen. Und sogar wenn sie nicht blühen. Grün ein leichter
Geruch und man merkt ihn zuerst im Vorbeigehen. Und die
Leute stehen dabei und sagen, die riechen doch nicht. Also ich
riech da nix, sagen sie. Sollsts mir auch zeigen, sagt Carina.

[...]

Nochmal uns von außen. Das eigene Leben. Abend. Noch
eben hell. Dämmerung. Die Jordanstraße. Das Haus. In Unsren Fenstern das Licht. Da sitzt er und schreibt. Von dem
Abend, der Zeit. von mir und Sibylle und Carina erzählen. Für
Schluß von Oktoberbuch – af. Anfang Sommerbuch oder sowieso am Anfang des zweiten Buches.
Ein kleiner Regen. Die Bäume rauschen.

Katzen. Kind mit Roller
vor 4 Tg mit dem Roller

Veränderungen. Und was alles verschwindet. Weg für immer
(Sanierung Bockenheim) Damit man die Vergänglichkeit lernt,
sagte ich. Af. für Sommerbuch.

A 2/3

[...]

wie er einmal mit dem schwarzen buch in die stadt ging. herbst
72

[…]

jetzt in der nacht von hier aus ganz deutlich sehen, daß der ort da anfing. für die ganze gegend die ersten häuser gerade da in der engen rue st. michel.
und mußte in der nacht denken, er hätte filme machen sollen. nur warum hat er es nie probiert.

[…]

A 3/3

Vater. Durst s. Eintragung vier Stellen weiter. Durst. Preiselbeeren. An einunderselben Pflanze Blüten, grüne und reife Beeren sogar im Spätsommer noch. Man ißt die reifen und merkt sich die grünen und freut sich. nur eine handvoll, sagt er gefunden. noch im schnee wenn sie stehen. findet man eine handvoll und die blätter sind grün. u Not S. 20 Gold. Steig Auf Tscheschisch heißen sie Brusinka. Stehen im Schnee. So grau + so rot.
Vater Wien Fiaker

[…]

Vor mir sehen. die Geste mit der mein vater, beim Lesen müde geworden, die brille abnimmt.
Vater: Wein, Wasser. Gld. Steig. Ein Glas Wasser. Etwas besseres als dieses Wasser habe ich in meinem Leben nicht getrunken.
Vorher am Waldrand geschlafen. Wie deine Mutter, aber war es nicht, sagt er. Erst Jahre später zum ersten Mal sie gesehen + s. Not. S. 20 / 2 x

[…]

10

[...]

Nächsten Morgen: Mit Carina Weg Kinderladen und auf dem
Rückweg mich beeilen, falls er anruft! Mich sowieso sonst
auch immer beeilen auf dem Rückweg vom Kinderladen, um
mir mehr Zeit zum Schreiben, aber jetzt wg. ihm.

Bis er kommt
Beim Aufstehen od. Heimkommen
Geld, Schulden, Geldsorgen. Öfter Streit mit Pascale. Erst
recht, seit der Sommer vorbei ist.
Man macht die Tür auf, um zu sehen, ob das Nebenzimmer
noch da ist.
ich am nächsten Morgen sehr früh auf und mit den Notizen
weiter und beim Frühstück Sibylle Carina und mir erzählen,
wie es weitergehen könnte mit Restaurant, Auto und ihrem
Leben in Barjac und auch für uns. / Essen z. Versöhnung bei
François + Ann-Marie – die wären zurück
vom Kinderladen heim – hin mit Carina und uns Zeit lassen,
sie und ich. Hin immer ohne Eile und dann schnell zurück.
Mich beeilen. Sein Anruf.
Vorher zu Sib.: Öfter schon ohne ihn fast verhungert, aber mit
ihm natürlich auch schon
Wenn sie kommen, Geld auch für uns

[...]

Barjac – vom restaurant aus – die straße vor und dann (weit in
die ferne) die lichter vor der stadt. schon zum meer hin.

das wichtigste: es immer wieder sich selber erzählen. im gehen.

Bei allem, was man tut. immer wieder sich selbst erzählen, bevor man anfängt, es aufzuschreiben.
Text: die Wolken, Frankfurter Wolken. / Wasserflaschen, seit ich nicht mehr trinke

Anfang nach Vorabend
morgens im halbschlaf: erschöpft und als ob man auf einem sims sitzt und immer wieder aufflattern muß (dabei aber nicht sicher ist, ob man fliegen kann). S. unten – Handschriftl. Notiz

Jürgen: und vielleicht jahrelang so weiter – im Winter in Frankfurt Geld leihen und ab März in Barjac von den Einnahmen leben. Für Steuern, Reparaturen, Sonderausgaben immer noch extra Geld leihen.
Aus Übers Eis: Pascale verliebt! (Zit. Antiquariat)

Bis er kommt
s. Not. Halbschlaf: an Vögel denken im Morgengrauen. Als ob ich es selbst bin, der immer wieder so aufflattern muß – und dabei jedesmal nicht sicher, ob mir das Fliegen gelingt oder nicht

Michelin-Karte Nr. 80 und auf der Karte eingezeichnet, wo man abbiegen muß, wenn man von Norden kommt auf einer Departmentstraße rechts der Rohne und will nach Barjac.

Jürgen – nochmals Fotos als Beweis! 1 x 10. Kap / Bis er kommt – + Carina großwerden sehen, dachte ich (mehrfach)
Schickt mehrfach Grundrisse – seine Grundrisse gehen nie ganz auf.
Bucolique.

Als er kam: nicht nur der VW Bus defekt. Sogar meine Stiefel im letzt. Moment auch kaputtgegangen

ob sie geblieben wäre, wenn sie am letzten Abend mit François
+ Ann-Marie hätte sprechen können oder mit uns tel.

sonst im streit immer er weg! Jürgen! sonst im streit ist immer
er es, der geht (. .der eilig davonstürzt!)

Wenn man ehrlich sein Geld verdienen will, sagt er.
+ ich muß Sib erzählen wie er einmal in Obertshausen im Bf.
nicht wegkonnte. s. LAUDA
Kann nicht weg, sagt er. Dann erzähl wie es ist. Barjac + am
Tel. v. seinem Kaminfeuer – ein Herbstnachmittag + an den
Küchenofen meiner Mutter denken. 1952 im Herbst.
Halbe Baumstämme in den Kamin

vor Tag
In Erwartung der Morgendämmerung auf Drähten, auf Simsen
sitzen, die Simse vielleicht auch nur eingebildet od. aufgemalt
– nicht echt + sind doch der einzige Halt, den wir haben etc.
Aufflattern

Aufflattern – erst nur 1 x vorsichtig über den Hof oder gleich
zum Horizont

Jürgen sagt, sogar die Leute aus Barjac.
Franzosen Sonntags zum Essen. Extra vorher abgemacht. Ein
Familienfest
Sohn + Schwiegertochter zu Besuch

[...]

[teils gelb, teils lila markiert] Ffm. Eschersheim – die Wohnung
Pascale – also vielleicht doch gekündigt bezahlt, abgemeldet

etc. ordnungsgemäß WOHNUNG s. 2. SM-Notiz + 10. Kap
S. 1
Kl. frz. Sprachlehrerwohnung 3. Kap

11

[...]

S. 15 im oktober auf der berger straße gehen, zu dritt und neue fellhausschuhe f. carina. ein griechischer laden. ein herbsttag. die wolken über der stadt. (als gast, S. 128)

[...]

S. 11 Carina Zöpfe

[...]

S. 19 oktober. heimwege mit carina. kastanien aufsammeln. wie es raschelt, das laub.
S. 19 s. Not. Nachmittag Leipz. Str.

Als Gast S. 153 Kinder
Indienladen Leipz. Str. Übers Eis S. 99 S. 213
Stellen f. Fenster
8. Kap. Oder vorhin außer seinem Anruf noch ein anderer (als wir heimkamen)
Am Tel. und die Nacht ums Haus / Tel. und die wolken ziehen durchs Fenster. (die nächsten Tage)

12

[...]

Vater – Gold. Steig – obwohl man den Weg mit den anderen
geht, eine Karawane, sagt er. ist der Weg eine lange Einsamkeit
und man geht und geht alle Tage mit seinen eigenen Gedanken
im Kopf. In And[a]cht und Müdig-[keit] geht geht man und
muß all seine Kraft zusammennehmen. Und dann die Wald-
leute, Köhler, Holzfäller, Fuhrleute. Viele dort im Wald sind
Propheten. Wahrsager. So ein dichter Wald und sie haben alle
das zweite Gesicht.
S. Not. S. 20 – 2 x und bei den Not. 1 – 3/Seite 3 oben

[gelb markiert, zusätzlich lila und grün] Pascale Cassettenrecorder –
als ich das schwarze Buch zuende schrieb.

[...]

13
1/2

Nicht grün, sondern lila!

Bis er kommt!
Bevor er kommt (in seinen Stiefeln) im letzten Kapitel: aber
das ist dann schon das nächste Buch.

Bis ER KOMMT
Sitzen: in Lollar seit den Sechziger Jahren/In Eschersheim vor
einem Jahr. Und in der Jordanstraße Herbst 83. I.d. Jordanstr
sitzen und mich erinnern wie ich in E. sitze und davon spreche,
daß ich in Lollar sitze s. Not. Karfreitag
E. – Aufblicken + mich umsehen – wo ich bin? Und ob jetzt
jetzt ist. Im Herbst. Heute Abend

letzt. Nachmittag/Abend: Edelgard bei der Bibliothek: Uns

ansehen und wie wir uns beim Sprechen hin- und herbewegen ohne uns zu berühren.

[...]

Bis er kommt
Bevor er kommt (in seinen alten Stiefeln, die genau noch bis Ffm. gereicht haben) vorher im letzten Kapitel: Aber das ist dann schon das nächste Buch.

[...]

Schluß 2: mit Edelgard v.d. Biliothek und wie wir uns beim Sprechen vor- und umeinander bewegen. doch nicht berühren! Nur ja nicht berühren! Als Bilder im Fenster der Bibliothek. Als ob wir schon einmal so.

14
1/2 + 1

[...]

Bis er kommt – Warum Sib. nicht Pascale s. Not nächste Seite

Not. f. Bis er kommt – S. Not. Oktober und Vorabend mit lila Markierung
und siehe sommernotizen bes. ab seite 24 – nach vorabend.

Motto: v.d. simsen oder bei den sims-notizen od. besseres finden!

weg am bahndamm beim und v. sonnenuntergang wie in staufenberg – alles rot, himmel, herbstgras. meterhoch rainfarm.

riedgras, hecken, gestrüpp. kopfweiden, ein graben. ein pfahl.
erst rot und dann gelb und schwarz. und die elstern mit mir
und die krähen übers feld. einmal allein da und sybille und
carina beim heimkommen davon erzählen. alle ein warmes fußbad. krähen übers feld, sagte ich nachträglich noch. sind dem
tag hinterdrein richtung rödelheim. und der winter kommt.
und nochmal von einem vogel, der an der lahn aus dem schilf
ruft.

herbstvormittag. schreiben. allein daheim. wolken ziehen und
die waschmaschine in einem zufriedenen langen selbstgespräch.

brot rösten ohne toaster

behörden und behördenpost – obststand, kinderladen wg.
schließung und carina: das dürfen sie aber nicht! obststand,
die farben der äpfel, das licht. nachmittagssonne. die äpfel sind
doch die wirklichkeit.

morgens mit sibylle und carina milchkaffee, notizzettel, mein
manuskript und im kopf eine fortlfd. buchhaltung f.d. schrek-
ken der nacht.

?? Motto: wollten schon letzten herbst mit buntstiften ein
buntes herbstbilderbuch. mein kind und ich. und jetzt ist es für
dieses jahr auch schon wieder zu spät!

im oktober. ein herbsttag mit wolken, sonne und wind. wolken
ziehen. wieder die sonne. schon vierzig, das muß dir gerade
jetzt einfallen. im juni vierzig geworden. die zeit. wie die zeit
an mir zieht.

einmal gegen mittag und die zeit geht langsam. gesichter, der
himmel, eine taube, die steine. die wolken. die wolken sind ste-

hengeblieben. und daß die taube, statt mir auszuweichen, auf dem gehsteig auf mich zukommt.

sib. und ich mit carina, die noch ganz klein, das muß unser erster winter mit ihr. wie von außen als bild uns sehen in diesem vergangenen ersten winter als eltern. – wie man sie trägt und dabei seine schritte setzt. alles noch neu. wie man uns aus dem haus kommen sieht. kinderkleidung, mütze, handschuhe, schnuller, fläschchen, ein spielzeug, eine kinderrassel weiß und rot. dicke rote marienkäfer drauf.

kurz vor schluß. letzter abend. daß er morgen kommt, aber das ist schon das nächste buch. s. Not. 13

und wolken wie in meiner kindheit

ungezähligte, sagt carina (1 x im kap. 65 bei sternen)

und wie man nachts fassungslos vor seinem eigenen leben

sib. am tel. tanzt und sich anfassen muß. beine und po und zwischen den beinen. dabei aktenzeichen buchstabiert, ein behördenanruf. s. mskr. J nebengeschichten A 5 a Heft 1. S. 7 oben und ev. noch mehrfach – viell bereits f. sommerbuch besser notiert? muß man sie anfassen und gehört sich das fragen.

s. auch sommernot. S 24 und not. okt. und vorabend lila markiert.

allein daheim. schreiben. und immer wieder der stundenschlag einer uhr. aber woher? aus dem staufenberg meiner kindheit die alte turmuhr. wolken. das telefon. keine post heute?

Not. bei Oktober und Vorabend-Notizen. gold. Steig. Simse im Morgengrauen

Mein Vater: kennst du das, wenn man an einem heißen, an einem sehr heißen Tag eine saure Gurke ist?

Und sie ist ganz warm. Bevor es Kühlschränke gab, sagt er. Meine Mutter, sagt er, hat sie noch selbst eingelegt. Heiß, sagt er. Still. Am Küchentisch. Nur die Fliegen summen. Man beißt rein und es tropft. Sie ist so warm. Wie gekocht, sagt er. Trotzdem. Man beißt rein und gleich hat Lust weiterzuleben. Und gleich auch wieder Appetit.

Mit acht mein Vater. Der Tag als sein Bruder Josef zurückkam und wie er davon erzählte und jäh Tränen in seinen Augen.

Vorher besessen, getrieben – und dann sich sagen: In aller Ruhe. Dafür ist die Zeit ja da!

1) s. Orig. Seiten 1-10
2) s. nächste Seite – Absatz

Kopie – Orig. id. Mappe beim 12. Kap.

Vorabend – Anfang 1. Kap. und Notizen

[...]

Bis ER KOMMT
(... ..) Spät am Nachmittag. Feucht, kühl, dunkle Wolken. In den Abend hinein. Alle Straßen schon auf den Winter zu.

Noch nicht benutzt.

(... ... ..)
Schon der Winter vor der Tür. Man merkt es auf Schritt und Tritt. Besonders ganz früh am Morgen. Noch dunkel. Schon überall Wintergestalten.

abgetragen, erschöpft dösen, als ob sie im stehen schlafen oder erhängt. voreilig sich selbst. konnten nicht abwarten.

Im Flur unserer Jacken und Mäntel (Beschreibung!). Kleiderhaken an der Wand. Darüber die Zwischendecke, die Sibylle letzten Sommer eingebaut hat. Letzten Sommer oder schon im Sommer davor. Erst sie sich ausgedacht, dann die Bretter und Dübel dafür. Kartons drauf mit Manuskripten, Notizbüchern, Zetteln, für die sonst nirgends ein Platz auf der Welt. Alles verpackt und eingeräumt. Ein paarhunderttausend Wörter. Die Bretter auf Leisten. Sachgerecht. Vorher die Leisten mit Nägeln, Schrauben und Dübeln. Das hält, sagt Sibylle. Warum soll es nicht halten? Solche Dübel, sagt sie, sind für die Ewigkeit. Aber wenn ich aus der Ferne dran denke, ist mir, als ob das alles nur schwebt, schwankend und schlingernd schwebt und man weiß nicht wie lang. Unser ganzes Leben so in der Schwebe. Immer in Erwartung der nächsten Katastrophe. Immer mindestens eine in Aussicht. Und mit welchen Vorzeichen sie sich ankündigt. Kommt schon näher? Kommt sie? Bald da? Manchmal Verzögerungen. Manchmal bei den angekündigten Katastrophen unerwartet eine andere Reihenfolge. Und was, wenn nächstens alle auf einmal?

Notizen im gelben Schulheft

Heft Herlitz, kariert · 16 Blatt A5
Februar 2012

Letzte beschriebene Seite des Hefts, auf die Entwurfsniederschrift von Kapitel 1 folgend:

Not. f. Anschlußtext:

1) Äpfel / Herbstnacht + Carina v. Mandarinen + wie wir bald wieder am ?Strand + muß vielleicht einmal als Bild in ein Buch (s. Okt. + Übers Eis)
2) Schlafsack Sterne + dann erst das Haus darüber
3) s. Not. VW Bus Felsen – Widerhall
4) Nicht ans Arbeitsamt denken. Nicht dauernd. Dauernd daran denken, daß man … (vorher hier S. 12)
5) RUDI wg. MONDPHASEN OKT/NOV 83
6) das frz. Bilderbuch Wenn die Nacht …
7) Not. aus Prag abtippen (im Umschlag bei dem hellgrünen Schreibheft)
8) Not. f. Reihenfolge markieren!

Notizen im hellgrünen Notizheft (Auszug)

Heft Mustertussi, 10 x 14 cm · 20 Blatt
März 2013

Letzte beschriebene Seite des Hefts. Das Heft enthält auf den vorangehenden Seiten sechzig numerierte, durchgestrichene Notizen, überwiegend Vorstufen zu den Notizen des Konvolut 2, vereinzelt Notizen zu den Romanprojekten ›Der vorige Sommer und der Sommer davor‹ und zu ›Und wo mein Haus‹. Diese Notizen wurden von Kurzeck in das Konvolut 2 übertragen und dort weiter ausgearbeitet (vgl. hier S. 293f.).

Not. ab 21. 3. 2013

1) Bis. Tel Schwager. Wildgänse gesehen? er war krank. Naud dou etc.
2) – Zeit – schon elf gleich halb eins, schon wieder Dienstag
Schon Mitte Oktober
Herbst. Abend. Bald Winter. etc.
3) s. Not. 1-7 auf Zettel
4) Haus – U-Bahn – alle mit geputzten Schuhen
5) Bis – id. Straßen abends die Winterfenster
6) Kap. 3 od. 9 – + dann im Gedächtnis die Stimmen. Zum Wiederfinden
7) Bis – Hauptwache Oma Mutter. Sozialhilfe, Putzlohn. Und ein stolzes Kind. Vier Jahre alt. Neue Schleife im Haar und ein Duplo.

Notizen auf Postkarten und losen Zetteln

Ende August 2013

Postkarte Kulturgesellschaft Bergen-Enkheim mbH, Rückseite:

1) id. Nacht Regen. Morgens Pfützen auf dem Gehsteig + das abgefallene Laub. Alles naß. Eilig die Wolken.
2) Noch früh. Im Treppenhaus schläft ein Nachtfalter. Das wissen nur wir beide, sagen Carina + ich zueinander.
3) Gedanken wohin? Im Flur auf dem Schuhschränkchen deponieren. Nicht Notizzettel nur die Gedanken. Sorgsam. Damit man sie wiederfindet.
4) zum Schluß Jürgen mit Koffer Eisenbahnbrücke Margarethenhütte (s. 15. Kap). Sommer vorbei. In diesem Herbst Knast + viele Jahre Knastgeschichten.

Postkarte Kulturgesellschaft Bergen-Enkheim mbH, Vorderseite:

1) Honigtropfen
Ameisen unterscheiden können
+ sie zählen die Tropfen mit
(Ende 16. Kap.)
– also in der Nacht schon den kommenden Morgen geträumt
2) Wölfe lieben böhm. Wald
3) 3 Uhr nachts beschreiben
4) Wie *iiii* man für 1 Schmetterling (mit Carina)

Postkarte Hessisches Ministerium für Wissenschaft und Kunst, Poststempel 1.8.2013, Vorderseite:

1) Engel – manchmal 1 Kind am Fenster
Gardinen/Vorhang
Manchmal ist man selbst dieses Kind 16. Kap.
2) Treppenhauslicht, – daß du – nein, lieber so –
Perso
3) nachts im Bad – als ob man nach langer zeit zum 1. x wieder allein trifft (aber auch nur kurz)
4) Sib Rückenstreicheln
Mass. Kuß Nacken
4) Kinder Namen geistern

Lose Zettel:

1) Sind die Herbstferien um?
2) froh und ein bißchen zu spät dran
3) Wohnung Myriam
3) im Einschlafen Nachtzug Liegewagen über die Weichen – wie die Zeit sich mit uns beeilt

1) not. Rudi 4 – Ingrid
2) Wandteppich
3) Tau
Bis ich – v. morgen ^{uuu} Apfel
4) mit Jürgen vom Schreiben
5) Ein Kind liest im Gehen
6) war zuletzt ziemlich blau, sagte ich z Sibylle
7) Aufsehen

8) nicht aushalten, sagt er, viell. nicht ertragen. dann mußt du es ausprobieren
9) mit dem tel. + das Arbeitsamt zeitweilig vergessen
10) Frau auf dem Weg
11) Schluß Notizblöcke
12) Regentropfen die hoch im Wind fliegen
13) guter Tag + jeder Gegenw[ind] kommt wenn du ruftst – genauso auch die Gedanken

1) Sib. Taube
Rausfallen, aber dann sind die Tauben schuld
2) Nie Geld gehabt
Etwas Besseres zu tun
3) J – seine + meine Mutter

1) J. ?heilig (MA)
2) A.amt – Könnten sie nicht
3) Musik Seestr.
4) Sib. m. Aufschr.
1 Pfeifchen, das wie ein kleines wie eine ganzes Orchester

1) Seifenbürstchen
2) Mskr. nachsehen
alles noch da

werden alles überleben muß ich ihm in Gedanken noch nachrufen. Und auch zu mir selbst. Werden nie sterben. Denk dran!
15 / S 7
1) Schläft er jetzt (alle schlafen – Bester.
2) Zig Wahrsagerin

3) Kinderlieder f. Carina aufschreiben
4) Nachsehen Not. ?Heiko
5) v. Alessandra im Kindergarten
6) J. Geschmack der Brombeeren, wirkliche Brombeeren. süß + herb + wie man sie lang nachschmeckt

CARINA
Kinderladen
1) Kl. Hund ausged. 5
2) Vögel 6
3) 2 x Herbstmütze 8 + 7 + S. 3 unten
4) wird groß werden 8 + 7
5) Weg erzählen 7
6) David 7
7) Hund ausgedacht 8
8) Räumung Kinderladen 9
9) Schmetterling 9
10) wo steht v. Carina die Männer f. Bettler oder schon benutzt? Not S 15

J. Not S 4 unten Wald
S 4 schreiben
S 5 Landstr. (mehrf.)
S 9 Aufräumen
J. 12 Kap. S 4 + 5
6 Kap S 1
Sanierung Bockenheim
Not. 14 oben + Mitte + nochmal gelb nachsehen

Notizen im Kalender 2013

6. Oktober 2013

Not. Bis er kommt

1) Der Straßenmusikant, der drei Tage vd. Bilka stand, Besserer Platz od. weitergezogen, ich hätte mit ihm sprechen sollen
2) manchmal 1 Kind + man wüßte gern, wie es später ist. Immerhin Carina viele Jahre lang großwerden sehen.
3) Nachts. Vorher gearbeitet
Meine Notizzettel Sib putzt sich die Zähne
auf chin. Gedicht → Nachsehen Baettge
4) Frau mit Zeitung, die du gestern im Cortina
liest jedes Fleckchen, damit sie nicht heimgehen muß
5) Küche Wasserkocher denken – bei mir nicht sagt Sib.
6) wg. Schlaf + dann schon in Schuhen jetzt könntest du einschlafen
7) jed. Gegenstand, Handgriff Gedanken, als ob du ihn erst gestern, + davor vor langer Zeit, vor langer Zeit geträumt

Zettel Hotel Rauriser Hof, Rückseite

Letzte Notizen für ›Bis er kommt‹

vmtl. Anfang Oktober 2013

Zettel Hotel Rauriser Hof, Rückseite:

<u>Musik</u>
Crossroads
Copper Kettle / The Change + Rainy Night in Georgia
Knockin' on Heavens door
Where do you goto my Lovely
69 Love Songs
Windy Town
See the Sky is about to rain
Tom Waits – Time

Briefumschlag DIN lang, AEK Arbeitskreis Egerländer Kunstschaffender, Poststempel: 30.9.2013:

Bis 1) Himbeerrosa Blumenkohl
2) Bis Wieder Oktober. Im Buch auch die meiste Zeit Herbst.
Jetzt bist du vierzig. Mach weiter
3) III Ein alter Araber mit Fahrrad. Auf dem Boul. Strassb
Schiebt das Fahrrad. Sieht mich lang an, bevor er ernst + aufmerksam grüßt.
4) Kal. 6. 10. 13 Not 1-7
5) Ein Alter Friedhof J + Annegret

Kassenbon Maison Chabert, Uzès, 5.10.2013:

J – MA + wieder jung

Notizen für ›Am Rand‹

2012 oder 2013 · 1 Blatt A4
Typoskript

Not. f. am Rand, die ich im kal. v. 2008 u. 2010 notiert hatte / hier nur zur Aufbewahrung):

ekzem verdacht (mir selbst verdächtig!) – als ob sich das leben jetzt gegen mich richtet. nicht mehr auf meiner seite.

weggehen (fort) bisher immer konnte ich od. dachte das jedenfalls – jetzt nicht, für viele jahre nicht. jetzt hast du ein kind. und nie mehr ganz und für immer weg. carina.

februar uhlandstraße. v. d. haustür. tor offen. v. d. vorderhaus mit dem großen tor in der einfahrt. tor offen. licht. sonne. vormittag. spatzen im rinnstein und in den vorgärten und meine erinnerung an den garten von margit und meinem schwager im juli an dem samstag vor carinas unfall (der tag nach dem gewitter) – 1985. und wie wir da unter den obstbäumen gingen – und dann mich erinnern, wie ich hier stand und den bauarbeitern nachsah an einem hellen frankfurter januarmittag und ich wußte, ich kann ihnen glauben, auch sogar, wenn es nicht stimmt!

nur noch liegend oder fahrend die last der zeit - am liebsten liegend fahren und weit in die ferne den blick.

Erste Niederschrift des Anfangs
des 1. Kapitels auf losen Zetteln

Prag, Januar 2012
(Auswahl, Faksimiles mit Umschrift)

Zettel Nr. 6, Kassenbon Segafredo, Malostranské nam 27/4,
Prag, 7.1.2012, recto:

auch aus dem Verlag
manchmal Arbeit
mit heimnehmen. [4]5
Und ~~manchmal~~ vielleicht
für den Pflasterstrand
setzen. Den Umbruch
auch. Sie haben sogar
schon gefragt. Und
auch ein bißchen
mehr Sparen. Und
solang das Wetter gut
ist. sagt sie, kann
ich mit dem Fahrrad
zur Arbeit. Sogar gern. durch das Westend
Oder Sogar zufuß. Und können
auch beim Einkaufen
ein bißchen mehr
sparen. Lieber nicht, sagte
ich. Sowieso mit allem
zusammen hätten
   →
wir dann ja mehr
Geld, als wenn ich]
        ←

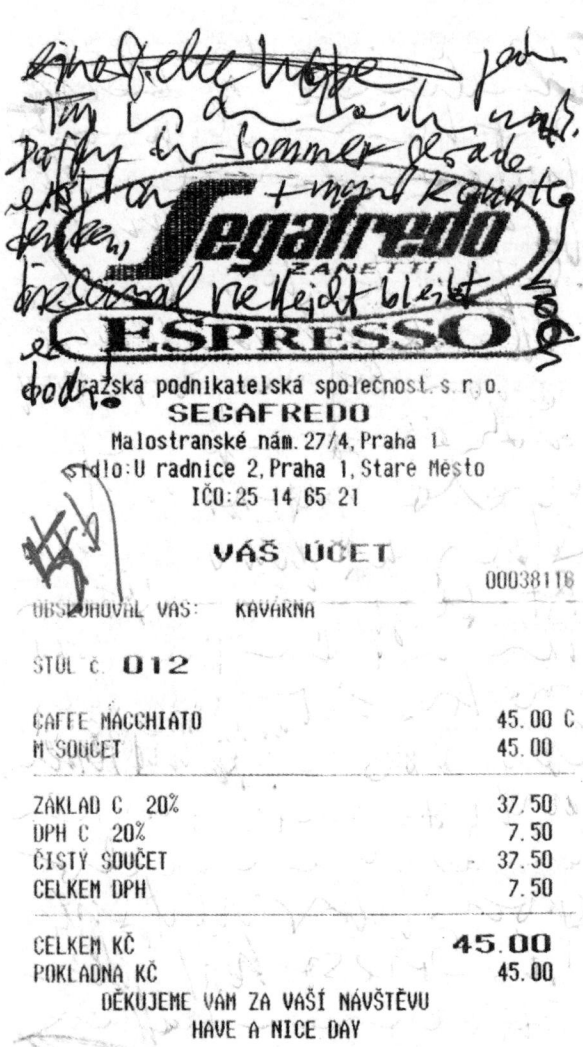

Pražská podnikatelská společnost, s.r.o.
SEGAFREDO
Malostranské nám. 27/4, Praha 1
Sídlo: U radnice 2, Praha 1, Staré Město
IČO: 25 14 65 21

VÁŠ ÚČET

00038116

OBSLUHOVAL VÁS: KAVÁRNA

STŮL č. **012**

CAFFE MACCHIATO	45.00 C
M SOUČET	45.00
ZÁKLAD C 20%	37.50
DPH C 20%	7.50
ČISTÝ SOUČET	37.50
CELKEM DPH	7.50
CELKEM KČ	**45.00**
POKLADNA KČ	45.00

DĚKUJEME VÁM ZA VAŠÍ NÁVŠTĚVU
HAVE A NICE DAY

07-01-2012   09:35

(C) System-Commerce

Zettel Nr. 6, verso:

~~eine Stelle habe~~ jeden
Tag in den Laden muß.
Da fing der Sommer gerade
erst an   + man konnte
denken,
diesmal vielleicht bleibt   noch
er
doch!

[4]5b

Zettel Nr. 7, Kassenbon Starbucks Coffee, Malostrasnske Nam.
28, Prag, 11. 1. 2012, recto:

Nach der Reise das
erste Kapitel fertig.
So gut wie fertig.   6
Muß noch ein paarmal
abgeschrieben werden,
damit dann jeder Ton
stimmt. Noch nicht das Dorf
in diesem Kapitel, son-
dern wie man dort hinkommt.
Durch die Jahrhunderte
In dieser + jener Gestalt.
Immer wieder gekommen
Ein beschwerlicher
Landfahrertraum. ~~Im
mer wi~~ Das erste Kapitel + dann
kannst du nicht aufhören.
Gleich weiter mit dem Manuskript. Schon welche Wörter
+ wie sie daherkommen   im Schlaf
Und wie aus den Wörtern   noch. Und
dann Sätze werden.   aus dem
                             Jenseits
Und die Sätze zu Bildern. Ein
Buch, wie es noch keins
gibt. Also jeden Tag weiter.
Sonst immer morgens
aus dem Haus. Von Kind
auf. ~~Seit ich fünf~~ Erst
   Arbeit. Hauptsache
Schule, dann/Arbeit.

verso: bedruckt, Kassenbon, unbeschriftet

Zettel Nr. 23, Teebeutelpapier (Teekanne Kamille), recto:

Das Gelb an den Wänden
Kaisergelb, eine alte Fassadenfarbe, die das
Licht einfängt +
ausbleicht im Licht
Als ob immer die
Sonne scheint oder
als könnte sie jetzt
bald durchkommen.
Und gleich bleibt die
Zeit stehen. Man wird
wieder ein Kind + die
Häuser fangen zu lächeln
an.   23
Wenn man aus Böhmen ist.
+ dort allzu früh wegmußte
daß einem keine Zeit
blieb, alles zuletzt noch einmal lang genug anzu-
sehen. Gleich alles weg
Weg für immer. Gleich
nur noch Land-
straßen, Flüchtlings-
lager, Baracken,
Viehwaggons, Güter-

Zettel Nr. 23, Teebeutelpapier, verso:

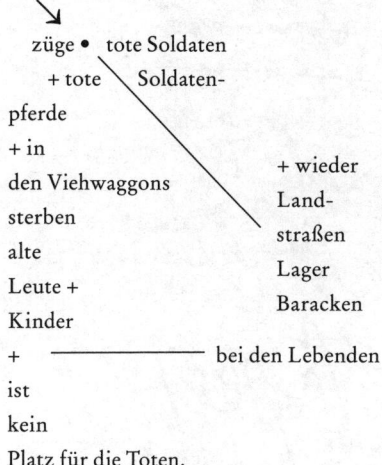

züge • tote Soldaten
  + tote   Soldaten-
pferde
+ in
den Viehwaggons   + wieder
sterben   Land-
alte   straßen
Leute +   Lager
Kinder   Baracken
+ ——————— bei den Lebenden
ist
kein
Platz für die Toten.

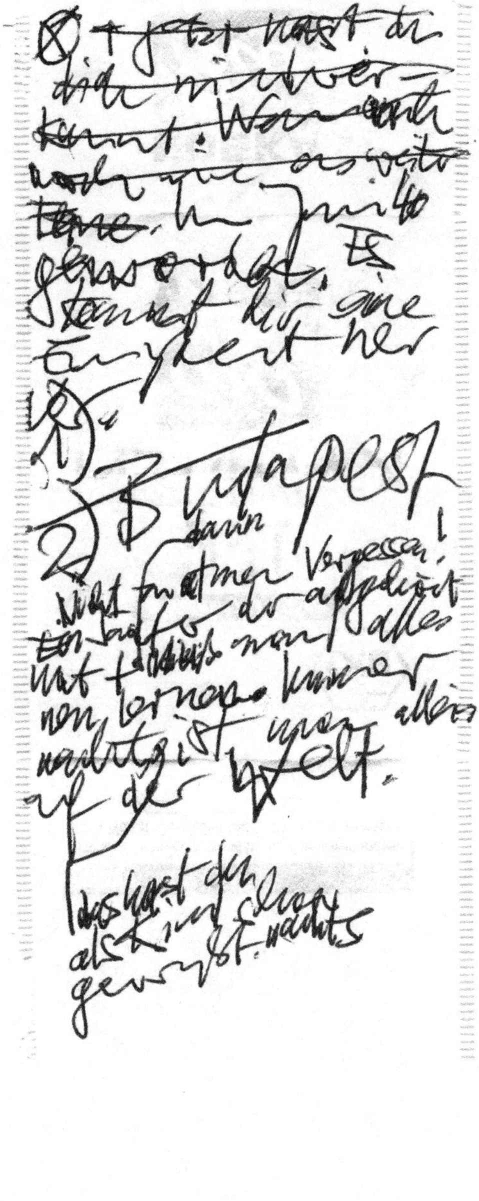

[illegible handwritten notes]

Zettel Nr. 24, Teebeutelpapier (EDEKA Bio Kamillentee), recto:

~~+ jetzt hast du~~
~~dich wiederer-~~
~~kannt. Wenn auch~~
~~noch wie aus weiter~~
~~Ferne.~~ Im Juni 40
geworden. Es
kommt dir eine
Ewigkeit her
vor.
1)
2) Budapest
Nicht zu atmen vergessen!
Ein Säufer der aufgehört
hat + [der]muß man alles
neu lernen. Immer
nachts ist man allein
auf der Welt.

das hast du
als Kind schon
gewußt. nachts

verso: leer

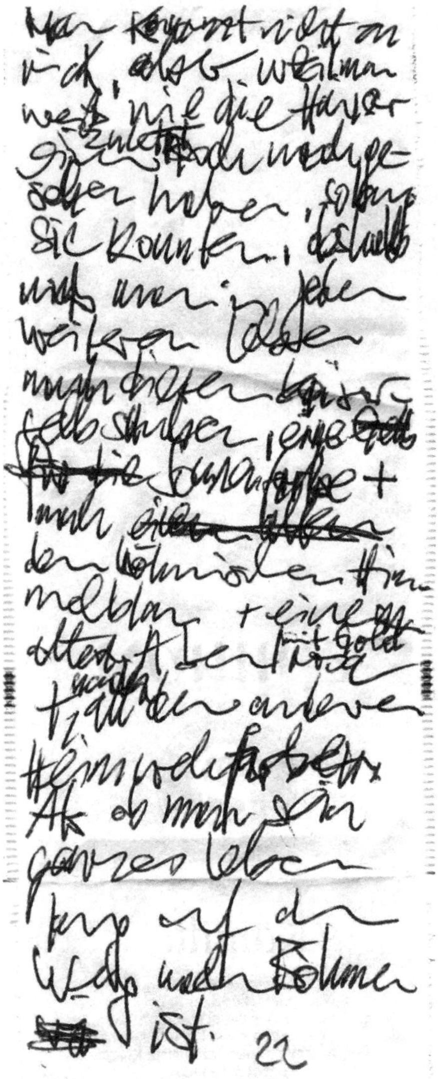
weiß wie die Häuser
ganzes Leben
Weg nach Böhmen
ist.
22

Zettel Nr. 22, Teebeutelpapier (Teekanne Kamille), recto:

Man kommt nicht zu
rück, aber weil man
weiß, wie die Häuser
einem noch nachge- zuletzt
sehen haben, solang
sie konnten, deshalb
muß man in jedem
weiteren Leben
nach diesem Kaiser-
gelb suchen, [ein]eine ~~Gelb~~
~~für die~~ Sonnenfarbe +
nach ~~einem alten~~
dem böhmischen Him-
melblau + einem
alten Abendrosa mit Gold
+/all den anderen nach
Heimwehfarben.
Als ob man sein
ganzes Leben
lang auf dem
Weg nach Böhmen
~~wä~~ ist.

verso: leer

Zettel Nr. 25, Kassenbon Starbucks Coffee, Malostrasnske Nam. 28, Prag, 16.1.2012, recto:

seit 9 Jahren mit Sibylle.
Vor 6 Jahren mit ihr nach
Frankfurt. Vor 5 Jahren ^{gekommen}
mit ihr in diese Wohnung
~~hier~~ in der Jordanstraße.
Carina ~~wurde~~ vor vier Jahren
hier in der Wohnung ge-
boren. Am 24. September.
In der gleichen Woche
kam mein erstes Buch
heraus. So
Seit wir hier wohnen ist die Wohnung um uns her immer enger + kleiner geworden.

Vor vier ½ Jahren zu trinken aufge hört

Vor einem Jahr kam mein
zweites Buch heraus. Wie es
scheint hat keiner gemerkt
was für ein Buch das ist.
Dann schreibt man das nächste –
muß dann noch besser. Und seit ich
damit anfing, ~~ist mir~~ muß ich in Gedan-
unentwegt auf das Dorf zu. Zu

Zettel Nr. 25, verso:

Fuß. Ein Wanderer. Nach Stfbg
geht es bergauf. Heimwege.
Schon als Kind so
gegangen. Erst nach
Stfbg + dann auf
den Böhmerwald
zu. So   gehst
du dein   Leben
lang heim.

~~Auf Zehner~~
man auf der
Horizont zu t
dabei man hoch
den ganzen Weg
zurückzuziehen,
damit man
~~wird~~ sich nicht
aus dem Auge
verliert

Zettel Nr. 1, Kassenbon, Vacek Bio Market, Mostecka 3/55,
Prag, 3.1.2012, recto:

~~Aus Böhmen~~ +
immer auf den
Horizont zu +
dabei unentwegt
den ganzen Weg
zurückdenken, .
damit man
~~weiß~~ sich nicht
aus den Augen
verliert

verso: bedruckt, Kassenbon, unbeschriftet

Zettel Nr. 10, Teebeutelpapier (Teekanne Kamille), recto:

Kapellen ~~Minarette~~ +
Tempel + Synago-
gen. Und jetzt
siehst du die
Doppelseite aus dem
alten Weltatlas
vor dir, von dem
du weißt, daß
er dort ~~hinter ?dem~~
~~¿¿¿?buch~~ im
Regal steht, ein
Weltatlas|Jahr ^aus dem^
1913, den mein
Freund Wolfram
mir geschenkt
hat, von dem
[a]Auch zwei oder
drei von unseren
vielen Teppichen
sind, alte Teppiche
die jetzt im Lampen
licht schimmern

359

Zettel Nr. 10, Teebeutelpapier (Teekanne Kamille), verso:

wie Seide + Gold
Die alte Landkarte,
wenn man den Atlas
aufschlägt. Erst noch
die Landkarte +
dann das ganze
Land ♦ + rot +
golden die Däm
merung, in der
es versinkt.

    schon vergilbt
+

Grabrede für Jürgen Klaus (1940–1997)

Gehalten am 4. September 1997

Ich möchte mich hier nicht vordrängen. Der Verstorbene, mein Freund Jürgen, bestand bis zuletzt darauf, daß ihm diese letzten Worte zustehen.

Wir kannten uns seit dem Ende der Fünfziger Jahre, seit dem 10. Juni 1960. Er war mein erster Leser. Nicht nur mein erster Leser, sondern überhaupt der erste Mensch in meinem Leben, der bereit war, mir und dem Leben und der Kunst zuzugestehen, daß es Kunst gibt und daß die Kunst zum Leben gehört und ebenso real ist wie Haus- und Grundbesitz, Einkommen, Zinsen und Rentenansprüche. Folglich eine Existenzberechtigung auch für ihn und für mich. Was für ein enges finsteres Land Deutschland, das Land unsrer Jugend, zu dieser Zeit war, läßt sich daraus ersehen, daß wir für uns selbst, er und ich, den Eindruck hatten, jahrelang auf der Flucht zu sein. Als ob der Krieg unsrer Kindheit in Wahrheit nie aufgehört hatte.

Wir sind zusammen in vielen Ländern gewesen. Ich sehe uns jetzt noch in Paris, Marseille, in Istanbul. Wir haben zahlreiche Glücksfälle und Katastrophen und ein paar echte Erdbeben auch erlebt. Wir haben Not und Sorgen sowieso, aber auch – jeder beim andern – das Glück der ersten Jahre unserer Kinder miteinander geteilt.

Lange Zeit kam uns vor, daß unsere Jugend ewig dauert. Wir haben uns gemeinsam darüber gewundert, daß die anderen Leute alt werden. Noch im Moment der Gefahr schien es so, als ob uns jederzeit gar nichts passieren könnte. Niemals. Letztes Jahr im Mai sagte er zu mir, daß die Ärzte nach einer eingehenden Untersuchung zu ihm gesagt hätten, wenn alle so gesund wären wie Sie, dann könnten wir zumachen.

Um Juli letzten Jahres ging ich mit ihm die Leipziger Straße entlang. Ausgerechnet in einem Tschibo-Geschäft hatten sie

Schlafsäcke im Schaufenster und ich fragte ihn: Was würdest du machen, wenn ich dich eines Tages, demnächst, bald, anrufe und zu dir sage: Komm, jetzt reicht es! Wir besorgen uns zwei gute Schlafsäcke und werden Landstreicher! Würde ich mitmachen, sagte er. Kannst jederzeit anrufen!
Letztes Jahr im September, vor fast einem Jahr also, rief ich ihn aus Berlin an und er sagte: Leukämie. Knochenmarkleukämie. Die Ärzte sagen: Diese Weihnachten werden Sie noch erleben. Mehr kann Ihnen keiner versprechen.
Wir waren dann noch einmal zusammen in Marseille, weil das seine Lieblingsstadt war. Vor mehr als dreißig Jahren sind wir dort an einem heißen leuchtenden Mittag zum erstenmal angekommen.
Ich bin Schriftsteller. Ich glaube nicht an den Tod und auch nicht an die Vergänglichkeit. Ich denke, daß es sich dabei um einen menschlichen Irrtum handelt. Eines Tages werden wir darauf kommen, daß wir da etwas wesentliches nicht kapiert oder falsch verstanden haben. Wir können Menschen, die von uns gehen, nicht austauschen und auch nicht ersetzen. Wir müssen sie uns, genau wie die eigene Lebensgeschichte, aus der Erinnerung jeden Tag neu erschaffen. Dann sehen wir, daß die Toten nicht wirklich gegangen sind. Sie sind nicht gestorben. Sie leben mit uns. Keiner stirbt.

Kurzecks französische Michelin-Karte Nr. 80, Deckblatt (Ausschnitt)

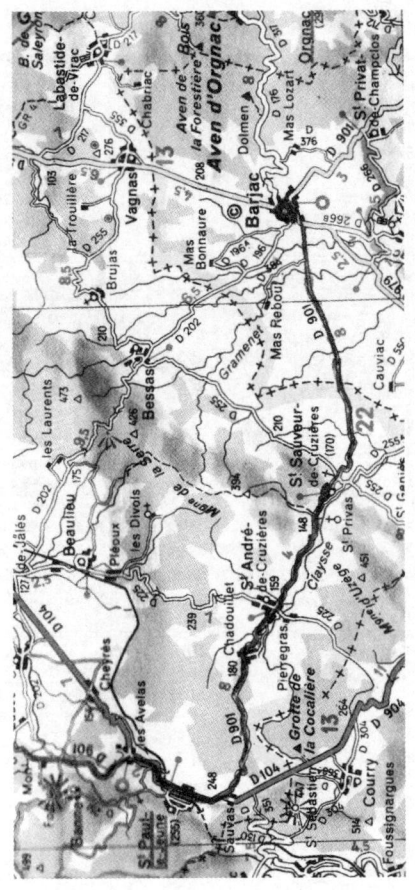

Kurzecks Michelin-Karte Nr. 80 (Ausschnitt): Einzeichnung des Wegs von Saint-Paul-le-Jeune nach Barjac mit blauem Kugelschreiber, Jürgen Klaus' Hand, s. Notiz S. 318

Mondkalender 1983

O = Vollmond ● = Neumond ☽ = zunehmender Mond, Halbmond ☾ = abnehmender Mond, Halbmond

Januar	Februar	März
Mo Di Mi Do Fr Sa So	Mo Di Mi Do Fr Sa So	Mo Di Mi Do Fr Sa So
52 · · · · · 1 2	5 · 1 2 3 ☾ 5 6	9 · 1 2 3 4 5 ☾
1 3 4 5 ☾ 7 8 9	6 7 8 9 10 11 12 ●	10 7 8 9 10 11 12 13
2 10 11 12 13 ● 15 16	7 14 15 16 17 18 19 ☽	11 ● 15 16 17 18 19 20
3 17 18 19 20 21 ☽ 23	8 21 22 23 24 25 26 O	12 21 ☽ 23 24 25 26 27
4 24 25 26 27 O 29 30	9 28	13 O 29 30 31
5 31		

April	Mai	Juni
Mo Di Mi Do Fr Sa So	Mo Di Mi Do Fr Sa So	Mo Di Mi Do Fr Sa So
13 · · · · 1 2 3	17 · · · · · · 1	22 · · 1 2 ☾ 4 5
14 4 ☾ 6 7 8 9 10	18 2 3 4 ☾ 6 7 8	23 6 7 8 9 10 ● 12
15 11 12 ● 14 15 16 17	19 9 10 11 ● 13 14 15	24 13 14 15 16 ☽ 18 19
16 18 19 ☽ 21 22 23 24	20 16 17 18 ☽ 20 21 22	25 20 21 22 23 24 O 26
17 25 26 O 28 29 30	21 23 24 25 O 27 28 29	26 27 28 29 30
	22 30 31	

Juli	August	September
Mo Di Mi Do Fr Sa So	Mo Di Mi Do Fr Sa So	Mo Di Mi Do Fr Sa So
26 · · · · 1 2 ☾	31 1 ☾ 3 4 5 6 7	35 · · · 1 2 3 4
27 4 5 6 7 8 9 ●	32 ● 9 10 11 12 13 14	36 5 6 ● 8 9 10 11
28 11 12 13 14 15 16 ☽	33 ☽ 16 17 18 19 20 21	37 12 13 ☽ 15 16 17 18
29 18 19 20 21 22 23 O	34 22 O 24 25 26 27 28	38 19 20 21 O 23 24 25
30 25 26 27 28 29 30 31	35 29 30 ☾	39 26 27 28 ☾ 30

Oktober	November	Dezember
Mo Di Mi Do Fr Sa So	Mo Di Mi Do Fr Sa So	Mo Di Mi Do Fr Sa So
39 · · · · · 1 2	44 · 1 2 3 ● 5 6	48 · · · 1 2 3 ●
40 3 4 5 ● 7 8 9	45 7 8 9 10 11 ☽ 13	49 5 6 7 8 9 10 11
41 10 11 12 ☽ 14 15 16	46 14 15 16 17 18 19 O	50 ☽ 13 14 15 16 17 18
42 17 18 19 20 O 22 23	47 21 22 23 24 25 26 ☾	51 19 O 21 22 23 24 25
43 24 25 26 27 28 ☾ 30	48 28 29 30	52 ☾ 27 28 29 30 31
44 31		

kalender-365.de

Mondkalender 1983, von Kurzeck vom Verlag erbeten im Februar 2012.
Quelle: kalender-365.de

Nachwort der Herausgeber

Den Roman ›Bis er kommt‹ hatte Peter Kurzeck als sechstes Buch der autobiographisch-poetischen Chronik ›Das alte Jahrhundert‹ vorgesehen. Über der Arbeit an ihm ist Kurzeck im November 2013 gestorben, der Roman ist Fragment geblieben. Nach Kurzecks Aussage liegt ungefähr die Hälfte des geplanten Romans vor.

Mit der Niederschrift von ›Bis er kommt‹ begann Kurzeck im Januar 2012 in Prag, zunächst auf losen Zetteln, dann in einem karierten gelben Schulheft.[1] Bis wenige Wochen vor seinem Tod hat Kurzeck an dem Text gearbeitet. Die letzten Notizen dafür finden sich im Kalender des Jahres 2013 auf der Seite des 6. Oktober 2013, sowie auf zwei losen Zetteln und einem Briefumschlag.

Erste Pläne zu ›Bis er kommt‹ reichen ins Frühjahr 2006 zurück, in die Zeit, als Kurzeck das Manuskript von ›Oktober und wer wir selbst sind‹ (2007) nach dem 11. Kapitel teilte, spätere ›Vorabend‹-Kapitel ausgliederte (›Vorabend‹, Kapitel 7 und folgende) und das Schlußkapitel von ›Oktober und wer wir selbst sind‹ schrieb. In dieser Entstehungsphase von ›Vorabend‹ – der Roman trug bis 2006 noch die Arbeitstitel ›Oktoberbuch 2‹, ›Okt. 2‹, ›2. Okt. Buch‹, und etwa 30 bis 36 Kapitel dafür waren geschrieben – entschied Kurzeck, daß ›Bis er kommt‹ und ›Und wo mein Haus‹ eigenständige Romane werden sollten. Verschiedene Stoffe und Ideen, die zuvor für das ›Oktoberbuch 2‹ vorgesehen waren, ordnete er nun diesen neuen Projekten zu. Für ›Und wo mein Haus‹ (›Das alte Jahrhundert 8‹) löste Kurzeck mehrere Kapitel aus dem ›Vorabend‹-Manuskript heraus. ›Bis er kommt‹ hingegen entstammt textlich nicht dem ›Vorabend‹-Manuskript, sondern stellt einen neuen Erzählansatz dar. Kurzeck hatte sich

---

[1] Drei Seiten abgebildet in: Erika Schmied (Hrsg.): Peter Kurzeck. Der radikale Biograph. Frankfurt am Main 2013, Vorsatz.

schon früher gefragt, in welchem Buch sich die Situation Jürgens nach der Abreise von Pascale, die Zeit bis zu seiner Ankunft in Frankfurt, erzählen ließe. Er hatte auch erwogen, diese Geschichte an den Anfang des »Sommerbuchs« ›Der vorige Sommer und der Sommer davor‹ (›Das alte Jahrhundert 7‹) zu stellen. Die Zeitspanne von ›Bis er kommt‹ (vermutlich die Tage nach dem 21. Oktober 1983) im ›alten Jahrhundert‹ unterzubringen, schwebte Kurzeck also schon lange vor, während die Idee für ›Und wo mein Haus‹ sich erst während der Arbeit an ›Vorabend‹ entwickelte. Als im März 2007 ›Oktober und wer wir selbst sind‹ erschien, stand auch der Romantitel ›Bis er kommt‹ und der zwölf Romane umfassende Plan ›Das alte Jahrhundert‹ fest, den Kurzeck im Verlag am 13. März 2007 mündlich skizzierte. Am 18. Februar 2010 bestätigte Kurzeck diesen Plan, wobei er ihn handschriftlich verbesserte.[2] Kurzeck hat diesen Plan zwar nicht mehr revidiert, ihn aber im September 2013 relativiert:[3]

> Was meinen Werkplan angeht – das stimmt nicht ganz. Das hat man irgendwie übertrieben. Das ist wahrscheinlich ähnlich wie bei Kempowski; das wächst mit dem, was man macht, dieser Werkplan. Und eigentlich dürfte man davon gar nicht anfangen, denn man wird zu sehr darauf festgelegt. Diese zwölf Bücher, die zu »Das alte Jahrhundert« gehören, ich habe einfach manchmal Lust, davon zu erzählen und dann habe ich im Verlag, wenn ich dort war, mitunter davon gesprochen; und irgend-

---

[2] Ein Faksimile des Dokuments wurde im Stroemfeld Gesamtverzeichnis 2010 publiziert.

[3] Philipp Böttcher/Kai Sina: »…wenn ich aufwache – weiß ich dann noch, wer ich bin?« Peter Kurzeck in seinem letzten Gespräch über den Diaristen Walter Kempowski, den Verlust, das Erinnern – und über ungeschriebene Bücher. In: Philipp Böttcher/Kai Sina (Hrsg.): Walter Kempowskis Tagebücher. Selbstausdruck, Poetik, Werkstrategie. München 2014, S. 285-292, hier S. 291.

wann haben die angefangen, mitzuschreiben oder sich
das zu merken, und dann haben sie diese Liste mit den
zwölf Titeln mal veröffentlicht, ohne mich eigentlich zu
fragen.

Der Inhalt von ›Bis er kommt‹ wird in diesem Plan folgendermaßen zusammengefaßt:

6. Bis er kommt (ein Gespenster-Buch)
Oktober 1983. Telefongespräche mit Jürgen nach der
Abreise von Pascale. Günter: »Hast'n Lappen?« Der
Goldene Steig.

Der Roman sollte den Erzählstrang des Oktober 1983 unmittelbar fortsetzen und bis zur Anreise von Jürgen, dem Freund des Erzählers, reichen. In einem Gespräch mit Wend Kässens am 26. Februar 2011 beschreibt Kurzeck den Roman so:[4]

> Das nächste Buch wird heißen »Bis er kommt«, ich hoffe,
> das werden nur 200 Seiten! Es geht in der gleichen Nacht
> weiter und beschreibt eigentlich nur die nächsten zwei
> Wochen, wo der Jürgen in seinem leeren Restaurant sitzt,
> auf seine Frau wartet und eigentlich weiß, dass sie nicht
> wiederkommt. Geblieben sind ihm große Weinvorräte,
> als Wirt muss er ja Wein vorrätig haben. Er trinkt die,
> wir telefonieren immer wieder. Ich sage mir, dass schon

---

[4] Corso, 16: Das Große geschieht so schlicht. Unterwegs im Leben und Schreiben. Tankred Dorst, Brigitte Kronauer, Peter Kurzeck, Katja Lange-Müller, Clemens Meyer, Hanns-Josef Ortheil, Ingo Schulze, Wolf Wondratschek, Feridun Zaimoglu und Juli Zeh im Gespräch mit Wend Kässens. Hamburg, September 2011, S. 39-55, hier S. 55. Gekürzte Fassung in: Erika Schmied (Hrsg.): Peter Kurzeck. Der radikale Biograph. Frankfurt am Main 2013, S. 20-29, hier S. 29.

seine Telefonrechnung es unmöglich macht, sein Leben so fortzusetzen. Dazu die übrigen Rechnungen, die in einem französischen Restaurant auflaufen. Das ging vorher alles auf Pascales Namen, weil sie Französin ist und er sein Leben lang so hoch verschuldet war, dass er nicht mal ein Bankkonto bekam. Wir telefonieren viel! Und dieses Telefonieren ist natürlich auch ein Anlaß für Erinnerungen. Und die Vorstellung, wie der Winter da aus den Cevennen auf ihn zukriecht. Zugleich kommen, wie jeden Tag in meinem Leben, Kindheitsgeschichten zu mir zurück. Und mein Vater erzählt mir u.a. vom »Goldenen Steig«, einem legendären Fußweg nach Böhmen. Mein Vater war in der Lage, Geschichten so zu erzählen, als würde er schon seit tausend Jahren leben. In dem Buch wird dann auch deutlich, dass Jürgen in der Provence weder bleiben noch weg kann. Er würde verrückt werden in diesem leeren Restaurant und womöglich auch noch die ganzen Nachbarn gegen sich aufbringen, weil das in Frankreich leicht geschieht.

Als Peter und der gemeinsame Freund Günter sogar erwägen, mit dem Auto nach Südfrankreich zu fahren und den Freund zu holen, ist Jürgen bereits aus Avignon mit dem Nachtzug nach Frankfurt zurück: Eines Morgens steht er in der Jordanstraße 36 in Frankfurt am Main vor der Tür der kleinen Dachgeschoßwohnung des Erzählers. In den Notizen zum ›2. Oktoberbuch‹ hält Kurzeck für den Schluß des Romans fest:

> Bevor er kommt (in seinen alten Stiefeln, die genau noch bis Ffm. gereicht haben) vorher im letzten Kapitel: Aber das ist dann schon das nächste Buch. (S. 322)

Der Roman sollte anscheinend mit der Vorstellung des Erzählers von Jürgens Ankunft enden, nicht mit der Ankunft selbst (vgl.

»Schluß«-Notizen S. 214, 217, 221, 231). Die Ankunft wäre »dann schon eine andere Geschichte und das nächste Buch«, solle der Schlußsatz lauten und der Roman »wie ein Märchen« enden, resümierte Kurzeck im Sommer 2010. Ihn reize für ›Bis er kommt‹ das Telefonat als Dialog- und Erzählform.

Mit dem Romanfragment ›Bis er kommt‹ beginnen wir die Peter-Kurzeck-Nachlaßedition. Ziel dieser Ausgabe konnte es nicht sein, den gesamten Entstehungsprozeß von ›Bis er kommt‹ mit allen erhaltenen Vorstufen darzustellen. Sie bietet statt dessen den letzten Textstand des nachgelassenen Manuskripts. Hier geht es darum, den Text der zeitgenössischen Lektüre zu öffnen und die Konturen des Projekts ›Das alte Jahrhundert‹ erkennbar werden zu lassen. Dem Interesse, einen Blick in die Werkstatt des Autors zu werfen, kommen wir in der Rubrik »Notizen, Entwürfe, Dokumente« entgegen.

Das nachgelassene Manuskript
Das Manuskript ›Bis er kommt‹ hat Peter Kurzeck dem Stroemfeld Verlag im Oktober 2013 im Krankenhaus St. Katharinen in Frankfurt am Main übergeben. Es befand sich in einer blauen Mappe, zusammen mit mehreren Notizen-Konvoluten, beschriebenen und unbeschriebenen Heften, Briefumschlägen, losen Zetteln und weiteren Materialien für den geplanten Roman.

Das Manuskript besteht aus 114 einseitig mit Schreibmaschine beschriebenen weißen Blättern (Format DIN A4). Es hat kein Titelblatt, kein Motto und trägt keine Widmung. Die 17 Kapitel des Romanfragments sind mit Bleistift arabisch numeriert, jeweils mit Büroklammern zusammengehalten und in der Form »1/8« (d.h. Seite 1 von acht Kapitelseiten) arabisch paginiert. Das Typoskript weist zahlreiche Änderungen und Ergänzungen auf, sowohl handschriftliche mit verschiedenen blauen Kugelschreibern als auch maschinenschriftliche. Die 17 Kapitel befanden sich in drei verschiedenen Klarsichthüllen: Kapitel 1 bis 7 in einer roten, Kapitel 8 bis 14 in einer transparenten, Kapitel 15 bis 17 in einer weiteren transparenten Klarsichthülle. Während die Kapitel 1 bis 7 nur maschinenschriftliche Änderungen aufweisen – handschriftlich sind auf diesen Blättern lediglich Streichungen und Anzeichnungen – häufen sich handschriftliche Änderungen ab dem 8. Kapitel. Die Niederschriften der Kapitel 1 bis 7, 13 und 14 können als maschinenschriftliche Reinschriften angesehen werden, die einen, nach Kurzecks letztem Dafürhalten, wohl weitgehend endgültigen Textstand bieten. Anders ist die Textsituation bei den übrigen Kapiteln einzuschätzen. In höherem Maße müssen diese wohl als vorläufige Niederschriften gelten, die Kurzeck so noch nicht für fertig gehalten hat. Dafür sprechen vor allem die zahlreichen handschriftlichen Änderungen, die durchgängige Kleinschreibung, die oftmals vergleichsweise kurzen Absätze sowie einfache Absatzschaltungen ohne Leerzeile, wie sie sich in den veröffentlichten Büchern des ›alten Jahrhunderts‹, von ›Übers Eis‹ bis ›Vorabend‹, sonst nicht finden. Die Kapitel 8, 11 und 15 tragen außerdem den Hinweis »(konzept)« nach der Kapitelziffer.[5]

Bestimmend für unsere Manuskriptedition waren unsere Erfahrungen aus der Zusammenarbeit mit dem Autor. Wir haben Kurzecks Werk im Stroemfeld Verlag die letzten 25 Jahre (Rudi Deuble) bzw. 10 Jahre (Alexander Losse) betreut. Unsere Texteingriffe sind zurückhaltender, als unser Lektorat und Korrektorat in Rücksprache mit Kurzeck es waren. Wir haben die Interpunktion geringfügig normalisiert, im Zweifel zwischen Flüchtigkeitsfehler und Autorintention aber die Interpunktion des Textes respektiert. Die in Kleinschreibung vorliegenden Kapitel haben wir in

---

[5] Zu dem mit »(konzept)« angezeigten Vorbehalt gegenüber dem Textstatus ist einschränkend anzumerken, daß Kurzeck bei seinem öffentlichen Diktat von ›Vorabend‹ im Sommer 2010 im Literaturhaus Frankfurt durchaus von Konzept- und Entwurfsniederschriften, die vergleichbar intensive Überarbeitungen der maschinenschriftlichen Grundschicht und durchgängige Kleinschreibung aufwiesen, direkt ›ins Reine‹ diktiert hat.

Kurzecks Groß- und Kleinschreibung überführt. Einfache Absatzschaltungen wurden belassen.[6] Gestrichener Text wird nicht wiedergegeben. Offensichtliche Rechtschreibfehler wurden korrigiert, Schreibungen von Orts- und Eigennamen normalisiert. Wo Schreibweisen variieren, diente uns eine in unserer Zusammenarbeit mit Kurzeck entstandene Liste festgelegter Schreibungen zur Normalisierung des Textes gemäß seiner Diktion, nach der wir auch analoge Fälle entschieden haben. Insgesamt wurden Eigenheiten von Kurzecks Schreibweise und Interpunktion also weitgehend beibehalten. Der Text des 4. Kapitels wurde mit dem in der Literaturzeitschrift SALZ, Heft 151, Salzburg 2013, S. 58-61, zum Vorabdruck gekommenen Auszug verglichen. Der Text folgt dem geringfügig vom Manuskript abweichenden autorisierten Druck.

Notizen, Entwürfe, Dokumente
Kurzeck notierte, sammelte, übertrug und ordnete tagtäglich Ideen für seine literarischen Pläne. Die Notizen zu ›Bis er kommt‹ geben Einblick in Kurzecks Poetik und seine komponierende Arbeitsweise. Er notierte sich Ideen zunächst in Heften und auf losen Zetteln, um sie dann in maschinenschriftlichen Abschriften zu sammeln. Einige Detailänderungen Kurzecks in den Notizen, wie auch der Vergleich verwendeter Notizen mit dem Romanfragment, zeigen, daß es sich nicht nur um Ideen für den Roman handelt, sondern daß viele Notizen selbst schon kleine, geformte Prosaminiaturen sind, an deren sprachlicher Gestaltung (Wortwahl, Wortabfolge, Rhythmus) Kurzeck stellenweise gefeilt hat. Wir haben uns hier auf die drei wesentlichen Notizen-Zusammen-

---

[6] Die einfachen Absätze des Manuskripts wären, hätte Kurzeck den Roman vollendet, sicherlich nicht stehengeblieben. Sie wären von Fall zu Fall entweder entfallen oder zu einem Absatz mit dazwischengeschalteter Leerzeile geworden, oder Kurzeck hätte noch Text hinzugefügt. Ein Vergleich von ›Vorabend‹-Manuskripten mit dem Druck ›Vorabend‹ (2011) ergab, daß dort einfache Absätze in den meisten Fällen im Druck entfallen sind.

stellungen für ›Bis er kommt‹ beschränkt, von denen durch ihren Aufbewahrungsort feststeht, daß sie unmittelbar begleitende Stoffsammlungen für den Roman waren. Ein viertes, ebenfalls in der Mappe befindliches Konvolut geben wir auszugsweise wieder. Die in verschiedenen Heften verstreuten Vorstufen dieser Notizen (soweit sie sich erhalten haben) bleiben unberücksichtigt.

Bei der Edition der Notizen haben wir Kurzecks Kleinschreibung bewahrt, die originale Paginierung der Konvolute beibehalten und auch begleitende Randnotate wiedergegeben. Es handelt sich größtenteils um noch nicht im Manuskript verwendete Einfälle. Diese Sammlungen von Sätzen und Ideen, die Kurzeck selbst nicht veröffentlicht hätte, reichern die vage Vorstellung, die man sich von der geplanten Fortsetzung des Romans bilden kann, mit vielen Details an.

Die in den Konvoluten 1 und 2 zusammengestellten Notizen wurden von Kurzeck am linken Seitenrand in Versalien mit motivischen Stichwörtern versehen und mit Leuchtstiften farblich markiert (s. Abbildung S. 192). Vielfach finden sich handschriftliche Ergänzungen, die in üblicher Groß- und Kleinschreibung niedergeschrieben sind. Unsere Textdarstellung integriert diese Ergänzungen buchstabengetreu, so daß sich eine Mischung von Groß- und Kleinschreibung ergibt. Verwendete Notizen hat Kurzeck vertikal gestrichen. Im gleichen Arbeitsschritt notierte er in der Regel, in welchem Kapitel oder welchen Kapiteln er die Notizen, teilweise mehrfach, verwendet hatte. Solche den Text bzw. die Idee nicht aufhebenden, sondern ›bestätigenden‹ Streichungen werden nicht gekennzeichnet und der Text wiedergegeben. Anderen, im Sinne von ›ungültig‹ gestrichenen Text haben wir in den Notizen durch Durchstreichung gekennzeichnet.

Jedem benannten Motiv oder Stichwort hat Kurzeck eine bestimmte Farbe zugewiesen. Diese ungewöhnlichen Motiv-Farbe-Zuordnungen, von denen wir unten eine Übersicht geben, sind vom Motiv her gesehen meistens eindeutig.[7] Notizen zum Vater etwa sind immer türkis markiert, Sibylle ist die Farbe Rosa, Carina Blau, Jürgen Orange zugeordnet, Frankfurt ist grün, Simse sind grau. Klar kontextbezogene, aber nicht in ein Stichwort auflösbare Farbzeichen am linken Rand werden von uns wiedergegeben. In eindeutigen Fällen setzen wir für solche Farbzeichen am linken Rand das entsprechende Stichwort in eckigen Klammern hinzu. Bei Doppelmarkierungen eines Stichworts in verschiedenen Farben haben wir das durch die zweite Farbe angezeigte Stichwort in eckigen Klammern hinzugefügt. Sonstige Farbmarkierungen innerhalb der Notizen, oft Anstreichungen einzelner Wörter, werden nicht wiedergegeben.

Folgende Motive und Farben sind einander zugeordnet:

Konvolut 1 (10 Bl., Rückseiten leer, DIN A4)
Blau: Buntstifte, Carina, Kinderladen
Braun: Barackenfrau, Bettler
Gelb: Atmen, Brot, Ich, Gelb, Türke, Türkisch, Wände, Waschmaschine, Wespe, Wohnung
Grau oder *schwarz umrandet:* Amt, Arbeitsamt, Behörden, Gericht, Nacht, Panik, Post, Simse, Sorgen, Schreck, Schwarzes Buch, Traum, Verhör, Zahn
Grün: Frankfurt am Main, Gehen, Glück, Gott + Teufel, Grab, Herbst, Ich, Kein Frühling, Kind, Krieg, Menschen, Mond, Motto, Musik, Nacht, Nepal, Paris, Preiselbeeren, Schlaf, Schreiben, Schwarzes Buch, Sommer, Staufenberg, Tachau, Tag, Taube, Turmuhr, von oben, Wetter, Winter, Wolken, Züge
Orange: Belgier, Bukol, Edelgard, Eschersheim, Jürgen, Karussell, Mimosenbäumchen, Schluß, Villon

---

[7] Ausnahmen bilden die Stichwörter Barackenfrau, Eschersheim, Ich, Karussell, Kein Frühling, Kind, Kinderladen, Nacht, Schreiben, Schwarzes Buch, Telefon, Weg, Zeit. Diesen Stichwörtern sind mehrere Farben zugewiesen.

Rosa: Bilder, Kalender, Lärm, Sibylle
Türkis: Vater

Konvolut 2 (16 Bl., Rückseiten leer, DIN A4):
Blau: Baden, Carina, Eschersheim, Fliegen, Hund, Kind, Kein Frühling, Kinderladen, Vögel, Weg
Braun: Barackenfrau, Bettler, Penner
Gelb: Äpfel, Maus, Sanierung, Sanierung Bockenheim, Waschmaschine, Wohnung, Wünsche
Grau: Amok, Amt, Arbeitsamt, Barackenfrau, Gespenster, Main, Nacht, Sorgen, Traum, Zeit
Grün: Abend, Bett, Dorf, Ich, Gehen, Haus, Herbst, Janis Joplin, Karussell, Kein Frühling, Kind, Kinderladen, Lesen, Malen, Menschen, Musik, Nacht, Notizen, Paris, Schlaf, Schnee, Schneekugel, Schreiben, Schwarzes Buch, Sommer, Sonntag, Staufenberg, Straße, stumm, Stundenbuch, Tagschlaf, Telefon, Weg, Welt, Wetter, Wind, Wolken, Zeit
Orange: Belgier, Jürgen, Karussell, Telefon
Rosa: Flohmarkt, Kalender, Karussell, Lesen, Schreiben, Sibylle
Rot: Schwager
Türkis: Vater

Konvolut 3 enthält unsortierte Notizen zu den Kapiteln 6 und 7 und eine verworfene Fortsetzung des 7. Kapitels. Offenbar hatte sich diese Fortsetzung aus Kurzecks Sicht zu sehr Themen angenähert, die er in dem Roman ›Und wo mein Haus‹ ausführen wollte (s. hierzu auch die stichwortlose Notiz »s. aussort. text v. 7. kapitel...« im Konvolut 2, S. 279). Streichungen im Konvolut 3 haben wir im Hinblick auf eine flüssigere Lesbarkeit des Kapitelentwurfs nicht wiedergegeben.

Konvolut 4 enthält Notizen zu verschiedenen Romanprojekten des ›alten Jahrhunderts‹. Diese Notizensammlung hatte Kurzeck bereits bei der Arbeit am letzten Drittel von ›Vorabend‹ benutzt.[8] Im Konvolut 4 sind die Farben nicht Motiven, sondern Romanprojekten zugeordnet:[9]

Rosa, Orange: ›Oktober und wer wir selbst sind‹
Gelb: ›Oktoberbuch 2‹/›Vorabend‹
Blau: ›Vorabend‹ (letztes Drittel des Romans)
Lila: ›Oktoberbuch 2‹/›Bis er kommt‹
Grün: ›Und wo mein Haus‹, ›Nach dem Sommer‹

Daraus sind hier nur die lila markierten, ›Bis er kommt‹ zugeordneten Stellen wiedergegeben.

An die vier Konvolute anschließend haben wir noch einige weitere Notizen aufgenommen, teils schwer zuordenbare Stichworte, die Kurzeck nicht mehr ausgearbeitet hat, sowie Auszüge der ersten Teilniederschrift von Kapitel 1 im Faksimile mit diplomatischer Umschrift und einige Dokumente aus dem Nachlaß, die für ›Bis er kommt‹ und das Projekt ›Das alte Jahrhundert‹ bedeutsam sind. Kurzecks Grabrede für Jürgen Klaus befand sich nicht in der blauen Mappe des Manuskripts, aber in Kopie in mehreren Arbeitsmappen zum ›alten Jahrhundert‹.

Motto und Widmung seiner Bücher bestimmte Kurzeck in der Regel erst, nachdem er das Manuskript dem Verlag zur Produktion

---

[8] Es handelt sich bei dem in der blauen Mappe befindlichen Konvolut nicht um die Originalblätter, sondern um von Kurzeck angefertigte Farbkopien.
[9] Ein ähnliches Markierungsschema weisen zwei in Kurzecks Nachlaß befindliche Schreibhefte (Cambridge grand carreaux, 17 x 22 cm, 96 Seiten; Trèfle Vert, DIN A4, 96 Seiten) auf, die neben Kapitelentwürfen zu ›Oktober und wer wir selbst sind‹ und ›Vorabend‹ auch Notizen zu anderen Romanen der Chronik ›Das alte Jahrhundert‹ enthalten. Die Farbzuordnungen lila – ›Bis er kommt‹ und grün – ›Und wo mein Haus‹ verwendet Kurzeck auch in diesen Heften.

übergeben hatte. Dazu kam es im Fall von ›Bis er kommt‹ nicht mehr. Als Motto hatte Kurzeck einen Satz aus dem 1. Kapitel erwogen (vgl. S. 8, 195, 249f., 348/349):

Immer nachts, das hast du als Kind schon gewußt,
nachts ist man allein auf der Welt.

Wie die vorigen Bücher des ›alten Jahrhunderts‹ hätte Kurzeck sicherlich auch dieses Buch seiner Tochter Carina gewidmet.

Wir danken Tatjana Anderson, Elke Blaschke, Ellen Deusser-Schuler, Ilona Fuchs, Manfred Heger, Roland Heger, Arik Jahn, Thomas Jung, Vilma Kämpf, Günter Kämpf, Wend Kässens, Jürgen Kummer, Wolfgang Marg, Harry Oberländer, Sabine Reiß, Roland Reuß, Ute Schendel, Erika Schmied, Ralph Schock, Wolfgang Schopf, Werner Schuler, Kai Sina, Anna-Sophie Vollmer, Carina Wächter, Hanns Wurm, Bernhard Zipp (†) und dem Literaturhaus Salzburg.

Frankfurt am Main, im September 2015

Rudi Deuble
Alexander Losse

Editorische Zeichen

Text	Text von Peter Kurzeck
<u>Text</u>	Unterstreichung (Kurzeck)
~~Text~~	gestrichener Text (Kurzeck)
[Text]	überschriebener Text (Kurzeck)
⌐Text¬	Farbmarkierung (Kurzeck)
TEXT	handschriftliches Notiz-Stichwort in Versalien (Kurzeck)

Text	Text der Herausgeber
[,] Gegenw[ind]	Emendation (Notizen)
[graue Markierung], [JÜRGEN]	Hinweis/Ergänzung der Herausgeber
[…]	Auslassung der Herausgeber
*uuu*heinrich	nicht entziffert
?heilig	unsichere Entzifferung
tttt	gestrichener, nicht entzifferter Text

Inhalt

Das nachgelassene Manuskript	5
Kapitel 1	7
Kapitel 2	25
Kapitel 3	41
Kapitel 4	51
Kapitel 5	63
Kapitel 6	71
Kapitel 7	85
Kapitel 8, Konzeptniederschrift	97
Kapitel 9	111
Kapitel 10	123
Kapitel 11, Konzeptniederschrift	133
Kapitel 12	141
Kapitel 13	149
Kapitel 14	157
Kapitel 15, Konzeptniederschrift	167
Kapitel 16	177
Kapitel 17, Fragment	187
Notizen, Entwürfe, Dokumente	191
Notizen zur Fortsetzung des 17. Kapitels	193
Konvolut 1	195
Konvolut 2	235
Konvolut 3: Notizen und Entwürfe zum 6. und 7. Kapitel (verworfene Fortsetzung)	300
Konvolut 4: Notizen-Konvolut zu Oktober/Vorabend/ Oktoberbuch 2 (Auszug)	311
Notizen im gelben Schulheft	327
Notizen im hellgrünen Notizheft (Auszug)	328
Notizen auf Postkarten und losen Zetteln	329
Notizen im Kalender 2013	333
Letzte Notizen für ›Bis er kommt‹	335

Notizen für ›Am Rand‹	336
Erste Niederschrift des Anfangs des 1. Kapitels (Auswahl)	337
Grabrede für Jürgen Klaus	362
Kurzecks Michelin-Karte Nr. 80 (Ausschnitte)	364
Mondkalender 1983	366
Nachwort der Herausgeber	367
Editorische Zeichen	379

Von Peter Kurzeck im Stroemfeld Verlag:

Der Nußbaum gegenüber vom Laden in dem du dein Brot kaufst. *Roman*
354 Seiten, engl. Broschur, Fadenheftung,
ISBN 978-3-87877-127-2

Das schwarze Buch. *Roman*
329 Seiten, geb., Fadenheftung, ISBN 978-3-87877-770-0

Kein Frühling. *Roman*
590 Seiten, geb., Fadenheftung, ISBN 978-3-87877-857-8

Keiner stirbt. *Roman*
276 Seiten, geb., Fadenheftung, z. Zt. als Taschenbuch-Lizenzausgabe lieferbar, ISBN 978-3-86109-729-7 (Neuauflage in Vorbereitung)

Mein Bahnhofsviertel
80 Seiten, geb., Fadenheftung, ISBN 978-3-87877-385-6

Vor den Abendnachrichten. Mit einem Nachwort von Bianca Döring
86 Seiten, geb., Fadenheftung, ISBN 978-3-86600-247-0

Übers Eis. *Roman* (Das alte Jahrhundert 1)
326 Seiten, geb., Fadenheftung, ISBN 978-3-87877-580-5

Als Gast. *Roman* (Das alte Jahrhundert 2)
432 Seiten, geb., Fadenheftung, ISBN 978-3-87877-825-7
(z. Zt. als Fischer Taschenbuch erhältlich, Neuauflage in Vorbereitung)

Ein Kirschkern im März. *Roman* (Das alte Jahrhundert 3)
282 Seiten, geb., Fadenheftung, ISBN 978-3-87877-935-3

Oktober und wer wir selbst sind. *Roman* (Das alte Jahrhundert 4)
208 Seiten, geb., Fadenheftung, ISBN 978-3-87877-053-4

Vorabend. *Roman* (Das alte Jahrhundert 5)
1022 Seiten, geb., Fadenheftung, ISBN 978-3-86600-079-7

Bis er kommt. *Romanfragment* (Das alte Jahrhundert 6)
380 Seiten, geb., Fadenheftung ISBN 978-3-86600-090-2

Der vorige Sommer und der Sommer davor. *Romanfragment*
(Das alte Jahrhundert 7)
ca. 600 Seiten, geb., Fadenheftung, ISBN 978-3-86600-091-9
(in Vorbereitung)

Und wo mein Haus. *Romanfragment* (Das alte Jahrhundert 8)
ca. 200 Seiten, geb., Fadenheftung, ISBN 978-3-86600-092-6
(in Planung)

Frankfurt Paris Frankfurt (Das Paris-Buch). *Romanfragment*
(Das alte Jahrhundert 10)
ca. 450 Seiten, geb., Fadenheftung, ISBN 978-3-86600-094-0
(in Planung)

Das alte Jahrhundert. *Fragmente, Entwürfe, Notizen,
Dokumente*
ca. 500 Seiten, geb., Fadenheftung, ISBN 978-3-86600-095-7
(in Planung)

Die Hörspiele
3 CDs (Ko-Produktion Stroemfeld/HR2),
ISBN 978-3-86600-187-9

Peter Kurzeck liest aus Kein Frühling
4 CD-Box (Ko-Produktion Stroemfeld/HR2),
ISBN 978-3-86600-012-4

Peter Kurzeck liest Oktober und wer wir selbst sind
7 CD-Box (Ko-Produktion Stroemfeld/SR2),
ISBN 978-3-86600-034-6

Peter Kurzeck liest aus Vorabend
6 CD-Box (Ko-Produktion Stroemfeld/HR2/SR2),
ISBN 978-3-86600-089-6

Unerwartet Marseille. Peter Kurzeck erzählt
2 CDs, ISBN 978-3-86600-007-0

Erika Schmied (Hrsg.): Peter Kurzeck – der radikale Biograph
179 Seiten, 140 Abb., Duplex-Druck, geb., Fadenheftung,
Großformat, ISBN 978-3-86600-166-4

Bitte fordern Sie unsere kostenlose Programminformation an:
Stroemfeld Verlag
D-60322 Frankfurt am Main, Holzhausenstraße 4
CH-4054 Basel, Altkircherstrasse 17
e-mail: info@stroemfeld.de   www.stroemfeld.com

Stroemfeld / Roter Stern Basel und Frankfurt am Main